Hohenheim

Hans-Jürgen Schmelzer

Heinrich von Kleist

Deutschlands unglücklichster Dichter

Sein Leben, seine Persönlichkeit, sein Werk

Hohenheim Verlag
Stuttgart · Leipzig

Meinen Freunden

Roderich und Ulrike Kreft zugeeignet

Satz: Satz & mehr, Besigheim
Druck und Bindearbeiten:
CPI Moravia Books GmbH, Korneuburg
Printed in Austria

ISBN 978-3-89850-210-8

Inhalt

Die Todesschüsse am Kleinen Wannsee

Berlin Süd, Bezirk Steglitz-Zehlendorf. Der sogenannte Kleine Wannsee verbindet wie ein Wurmfortsatz den Großen Wannsee mit dem um vieles kleineren Pohlesee. Man könnte, unter verhangenem Novemberhimmel am Ufer verharrend, lange in den stillen Wasserspiegel hinein träumen, hätten Bootshäuser, Ruderklubs, stolze Villengrundstücke, Krankenhausgelände dem Besucher nicht den Zutritt fast gänzlich versperrt.

Zwei Jahrhunderte zurück, treffen wir auf die Lebensepoche des Dichters, von dem in diesem Buch die Rede sein soll. Damals existierte in unmittelbarer Nähe der noch unberührten See-Idylle ein beliebtes Künstlerrefugium – die Gaststätte *Neuer Krug*, an der Chaussee nach Potsdam gelegen. Der Besitzer Johann Friedrich Stimming. Nicht weit davon ein mit Heidekraut bewachsener Hügel, von dessen Spitze aus der Blick über den See schweifte...

Wir schreiben den 21. November 1811. Gegen 16 Uhr entlädt sich in der spätherbstlichen Ödnis ein Pistolenschuß. Keine Minute später ein zweiter. Eine Frau hat die Schüsse gehört: Es ist die Ehegefährtin des Tagelöhners Johann Friedrich Riebisch, beide in der Gastwirtschaft beschäftigt. Die Frau stutzt: Hat sich das muntere Pärchen, das seit gestern in dem Krug einquartiert ist, einen Scherz erlaubt? Ausgelassen wie mutwillige Sommervögel hatte man sie gerade noch erlebt. Der Liebhaber war vor Übermut über die Bretter der Kegelbahn gehüpft, die Dame, so hatte er gescherzt, solle es ihm nachtun... Das Paar war in die Küche getreten, hatte der Wirtin angelegen, ihnen draußen auf dem Hügel Kaffee zu servieren. Seltsames Ansinnen – Kaffeetrinken am See bei dieser Frühwinterskälte! Die Wirtin beauftragt damit die Frau des Tagelöhners. Die ruft ihren Mann. Der soll Tisch und Stühle hinüberschleppen, rauf auf den Hügel. Was für eine Schnapsidee! Doch vielleicht verständlich bei dem reichlich konsumierten Wein, dem Quantum Rum, das sich der Mann in den Kaffee geschüttet hat. Die mitgebrachte Flasche ist leer, der Tagelöhner soll zurückgehen, nachfüllen lassen. Die Dame beschwichtigt, der Freund lenkt ein: »Nun, liebes Kind, wenn du nicht willst, will ich auch nicht...«[1] Und jetzt – Schüsse? Hatten die Liebesleute denn

Waffen bei sich gehabt? Frau Riebisch hat keine entdeckt, gibt nichts um den Spuk, kehrt ins Wirtshaus zurück, eine Kaffeetasse spülen, in die die Dame Geld für den Wirt hineingelegt hatte. Die Frau will sich mit gereinigter Tasse und einem Bleistift, den das Paar angefordert hat, kurz darauf noch einmal zu den Kaffeetrinkern begeben. Sie hat die Höhe kaum erklommen, als sie zwei Menschen erschossen in einer Senke vorfindet. Sie erstarrt, macht kehrt, alarmiert Wirtsleute und Ehemann. Man stürzt an die Unglücksstätte, sieht eine Frau totenblaß auf dem Rücken liegen, den Mann mit eingesunkenem Unterkörper darüber kauernd, den Kopf auf dem Rand der Mulde. Um ihn verstreut drei Pistolen verschiedenen Kalibers. Mit der einen hatte sich der Mann nach Tötung der Gefährtin in den Mund geschossen. Tagelöhner Riebisch richtet den Toten etwas auf, damit er unter der gekrümmten Stellung nicht steif würde, was die Sarglegung erschwert hätte. Er durchsucht im Beisein der nachgekommenen Wirtin alle Taschen, findet darin kaum mehr als einen Schlüssel...

Ja, es sind die beiden *Verliebten*, so jedenfalls mußte man das Getändel des Pärchens deuten. Am Vortage, dem 20. November, einem Mittwoch, war es laut Aussage des Gastwirtes Stimming bei der Polizei zwischen 14 und 15 Uhr aus Berlin angereist, um im *Neuen Krug* abzusteigen. Man ließ sich im oberen Stockwerk zwei Zimmer herrichten, bestellte Kaffee, bezahlte den Kutscher und unternahm am späten Nachmittag einen längeren Spaziergang. Nach der Rückkehr ließen sich die Fremden Abendessen servieren, anschließend zog man sich in die angemieteten Zimmer zurück, jeder, wie es wohl den Anschein hatte, in das seine. Im Laufe des Abends verlangten die Gäste nach Schreibzeug und vier Kerzenlichtern. Hausgenossen bezeugen später, daß man noch zu vorgerückter Stunde in beiden Zimmern häufiges Auf- und Abschreiten vernommen hatte.

Um 4(!) Uhr in der Frühe bestellen sich die Fremden Kaffee, darauf legt man sich wohl zur Ruhe; denn als um 7 Uhr abermals Kaffee gebracht werden soll, muß auch das Dienstmädchen heraufkommen, um der Dame beim Ankleiden behilflich zu sein. Alsbald begeben sich in kurzen Abständen beide nach unten, um jeweils ihre Rechnung zu begleichen. Mittagessen wird abgelehnt mit der Zusicherung, daß man am Abend desto reichlicher speisen wolle, zumal man noch zwei

Gäste erwarte. Eine angebotene Tasse Bouillon schlägt die Dame indes nicht aus, genehmigt sich gegen ein Uhr noch eine zweite. Zwölf Uhr Mittag wird ein eingetroffener Bote mit Briefen nach Berlin beauftragt. Als er fort ist, hält es beide nicht länger im Haus. Sie spazieren im Hof und vor dem Gebäude hin und her, erkundigen sich bei dem Wirt nach der Uhrzeit, fragen ihn, wann der Bote den Zielort wohl erreichen könne. Der Krugeigentümer schätzt so zwischen drei und vier. Die offensichtlich wenig Ortskundigen konsultieren ihn über allerlei – ob Leute auf den umliegenden Inseln wohnen, wie man die Pfaueninsel am besten erreicht... Leicht nervös, als ob man etwas kaum erwarten könne, ist man augenscheinlich bei aufgekratzter Stimmung. Die Frau, die den Kaffee nach draußen gebracht hat, darf die Milch, die man für sich ablehnt, austrinken. Als die Alte sich den Mund dabei beschmiert, belacht man fröhlich ihren Milchbart. Die Eheleute Riebisch sehen den Verliebten nach, wie sie schäkern, sich jagen, schließlich Hand in Hand den Hügel abwärts dem See zu tollen.

Gastwirt Stimming, der, durch Geschäfte festgehalten, als letzter hinauf an die Unglücksstätte eilt, mißt die Senke, in der die Toten liegen, auf ein Fuß Tiefe, neun Fuß Umfang aus. Die darin auf den Rücken gesunkene Frau elegant, im weißen Batistkleid unter einem Überrock aus blauem Tuch. Weiße Glacéhandschuhe, feine baumwollene Strümpfe, schwarze Schuhe aus Korduanleder. Unter ihrer linken Brust ein talergroßer Blutfleck. Der Mann mochte wie die Frau in den Dreißigern sein. Augen blau, Haupt- und Barthaare schwärzlich. Die Kleidung brauner Tuchüberrock, darunter eine weiße Mousselineweste, graue Stoffhosen, Schlappstiefel. Die Mundpartie gering mit Blut beschmiert. Der Gastwirt stellt zwei Wachen neben den Leichen auf und macht Anzeige für die Polizeidirektion Potsdam.

Wer waren die beiden Toten? Die Wirtin erinnert sich jetzt, daß diese es sich noch am Morgen verbeten hatten, daß man ihre Zimmer reinigte. Alles darin sollte unberührt bleiben. Auch besinnt sie sich, daß die Dame ein Körbchen am Arm trug, bedeckt mit einem weißen Tuch. Darunter waren ohne Frage die Pistolen versteckt gewesen...

Das Dienstmädchen findet die Türen verschlossen. Auch die Nottür in der Hinterwand läßt sich nur mit Gewalt aufstoßen. Die Gäste hatten sie mit Stühlen zugestellt. Offensichtlich sollte niemand zu früh eindringen. Was die Wirtin im Inneren antrifft, sind ein versiegeltes Kästchen und ein Reisesack, auch Felleisen genannt, schwarzledern und gleichfalls versiegelt. Die Toten sind bald identifiziert: Es handelt sich um Henriette Vogel, Ehefrau des Königlich Preußischen Landesrechnungsführers (Rendanten) Ludwig (Louis) Vogel, und um den Leutnant a. D. und keineswegs unbekannten Dichter Heinrich von Kleist.

Gegen 18 Uhr sind zwei Herren aus Berlin eingetroffen, die von den Verblichenen angekündigten *Gäste*, mit denen man angeblich zu Abend speisen wollte. Der eine sichtlich aufgelöst, ist der Gatte der Erschossenen. Der andere, Kriegsrat Ernst Friedrich Peguilhen, ein enger Freund der beiden Unglücklichen. Dieser hatte durch den nach Berlin geschickten Briefboten folgende Zeilen von Henriette erhalten: *Mein sehr werter Freund! Ihrer Freundschaft, die Sie für mich bis dahin immer so treu bewiesen, ist es vorbehalten, eine wunderbare Probe zu bestehen, denn wir beide, nämlich der bekannte Kleist und ich, befinden uns hier bei Stimmings, auf dem Wege nach Potsdam, in einem sehr unbeholfenen Zustande, indem wir erschossen daliegen und nun der Güte eines wohlwollenden Freundes entgegensehen, um unsre gebrechliche Hülle der sicheren Burg der Erde zu übergeben...* Alles, so fährt sie fort, solle der Beauftragte möglichst so organisieren, damit ihr *guter Vogel möglichst wenig dadurch erschreckt* werde...[2]

Heinrich von Kleists letzter Brief liegt in dem versiegelten Kästchen und ist an seine Halbschwester Ulrike gerichtet. Mit ihr ist er gereist. Sie hatte ihm unzählige Male finanziell aus der Patsche geholfen, bis sie selbst an ihm verzweifelte. Ihr schreibt er am Morgen seines Todes: *Du hast an mir getan, ich sage nicht, was in Kräften einer Schwester, sondern in Kräften eines Menschen stand, um mich zu retten: die Wahrheit ist, daß mir auf Erden nicht zu helfen war.*[3]

Obduktion

Man wartet bis spät nachts auf die Polizei. Am anderen Tag, dem 22. November, läßt Rendant Vogel sich eine abgeschnittene Locke von der Leiche seiner Frau bringen. Er hatte eine glückliche Ehe mit ihr geführt, nun hatte sie ihn samt Pauline, der zehnjährigen gemeinsamen Tochter, für immer zurückgelassen. Er reist mit Kriegsrat Peguilhen noch am Morgen nach Berlin zurück.

Um zwei Uhr nachmittags erscheint ein Unterbeamter der Berliner Polizei, begleitet von dem Hofmedicus Sternemann. Man schafft die beiden Toten von der Unglücksstelle und trägt sie in ein dem Gastwirt gleichfalls angehörendes benachbartes kleines Bauernhaus. Dort wird unter Hinzuziehung des Stadtchirurgen Greif zur Klärung der Todesursache an beiden Verstorbenen eine gründliche Obduktion vorgenommen. Es ist fünf Uhr nachmittags, die Untersuchung erfolgt in einer Kammer bei Kerzenlicht. Die weibliche Leiche, pockennarbig, von blendend weißer Haut, starken Brüsten, wohlproportionier ter hoher Statur, weist unterhalb der linken Brust ein von Schießpulver gebranntes rundes Loch auf, durch das man mit dem bloßen Finger in die Brusthöhle vordringen kann. Die, nach der langen Pistolenmündung zu schließen, nicht eben kleine Kugel war, ohne eine Rippe zu verletzen, durch die Rückenwand wieder ausgetreten. Im Unterleib stößt man auf eine hoffnungslos verkrebste Gebärmutter, von der die Erkrankte unterrichtet gewesen war. Der Schrecken darüber mochte ihren Entschluß, freiwillig aus dem Leben zu scheiden, wesentlich bestimmt haben.

Von der Zersägung des Schädels, die sich für den Tatbestand ohnehin erübrigte, mußte man absehen, nachdem das Sägeblatt bei der Öffnung der ungewöhnlich starken Hirnschale des zuvor obduzierten Dichters in Stücke gesprungen war. Bei diesem war die im Mund angesetzte Ladung Blei ins Gehirn gedrungen. Dessen Masse erscheint den Medizinern ungewöhnlich fest, keineswegs krankhaft verhärtet oder verbildet. Zwei Reihen guter Zähne hatten durch den Schuß keinen Schaden erlitten. Die Kinnbacken ließen sich nur mit Hilfe eines eisernen Hebels voneinander trennen. Die Sezierung des entkleideten Körpers vollzieht sich problemlos: Herz und Lunge in einwandfreiem Zustand, desgleichen sämtliche Organe des Bauchraumes, lediglich die Leber vergrößert. Heinrich von Kleist, Sproß eines zähen preußischen Soldatengeschlechtes, war kerngesund, was immer man von Fieberanfällen, Darmverstimmungen, nervlich angegriffenem Darniederliegen... über ihn im Laufe seines kurzen Lebens erfahren haben mochte. Man schätzt den Toten auf 40 Jahre, die drei

Jahre jüngere Gefährtin auf Mitte dreißig. Nach den Größenmaßen – fünf Fuß, sechs Zoll – dürfte der Dichter keine 1,70 groß gewesen sein.

Gegen Mittag des gleichen Tages war Kriegsrat Peguilhen noch einmal aus Berlin zurückgekehrt. Er ließ aus der Hauptstadt zwei Särge kommen und neben den Erschossenen ein Grab ausheben. Nachdem die Obduktion abgeschlossen ist, werden die Leichen in die Särge gelegt. Die Beisetzung erfolgt am gleichen Abend zehn Uhr.

Mysteriöse Freundschaft

Das schwarze Felleisen, das man in einem der Gästezimmer fand, gehörte dem Todesschützen. Es soll als Geschenk an den Hauswirt seines letzten Berliner Domizils gehen, Mauerstraße 53. Der Kasten der Madame Vogel muß aufgebrochen werden. Auch er enthält neben Briefen, Geld, Kleidungsstücken der Eigentümerin Gegenstände des Freundes. So in Papier eingewickeltes Geld für den Barbier, den er für den laufenden Monat noch nicht bezahlt hatte. Abschiedsbriefe wird man in der Gesindestube des Vogelschen Hauses in einem Koffer finden. Er ist mit einem Vorhängeschloß aus Messing versehen. Der Schlüssel dazu liegt gleichfalls in Henriettes Kasten...

Der Kriegsrat Ernst Friedrich Peguilhen gibt zu Protokoll: Er kenne den Landschafts-Rendanten Vogel seit neun, dessen Gattin seit vier Jahren. Als Freund der Familie sei er häufig Gast im Hause Vogel gewesen. So lange er die Dame kenne, sei sie krank und von *zartem, äußerst reizbaren Nervensystem* gewesen, so daß sie immer wieder gewünscht habe zu sterben. Sie habe überdies *überspannte religiöse Begriffe* gehabt und einen *hohen Grad von Glückseligkeit in der Fortdauer nach dem Tode* gesetzt. Gespräche darüber habe sie mit Vorliebe bis ins Detail geführt und ihren Standpunkt gegen ihn, den Gast, aufs Heftigste verteidigt.[4]

In einer späteren Niederschrift lobt Peguilhen den hohen Grad ihrer Belesenheit. Sie habe ihren Geist durch Shakespeare, Goethe, Homer, Cervantes genährt, habe sich außerdem im Klavierspiel und Gesang durch *meisterhaften Vortrag der schwierigsten Kompositionen* ausgezeichnet...

Durch einen angesehenen Arzt, der sich allzu offen über ihren Zustand ausgelassen hatte, sei Sie über ihre Krebserkrankung im Bilde gewesen, habe also gewußt, daß ihr eines Tages der *allerfurchtbarste Tod* bevorstehen würde. Der Chirurgus, der ihre Leiche untersuchte, soll dazu geäußert haben, daß er sich lieber *zehnmal lebendig rädern* ließe, als ein so qualvolles Ende zu erleiden.[5]

Peguilhens amtliche Aussage hinsichtlich ihres Todesgefährten hält fest, daß der ehemalige Leutnant im Regiment Königliche Leibgarde Herr von Kleist durch den Hofrat Adam Müller vor etwa zwei Jahren bei Vogels eingeführt worden sei. Dieser habe *ähnlich schwärmerisch religiöse Gesinnungen wie Madame Vogel* gehegt.[6] Durch diese Gemeinsamkeit zu Freunden geworden, wäre der verabschiedete Offizier im Hause Vogel aus- und eingegangen. Er habe Stunden mit der Hausfrau am Fortepiano gesessen, zu zweit hätten sie Choräle gespielt und gesungen. Doch habe die vielseitig, auch an realen Dingen wie Drechslerhandwerk, Fechtsport, Feldschlachten Interessierte sich von Kleist sogar in *Elementen der Taktik und Kriegskunst* unterweisen lassen.[7] Wörtlich heißt es in Peguilhens protokollarischer Aussage: *Überhaupt glaube ich nach den von mir gemachten Bemerkungen behaupten zu können, daß zwischen beiden eine Sympathie der Seelen und eine geistige Liebe stattgefunden* (hat), *die durch Phantasie und überspannte religiöse Begriffe und Ansichten einen so hohen Grad erreicht*(e), *daß beide endlich die Auflösung ihrer Körper für das höchste Glück angesehen und danach gestrebt haben.*[8]

Die schwärmerische Exaltiertheit Henriettes läßt sich aus einem Brief an Kleist ablesen, in dem sie den Freund mit 90(!) blumigen Attributen verherrlicht: *Mein Heinrich, mein Süßtönender, mein Hyazinthenbeet, mein Wonnemeer, mein Morgen- und Abendrot, meine Äolsharfe, mein Tau, mein Friedensbogen, mein Schoßkindchen, mein liebstes Herz, meine Freude im Leid, meine Wiedergeburt, meine Freiheit, meine Fessel, mein Sabbat, mein Goldkelch...*[9] In den Abschiedszeilen an den Ehegatten überströmt ihr verzücktes Gemüt – *...so viel weiß ich zu sagen, daß ich meinem Tode als dem größten Glücke entgegensehe; könnte ich Euch doch alle, die ich liebe, mitnehmen, möchtet Ihr doch bald zum ewigen herrlichen Verein folgen, ach! dann bliebe mir gar nichts mehr zu wünschen übrig.*[10]

Der Freund hat sich ihrem Wahn voll verschwistert, wie seine letzten Briefzeugnisse verraten. Marie von Kleist, seiner angeheirateten Berliner Kusine – sie hat ihm die letzten Jahre besonders beigestanden – schreibt er in Stimmings Krug bei Potsdam am Tag seines Todes: *Meine liebste Marie, wenn Du wüßtest, wie der Tod und die Liebe sich abwechseln, um diese letzten Augenblicke meines Lebens mit Blumen, himmlischen und irdischen, zu bekränzen, gewiß würdest Du mich gerne sterben lassen.*[11]

Sexualität scheidet aus. Henriette ist krank. Als das Dienstmädchen am letzten Morgen zu ihr heraufkommt, um der Dame beim Schnüren zu helfen, war der Türdrücker zum Nachbarzimmer herausgezogen. Als der Freund anklopft, verwehrt die Freundin ihm den Eintritt, gibt vor, sich vor ihm zu genieren. Die Liebe zwischen Henriette und dem Geliebten bleibt platonisch, ganz auf den Endzweck gerichtet, dem zweisamen Ausscheiden aus dem Leben, in dem sie nach beider festen Überzeugung nichts mehr zu bestellen haben. Marie kann er darum guten Gewissens versichern: *Kann es Dich trösten, wenn ich Dir sage, daß ich diese Freundin niemals gegen Dich vertauscht haben würde, wenn sie weiter nichts gewollt hätte, als mit mir leben?*[12]

Königliches Mißfallen

Kriegsrat Ernst Friedrich Peguilhen begnügt sich nicht mit seiner protokollarischen Aussage vor der Polizei. Er sieht sich auch verpflichtet, die Nachricht über das tragische Geschehen in wichtigen Berliner Zeitungen anzuzeigen mit der Ankündigung eines näheren Berichts. Der soll die Unglücklichen vor allzu voreiliger öffentlicher Verurteilung schützen, seien alle beide doch die *Liebe und Reinheit* selbst gewesen. Sie hätten nicht nur Menschen zurückgelassen, die das Glück hatten, mit ihnen zu leben, vielmehr *verwandte Geister aller Jahrhunderte.*[13]

König Friedrich Wilhelm III. ist über die Zeitungsmeldung außer sich. Er sieht das *moralische Urteil verwirrt und die Kraft des Volkes im innersten Keim vergiftet*; wenn es nämlich *jedem, dessen sittliches Gefühl erstorben ist, freistehen soll, seine verkehrten Ansichten in Blättern, die in jedermanns Hände kommen, laut und mit anmaßender Verachtung Besserdenkender zu predigen.*[14] Peguilhen fühlt sich zutiefst beschämt, trägt schwer an dem *Vergehen*, so beteuert er dem Kanzler Hardenberg in einem demütigen Brief, seinem *über alles geliebten und verehrten, ohnedies schon tief gebeugten Könige auch nur einen Augenblick des Mißvergnügens verursacht zu haben.*[15] Sein Beitrag wollte doch nur verdeutlichen, daß es für den Mann einen schöneren Tod gebe als den kleistischen, nämlich den fürs Vaterland. Drei Tage drauf ergeht an den Kriegsrat folgendes Schreiben des Berliner Polizeipräsidenten: *Ew. Wohlgeboren mache ich hierdurch bekannt, daß des Königs Majestät befohlen haben, daß die von Ihnen angekündigte Schrift über den Mord und Selbstmord des von Kleist nicht im Druck erscheinen soll, weshalb den sämtlichen Buchdruckern bei Strafe untersagt worden ist, solche zum Druck zu übernehmen.*[16]

König Friedrich Wilhelm III. hat seine Gründe, das tragische Ende des alles andere als namenlosen Bühnendichters, nicht allzu laut werden zu lassen. Trug er doch an dessen Schicksal keine geringe Mitverantwortung.

Die strenge Zensur durch die preußische Regierung verhinderte nicht, daß ganz Berlin über die Tragödie der beiden Menschen sprach, das Urteil des Publikums über sie, dem moralisch indignierten Monarchen zum Trotz, durchaus *schonend*, um nicht zu sagen *ehrend* ausfiel, wie es Kleists Freund und Dichterkollege Friedrich von Fouqué beobachten konnte.[17] Auch reichte die königliche Macht nicht aus, um den Windstoß einzudämmen, der die erschütternde Kunde in den publizistischen Blätterwald des gesamten deutschen Sprachraums geweht hatte, daß über die Grenzen hinaus sogar englische, französische Journale davon erfaßt wurden. Die *Londoner Times* – meldete den Freitod des *M. Kleist, the celebrated Prussian Poet.*[18] Das Pariser *Journal de l'Empire* merkte an: *Die ganze Stadt* (Berlin) *spricht von einem schrecklichen Ereignis.*[19] Die Berner Presse gab sich besorgt über schlimme Folgen eines poetischen Mystiziums.[20] Die Augsburger Allgemeine Zeitung entsetzte sich: *Sie beteten, sangen und exaltierten sich durch einige Flaschen Wein, Rum und 16 Portionen Kaffee; dann meldeten sie in einem Brief dem Herrn Vogel ihr Vorhaben und baten ihn, eiligst zu kommen, um ihre Leichname zu beerdigen.*[21] Cottas Kommentator im *Morgen-*

blatt für den gebildeten Leser schlug die Hände über dem Kopf zusammen: *Armes Deutschland! Wenn deine wahnsinnigen Schriftsteller ihre Tollheit bis zum Morde treiben, welche Nation wird der Mörder mehr zählen als du?* Der Verfasser – des *Käthchen von Heilbronn – eine unheilbarer Kranker.*[22]

Im Land des deutschen Geistes regt sich überwiegend tiefes Bedauern, man ahnte, daß hier nicht irgendein Stückeschreiber allzufrüh aus dem Leben geschieden war. Der Gelehrte Christian Gottfried Körner, Schillers Dresdener Freund, sprach von einem *Verlust für die deutsche Literatur.* Sohn Theodor hingegen sah in dem Verstorbenen *das überspannte Wesen der Preußen deutlich ausgedrückt.*[23] E.T.A. Hoffmann schrieb aus Bamberg seinem jüdischen Freund, dem Berliner Verleger Eduard Hitzig: *Das dumme Geschwätz in öffentlichen Blättern von Leuten, die vor einem Strahl von Kleists Genius in die erbärmliche Nußschale, die sie für einen Palast mit sieben Türmen ansehen, sich verkrochen hätten, dieses dumme Geschwätz von Leuten hat mich überaus angeekelt.«*[24] Die französische Schriftstellerin Madame de Stael, die Deutschland bereiste und mit ihrem gerade erschienenen Buch *De l'Allemagne* ihrer eigenen Nation das Land der Dichter und Denker zu erschließen versuchte, fand für das Geschehen am Kleinen Wannsee wenig Verständnis: *Und hatte dieser Mensch, der sterben wollte, kein Vaterland, für das er kämpfen konnte?*[25]

Zu allen Zeiten wird man sich fragen: Wie konnte ein Mensch in den besten Jahren, der mit sieben fertigen Dramen, zwei Bänden unübertrefflicher Erzählprosa, kerngesund an Körper und Geist – die Schaffensenergie hatte sich nicht erschöpft –, sein Leben einfach wegwerfen? Und zwar nicht in der Verzweiflung, die im Nichtmehrsein den einzigen Ausweg sieht, sondern rauschhaft glückselig, als trete man nach dem Todesschuß geradewegs ins Paradies ein. *Ein Strudel von nie empfundener Seligkeit hat mich ergriffen.*[26] Der Schwester Ulrike wünscht er: *Möge Dir der Himmel einen Tod schenken, nur halb an Freude und unaussprechlicher Heiterkeit, dem meinigen gleich.*[27] – In einem Abschiedsgruß an die Hofrätin Sophie Müller sieht er sich und die Herzensfreundin als Seelen, zwei *fröhlichen Luftschiffern* gleich, *sich über der Welt erheben... Wir wollen nichts von den Freuden dieser Welt wissen und träumen lauter himmlische Fluren und Sonnen, in deren Schimmer wir, mit langen Flügeln an den Schultern, umherwandeln werden.*[28]

Klar, sie hatten in den letzten Lebensstunden mehr als eine Flasche Wein genossen, sich, wie schon erwähnt, reichlich mit Rum versorgt. Von einem Betrunkenen niedergeschrieben sind die Lebenszeugnisse kurz vor dem Ende dennoch nicht. Was also machte dem Dichter Heinrich von Kleist das Leben und die Welt, in der er es zu führen hatte, so zuwider, daß er sich auf die Selbsterschießung unbändig freut wie ein Kind auf seine Bescherung am Heiligabend? Warum bezeichnet er Marie von Kleist gegenüber sein Leben als das *qualvollste, das je ein Mensch geführt* hat?[29] Warum hatte die Welt mit dem, was sie ihm in 34 Jahren neben allen Widrigkeiten sicherlich auch an Annehmlichkeiten, Freuden, Hoffnungen geboten hatte, bei ihm so restlos verspielt, daß er keinen gesteigerten Wert mehr darauf legte, ihr wenigstens das geschaffene Werk zu hinterlassen, weshalb er am Vorabend nichts Eiligeres zu tun hatte, als Scheiterhaufen zu zünden, denen alle seine Manuskripte zum Opfer fielen? Unwiederbringliches ist der Nachwelt auf die Weise verlorengegangen, darunter mit großer Wahrscheinlichkeit ein zweibändiger Roman. Sein letzter großer Wurf *Prinz Friedrich von Homburg* blieb einzig durch den Glücksumstand erhalten, daß anderenorts eine Abschrift von ihm existierte...

Litt Kleist unter krankhaften Depressionsschüben? Briefstellen, in denen er klagt, daß ihm schon das Tageslicht weh tue, wenn er bloß die Nase aus dem Fenster stecke, könnten solchen Verdacht nähren. Ekelte ihn die Mitwelt? Das Dasein? Die eigene Person? Quälten ihn einige ihm auf die Dauer unerträglich gewordene Charakterdefiziten, Gewohnheiten, die er an sich verabscheute und doch nicht ausschalten konnte? Zerbrach er an übersteigertem Ehrgeiz, der ihm mit keiner noch so überzeugenden Leistung Genugtuung verschaffen wollte? Hing ihm die ständige Mittellosigkeit zum Halse heraus? Das Auf-Pump-Leben-Müssen? Dieses ewige »Schwesterherz, kannst Du mir Geld vorschießen?« bezahlt mit dem familieninternen Dauertadel, ein Kleist zu sein, der es beruflich noch immer zu nichts gebracht hatte? Konnte er den noch immer ausstehende Posaunenstoß eines literarischen Anfangserfolgs à la *Räuber* eines jungen Schiller, à la jung Goethes *Götz* einfach nicht verwinden? Aber bitteschön – mit 34 Jahren! Man hatte seine Erzählungen verlegt, Stücke von ihm aufgeführt, sie in angesehenen literarischen Zirkeln mit verteilten Rollen gelesen. Kein Geringerer als der Weimarer Dichterkönig hatte sich seines ersten Lustspiels angenommen. Gut, es war bei der Aufführung durchgefallen. Doch der Fehler hatte an der falschen Regie, nicht am Autor gelegen. Mit 34 Jahren ist für einen aufstrebenden Schriftsteller längst nicht aller Tage Abend! Sein Landsmann, der Preuße Theodor Fontane, wird als Romancier 13 Anläufe benötigen, bis ihm mit Nr. 14 *Effi Briest* der Durchbruch endlich gelingt. Im 77. Lebensjahr.

Es gab in literarischen Kreisen durchaus Persönlichkeiten, die Kleists einzigartiges Talent erkannten, ihm menschlich zugetan waren. Er hatte Freunde. Er hatte Freundinnen. Wo also liegen die Ursachen für diese menschliche Tragödie? Wir wollen im folgenden versuchen, Erklärungen für dieses Rätsel zu finden, sei es auch nur mit dem Teilziel, der außergewöhnlichen Persönlichkeit um einige Fußbreit näherzukommen. Kleists Leben liegt uns nicht im entferntesten so offen vor, wie das seiner beiden Weimarer Konkurrenten. Manche Phase seines Werdegangs verläuft im dunkeln, ohne daß Nennenswertes darüber dokumentiert wäre. Was wir vor uns haben, sind rund 230 Briefe von Kleists Hand, das dichterische Werk, Essays, Zeitungsbeiträge..., schließlich Zeitzeugenberichte. Auch sie fallen, verglichen mit der Fülle, die sich über Weimarer Größen auftreiben ließe, karg, dazu widersprüchlich aus. Vieles, was die Forschung über zwei Jahrhunderte zu Kleist zusammengetragen hat, läßt sich so und so deuten. Urteile über seine Person sind dokumentarisch selten bis kaum zu belegen. Wirkliche Beweise zur Festlegung eines konturenfesten Psychogramms? Schön wäre es, wenn es sie wirklich gäbe.

Die Ruhestätte

Der gemeinsame Freund Ernst Friedrich Peguilhen hatte Henriettes Wunsch, an der Seite ihres Todesgefährten *der sicheren Burg der Erde übergeben* zu werden, entsprochen.[30] Auf geweihtem Friedhofsacker zu ruhen stand Selbstmördern im 19. Jahrhundert nicht zu. Ohne die unmittelbare Nachbarschaft von Sterbeplatz und heutiger Grabstelle kategorisch auszuschließen, berechnen Grabforscher unserer Tage dennoch eine Entfernung zwischen beiden Stätten bis zu 170 Metern. Die Sanddüne sei bei Windverwehung gewandert. Auch habe der Besitzer von Dreilinden Prinz Karl Friedrich in Nähe des Grundstücks eine Ziegelei betrieben, der Lehmabbau habe sich bis zu dem Grab ausgedehnt. Man unterstellt dem Besitzer des Unternehmens sogar, daß unter ihm die Überreste möglicherweise ausgegraben und an entfernter Stelle wieder beigesetzt, wenn nicht gar in aller Heimlichkeit entsorgt worden seien...

Daß man zu solchen Spekulationen überhaupt genötigt ist, verrät, wie wenig man sich, wie im Falle Bachs, Mozarts, Schillers..., staatlicherseits um den Verbleib der Gebeine dieses bedeutenden Deutschen bekümmert hat. Grabpilger von Kleistverehrern, deren Zahl im Laufe der folgenden Jahrzehnte beachtlich wuchs, finden, wie sie hinterher berichten, auf der Höhe verdorrte Pappeln vor, müssen sich den Weg durch Gestrüpp frei hauen, entdecken auf den Grabhügeln hinterlassene Spuren weidender Rinder... Der Wanderer durch die Mark Brandenburg Theodor Fontane entdeckt *seitab und einsam im Schatten*, von einem Eisengitter eingefaßt, zwei Grabsteine – der eine ein *abgestumpfter Obelisk* mit dem Namen des Dichters und falschem Geburtsdatum. Der Stein der Gefährtin *ein pultartig geschrägter Marmor.* Der Gesamteindruck düster, verlassen.[31]

1936 wird der Obelisk durch einen neuen, sich aufwärts leicht verjüngenden Stein ersetzt. Die beiden Alexandriner eines fremden Dichters mit Hinweis auf Matthäus 6, Vers 12 *Vergib uns unsere Schuld...* wird durch ein Zitat des Toten selbst ersetzt. Entnommen aus dem *Prinzen von Homburg*, Monolog der vorletzten Szene. Der Prinz, moralisch und menschlich gereift, ist bereit, den Todesstreich, den er verdient zu haben glaubt, zu empfangen: *Nun, o Unsterblichkeit, bist du ganz mein.*[32] Das falsche Geburtsdatum wird erst in den fünfziger Jahren korrigiert.

Und heute? Ein Pensionär des Stadtviertels, der sein Hündchen spazierenführt, weist dem Besucher den Weg. Das Ziel ist schon ganz nah. Bemerkung des Pensionärs: »Seien Sie nicht zu sehr enttäuscht, es sieht trostlos aus.« In der Tat. Eine verwahrloste Stätte unter Bäumen. Der Grabstein bemoost, verwittert. Keine Bepflanzung, kein Blumenstrauß, kein Tannenzweig, kein Kerzengesteck. Auf dem Stein eine leere Tasse ohne Henkel. Ein darin zurückgelassener kahler Blumenstengel zeugt von ihrer einstigen Zweckbestimmung. Fontane hatte wenigstens ein angewelktes Sträußchen Feldblumen von unbekannter Hand angetroffen. Auch ist er bei seinem Besuch nicht allein. Eine vierköpfige Gruppe hält sich vor dem Grab auf, begleitet von einem Pinscher. Kleine Leute. Fontane belauscht das Gespräch: »Er soll ja so furchtbar arm gewesen sein.« Immerhin. Man hatte eine Ahnung, wer der Tote war. Unterhält sich sogar über das *Käthchen von Heilbronn* – »immer so nachlaufen und sich alles gefallen lassen?«[33]

Welcher Studierte in unserem Land kennt heute *Das Käthchen von Heilbronn*, wem ist Heinrich von Kleist überhaupt noch ein Begriff? Der literarische Rang von Kleists Dichtungen wird von keinem wissenschaftlichen Fachgelehrten angezweifelt. Doch welcher Deutschlehrer setzt seinen Schülern noch *Michael Kohlhaas* – vor?

Es wird 2011 viel Rummel um Kleists 200jähriges Todesjubiläum geben. Es wird ihm einen Kometenflug lang die Grabesruhe rauben. Ist der Lärm erst einmal vorbei, wird er, davon darf man getrost ausgehen, ein Opfer der deutschen Bildungskatastrophe bleiben.

1 Sembdner, Lebensspuren S. 465
2 S. 461
3 H.v.K., Sämtl.Werke Bd. 2 S. 887
4 wie 1. S. 449
5 wie 1. S. 450
6 wie 4.
7 wie 5.
8 wie 4.
9 wie 1. S. 455
10 S. 457
11 wie 3. S. 887
12 ebd.
13 wie 1. S. 480
14 S. 481
15 S. 482
16 S. 483
17 Sembdner, Nachruhm S. 45
18 S. 41
19 S. 40
20 S. 38

[21] S. 24
[22] S. 48
[23] S. 31
[24] S. 35
[25] S. 60
[26] wie 11.
[27] ebd.
[28] wie 3. S. 885
[29] wie 11.
[30] wie 2.
[31] Fontane, *Fünf Schlösser, Teil Dreilinden*
[32] wie 3. S. 707
[33] wie 1.

»Mein liebes Dresden«[1]

Schlagen wir im Buche dieses allzu kurzen Erdendaseins zunächst ein Kapitel auf, das Heinrich von Kleist vorübergehend froh, ja glücklich zeigt. Es geht bergauf. Der Schwester Ulrike kann er vermelden: *Kurz, es geht alles gut.*[2] Verbunden bleiben diese nach eigenem Bekenntnis *frohesten Stunden* seines Lebens mit einer deutschen Stadt: D r e s d e n.[3] Mit 24 Jahren betritt er sie zum ersten, nein zum zweiten Mal. Nur kann man den ersten Aufenthalt für lediglich zwei Tage im September 1800 kaum rechnen. Der Besucher hat noch gar nicht die Muße, die Stadt mit ihren Schätzen zu würdigen. Mehr hat es ihm hinter Dresden die sächsische Landschaft angetan: *Die Weißritz stürzt sich gegen die Wand eines vorspringenden Felsens und will ihn gleichsam durchbohren. Aber der Felsen ist stärker, wankt nicht und beugt ihren stürmischen Lauf.*[4] Entzückt ruft er aus: *O welch ein herrliches Geschenk des Himmels ist ein schönes Vaterland!*[5] Doch die Liste der verschiedenen Reisestationen ist lang: Freiberg, Chemnitz, Lungwitz, Zwickau, Bayreuth, Würzburg, dann die Rückreise über Meiningen, Gotha, Erfurt, Naumburg, Merseburg, Halle, Dessau, Potsdam... innerhalb von fünf Tagen.

Das zweite Mal, ein Jahr später, vollzieht sich die Unternehmung gemächlicher. Ulrike und Heinrich, das Geschwisterpaar, hat Mitte April 1801 Berlin den Rücken gekehrt. Man reist herrschaftlich in Kalesche, einer leicht gebauten Kutsche mit aufklappbarem Verdeck, führt ein eigenes Pferdegespann. Johann, ein Diener, wurde ihnen von einem Verwandten beigegeben.

Es ist Anfang Mai. Kleist liegt auf der Brühlschen Terrasse, hat das Buch, in das er sich vertiefen wollte, beiseite gelegt, läßt den Blick vom hohen Ufer über das Elbtal schweifen. Bilder des französischen Malers Claude Lorrain fallen ihm ein. *Eine Landschaft auf einen Teppich gestickt, grüne Fluren, Dörfer, ein breiter Strom, der sich schnell wendet, Dresden zu küssen, und hat er es geküßt, schnell wieder flieht.* Und die Natur? *Sah aus wie ein fünfzehnjähriges Mädchen.*[6]

Er wäre nicht Kleist, schwängen in seinen sich vielfältig verzweigenden Betrachtungen nicht melancholische Untertöne mit. Ein *gan-*

zes Meer von Freude scheint *über die Schöpfung ausgegossen, nur ich allein ging leer aus.* Und doch – die Reise hierhin hat ihn gerettet von einer Hauptstadt, die ihn nach eigener Erkenntnis *keine wahrhaft vergnügte Stunde* beschieden hat, erlöste ihn vom Gequas zu nichts führender wissenschaftlicher Studien, befreit ihn für Augenblicke von seinem grüblerischen Ich.[7]

Er läßt die Silhouette auf sich wirken, einzigartiges Juwel barocker Baukunst. Er genießt die von den wettinischen Herrschern angehäuften Kunstschätze, die schon seit Generationen alle Welt nach Dresden lockt. Da ist die Kupferstichsammlung, das Antikenkabinett, der Saal der Gipsabgüsse und immer wieder Verweilen in der weit gerühmten Bildergalerie. Ewigkeiten verharrt er vor dem Meisterwerk Nummer 1 abendländischer Renaissancemalerei: Raphaels Sixtinischer Madonna mit dem unkindlichsten aller Jesuskinder auf dem Arm, dem Gottessohn, wie ein Heros thronend, die Männeraugen spähen über den Betrachter hinweg. Andere Große haben vor ihm mit gleicher Andacht hier verweilt: Lessing, Goethe, Schiller. Nachgeborene Große werden folgen – Fontane, Nietzsche, Hauptmann, Richard Wagner, Thomas Mann...

Was dem Hochmusikalischen mehr noch als alles andere unter die Haut geht, ist die Kirchenmusik. Nicht die Bachsche, die muß die Welt erst noch wiederentdecken. Es sind die geistlichen Klänge in der katholischen Hofkirche. Sie behexen ihn, wie jene bilderstürmerischen Jünglinge in seiner Novelle von dem zauberischen Walten der heiligen Cäcilie behext werden. Auf der Stelle will er konvertieren: *Unser* (protestantischer) *Gottesdienst ist keiner. Er spricht nur zu dem kalten Verstande, aber zu allen Sinnen ein katholisches Fest.* Verstohlen beobachtet er einen vor den untersten Stufen des Altars knienden Menschen: *betend mit Inbrunst. Ihn quälte kein Zweifel, er g l a u b t.* Der Besucher hätte nicht übel Lust, sich neben dem Gläubigen *niederzuwerfen und zu weinen.*[8]

Es werden Ausflüge unternommen in die nächste Umgebung – Moritzburg, Pillnitz, Tharandt... Die Feste Königstein, die Felsen im Hintergrund erscheinen ihm wie ein bewegtes Meer von Erde, *in schönsten Linien geformt, als hätten Engel im Sande gespielt.*[9] Die wilde Weißeritz, die so tückisch über die Ufer treten kann, die ganze Region wird er bald wie seine Westentasche kennen: Wilsdruff,

Hainichen, Döbeln... Das wird sich einst in seiner berühmtesten Dichtung niederschlagen.

Die Kutsche rollt bis tief nach Böhmen hinein, man läßt sie leer über Land zurückfahren und schippert auf dem Fluß wieder gen Dresden. Man begegnet zwei Fischern, die schweißtriefend gegen die Strömung rudern. Kleist, kräftig an Rumpf und Gliedern – er war Soldat –, juckt es in den Händen. Er entreißt dem Schiffer das Ruder, müht sich mit Leibeskräften. Jetzt nur nicht schlapp machen! Eine Meile lang hält er durch, das sind fast siebeneinhalb Kilometer. Er wischt sich den Schweiß von der Stirn, setzt sich zu Ulrike, ihre Hand ist kalt, er denkt an die Braut, die er in Frankfurt zurückgelassen hat.

Er beneidet die Maler, die, ein Brett auf den Knien, den Stift in der Hand, Dresdens grüne Umgebung kopieren. Könnte man sich mit 24 noch auf diese Kunstbranche umstellen? Mit Erfolg? Er befragt einen der Glücklichen. Der verweist auf einen namhaften englischen Kollegen, der es mit 40 noch gelernt habe. Im Hause der Familie von Schlieben – Verwandte hatten ihm den Kontakt vermittelt – lernt er den jungen Landschaftsmaler Heinrich Lohse kennen. Er gewinnt ihn zum Freund, scheint den ein Jahr Älteren glühend zu lieben. Erwiderte dieser Kleists Gefühle? Lohse wird, nachdem sich die Reise Richtung Frankreich fortsetzt, dem Dichter nach Paris folgen. Zu zweit werden sie in die Schweiz weiterreisen, Ulrike allein nach Preußen zurückkehren. An der Seine haben sich die Freunde glänzend verstanden. In Metz kommt es, man weiß heute nicht aus welchem Grund, zum Zerwürfnis. Möglicherweise über eine Nichtigkeit. Kleist diskutierte leidenschaftlich, will dann aber recht behalten. Der Freund, sanft im Handeln, wie ihm Kleist bescheinigt, kann im Wort lospoltern.[10] Schmerzhaft Liebende sind Mimosen, wenn sie Heinrich von Kleist heißen, allemal. In Basel kommt es zum endgültigen Bruch. *Unsere Lebenswege scheiden sich, lebe wohl – Und wir sollten uns nicht wiedersehen.* – Helle Verzweiflung: *O wenn Gott mein krankhaftes Gefühl nicht betrügen wollte, wenn er mich sterben ließe! Denn niemals, niemals werde ich glücklich sein, auch nicht wenn Du wiederkehrst...Oh geht, geht, Ihr habt alle keine Herzen –.* Kleist, allein gelassen, bittet Lohse um Verzeihung: *Ich weiß, daß eine Schuld auf meiner Seele haftet.* Er sehnt sich nach Umarmung, stößt im gleichen Satz den Freund wieder zurück...[11]

Karoline von Schlieben

Lohse hat sich mit der erst 17jährigen Karoline von Schlieben verlobt. Trifft es zu, daß sich zwischen Henriette, der sieben Jahre älteren Schwester, so wurde verschiedentlich angenommen, und Kleist eine Verlobung anbahnte? Und ist es darum Henriette, die beim Abschied des zur Weiterreise drängenden Gastes *aus vollem Herzen weint*, wie wir in einem Brief von ihm erfahren (er nennt den Namen der Weinenden nicht)?[12] Schreiben tut Kleist von Paris aus der ihm vermutlich reizvoller erscheinenden jüngeren Karoline. Er druckst: *Entsinnen Sie sich wohl noch eines armen kleinen Menschen, der vor einigen Monaten* (es ist inzwischen Juli) *an einem etwas stürmischen Tage, als die See ein wenig hoch ging, mit dem Schiffchen seines Lebens in Dresden einlief und Anker warf...?* Er ruft dem Mädchen die kühlen Abende ins Gedächtnis, die man gemeinsam in heiterem Gespräch unter dunklen Linden durch den Schloßgarten gestreift war, wie man auf der Elbbrücke dem untergehenden Sonnenball nachgeschaut und er das Mädchen im Antikensaal *durch den Olymp der Griechen voll Göttern und Heroen* geleitet hatte...[13] Und nun läßt er allen Unmut schäumen über das ihm gräßlich anmutende Paris. Wie wenig hielt es für ihn dem Vergleich mit seinem zärtlich geliebten Dresden stand. Dort hatte er *Wohlwollen von guten Menschen* gefunden.[14]

Zwei Jahre später begegnen wir Kleist wiederum in Dresden. Als er die Schwelle des Schliebenschen Hauses betritt, fühlen sich beide, Karoline wie Kleist, befangen und verwirrt. Karoline an Heinrich Lohse: *Ich war betreten, wollte etwas zurückhaltend sein, und freute mich doch recht herzlich.*[15] Sie hatte ihm damals zum Abschied ein Halbhemdchen bestickt. Obwohl sie versichert, in Gedanken nur bei dem Bräutigam zu sein, muß sie doch von dem Freund erzählen – von dessen *Herzensgüte*. Vergessen möchte sie dabei, daß er seinerzeit ihr gegenüber nicht immer zu Lohses Gunsten gesprochen hatte. Karoline voll Verzweiflung darüber, daß ihr Zukünftiger sie aus der Ferne schon allzulange ohne ein Lebenszeichen gelassen hatte, fuhr dem

Gast aus Preußen mit ihrem Gram so in die Seele, daß dieser schließlich zur Feder griff, um dem ihm noch immer teuren Freund ins Gewissen zu reden. *Es ist kein Übel der Erde, unter welchem Dich Karoline im Geiste nicht seufzen und erliegen sieht.* Habe Lohse wirklich im Sinn, sich von der Braut zu lösen – er selbst hat seine Entlobung gerade hinter sich –, so möge er nur weiter schweigen. Kleist würde es übernehmen, Karoline wieder aufzurichten.[16] Es ist überliefert, daß er ihr gelegentlich für den Fall, daß sie der Kummer noch um den Verstand bringen würde, damit gedroht hatte, zur Pistole zu greifen, um sie und sich selbst damit zu erschießen. Erst das habe das Mädchen wieder zur Raison gebracht.[17]

Nach diesem dritten Dresdener Aufenthalt ist uns ein einziger Brief an die ältere der Töchter, der mit Kleist gleichalten Henriette, überliefert. Längst haben ihn die *Furien* wieder weit hinausgetrieben – durch Frankreich, Schweiz, Norditalien. Er fragt Henriette, er nennt sie sein *teuerstes Kusinchen*, nach der Mutter, der Tante, der Schwester...[18] Die Töchter Schlieben sind arme Wesen. Der Vater, ein höherer Justizrat am Appellationsgericht, lebt über die Verhältnisse, daß die Mädchen sich mit Nadelarbeiten, Kupferstechen, oft für einen Hungerlohn, ein Zubrot verdienen müssen. Kleist fragt, ob Lohse nun wieder häufiger von sich hören lasse. Den hat er im Süden verschiedentlich getroffen. Nähergekommen sind sich beide nicht wieder. Wie soll er sich der Briefempfängerin erklären? Weiß er doch selbst nicht, was ihn unaufhaltsam durch die Fremde treibt: *Ich bin nicht imstande, vernünftigen Menschen einigen Aufschluß über diese seltsame Reise zu geben.*[19]

Heinrich Lohse heiratet seine Braut. Glücklich macht er sie nicht. Früh stellt sich eine Verdüsterung des Gemütes ein, bis er in eine Mailänder Irrenanstalt eingeliefert werden muß, wo er verstirbt. Er läßt die Frau mit fünf Kindern zurück.

Wohnen in Dresden

Am 31. August 1807 trifft Kleist zum vierten und letzten Mal in Dresden ein, und so unerbittlich eine innere Ruhelosigkeit den Unbehausten auch durch die Welt treibt, in dieser von ihm so geliebten Stadt wird er 20 Monate, über eineinhalb Jahre also, bleiben. Zwei treue Freunde aus der Regimentszeit erwarten ihn schon. Der eine, Otto August Rühle von Lilienstern, besorgt ihm eine Unterkunft. Der andere, Ernst von Pfuel, sein Landsmann aus dem Oderbruch, wird im gleichen Haus mit ihm wohnen. Er steigt zunächst im Hotel de Russie ab und ist obenauf. Träger eines Familiennamens, der allein schon Menschen aufhorchen läßt, findet er Zugang zu guten, literarisch aufgeschlossenen Häusern. Dresden ist eine Hochburg der Künstler und Schriftsteller. Ein gewisser Adam Müller, zwei Jahre jünger als er und wegen aufsehenerregender Vorträge und Wissenschaftsbeiträge schon berühmt, hält von dem Eingetroffenen große Stücke. Er führt ihn in die besten Kreise ein. Da ist das Haus von Schillers Freund Christian Gottfried Körner, Jurist in hohen Würden, dazu ein universaler Gelehrter. Sein Sohn Theodor, 16jährig und bald ein populärer Freiheitsdichter, reicht dem Gast sein Stammbuch. Kleist setzt seinen Namen unter ein freundliches *Glück auf!* – der junge Mann ist Freiberger Bergstudent. Was für Berühmtheiten sind unter diesem Dach nicht schon eingekehrt: neben Schiller Goethe, Wieland, Herder, Novalis, die Humboldts, die Schlegels, auch Mozart...

Der 30jährige Dichter Kleist ist keineswegs unbekannt. *Die Familie Schroffenstein*, sein erstes Theaterstück, war in Graz uraufgeführt worden. Die Zeitung präsentierte den Verfasser: *In Shakespeares hohem Kothurn tritt in diesem Werke ein neuer Dichter Deutschlands aus der Dunkelheit hervor.*[20] Der Koblenzer Publizist Josef Görres fordert in einem Münchner Blatt daß die Welt *den jungen Genius auf ihren Flügeln trage...*[21] *Der* Regimentsfreund Rühle, selbst ein erfolgreicher Autor, knüpft für ihn Beziehungen mit Redaktionen und Verlagen. Es gelingt, eine erste Novelle seines Gefährten in dem hochangesehenen Tübinger *Morgenblatt für den gebildeten Leser* unterzubringen: *Jeronimo und Josephe*. Einen Verleger gewann Rühle für eine Bearbeitung Kleists von Molières Komödie *Amphitryon*. Sie ist gerade herausgekommen, liefert gesellschaftlichen Gesprächsstoff. Der namhafte Diplomat Friedrich Gentz preist das Werk als *ein wirkliches Shakespearesches Lustspiel.*[22]

Begeistert berichtet Kleist seiner Schwester knapp drei Wochen nach seiner Ankunft: *Zwei meiner Lustspiele (das eine gedruckt, das andere im Manuskript) sind schon mehrere Male in öffentlichen Gesellschaften, und immer mit wiederholtem Beifall, gelesen worden.*[23] Sein prominentester Gastgeber ist der österreichische Gesandtschaftssekretär Freiherr zu Buol von Berenberg und Mühlingen. In dessen Haus wurden die Stücke vorgelesen, darauf dem Verfasser von zwei zarten Mädchenhänden ein Lorbeerkranz aufgesetzt.

Lustspiel zwei dreht sich um einen zertrümmerten Krug und einen korrupten Dorfrichter. Kein Geringerer als Goethe hat sich des *Zerbrochenen Kruges* angenommen, wird es in Weimar, so alles gut geht, auf die Bühne bringen. Konnte dem Dreißigjährigen ein größeres Glück zuteil werden? Drei fertige Manuskripte trägt er im Gepäck.

Der Mittelsmann

Adam Müller kam aus Preußen, hatte in Göttingen die Rechte sowie Geschichte studiert und sich mit seiner Schrift *Die Lehre vom Gegensatz* – dem Prinzip allen Seins – früh einen Namen gemacht. In aller Stille hatte er sie auf einem Gut im Posenschen verfaßt, wo ihn der Landrat Peter Boguslaus von Haza-Radlitz als Hauslehrer seiner fünf Kinder bestallt hatte. Inzwischen war die Familie in die sächsische Residenz gezogen. Das gab dem Achtundzwanzigjährigen, der sie dorthin begleitete, die Chance, vor einem gebildeten Publikum seine Gedankenwelt zu unterbreiten, die deutlich den Geist der jungen Romantiker verriet. Man mochte über den umtriebigen äußerst wendigen, sich zielstrebig die gesellschaftlichen Leitersprossen emporarbeitenden Ehrgeizling urteilen, wie man wollte, für den angereisten Kleist war Adam Müller ein Glücksfall.

Der Freund Rühle hatte die Verbindung geknüpft, dieweil Kleist noch als Gefangener im Ausland festgehalten wurde. Adam Müller gelingt es, für das *Amphitryon*-Manuskript den Dresdner Buchhändler Arnold zu gewinnen, er selbst versieht die Ausgabe mit einem für den Verfasser schmeichelhaften Vorwort. Seinem väterlichen Freund Friedrich Gentz schickt er ein Exemplar zu, präsentiert es ihm als Schöpfung eines jungen Dichters, *der vielleicht Besseres und Höheres als jeder andere* verspreche.[24] Gentz beteuert in seinen Antwortzeilen, seit Jahren nicht mehr ein so gutes Produkt der deutschen Literatur gelesen zu haben.

Der Landrat von Haza hat Wochen zuvor während seines Besuches in Karlsbad dem dort kurenden Geheimrat Goethe von Adam Müller ein Paket ausgehändigt. Der Inhalt Kleists Komödie *Der zerbrochene Krug.* Der Dankesbrief des Dichterfürsten, der dem Absender in Aussicht stellt, Möglichkeiten einer Weimarer Aufführung des Stückes zu prüfen, war erst jüngst eingegangen.

Die Produktion

Wovon lebt unser Poet? Er übt keinen bürgerlichen Beruf aus, bezieht also kein Einkommen. Das Familienerbe, das er sich mit fünf Geschwistern teilt, ist allmählich aufgebraucht. Wie will er seine Existenz bestreiten? Zunächst durch bienenfleißige Schriftstellertätigkeit. Dresden, die schöne Stadt mit ihrer sinneberauschenden Umgebung, der geistige Austausch mit Gelehrten, Künstlern, die Möglichkeit, vor aufgeschlossener Zuhörerschaft aus eigener Werkstatt vorzutragen, das alles feuert ihn an. Es gärt, es siedet in ihm.

Kaum ist ein Monat verflossen, hat er ein neues Drama vollendet: *Penthesilea.* Episode aus dem Trojanischen Krieg, aus Kleistscher Phantasie zu einer eigenständigen Tragödie fortgesponnen. Ernst von Pfuel, sieht den Freund von nebenan in die Stube treten. Tränen laufen ihm über die Wangen. In den Gesichtszügen *verzweiflungsvolle Trauer: »Sie ist nun tot.« – »Wer denn?« – « Ach, wer sonst als Penthesilea!.«*[25] Kleist selbst stellt den Auftritt seiner Kusine Marie anders dar: Pfuel hätten die hellen Tränen in den Augen gestanden, nachdem er ihm, die Tabakspfeife in der Hand, Penthesileas Tod verkündet habe. Was soll man glauben? Die schwärmenden jungen Männer werden beide feuchte Augen bekommen haben. Man lebte in einem sentimentaleren Zeitalter als heute. Allerorts wird geweint, wo immer es zum Vortrag des Dramas kommt. Auch Marie von Kleist weint bei der Lektüre. Ohnehin scheint sie die einzige Verwandte, der die Dichtungen des Vetters etwas bedeuten. *Jetzt bin ich nur neugierig, was Sie zu dem »Käthchen von Heilbronn« sagen werden,* kündigt er ihr gespannt an. Auch dieses neue Stück sieht alsbaldiger Vollendung entgegen...[26]

Die Schriftstellerei soll aber nur das eine Standbein zu Kleists täglichem Unterhalt liefern, das zweite, so seine Mitteilung an Ulrike, besorge der Buchhandel. Sei es doch ein Unding, daß Buchhändler an dem Werk eines Autors das Sechsfache von dem verdienten, was diesem selbst zufließe. Also warum nicht ein eigenes Geschäft gründen? Vier neue Arbeiten haben Rühle und er zusammen fast fertig für den Druck vorliegen. Sollte man wiederum den großen Profit anderen überlassen? Adam Müller, Ernst von Pfuel treten als Gründer bzw. Teilhaber hinzu. Die Zeichen sind günstig. Einer der fünf Dresdner Buchhändler ist durch Tod ausgeschieden. Man könnte an dessen Stelle treten und bei der Stadt um die dazu notwendige behördliche Lizenz einkommen. Adam Müller richtet dazu ein Gesuch an den sächsischen König.

Die Installierung eines neuen Buchladens, *Phönix* mit Namen, dessen gesetzliche Genehmigung kostet freilich Geld. Rühle sowohl wie der Kamerad Pfuel, beide als Prinzenerzieher bzw. Fechtlehrer mit Aussicht auf ein höheres Hofamt beim Herzog von Sachsen-Weimar untergeschlüpft, beziehen ein festes Gehalt. Und Kleist? Er schreibt an seine Schwester, die in der Lausitz auf dem Lande weilt. Sie soll ihm 500 Reichstaler vorstrecken, zu fünf Prozent verzinst. Noch besser wäre sie beraten, zöge sie zu ihm nach Dresden, um in das Unternehmen als Aktionärin einzusteigen. Keinesfalls sei damit gefordert, daß sie sich mit ihrem gesamten Vermögen in die Sache hineinhänge, es genüge schon, wenn die lockergemachte Summe noch mehr als 500 Taler betrüge. Statt allzu bescheidener fünf Prozent würde die Teilhaberin dann gewiß das Vierfache für sich einstreichen. Hingegen könnte man bei allzu geringem Absatz das Geschäft ja wieder veräußern. Doch wer sollte so schwarz sehen.

Goldene Horizonte tun sich dem Träumer auf. Man könnte zum Beispiel den *Code Napoléon* verlegen, diese fortschrittliche Paragraphensammlung, die jedermann vor dem Gesetz gleich stellt, Gleichberechtigung der Konfessionen sichert, dem Adel seiner Privilegien beraubt, die Leibeigenschaft aufhebt... Bei allem Widerwillen gegen den kriegführenden Tyrannen verdiente dieses Werk in Europa unbedingte Verbreitung. Ja die französische Regierung könnte nach solcher Vorleistung *Phönix* am Ende ausersehen, alle ihre Schriften zu verlegen. Kleist gibt sich seinen Wolkenplänen mit Verve hin. Ihm geht es gut, endlich kann er der Schwester mal von *fröhlichen Dingen* plaudern. Das Bewußtsein, Erfolg zu haben, führt ihm die Feder: *Es geht mir in jedem Sinne so, wie ich es wünsche.*[27] Oder war es vielleicht kein Erfolg, daß er durch Einrückung eigener Texte in diverse Zeitschriften sowie Verkauf von Theaterstücken an Bühnen im Ausland immerhin so viel verdiente, daß er sich die ersten Wochen über Wasser halten konnte? Der österreichische Gesandte verschaffte ihm von der Wiener Bühne allein 30 Louisdor (150 Reichstaler ca. 1500 €).

Die Euphorie währt bis zum neuen Jahr. Ende Februar 1808 erhält Adam Müller die Ablehnung seines Gesuchs. Die Buchhändler Dresdens hatten in Kanzleien und auf Magistratssitzungen gegen die drohende neue Konkurrenz erfolgreich intrigiert. Es wird in der sächsischen Hauptstadt keine *Phönix-Buchhandlung*, geführt von Kleist & Müller, geben.

Projekt *Phöbus*

Der Traum ist dennoch nicht ausgeträumt. Mit der Buchhandlung wohl, aber man hatte noch ein zweites Projekt eingefädelt: die Gründung eines Journals für Literatur und bildende Kunst. Apollo, der Gott der Poesie und Künste, soll ihr mit seinem Beinamen »Der Strahlende«, griechisch *Phoebus,* seinen Namen leihen. Adam Müller würde das Ressort Philosophie und Wissenschaft übernehmen, Kleist das Feld der Dichtkunst bestellen, das der bildenden Künste der Dresdener Maler Ferdinand Hartmann. Alle drei Mitarbeiter hatten sich einen ansehnlichen Ruf erworben, Kleist selbst war auf sicherem Wege, sich literarischen Rum zu erwerben. Die Voraussetzungen dafür, daß die Texte der drei Redakteure gelesen würden, stimmten optimistisch. Ulrike macht der angehende Zeitschriftenunternehmer dazu folgende Rechnung auf: *Die Verlagskosten für den ganzen Jahrgang* – das Heft soll monatlich erscheinen – *betragen 2500 Rth., wozu Rühle 700 und Pfuel 900 Rth. hergeben, macht mit meinen 500 Rth.* – sie waren noch gar nicht eingetroffen – *in allem 2100 Rth., der Rest kann von dem, was monatlich eingeht, schon bestritten werden.*[28] Die Schwester, aus Erfahrung wachsam geworden, läßt auf Antwort warten. *Es sind schon wieder nahe an drei Monate(n), meine teuerste Ulrike, daß ich keine Zeile von Deiner Hand gesehen habe.* Der Bruder schwelgt im Wolkenkuckucksheim:

Denn unsere literarische Unternehmung, die den besten Fortgang verspricht, ist in vollem Laufe...[29]

Man benachrichtigt Buchhändler, Verleger fremder Städte wie den Tübinger Friedrich Cotta, die an Ort und Stelle die neue Zeitschrift in Kommission nehmen sollen. Höhere Verwaltungsbeamte, Staatsminister, Oberpräsidenten, mit denen man seinerzeit beruflich zu tun hatte, werden schriftlich ersucht. Sie sollen, wo immer sie Einfluß ausüben, für das neue Journal werben. Man wendet sich an prominente Autoren, bittet sie um Beiträge – Wieland, Goethe, Jean Paul... Ehe diese überhaupt reagieren, rühmt man sich schon ihrer erhofften Mitwirkung. *Große Autoren von längst begründetem Ruhm werden mit uns sein, andre; wie das Eisen den Mann an sich zieht, werden ihnen nachfolgen,* prahlt eine vollmundige Ankündigung in der *Jenaer Literaturzeitschrift.*[30]

Kleist wirft sich, seinem Anschreiben die erste Nummer des *Phöbus* beifügend, vor dem Dichterhaupt Goethe in den Staub. Mit dem Stoßgebet König Manasses, der in babylonischer Gefangenschaft schmachtet, hebt er mit den Worten an: *Es ist auf den »Knien meines Herzens«, daß ich damit vor Ihnen erscheine.* Die eigene dramatische Leistung schmälernd, indem er beteuert, weder *Penthesilea* noch der *Zerbrochene Krug* eigneten sich für die Bühne (wofür denn sonst?), stammelt er seine Bitte, Exzellenz möchten doch *gütigst Phöbus* (den Strahlenden) mit einem Beitrag beschenken, damit es der Zeitschrift *nicht ganz an dem Glanze fehle, den sein ein wenig dreist gewählter, Titel* verspreche.[31] Goethe dankt schon eine Woche später, äußert sich lobend über Müllers Texte, kann sich indes den Hieb nicht verkneifen, daß er sich mit *Penthesilea* nicht befreunden könne. Auf einen Beitrag des Geheimrates warten die Redakteure vergebens.

Ende Januar 1808 erscheint das erste Phöbus-Heft in bescheidenem Quartformat. Der Umschlagschmuck eine Schöpfung des Malers Ferdinand Hartmann, die ursprünglich für einen Theatervorhang gedacht war. In Schillers Nachfolge wollte man treten, der einst bei Cotta das Journal *Die Horen* herausgebracht hatte. Aber wie unklassisch tritt in der Phöbus-Zeichnung der Sonnengott Apollo auf. Nicht in *hohem Ernst, stiller Größe*, wie es den Betrachter der Sixtinischen in der Gemäldegalerie noch angeweht hatte, nicht in dorischer Strenge umgeben von den neun Musen.[32] Der Gott auf dem Phöbus-Titelblatt prescht mit seinem Vierergespann dem Beschauer ungestüm entgegen. Dem Lenker senkrecht zu Haupte das Sternbild Waage, Kleists Tierkreiszeichen, schräg links Goethes Sternzeichen Jungfrau, schräg rechts das Schillersche Himmelsgestirn Skorpion. Die göttlichen Wolkenschieberinnen, die dem Feuerwagen den Weg zur Ausfahrt aus dem Olymp freigemacht haben, die *Horen* also, umschweben das Gefährt, Blumen ausstreuend. Unterhalb der Gruppe die Silhouette Dresdens, Hof- und Frauenkirche leicht auszumachen.

Wettre hinein, o du, mit deinen flammenden Rossen,
Phöbus, Bringer des Tags, in den unendlichen Raum!

So das Kommando im einleitenden Prolog des Dichters an den Sonnengott. Nicht Ruhe, nicht Maß, nicht Harmonie der Seele sind angesagt, wie es der Weimarer Klassik behagte.

Das war eine schroffe Sprache, ein ganz neuartiges Programm. Es pfiff geradezu auf Ausgleich, Bändigung der Leidenschaften, Versöhnung widerstreitender Lebenskräfte.

Vorwärts wende den Blick, wo das Geschwader sich regt![33]

Nur in einem Punkt folgt man dem Weimarer Vorbild: Man läßt Politisches außen vor. Was wollte man unter feindlich besetztem, von Polizei, Pressezensur, Spitzelnetzen verunsichertem Himmelsstrich das ohnehin schon risikoreiche Unterfangen noch zusätzlich gefährden. Würde die Welt denn erkennen, daß hier das vorzüglichste dramatische Talent deutscher Zunge Kostproben aus seinem Schmiedefeuer vorstellte? Das Bruchstück *Penthesilea*, das auf 27 Seiten den Löwenanteil des Heftumfangs ausmacht, bricht Kleist genau an der Stelle ab, wo sich Schrecken und Spannung bis zum Erschauern zuspitzen.

Goethe entzückt sich an den theoretischen Texten Adam Müllers. Allenfalls noch an einem noch unveröffentlichten Gedicht des toten Novalis. Keine Bemerkung zu der eingeschobenen Verslegende *Der Engel am Grab des Herrn*, wiederum aus Kleists Feder, die poetische Bewältigung eines Hartmannschen Gemäldes. Die Grabeshöhle mit dem Leichnam des Gekreuzigten ist durch einen Sandsteinblock hermetisch verschlossen und verrammelt – Ostergeschichte, gemeißelt in steinerne Kleist-Jamben.[34] Drei Jahre später wird er sich selbst ins Grab schießen. Berauscht von der Hoffnung, den Granitblock des ihn zermalmenden Erdendaseins endlich von sich weggewälzt zu wissen.

Ein Epilog schließt den Reigen der Januar-Nummer. *Ruhig! Ruhig!* ruft der Dichter. Allzu stürmisch schnellen Lenker, Rösser und Wagen dahin. Wie den Passagier die halsbrecherische Reise am Ende auch hinreißen mag, Hals und Beine sind ihm dennoch teuer. Keinesfalls weiß die Leserzunft, *wo das aus will, wo ein*. Soviel zur Beruhigung: Es wird über kurz oder lang Verschnauf einkehren. Und der Tag wird kommen, wo Gott Phöbus die Rosse schrittweise führen wird,

Und nicht immer, beim Zeus, sticht sie der Haber, wie heut.[35]

Das Echo

Anfang Februar hält Kleists Schwester Ulrike das erste Phöbusheft in den Händen. Erst jetzt schreibt sie ihm wieder, schickt etwas Geld, bittet um Verzeihung, weil es nicht mehr ist. Der Bruder ist versöhnt. Noch bleibt er hoffnungsvoll. Freudig darf er Ulrike vermelden, daß die Familie von Hardenberg die künftige Verlagsfirma der Müller & Kleist mit der Herausgabe der Gesammelten Werke ihres nun zu den Unsterblichen zählenden Sprosses Friedrich betraut hat. Man bittet sich Novalis' komplette Schriften in Prachtausgabe aus.

Kleist wird Ulrikes Geld in den Phöbus stecken. Noch scheint er zu florieren, allein in Dresden finden sich 50 Abnehmer. Aber die fremden Buchhandlungen denken gar nicht daran, das Produkt eines neuen Konkurrenten zu vertreiben. Es gibt monatlich bis vierteljährlich erscheinende Almanache, Journale, Jahrbücher die Fülle. Fast zeitgleich wurde in Wien ein neues kunstästhetisches Periodikum ins Leben gerufen: *Prometheus*. Nicht der rebellische Titan mit dem flammenden Riesenfenchel wird beschworen, eher ein gezähmter Göttersohn, der ein anheimelndes Hirtenfeuer unterhält, an dem der von den Lebenswidrigkeiten verkühlte Zeitgenosse sich wärmen kann. *Prometheus* bedenken prominente Geister wie Goethe, Wieland, die Gebrüder Schlegel bereitwillig mit Nebenerträgen ihrer Produktion, was dem Feuerspender dennoch schon in Jahresfrist das Aus bescheren wird. Kunstjournal *Phöbus* muß ohne auswärtige Starbeiträge auskommen, er wird fast nur von Erzeugnissen seiner beiden Gründer sowie den Stichen des Dresdener Malers bestritten. Die Zeichen standen auf Krieg mit drohenden Truppenaufmärschen, Einquartierungen, Lebensmittelverknappung, erhöhten Steuerlasten,

Zwangsauflagen. Wer hatte da noch Muße für die Liebesraserei einer Furie aus griechischer Mythologie in noch so kühn gepunzten Blankversen!

Als im Februar Heft 2 erscheint, steckt man finanziell schon bedenklich in der Klemme. Im April/Mai reicht dem poetischen Redakteur das Wasser bis zum Hals. *Du mußt mir gleich etwas Geld schicken, um einige notwendige Ausgaben zu bestreiten,* bekniet er den Freund Rühle. *Der Phöbus muß schlechterdings verkauft werden, es ist an gar keine Kommission zu denken.* Will heißen, man ist auf den unbedingten Absatz der gesamten Auflage angewiesen, weil man den Druck selbst finanziert und sich damit weidlich verschuldet hatte.[36] Gibt man bei allzu schlechtem Geschäft das Projekt *Phöbus* ganz auf, wäre alles investierte Geld verloren.

Heft 2 hat eine Gipfelleistung deutscher Novellenkunst vorzuweisen: *Die Marquise von O.* Doch wer schenkt ihr schon die gebührende Beachtung. Wo sie ins Auge fällt, erregt sie Anstoß. Eine Dame aus besten Kreisen gibt eine Zeitungsannonce auf, in der sie nach dem Mann sucht, der sie ohne ihr Wissen geschwängert hat! Das Berliner Unterhaltungsblatt *Der Freimüthige* zerfetzt den Autor. Der Rezensent ein gewisser August Böttiger, seines Zeichens Altphilologe und Schuldirektor, schüttelt sich: *Und welche Details erfordert es, die keuschen Ohren durchaus widrig klingen müssen.* Schwerlich zu verkennen, daß der Nörgler ein Schulmeister ist. Gewagt erscheinende Wortschöpfungen werden aufgespießt: *herabschluchzen – abschlüpfen.* Auf einer einzigen Seite werden mit Entsetzen 30 Satzanschlüsse mit *daß* aufgezählt.

Keinerlei Schonung für *Penthesilea.* Amazonen mit Meuten gekoppelter Hunde und Elefanten? *So toll, wie der Spektakel in diesem Trauerspiele getrieben wird, dürfte er doch wohl nirgends aufgeführt sein.*[37] Stil wird auseinandergenommen wie in einer modernen Deutschstunde: Stellen angeprangert, *wo der Sinn entweder ganz und gar nicht zu finden, oder doch sehr verdreht und verschroben ist.* Dazu die Frage: *Was sagt man zu neuen Worten wie: »sich umkämpfen« »die Straße verschlingen« – »die wetternde Flucht« – »keilförmige Vernunft«...*[38] Doch selbst Goethe wird unwohl bei der Lektüre: *Beim Lesen seiner »Penthesilea« bin ich neulich gar zu übel weggekommen.*[39]

Adam Müller muß seinen literarischen Phöbus-Partner selbst gegen allzu kritische Freunde in Schutz nehmen. Er tut es mit Nachdruck, denn es zeichnete ihn vor allen literarisch kompetenten Zeitgenossen aus, daß er von Kleists epochemachendem Talent zutiefst überzeugt war und das niemandem verhehlte. Er wußte, daß ihm Fortuna einen deutschen Dichter allerersten Ranges beigegeben hatte, und war voller Bewunderung für dessen künstlerischen Mut, der Lebenswirklichkeit ohne Wenn und Aber ins Gesicht zu sehen. Ja er nimmt sich Kleist zum Vorbild, wegen seiner gestalterischen Unbestechlichkeit, die ihn davor bewahrte, der Seichtheit modegefälliger Vielschreiber à la Kotzebue und Iffland zu verfallen. Müller in einem Brief an Friedrich Gentz: *Der gemeine Romandichter knäuelt und ballt die Schicksale in einen einzigen derben Knoten zusammen, den er nachher platzen läßt und zerhaut.* Wie fein dagegen verwickele sich Kleists Marquise von O. in die Verknotungen ihres gnadenlosen Geschicks, um sich dank natürlicher Herzenskräfte selbst wieder herauszuwickeln! Müller ahnt, daß das erst künftige Generationen erfassen werden: *Alles recht Göttliche muß wohl dreißig und mehrere Jahre in irdischer Umgebung so forttreiben...*[40] Hut ab vor dem Dichter der *Penthesilea*: Wo bekomme der Mensch die zermalmende Wucht des Schicksals deutlicher zu spüren als in der Amazonen-Tragödie?

Heinrich von Kleist war für *Phöbus*, so wie ihn Adam Müller konzipiert hatte, genau der richtige Mann. Sollte diese Zeitschrift doch eine andere Sprache sprechen als Schillers *Horen*. Erfüllten diese nicht eher, so *Müllers* Urteil, die Rolle eines *Lust- und Tiergartens*, bestimmt zu *sonntäglicher Retraite oder Ressource* – wo der Leser Zuflucht vor den Peitschenhieben einer rauhen, dazu kriegerisch aufgeladenen Wirklichkeit nehmen sollte?[41] *Meine Ansicht der Welt*, so Adam Müller, *ist eine ganze und vollständige.* Das entsprach Kleists literarischem Programm. Er schont den Lesenden nicht, indem er allzu Erschütterliches von ihm fernhält, er schlägt Wunden im Vertrauen auf die Heilkräfte der Dichtung selbst, *um nur das Herz der Kunst und der Menschheit ja nicht zu verfehlen.*[42]

Phöbus' Untergang

Phöbus bringt es bis zu seinem Untergang bereits im Folgejahr auf ganze 12 Nummern. Manche kommen für zwei Monate als Doppelheft an die Leser, und das meist verspätet wie das letzte für November-Dezember vorgesehene, das Ende Februar 1809 die Reihe beschließt. Man kann das nur für alle Zukunft bedauern. Deutschlands bedeutendste Kunststadt hat sich um einen Schatz gebracht. *Phöbus* schreibt Literaturgeschichte. Szenen aus dem *Zerbrochenen Krug*, *Käthchen von Heilbronn*, *Robert Guiskard* stellen sich dem Publikum zum ersten Mal im Druck vor. Epigramme, Fabeln, Gedichte, Prosa aus Kleists Feder folgen... Wo bleiben die Leser? Wer ausnahmsweise Notiz von diesen Kostproben nimmt, schaudert wie beispielsweise Dora Stock, Christian Gottfried Körners geistreiche Schwägerin, die mit Witz dessen Abendrunden würzt. Für die glühende Bewunderin Schillers ist der *Zerbrochene Krug* eine zotige *Schenkenszene,* die obendrein zu lange dauert. Die *Marquise von O.*, geradezu schauerlich, könne kein Frauenzimmer ohne Erröten lesen...[43]

Seit Juni ist mit *Phöbus* bei bestem Willen und Bemühen kein Gewinn mehr einzufahren. Adam Müller möchte aussteigen, weil er für die anlaufenden Schulden nicht länger geradestehen will, ihm sogar Haft droht, weil die abgelaufenen Wechsel nicht bedient werden können. Da bietet sich dem Ratlosen ein Ausweg. Die Dresdner Buchhandlung Walther findet sich bereit, *Phöbus* für einen Spottpreis zu übernehmen und Heft 7 bis 12 zu edieren, vorausgesetzt, daß seine Herausgeber kein Honorar beanspruchen. Die Auflage 150 Exemplare. Wohl ahnend, wie wenig sein Kompagnon mit solchem Handel einverstanden wäre, schließt Müller den Vertrag hinter dessen Rükken ab, so daß der Partner erst mit Erhalt der Endabrechnung davon erfährt.

Der Dichter fühlt sich hintergangen. Er explodiert. Müllers hohe Meinung von Kleists Kunst, die Gefälligkeit, mit der jener den noch Fremden in Dresden bekannt gemacht, in beste Häuser eingeführt hatte, dazu sein mutiges, geradezu leidenschaftliches Eintreten für den Autor in Wort und Schrift, alles das scheint auf einen Schlag vergessen. Kleist, zu Zornesausbrüchen neigend, konnte sehr laut und ausfallend werden. Müller fühlt sich von den massiven Beschimpfungen, die ihm der Aufgebrachte ins Gesicht schleudert, so in der Ehre getroffen, daß er seinen Mitarbeiter zum Duell fordert. Er schreibt die Freunde Rühle und Pfuel an, sie sollen bei dem Zweikampf sekundieren. Beide scheinen den tief Verletzten durch langes Zureden besänftigt und ihm die Kopflosigkeit schließlich ausgeredet zu haben. Zum Segen der Nachwelt.

Die Grobheit, die sich Kleist Adam Müller gegenüber herausgenommen hatte, mochte auch noch eine andre Ursache gehabt haben. Die Familie von Haza, bei der Müller als Hauslehrer der fünf Kinder wohnte, schätzte nicht nur den Dichter des *Amphitryon*, auch den Menschen. Kleist hatte das Vertrauen der Hazas gewonnen und litt es nicht, daß der angestellte Hofmeister mit der Mutter seiner Zöglinge Ehebruch beging, ja den Hausfrieden allmählich so zerstörte, daß der Gatte die Scheidung einreichte. Möglich, daß Kleist für Frau von Haza, die Tochter eines aus Schottland eingewanderten preußischen Generals, selbst eine Schwäche hatte. So wurde erzählt, Kleist habe sich aus Haß gegen den Rivalen gelegentlich mit der Absicht getragen, Adam Müller von der Elbbrücke zu schubsen. Bezeugt ist, daß er sich als Vermittler zwischen dem entzweiten Ehepaar verwendet hat, dazu sogar auf das Familiengut nach Posen reiste, wo der Hausherr sich inzwischen zurückgezogen hatte. Kleists Bemühungen, die Ehe zu retten, blieben ohne Erfolg. Sophie von Haza geborene von Taylor wurde Frau Müller.

Geschlagen an allen Fronten

Voll schmeichlerischer Hoffnungen, emporgehoben von kühnen Plänen, beglückt von den Schätzen der Residenzstadt und ihrer malerischen Umgebung, so war er nach Dresden gekommen. Bescheiden hatte er sich einquartiert, Äußere Rampische Gasse 123 in der Pirnaischen Vorstadt, Wand an Wand mit Ernst von Pfuel. Beide Freunde, Pfuel sowohl wie Rühle, waren inzwischen frisch verehelicht, hatten längst das gefunden, was man heute einen Job nennen würde. Rühles militärische Darstellungen erlebten mehrere Auflagen, er unterhielt eine gutgehende Fachzeitschrift. Kleist mußte sich, nachdem die Freunde ihr Glück gefunden hatten, allein fühlen. Er resigniert: *Alles stand damals so gut, daß ich in Dresden bleiben zu können glaubte.*[44]

Zwischenzeitlich hatte auch er sein Herz verloren. Im Körnerschen Haus war er für die anmutige Pflegetochter des Hausherrn entflammt, Julie Kunze. Sie schien seine Neigung zu erwidern, konnte sich aber nicht auf das Verlangen des Gastes verstehen, mit ihm ohne Wissen des Vormundes Briefe zu tauschen. Schließlich zog ein Konkurrent Julies Aufmerksamkeit auf sich, ein entfernter Verwandter Kleists, Alexander von Einsiedel. Ein Gast der Familie beobachtet die Vorgänge, notiert in sein Tagebuch: *Julie scheint einiges Interesse für ihn* (Einsiedel) *zu besitzen. Sicher ist, daß Herr v. Kleist, der anscheinend ein Auge auf dieses Fräulein geworfen hat, zusehends schlecht gelaunt wurde.*[45] Daß Julie Kunze mit dem Mädchen identisch wäre, das ihm in der Abendrunde des österreichischen Gesandten, mit den, wie es an Ulrike heißt, *niedlichsten kleinen Händen* den Lorbeerkranz aufs Haupt setzte, läßt sich nicht belegen.[46] Körners Mündel heiratet Alexander von Einsiedel. Ernst von Pfuel verrät später einem berühmten Zeitgenossen, Clemens Brentano, sein Freund habe vor Liebesenttäuschung acht Tage lang wie wahnsinnig in seinem Zimmer gerast...[47]

Nichts war geglückt. Der *Phöbus* eine einzige Blamage. Keins der Bühnenstücke bisher von durchschlagender Wirkung. Schulden, von denen er nicht wußte, wie er sie zurückzahlen sollte. Dann im März 1808 die Hiobsbotschaft: *Der zerbrochene Krug*, von Goethe auf die Weimarer Bühne gebracht, war durchgefallen. Ein grauenvoller Abend. Der anwesende Herzog Karl August beugt sich über die Brüstung: »Wer ist der freche Mensch, der sich untersteht, in Gegenwart meiner Gemahlin zu pfeifen?«[48] Dem Publikum war der Geduldsfaden gerissen. Es lärmt, daß man von den Akteuren keine Silbe mehr versteht. *Diesem Kruge ging's übel*, vermerkt die *Zeitung für die elegante Welt* und fährt fort, *das Publikum nahm in seinem großen Unwillen eine so laute Satisfaktion* (Rache), *dergleichen es hier noch keine genommen hat...*[49]

Niederlagen, wohin er blickt. Sein Name jetzt mit einem Skandal verbunden. Er versucht sich mit einer Überdosis Opium das Leben zu nehmen. Otto von Rühle findet ihn ohne Besinnung auf seinem Bett liegen.[50]

Heinrich von Kleist, der ewige Verlierer. Immer lief es darauf hinaus. Wer war sein Gegner? Adam Müller, mit dem er sich gründlich überworfen hatte? Goethe, der sein Stück unsachgemäß inszeniert und damit ein erderschütterndes Fiasko heraufbeschworen hatte? Die Presse mit dem Oberkritiker Böttiger, dieser Giftschleuder vom Dienst, die an ihm kein gutes Haar ließ, gegen *Phöbus* bei Cotta intrigiert hatte? Böttiger wollte erfahren haben, Cotta wolle *Phöbus* retten, indem er ihn, um ihn mit dem gleichfalls fußkranken *Prometheus* vereinigte?[51] War es die eigene Verwandtschaft, die der Meinung war, der Vetter solle endlich einen bürgerlichen Beruf ergreifen, den Dichter könne er sich ja für den Feierabend aufheben? Man wollte ihm kein Geld mehr vorschießen.[52] War es sein Schicksal? Besorgten sein Unglück Gott und Teufel? War es sein Dämon?

Heinrich von Kleists Dämon hieß Kaiser Napoleon. Der hatte ihn zwei Jahre zuvor auf deutschem Territorium unter Spionageverdacht verhaften lassen und im französischen Jura eingesperrt. Wieder in Deutschland, hatte ein Geist von Kleists Format eigentlich keine Zukunft mehr – wegen Napoleon. Die Berliner Bühne dankte. Übersetzte französische Stücke waren gefragt. In Kassel, der Hauptstadt des von Napoleon aus diversen deutschen Länderfetzen willkürlich zusammengeleimten Königreichs Westfalen, regiert von dessen Bruder Jérôme, war das deutsche Theater abgeschafft. Das Publikum sah sich auf rein französische Kost gesetzt. Kleist an die Schwester Ulrike: *So wird es wohl, wenn Gott nicht hilft, überall werden. Wer weiß, ob jemand noch nach hundert Jahren, in dieser Gegend deutsch spricht.*[53] Zeitgenossen bezeugen, daß Kleist unter den Folgen französischer Expansionspolitik unendlich gelitten hat. Ihm schien der Untergang Deutschlands zu drohen, es verstärkte seine eigene Todessehnsucht.

Der westliche Nachbar hatte dem Brudervolk östlich des Rheins die Segnungen der Revolution bringen wollen. Was war daraus geworden? Brutaler Eroberungskrieg durch einen Diktator, der sich selbst die Kaiserkrone aufgesetzt hatte. Was Kleist zum Patrioten machte, war die Erniedrigung, die die eigene Nation von den Besatzern erleiden mußte. Kurz nachdem er am 29. April Dresden für immer verlassen hat, um über Böhmen, nach Österreich dem letzten noch feindfreien Winkel des Reiches, zu gelangen, schildert er einen kurz zuvor von den Machthabern inszenierten, den König von Sachsen entwürdigenden Akt, der die Bevölkerung der Hauptstadt ohne Maßen empörte. Der Bericht von Kleists Hand wurde erst vor wenigen Jahrzehnten im tschechischen Brünn aufgefunden.

Demütigung eines deutschen Fürsten

Friedrich August I. König von Sachsen war ein integrer Herrscher, dem die Nachwelt nicht zu Unrecht den Beinamen *der Gerechte* verliehen hat. Mehrmals schlug er für sich die Krone Polens aus, obwohl seine Vorgänger sie getragen hatten. Er mischte sich nicht in die gegen die Revolutionsarmee gerichteten Koalitionskriege, gehörte auch dem Rheinbund nicht an, jener Phalanx gekrönter deutscher Häupter, die Napoleon als treue Vasallen Gefolgschaft leisteten. Erst als die französische Truppenmacht auch für sächsische Grenzen immer gefährlicher wurde, trat er gegen den Aggressor an der Seite Preußens in den Krieg bis zur Totalniederlage bei Jena 1806. Napoleon macht mit Sachsen Frieden, verleiht seinem Herrscherhaus die Königswürde. Erst jetzt schließt sich Friedrich August I. als neuer Verbündeter des französischen Kaisers dem Rheinbund an.

Diesen Schritt lohnte Napoleon ihm wenig. Der Korse mußte noch Österreich bezwingen. Während man die sächsischen Regimenter zu des Franzosenkaisers persönlicher Verwendung nach Westen schafft, versucht man unter dem falschen Vorwand, die Streitkräfte hätten unlängst im benachbarten Bayern eine Schlappe erlitten, dem sächsischen Monarchen einzureden, er müsse mit seiner Familie vor den in Kürze einfallenden *Feinden* in Sicherheit gebracht werden. König und Königin werden wie störende Schachfiguren beiseite geräumt.

Kleist schildert, wie das Herrscherpaar an einem trüben Apriltag verladen wird, um es außer Landes zu schaffen. Die Königin besteigt schluchzend den Wagen. Der König, das zusammengeströmte Volk begrüßend, folgt. Auch er weint. Eine Kavallerieabteilung flankiert den Transport zur Einschüchterung der murrenden Masse, dämpft aber nur mühsam brodelnde Flüche und Klagerufe. Der Zug kreuzt an der Elbbrücke einen Leichenzug. *Es war,* so die Worte des Verfassers, *als ob der Tod selbst käme, um sich dem Königspaar warnend in den Weg zu stellen.*[54]

Ausgeführt hatte diesen Willkürakt der Marschall Bernadotte, der sich mit seinen Offizieren im Brühlschen Schloß breitmachte, sich auf Kosten der durch Kriegsläuften verarmten Stadt ein üppiges Leben gestattete, den Unterricht eines benachbarten katholischen Alumnats unterband, weil der Schülerlärm den Morgenschlaf der Soldaten störte, Möbel und andere Kostbarkeiten vor Wut in Stücke schlug, nur weil sich der Magistrat gegen weitere Geldforderungen sträubte...

Ein Vaterlandsstück

Bei aller Lebensverzagtheit hatte Kleists Kraft zur Produktion nicht gelitten. Wieder hatte er ein Stück für die Bühne gefertigt. Ein vaterländisches, das aufrütteln sollte. Deutsche, schließt euch endlich zusammen! Wehrt euch gegen Unterdrückung und Erniedrigung! *Die Hermannschlacht*. Traf er damit nicht das Herz eines seit Jahren geschundenen Volkes?

Er schickt das Manuskript an das Wiener Burgtheater, dort war auch schon das *Käthchen von Heilbronn* eingegangen. Ein Unbekannter war Kleist dort längst nicht mehr. Der Krieg mit Österreich war im vollen Gange.

Der Theaterdirektion lag das neue Produkt kaum zur Prüfung vor, als Napoleon in einer zweiten siegreichen Schlacht die österreichischen Streitkräfte aufs Haupt schlug. Französische Truppen marschierten in Wien ein. Der Dämon war Heinrich von Kleist wieder zuvorgekommen.

1 H.v.K. SW Bd. 2 Bf. 48
2 Bf. 111
3 wie 1
4 Bf, 18
5 ebd. Brief 19
6 Bf. 44
7 ebd.
8 Bf. 45
9 wie 1
10 Bf. 58
11 Bf. 59
12 wie 8

[13] Bf. 48
[14] ebd.
[15] Sembdner, Lebensspuren Nr. 109b
[16] wie 1 Bf. 73
[17] wie 15 Nr. 108
[18] wie 1 Bf. 82
[19] ebd.
[20] wie 15 Nr. 134
[21] Nr. 135
[22] Nr. 172h
[23] wie 2
[24] ebd. Nr. 172a
[25] ebd. Nr. 198
[26] wie 1 Bf. 118
[27] Bf. 114
[28] Bf. 119
[29] Bf. 124
[30] wie 15 Nr. 206a
[31] wie 1 Bf. 125 Anh.
[32] wie 8
[33] wie 1 Bd. 1 S. 9
[34] S. 10
[35] wie 33
[36] wie 1 Bf. 131 u. 132
[37] wie 15 Nr. 225a
[38] ebd.
[39] Nr. 281
[40] Nr. 257
[41] ebd.
[42] Nr. 226
[43] Nr. 261
[44] wie 1 Bf. 150
[45] wie 15 Nr. 263c
[46] wie 29
[47] wie 15 Nr. 270a
[48] Nr. 242
[49] Nr. 248b
[50] Nr. 269
[51] Nr. 291b
[52] Nr. 288
[53] wie 1 Bf. 136
[54] S. 1031

Genötigter Rechtsbrecher: Michael Kohlhaas

In einem schon tief in die Verlustzone gefallenen, um Monate verspäteten Phöbus-Heft, der Nummer 6, stellt der Dichter dem immer rarer werdenden Lesepublikum das Fragment einer neuen Prosaschrift vor, deren Titel sich wie kein anderer mit dem Namen Heinrich von Kleist verbindet: *Michael Kohlhaas*. Der Held reiht sich neben Antigone, Othello, Faust, Don Quichotte... unter die zeitlosen Gestalten der Weltliteratur, in denen sich die Menschheit selbst bespiegelt und schicksalhaft erfährt.

Wer den Dichter an diesen geschichtlichen Stoff aus Luthers Zeit geführt hat, kann nur vermutet werden. Die biographische Notiz eines Zeitgenossen nennt als Übermittler den Freund Ernst von Pfuel. *Aus einer alten Chronik*, so ist die Erzählung untertitelt, muß Kleist sich zu der Lebensgeschichte des um sein Pferdegespann gebrachten Viehhändlers Hans Kohlhase näheren Zugang verschafft haben, aufgezeichnet von dem Berliner Schulrektor Peter Hafftitz, der als Jugendlicher sogar Augenzeuge des Geschehens im brandenburgischen Jüterbog gewesen ist, dem eigentlichen Hauptschauplatz.

Hans Kohlhase war Berliner, geboren um 1500. Er hatte im Stadtteil Kölln ein Haus, etwas Acker und Wiese. Er trieb Handel mit Speck, Honig, Heringen und war verschuldet. Am 1. Oktober 1532 fand man ihn unterwegs zur Herbstmesse nach Leipzig. Kohlhase hoffte, durch guten Verkauf aus dem Schuldenloch herauszukommen. Auf sächsischem Gebiet hält ihn ein in der Gegend gebietender Landadliger auf, namens Günter von Zaschwitz, der den Händler bezichtigt, das Pferdegespann, das er mit sich führt, gestohlen zu haben. Er beschlagnahmt die Tiere, läßt den Beraubten die Reise zu Fuß fortsetzen. Das hat zur Folge, daß der Kaufmann am Messeort zu spät eintrifft und um den guten Absatz seiner Ware gebracht wird. Als Kohlhase, um wenigstens die Pferde wiederzubekommen, auf dem Rückweg von der Messe am 12. Oktober bei dem Ritter wieder eintrifft, versehen mit einem amtlich besiegelten Leumundszeugnis, hat Zaschwitz die Pferde nicht nur durch übermäßige Feldarbeit völlig herunterkommen lassen, er verlangt dem Eigentümer auch noch ein Wuchergeld für die Fütterung ab. Kohlhase, in seiner Existenz ruiniert, macht Eingaben bei dem brandenburgischen und bei dem sächsischen Landesherrn, muß aber erfahren, daß es kein gefährlicheres Unterfangen gibt, als sich mit einem Adligen auf einen Rechtsstreit einzulassen. Daraufhin erklärt Hans Kohlhase den Oberen, deren Pflicht es gewesen wäre, seinen Widersacher zur Rechenschaft zu ziehen, den Krieg mit Feuer und Schwert. Die sich wie ein Lauffeuer verbreitende Nachricht treibt dem Herausforderer Anhänger in Scharen zu – kein Gesindel, sondern gleichfalls durch privilegierte Blutsauger um Hab und Gut Gebrachte. Man steckt Wittenberg in Brand, Residenz des sächsischen Kurfürsten, der ja für den Rechtsschutz kleiner Leute zu sorgen hätte. Den Garantieversprechungen des Landesherrn gründlich mißtrauend, trifft Kohlhase sich mit den verhandlungsbereiten Gegnern außerhalb Sachsens in dem Marktflecken Jüterbog. Es kommt zu einem Vergleich, der dem Kläger immerhin 600 Gulden Entschädigung einbringt. Doch der Kurfürst denkt gar nicht daran, den ausgehandelten Frieden einzuhalten. Als Kohlhase sich in dieser Lage Rat von Martin Luther holt, belehrt dieser ihn in einem überlieferten Schreiben bei allem Verständnis für Kohlhases berechtigten Groll: *Könnt Ihr das Recht nicht erlangen, so ist kein anderer Rat da als Unrecht leiden.*[1]

Kohlhase hat sie alle auf seiner Seite: Ackerknechte, kleine Bauern, Handwerker, Gastwirte, Pfarrer, sogar einige Landadlige. So kann er seinen Guerillakrieg weiterführen und sieht sich dabei getragen von einer unter Abgaben, Willkür, brutalen Übergriffen leidenden Bevölkerung. Er überfällt einen reichen Kaufherrn, räuchert Herrensitze aus, lockt Verfolger in den Hinterhalt.

Es ist Anfang Februar 1540. Im heutigen Berliner Ortsteil Wannsee, nahe dem Teltowkanal – die Grabstätte unseres Dichters ist gar nicht weit – überfällt Kohlhase mit seinem Getreuen Nagelschmidt auf der Straße von Potsdam nach Berlin einen kurfürstlichen Silbertransport. Die Silberbarren werden als Faustpfand im Fluß versenkt. Die nahe Siedlung trägt seitdem den Namen Kohlhasenbrück.

Der Souverän gibt sich verhandlungsbereit. Sich für die Sicherheit des Rebellen verbürgend, lädt er diesen nach Berlin ein. Kaum hat der gefürchtete Wegelagerer sich mit zwei Gefährten eingefunden, läßt der Herrscher die drei ins Verlies werfen. Von Folter und Kellerhaft ungebrochen, obendrein vom Bewußtsein durchglüht, sich für die gerechte Sache eingesetzt zu haben, läßt Hans Kohlhase sich nach einer brillanten Verteidigungsrede durch das Rad hinrichten, nachdem er die Bevorzugung durch die ihm zunächst zuerkannte Exekution mit dem Schwert im Hinblick auf die zu einem qualvolleren Tod abgeurteilten Mitangeklagten für sich abgelehnt hatte. An Hans Kohlhases Martyrium knüpfen sich Legenden, sein Name ist in aller Munde, das noch nach Jahrzehnten.

Kleist präsentiert uns seine Novelle als Ausschnitt aus einer *alten Chronik*. Das berührt aber mehr den Charakter seines unterkühlten, streng objektiv gehaltenen Erzählstils, der, zwar an die vermeintliche Vorlage gebunden, wahrheitsgetreu berichten will, *die Freiheit aber, daran zu zweifeln, demjenigen, dem es wohlgefällt,* redlicherweise zugesteht.[2]

Mit den geschichtlichen Umständen schaltet der Dichter kraft seiner Phantasie recht eigenwillig. So ist Dresden, das er als Hauptschauplatz der Begebenheiten wählt, zu Luthers Zeiten zwar schon Residenz, doch nicht die des Kohlhaas zum Schicksal werdenden Kurfürsten von Sachsen. Der hielt Hof in Wittenberg. Was den daselbst regierenden historischen Kurfürsten betrifft, er hieß Johann Friedrich, könnte dieser allein von seinem unförmigen Leibesumfang her, aber auch von seinem bei aller Heimsuchung nicht wankenden Bekennermut zum lutherischen Glauben kaum das Spiegelbild des nach Dresden verpflanzten Potentaten im *Kohlhaas* liefern. Der in der Realität recht skrupellose brandenburgische Kurfürst Joachim II. hat kaum die Idealisierung verdient, wie sie ihm Kleist angedeihen ließ, nämlich die zum Musterbild fleischgewordener Gerechtigkeit: *Nun Kohlhaas, heut ist der Tag, an dem dir dein Recht geschieht!*[3] Begreiflich bei einem Schriftsteller, der seinen ersten Erzählband in Hohenzollernlanden veröffentlichen will.

Kohlhases Ehefrau Margarete, von Kleist in *Lisbeth* umbenannt, holt sich auf ihrem Gang zum Kurfürsten nicht den Tod wie in der Novelle. Auch händigt sie bei Hof kein Bittschreiben aus, sondern gibt den vom brandenburgischen Kurfürsten selbst ausgestellten Geleitbrief zurück, der wegen landesherrlichen Wortbruchs Kohlhase nichts mehr wert war. Das kam einer Kriegerklärung gleich. Margarete kommt nicht nur heil zurück, sie begleitet den Gatten auf seinem verhängnisvollen Gang nach Berlin, kommt einen Tag vor dessen

Hinrichtung mit zwei Totgeburten nieder und überlebt den Exekutierten noch einige Jahre. Kohlhaas' Unterredung mit dem Doktor Luther verdanken wir in ihrem Wortlaut voll und ganz Kleists Phantasie. Nagelschmidt, den er zum Halunken macht, der auf eigene Faust eine Mordbrennerbande gründet, ist nach geschichtlichen Quellen eine ehrliche Haut, die Kohlhase bis zum bitteren Ende durch dick und dünn folgt. Auch hat die Kampftechnik des historischen Empörers wenig mit der Darstellung des an preußischen Gefechtsmustern geschulten ehemaligen Soldaten Kleist gemein: Kohlhase vermied offene Feldschlachten, taktierte aus dem Hinterhalt, guerillaähnliche Überfälle bevorzugend.

Verletzte Menschenwürde

Kleists Kohlhaas ist kein Proletarier, auch kein kleiner Lebensmittelkrämer und alles andere als ein *Schlucker*, wie Ritter Tronka ihn hochmütig abwertet. Er zieht die edelsten Pferde auf seinem großbäuerlichen Hof und treibt Handel mit ihnen. Wenn er mit einer Spitzenauswahl unterwegs zur Messe ist, mag das heute vergleichbar sein mit einem durchs Land reisenden Automobilhändler, der auf seinem offenen Transporter die elegantesten neuen Sportrennwagen spazierenführt. Wer auf sich hält, stürzt nach draußen, fühlt den Geldbeutel locker und möchte auf der Stelle kaufen. So geht es dem Junker Tronka mit seinen Jagdkumpanen, als dessen Leute den Roßhändler Michael Kohlhaas auf seinem Zug widerrechtlich aufhalten. Sie stürzen, als sie das Wort Pferde hören, in den Hof:

Der eine lobte den Schweißfuchs mit der Blesse, dem anderen gefiel der Kastanienbraune, der dritte streichelte den Schecken mit schwarzgelben Flecken; und alle meinten, daß die Pferde wie Hirsche wären, und im Lande keine besseren gezogen würden.[4]

Kohlhaas, ein wohlhabender Mann, ist in der Heimat hoch angesehen, genießt den Leumund eines Vorbildes in Wohltun und Rechtschaffenheit. Wie Erzvater Abraham erzieht er die Seinen zu Gottesfurcht, Fleiß und Treue. Dieser ehrbare Bürger wird von einem gewissenlosen Landjunker, der glaubt, aufgrund seiner gesellschaftlichen Stellung sich dergleichen herausnehmen zu dürfen, in einer

Weise brüskiert, beleidigt und beraubt, daß sich einem die Haare sträuben: Wenzel von Tronka maßt sich das Recht an, eigene Zollschranken zu errichten, kassiert ein kostbares Rappengespann, das er durch übermäßige Feldarbeit, mangelnde Fütterung und Pflege in lebende Gerippe verwandelt, läßt den Knecht, den Kohlhaas zur Wartung der Tiere zurückgelassen hat, halbtot schlagen, daß dieser bleibende körperliche Schäden zurückbehält, und beleidigt den von der Messe zurückgekehrten Eigentümer, der sich weigert, zwei übel zugerichtete Mähren als die seinen anzuerkennen: *wenn der Hans Arsch die Pferde nicht wiedernehmen will, so mag er es bleibenlassen.*[5] Man sollte sich diese Fakten im Munde zergehen lassen, bevor man den Geschädigten, der diesen Willkürakten übler Menschenverachtung auf den Grund gehen und sie, koste was es wolle, restlos gesühnt wissen will, allzu eilfertig des Starrsinns und der Rechthaberei zeiht. Heute würde man den edelgeborenen Beleidiger obendrein wegen Tierquälerei verklagen – dem von der Messe zurückgekehrten Pferdehändler bietet sich *das wahre Bild des Elends im Tierreich*.

Und nun sehen wir uns des Roßhändlers geordneten Rechtsgang an. Zunächst erfährt er in Dresden, daß die angebliche landesherrliche Ermächtigung Ritter Tronkas zur Errichtung eigener Zollschranken ein Märchen ist. (Geschichtlich hätte Tronka sich des Landfriedensbruchs schuldig gemacht; denn seitdem von Kaiser Maximilian der Stadt Leipzig verliehenen Messeprivileg, durften Straßen, die den Warentransport dorthin sicherten, nicht versperrt werden.) Die Klage, durch einen guten Anwalt von Kohlhaas eingereicht, wird verschleppt, schließlich niedergeschlagen, weil zwei Verwandte des Junkers beim Kurfürsten wichtige Hofämter bekleiden. Beim eigenen Landesherrn in Berlin erreicht der Kläger gleichfalls nichts, weil der damit betraute Kanzler mit dem Hause Tronka verschwägert ist. Gerichtliche Bescheide qualifizieren den Geschädigten als *Querulant*, seine Forderungen als *Stänkereien* ab.[6] Man bedroht ihn, sollte er den Kampf nicht aufgeben, mit Gefängnisstrafe.

Das alles wiegt natürlich das fürchterliche Strafgericht nicht auf, das der Kaufmann über die korrupte Welt halten wird. Kleist setzt dem erlittenen Unrecht durch den gewaltsamen Tod seiner mit Botschaft nach Berlin gesandten Frau Lisbeth erst die Krone auf.

Ihrer fürstlichen Bestattung, die der Verwitwete der Toten angedeihen läßt, kommt der Rang einer politischen Demonstration zu.

Kleist stattet seinen Helden mit einer Redlichkeit aus, die ihm bei den Mitmenschen ein ehrenvolles Andenken für immer gesichert hätte, wenn nicht die verqueren Lebensumstände Kohlhaas gewaltsam in eine abschüssige Wegkehre hineingestoßen hätten. Energien werden in ihm freigesetzt, die bei brav bürgerlicher Lebensführung, die ihm leider madig gemacht wurde, gar nicht zur Entfaltung gekommen wären. Diese Wandlung zum *entsetzlichsten Menschen seiner Zeit*, so Kleists Worte, läuft wie ein Film ab. Der willkürlich aufgehaltene Kaufmann erkundigt sich respektvoll nach dem alten Tronka, zahlt ohne Sträuben den erhobenen Zoll, will die geforderten Pässe beibringen. Er hält an sich, als die Zumutungen des Verwalters, die Schikanen des Burgvogtes immer unverschämter werden, läßt schließlich ohne Murren zwei Rappen als Pfand zurück. Den geschundenen Knecht Herse kränkt er durch ein allzu pedantisches Verhör. Kohlhaas' verfolgtes Ziel: Sein erlittenes Unrecht soll in seiner Kraßheit von niemandem in Zweifel gezogen werden können.

Die *Goldwaage*, mit der Kleist das Rechtsgefühl des Pferdehändlers vergleicht, muß ruhig stehen, auch nicht das Stäubchen einer Selbstverschuldung auf der Schale liegen.[7]

Und mitten im Schmerz, die Welt in einer so ungeheuren Unordnung zu erblicken, zuckte die innerliche Zufriedenheit empor, seine eigene Brust nunmehr in Ordnung zu sehen.[8]

Er wird sein Leben nicht als wohlgelittener Biedermann beschließen, seine Seele sieht sich *auf große Dinge gestellt.*[9] Er wird es seinem Verderber heimzahlen und der verfilzten Justiz ein Exempel dafür geben, was sich ereignen kann, wenn sie dem von ihr jämmerlich im Stich gelassenen Kläger, die Keule zur Verteidigung seiner Rechte selbst in die Hand gibt.

Kohlhaas und seine Helfer begnügen sich nicht mit der Abfakkelung von Tronkas Burganlage sowie der Abschlachtung von Vogt und Verwalter samt deren Familien, sie setzen dem geflüchteten Peiniger nach und legen Feuer, wo immer er Schutz findet, in Wittenberg, in Leipzig. Das erinnert an den strafenden Gott des Alten Testaments. In der Tat weist Kohlhaas sich auf öffentlich angeschlagenen Mandaten als Statthalter des Erzengels Michael aus, seines Namenspatrons, der mit *Feuer und Schwert* der in *Arglist versunkenen Welt* strafend beizukommen sucht.[10] Daß sich der Rebell damit in einen Wahn hineinsteigert, wird vom Autor nicht bestritten, er nennt es *eine Schwärmerei krankhafter und mißgeschaffener Art.*[11]

Brutale Instinkte brechen hervor, die in *schmaler Umzäunung des Gesetzes*, wie Schiller, Kleists psychologischer Lehrmeister, den unbescholtenen Bürger hineingestellt sieht, niemals erwacht wären.[12] Rasend vor Erbitterung über den glücklich entwischten Widersacher schleudert Kohlhaas einen ihm in die Quere kommenden Verwandten in einen Winkel des Burginnern, daß dessen *Hirn an den Steinen versprützte.*[13]

Der kleistsche Doktor Luther

Die öffentlich angeplackten Brandworte, mit denen der Reformator den *im Wahnsinn stockblinder Leidenschaft* wütenden Mordbrenner *in den Damm menschlicher Ordnung zurückzudrücken* sucht: *dein Ziel auf Erden ist Rad und Galgen und jenseits die Verdammnis*, lassen den Empörer bei seinem Tun in der Tat innehalten.[14] Kleist weist Luther einen temperamentgeladenen, bühnenreifen Redepart zu, der dessen Natur entsprach.

»Rasender, unbegreiflicher und entsetzlicher Mensch!«[15]

Befremdlich unlutherisch muten allerdings die weihbischofhaften Verwünschungen an, die er dem demütig eingetretenen Sünder entgegenschleudert: *Weiche fern hinweg!... dein Odem ist Pest und Verderben...* Hier macht der ehrerbietig den Hut in der Hand haltende Unruhestifter die bessere Figur, indem er auf Luthers abweisendes »*Was willst du?*« bescheiden erwidert: »*Eure Meinung von mir, daß ich ein ungerechter Mann sei, widerlegen*«.[16] Der Ton des *mißvergnügten* – Reformators verträgt sich wenig mit dem des erhalten gebliebenen Schreibens vom 8.Dezember 1534, wo er den Brandstifter mit *Mein guter Freund* anredet und den Zeilen ein *Gnad und Fried in Christo!* voranstellt, ja sein Mitgefühl für dessen erlittenes Unrecht keineswegs verhehlt: *Es ist mir fürwahr Euer Unfall leid gewesen.*[17] Behutsam rät er dem Empörten davon ab, die Rache dafür selbst vorzunehmen, zumal Gott sich die Rache vorbehalte. Dem folgen, wie es Luthers Art ist, zwei Belegverse aus der Heiligen Schrift.

Kleists Luther wäscht dem gesprächsbereiten Räuber den Kopf: *»Heilloser, entsetzlicher Mann! Wer gab dir das Recht, den Junker von Tronka, in Verfolg eigener Rechtsschlüsse, zu überfallen!«*[18] Das den historischen Luther begleitende Pauluswort: *Es ist hier kein Unterschied; sie (d. h. wir) sind allzumal Sünder*, scheint dem kleistschen fremd,[19] der dem nach geistlicher Stärkung Dürstenden sogar das Abendmahl verweigert. Was er Kohlhaas, verdrießlich genug, leistet, ist politische Hilfe.

Die Vorgänge auf dem Dresdner Schloßplatz stellen inhaltlich, mehr noch kraft ihrer dichterischen Gestaltung den Höhepunkt der Novelle dar. Von einer vor Kleist in der deutschen Literatur nie gekannten realistischen Bildschärfe wird dem Leser eine breughelsche Volksszene entworfen von barocker Drastik: Tumult, Schlägereien, ein dabei zu Boden gehender Kämmerer mit blutig geschlagenem Schädel, keifender Pöbel, ein breitbeiniger Kerl, der sich die Hosen hochzieht, ein anderer, der eine Mistpfütze überquert, ein Abdecker, der sich vor einem Wagen die Blase leert ... Das alles liefert den grotesken Hintergrund für das eigentliche Streitobjekt, das den Staat ins Wanken gebracht hat: das zu lebenden Skeletten abgemagerte Rappengespann des Kohlhaas. Ihr jämmerlicher Zustand ist nicht nur zum Gespött der Menge geworden, er erschüttert auch die Selbstsicherheit des Eigentümers, dem das Mißverhältnis zwischen seinem nichtigen Gut und dem Chaos, das er im Land angerichtet hat, schlagartig bewußt wird.

Der Roßhändler, dessen Wille, durch den Vorfall, der sich auf dem Markt zugetragen, in der Tat gebrochen war, wartete auch nur, dem Rat des Großkanzlers gemäß, auf eine Eröffnung von seiten des Junkers oder seiner Angehörigen, um ihnen mit völliger Bereitwilligkeit und Vergebung alles Geschehenen entgegenzukommen.[20]

Eine entscheidende Wende tritt auch für die Gegner ein. Diese haben aus der gekippten Stimmung längst Honig gesogen. Ohne auch nur das Geringste aus ihren Fehlern gelernt zu haben, sind die Herrschenden einzig darauf bedacht, verlorenes Terrain wiederzugewinnen. Man wird wortbrüchig, vergißt das freie Geleit, das Dr. Luther für Kohlhaas zur Ausfechtung seiner Rechtsangelegenheiten erwirkt hatte, übertölpelt den mißtrauisch Gemachten durch eine gestellte Falle, worauf man ihn in Ketten legt und das Gerichtsurteil fällt.

So ward er verurteilt, mit glühenden Zangen von Schinderknechten gekniffen, geviertteilt, und sein Körper, zwischen Rad und Galgen, verbrannt zu werden.[21]

Schritt in die Romantik

Michael Kohlhaas hätte mit seiner grauenvollen Hinrichtung durchaus in den Rahmen kleistscher Dramen- und Novellenschlüsse gepaßt. Allein, er läßt die Geschichte des Roßhändlers weitergehen, indem der brandenburgische Kurfürst seinen Untertan vor ein Berliner Gericht fordert, die hohe Politik hereinspielt, der kaiserliche Hof einen Ankläger schickt, schließlich sogar der Himmel, das Wunderbare mitmischt.

Man hat darin einen Stilbruch erkennen wollen. Ludwig Tieck, der sich wie kein zweiter Zeitgenosse der Werke des Frühverstorbenen verdienstvoll angenommen hat, sieht sich in den letzten 50 Seiten an *schwache Produkte* seiner Epoche erinnert, so als habe Kleist mit diesem romantischen Ausklang dem Zeitgeist seinen Tribut entrichtet.[22] Das mag der Fall sein. Der Dichter steckte, als er die Erzählung, hastig genug, zu Ende schrieb, in empfindlicher Existenznot. Die Goethezeit kannte kein soziales Auffangnetz.

Gängige romantische Requisiten lassen sich aufzählen: die wahrsagende Zigeunerin, die zwei Fürsten aus der Hand liest, die magische Ähnlichkeit der Hellseherin mit Kohlhaas' verstorbener Frau, die mysteriöse Kapsel um dessen Hals mit dem das Schicksal des Dresdner Herrscherhauses besiegelnden Papier... Die in bewimpelten Zelten kampierende höfische Jagdgesellschaft, auf die der Delinquententransport durch wundersame Fügung trifft, versetzt in eine heitere Eichendorff-Novelle. Dazu der frivole Ausspruch des verliebten Dresdner Kurfürsten:

Torheit, du regierst die Welt, und dein Sitz ist ein schöner weiblicher Mund![23]

Nur, wie paßt das alles zu dem messerscharfen, eisigen Realismus, mit dem der sensible Lebenskenner Kleist die Geschichte seines Roßhändlers bisher so konsequent dargestellt hat? Fontane fällt darüber ein hartes Urteil: *Diese bekannteste seiner Erzählungen ist nicht seine beste: sie nimmt nur den Anlauf dazu. Bis zur Mitte ist sie vollendet...in ihrer zweiten Hälfte aber sinkt die Kohlhaas-Erzählung zu etwas relativ Unbedeutendem herab.*[24]

Viele Interpreten haben sich darum an den realistischen Teil der Erzählung gehalten, während sie um das romantische Ende weniger Aufsehens machten. Unterstellt man dem Novellisten in der Tat, sich gängiger Versatzstücke bedient zu haben, um die Leserschaft anzuziehen, er wäre nicht Kleist, hätte er es nicht verstanden, die Ereignisse auf dramatische, den Leser unvermindert in Atem haltende Weise zuzuspitzen. Auf diesem Weg erreicht er zwei Ziele: Kohlhaas kann einerseits bis zum letzten Atemzug seinen stolzen, unbeugsamen Charakter behaupten, andererseits darf er weiter über eine außergewöhnliche Macht gebieten vor einem Gegner, der ihn vernichten wollte.

So trotzt er noch unter dem Richtschwert seinem Feind: *Du kannst mich auf das Schafott bringen, ich aber kann dir wehtun, und ich will's!*[25]

Kohlhaas muß bei der romantischen Lösung nicht tragisch enden, vielmehr kann Kleist ihn bis zum Schluß mit einer den charakterlosen Kurfürsten vernichtenden Waffe ausstatten. Pardon wird nicht gegeben:

Wer mir sein Wort einmal gebrochen, mit dem wechsle ich keins mehr.[26]

Der Bonner Germanist Benno von Wiese glaubt, Kleist habe in hochkünstlerischer Absicht magische Kräfte in Kohlhaas' Geschichte hineinspielen lassen, um so auf eine *höhere Verknüpfung der Dinge* hinzudeuten, die in der *Wirklichkeit des Geschehens selbst auf unbegreifliche Weise am Werke ist.*[27] Das von jemandem verkündet, der in Kürze selbst mit dem ihm sinnlos erscheinenden Leben Schluß machen wird?

Ließe sich der versöhnliche Schluß der Erzählung nicht eher als eine ironische Zugabe begreifen aus tiefster Resignation heraus? So als wollte der Dichter uns zurufen: »Seht, so ist die Welt! Arglistig und gemein, daß selbst ein so energiegeladener, im offenen Kampf gegen alle herrschende Ungerechtigkeit aufs Ganze gehender, bis zur Raserei rechtsversessener Kerl wie Michael Kohlhaas vor den Winkelzügen der Herrschenden jämmerlich erliegen muß. Ausgleichende Gerechtigkeit? Wo gibt es sie? Im Märchen.

Wundersam wie in einem Märchen lösen sich die hoffnungslos verworrenen Rechtsangelegenheiten des Kohlhaas am Ende in Wohlgefallen auf. Der Bösewicht Tronka mußte die Rappen wieder dickfüttern, daß Kohlhaas ihnen befriedigt den feisten Hals beklopfen kann. Obendrein muß der Tunichtgut für zwei Jahre ins Gefängnis. Verluste in Geld und Sachen werden dem Geschädigten aufs akkurateste ersetzt, die Mutter des toten Knechts Herse sieht einer Altersversorgung entgegen... Kohlhaas' Söhne, zu Rittern geschlagen, rutschen eine Gesellschaftsklasse nach oben. Kohlhaas selbst stellt die zerstörte Rechtsordnung wieder her, indem er den kaiserlichen Landfriedensbruch, den er eigenmächtig vom Zaun gebrochen hat, mit dem Tod sühnt. Die Hinrichtung vollzieht sich ehrenvoll mit dem Schwert. Freunde dürfen den Verurteilten besuchen. Kohlhaas stirbt als Held, der ehrlose Kurfürst bricht in Krämpfen zusammen. Süßer konnte die Rache des Exekutierten gar nicht ausfallen.

Nicht einen Satz verschwendet Kleist damit, dem Leser zu erläutern, wie er über das Erzählte zu denken und wie er das Verhalten seiner Personen zu deuten habe. Wie sich an einer gotischen Heiligenfigur schon am Gesichtsausdruck, der Gebärde, dem Faltenwurf des Gewandes, den Gegenständen, womit sie sich umgibt, ablesen läßt, was sie denkt, wofür sie steht und leidet, so ist allein aus eben solchen Zeichen zu entnehmen, was in Kleists Figuren vorgeht. Ein Beispiel: Die Herren am sächsischen Hof diskutieren Luthers Sendschreiben. Der Kämmerer drückt seine Befriedigung über seine Gesprächspartner mit einer Geste aus:

Der Kämmerer, indem er für ihn (den Prinzen) *und den Kurfürsten Stühle von der Wand nahm, und auf eine verbindliche Weise ins Zimmer setzte, sagte, er freue sich...*

Der Prinz von Meißen fühlt sich mißverstanden:

indem er den Stuhl, ohne sich zu setzen, in der Hand hielt.[28]

Der Freiherr von Wenk quittiert den Verrat, den der Hof durch den offenen Amnestiebruch an Kohlhaas begeht, mit einem glutroten Gesicht. Lisbeth, Kohlhaas' Frau, die gerade mitbekommen hat, daß ihr Mann an den Nachbarn Haus und Hof verkaufen will, erlebt der Leser so:

Die Frau ging in der Stube auf und ab; ihre Brust flog, daß das Tuch, an welchem der Knabe gezupft hatte, ihr völlig von der Schulter herabzufallen drohte.[29]

Kohlhaas mag dem Leser als ein Prinzipienungeheuer erscheinen, doch bleibt er, das zeigt schon seine Reaktion auf Luthers harte Anklage, fühlender Mensch. Der aufgebrachten Ehefrau streift er die Locken aus der Stirn, ehe er ihr unmißverständlich klarmacht:

Lieber ein Hund sein, wenn ich mit Füßen getreten werden soll, als ein Mensch![30]

Pferde sind für Kohlhaas Lebewesen und nicht bloß Ware. Als er zu den völlig heruntergekommenen Tieren tritt, legt er ihnen liebevoll die Mähnen zurecht, streift ihnen die Zotteln aus. Er ist ein zärtlicher Vater, an dessen Knie sich die Kinder vor der fremden Zigeunerfrau ängstlich lehnen. Er kleidet die beiden Knaben an, füttert den erkrankten Jüngsten mit Semmel und Milch... Hermann Hesse bemerkt dazu: *Hinter der Sachlichkeit steht des Erzählers großes Herz, der mit seinem armen Helden fühlt und keinen kleinen Zug vergißt...*[31]

Nichts ist in Kleists Detailmalerei zufällig oder bloß schmükkend. Als der Roßhändler nichts ahnend mit seiner prächtigen Pferdekoppel gen Leipzig aufgebrochen ist, kündet sich das Unheil bereits durch ein regnerisches Unwetter an. Der Burgvogt, der ihm Böses will, fragt, *schief gegen die Witterung gestellt*, nach dem Paßschein, belügt ihn, *indem er ihn von der Seite ansah.* Als sich die Junker begierig auf die schönen Exemplare stürzen, scheint das die Lage des Besitzers zu begünstigen – der Regen hat kurzzeitig aufgehört, setzt aber mit Stürmen wieder ein, als sich die Situation erneut zuspitzt.[32]

Kleist ist ein kompromißloser Realist. Sein Kurzausflug in die Romantik darf darüber nicht hinwegtäuschen. Er hat sich mit einer geradezu geballten Welt- und Lebenskenntnis ausgestattet. Man muß nur dem Abdecker bei der Pflege seines eigenen wohlgenährten Gaules zusehen, wie er dem Tier das Gebiß aus dem Maul streift, um ihm aus dem Eimer Wasser saufen zu lassen. Man spürt den Aktenstaub in der Nase, hört das knackende Räderwerk des Amtsschimmels, wenn der Erbherr die Gerichtsbehörde um Belieferung von Unterlagen *dienstfreundlichst* ersucht[33], Kohlhaas um eine *Okularinspektion* herangezogen wird, um *den besagten Gegenstand au-*

ßer Zweifel zu setzen.[34] Oder man überlese die Einzelheiten mit der der Roßhändler den Kaufvertrag mit dem Amtmann aufsetzt:

Kohlhaas erklärte ihm, daß es ein von ihm aufgesetzter eventueller in vier Wochen verfallener Kaufkontrakt sei; zeigte ihm, daß darin nichts fehle als die Unterschriften, und die Einrückung der Summen, sowohl was den Kaufpreis selbst, als auch den Reukauf, d. h. die Leistung betreffe, zu der er sich, falls er binnen vier Wochen zurückträte, verstehen wolle...[35]

Weltgeltung

Wie alle wirklich großen Dichtungen ist *Michael Kohlhaas* vielfältig deutbar. Jede Zeit bricht sich auf ihre Weise in ihr. Gesellschaftsordnungen, eitel Menschenwerk, darum unvollkommen, bilden zu allen Epochen Angriffsflächen für Kohlhaasnaturen. Die willkürlich in den Weg gelegten Schlagbäume können aus unerlaubten Preisabsprachen bestehen, aus mafiösen Abzockereien, können sich zu einem Wust sich immer stärker verdichtender bürokratischer Reglementierungen gestalten, sich wie Betonwälle um die Bergkuppe politischer, wirtschaftlicher, kultureller Führungskräfte legen, die aus Sorge, eigene Machtpositionen zu verlieren, keine Talente nach oben kommen lassen...

Diktatoren, Anarchisten meinen sich in Kohlhaas wiederzuerkennen, dabei übersehend, daß der Dichter mit keiner Silbe dem Terrorismus das Wort geredet hat. Man glaubt in dieser populärsten aller Kleist-Figuren typisch deutsche Züge auszumachen: die gefährliche Neigung, in ein Extrem zu fallen. Aber auch den Hang zu blauäugiger Vertrauensseligkeit; denn wie konnte Kohlhaas einem morschen Rechtsgefüge, das ihm so übel mitgespielt hatte, plötzlich so blind vertrauen, daß er in Lützen seinen militärischen Stützpunkt vollkommen aufgab, sämtliches Kriegsmaterial dem Kurfürsten übereignete, statt sich ein Faustpfand zu sichern, für den Fall, daß die ihm zugesagte Amnestie doch nicht eingehalten würde!

Kleist bläst in mich wie in eine alte Schweinsblase, schreibt Franz Kafka an seinen Freund Max Brod.[36] Der akribische Behördenton, in dem Kleist uns das Getriebe gerichtlicher Schaltstellen und Kanzleien vergegenwärtigt, erinnert in der Tat an den Erzähler des *Prozesses*.

Kafka hat, wie Max Brod bezeugt, im Freundeskreis mit Vorliebe aus *Michael Kohlhaas* vorgelesen. In Frankreich rühmt man Kleists Methode, die Dinge durch sich selbst sprechen zu lassen. Die zwingende Logik, in der sich die Charaktere entwickeln, ließen die Konsequenzen im Geist des Lesers entstehen, ohne daß der Autor sie ihm aufdränge. Thomas Mann gerät bei der Lektüre in Wut über Goethe, der Kleist wegen *Hypochondrie* und dessen *Widerspruchgeistes* abgelehnt hat.[37]

Deutsche Schulpolitiker wären sicherlich gut beraten, wenn sie dieses wichtige Werk deutscher Literatur wieder in den Kanon der Pflichtlektüre für jeden Gymnasiasten aufnehmen würden. Deutschlehrer sollten sich nicht länger um diesen herausragenden Sprachmeister herumdrücken dürfen, mit der kaum zu entschuldigenden Ausrede, sie hätten wie mit Schiller auch mit Kleist »ein Problem«.

1 Hamacher, *Dokumente* S. 72
2 HvK, SW Bd. 2 S. 96
3 S. 101
4 S. 11
5 S. 15
6 S. 13
7 S. 24
8 S. 14
9 wie 7
10 S. 25
11 S. 41
12 S. 36
13 Hamacher, *Dokumente* S. 91
14 wie 2 S. 32
15 S. 42
16 S. 36
17 S. 45
18 Hamacher, *Dokumente* S. 72
19 wie 16
20 Römer 3, V. 23
21 wie 64
22 S. 77
23 Sembdner Bd. 2 Nr. 659
24 wie 2 S. 81
25 wie 23 Nr. 678
26 wie 2 S. 86

[27] S. 98

[28] v.Wiese, *Die Novelle* Bd. 1 S. 47-63

[29] wie 2 S. 31

[30] S. 25

[31] S. 27

[32] wie 23 Nr. 683

[33] wie 2 S. 10

[34] S. 57

[35] S. 60

[36] wie 25

[37] wie 23, Nr. 420 a

[38] Nr. 682

Die Kleists – wer sind, wer waren sie?

Blick in die jüngere Geschichte

Berlin, 3. Februar 1945. Der pommersche Gutsbesitzer Ewald von Kleist-Schmenzin, Landwirt, konservativer Politiker, Mitglied der Bekennenden Kirche und seit dem gescheiterten Attentat gegen Adolf Hitler am 20. Juli 1944 in Gestapo-Haft, wird in den Gerichtssaal geführt. Der Nazirichter Roland Freisler, berüchtigt wegen seiner die Angeklagten beleidigenden, zutiefst erniedrigenden Verhörmethoden, läßt die Beschuldigungspunkte verlesen und befragt den Häftling. Der gibt mit knappen Worten zu, Hochverrat begangen zu haben. Seit dem 30. Januar 1933, Hitlers Machtübernahme, habe er stets mit allen Mitteln gegen den Diktator gekämpft und daraus nie einen Hehl gemacht. Kleist schließt mit den Worten: *Ich halte diesen Kampf für ein von Gott verordnetes Gebot. Gott allein wird mein Richter sein.*[1]

Diese Erklärung scheint den Richter so zu verblüffen, daß die Verhandlung unterbrochen wird. Während Freisler den Fall Schlabrendorff aufruft, heulen die Sirenen. Luftalarm. Ein Justizwachtmeister meldet Großangriff: »Bombenströme« streben auf die Reichshauptstadt zu. Es ist der schwerste Angriff, den amerikanische Luftstreitkräfte je auf Berlin geflogen haben. Das Gemäuer des Gerichtshofes wird auseinandergerissen. Ein Balken saust herab, zerschmettert dem Nazirichter den Schädel, die Angeklagten bleiben unverletzt.

Drei Wochen vergehen, ehe die Gerichtsverhandlung durch den Nachfolger wiederaufgenommen wird. Ewald von Kleist wird am 15. März zum Tode verurteilt und am 9. April, einen Monat vor der totalen Kapitulation, durch den Strang hingerichtet.

Der älteste Sohn Ewald-Heinrich, in Stauffenbergs Umsturzpläne ungleich mehr verwickelt, kommt aus Mangel an Beweisen frei.

Auf dem pommerschen Gut Kieckow, Stammgut des Familienzweiges von Kleist-Retzow, hat sich um die tief religiöse Frau des Hauses, Ruth von Kleist-Retzow, ein Zirkel des Widerstandes gegen die Hitlerdiktatur geschlossen. Seele der Zusammenkünfte ist der Theologe Dietrich Bonhoeffer.

Unter Hitlers Generalfeldmarschällen gibt es einen Paul Ludwig Ewald von Kleist. An der Spitze mehrerer Panzerverbände trägt er wesentlich zum Erfolg des Westfeldzugs bei. Im Osten bei der Kesselschlacht von Uman und Kiew erbeutet seine Panzergruppe im Verein mit der des Generaloberst Guderian 800 russische Panzer und macht 650 000 Kriegsgefangene. Paul Ludwig Ewald von Kleist stirbt 1954 in dem sowjetischen Kriegsgefangenenlager Wladimirowka.

Der deutsche Historiker Stephan Malinowski beleuchtet in seiner Dissertationsschrift *Vom König zum Führer* das Verhältnis des preußischen Adels zum Nationalsozialismus. Die hohen Blutopfer aus dieser Gesellschaftsgruppe beim gescheiterten Widerstand gegen das Hitlerregime nicht kleinredend, läßt sich für den Verfasser dennoch nicht der hohe Anklang leugnen, den der Nazifaschismus samt seiner antisemitischen Parolen bei vielen Vertretern des Adels gefunden habe. Trifft Malinowski in seiner Untersuchung bei den Stülpnagels auf 14, bei den Schulenburgs auf 17, bei den Hardenbergs auf 27, bei den Tres(c)kows auf 30 Parteigenossen, kommt er bei den Kleists auf 43.[2]

Diese hohe Quote darf nicht zu dem Trugschluß führen, als seien die Kleists, ihre erwähnten Widerstandkämpfer in Ehren, mehr als andere Adelsgeschlechter anfällig für die Sendung der Nationalsozialisten gewesen. Man hat es bei den Kleists ganz einfach mit einer ungewöhnlich, zahlreichen Familie zu tun, den Bülows oder Arnims vergleichbar. Hingegen mag man fragen, ob es sich bei den im Kampf gegen den Naziterror hervorgetretenen Namensträgern tatsächlich um *Verwandte* des Dichters handelt. Diese Frage darf man guten Gewissens bejahen. Heinrich von Kleists Großvater Bernhard Christian war noch Herr auf Schmenzin, vererbte den Besitz an den ältesten Sohn, während der jüngere Joachim Friedrich, der Vater des Dichters, mit Geld abgefunden wurde und in der Frankfurter Garnison sein Leben lang die Uniform trug.

Schwerer ließe sich eine ganz andere Frage beantworten: Wie lange brauchten die nachfahrenden Verwandten des großen Dramatikers, bis sie sich ohne innere Überwindung zu einem von ihnen bekannten, der, statt als Soldat fürs Vaterland zu fallen, schmählich Hand an sich selbst legte? Der rasende Chaoten zu Helden seiner Dichtung gemacht, ja einen verdienten brandenburgischen Feldherrn, noch dazu verwandt mit dem Berliner Herrscherhaus, zur somnambulen Heulsuse degradiert hatte? 100 Jahre? 200 Jahre?

Soldaten

Die Kleists, bereits im 13. Jahrhundert beurkundet, sind ein uraltes pommersches Adelsgeschlecht und nach frühen Taufnamen wie *Dubislav*, *Pribislav*, *Prissebur* zu schließen, vermutlich slawischen Ursprungs. Das anmutige Familienwappen teilt in der Mitte ein waagerechter roter Balken in zwei silberne Felder, auf denen jeweils ein von rechts nach links dahinjagender roter Fuchs den Balken begleitet. Ursprünglich sollen es Wölfe gewesen sein. Das waren für die Ureinwohner göttliche Tiere.

Von Conradus Clest, dem Urvater, teilt sich der 800jährige Stamm in drei knorrige Hauptarme, die sich im Laufe von Generationen unendlich verästeln und verzweigen. Dem einen, benannt nach den Landbesitzungen Muttrin-Damen, entsprießt der Unterast Damen. Ihm gehört die Schmenziner Linie an, mit ihr die Familie des Dichters.

Schon im 14. Jahrhundert erwarben die Kleists im Herzen Hinterpommerns, und zwar in der späteren Provinz Köslin, rings um die Kreisstadt Belgard (heute Bialogard) umfangreiche Ländereien, die sie rodeten, kolonisierten, kultivierten und als Gutsherren verwalteten. Zunächst unter pommerschen Herzögen, später unter den brandenburg-preußischen Herrschern, nachdem der Große Kurfürst Friedrich Wilhelm ganz Hinterpommern nach seinem Sieg über die Schweden hinzugewonnen hatte. Dem Haus Hohenzollern dienten die Kleists als Offiziere in der Armee, als höhere Verwaltungsbeamte und Diplomaten. Hatten sie genug eigenen Landbesitz geerbt, quittierten sie nach geraumer Zeit den Staatsdienst und zogen sich auf ihren Grund und Boden zurück. War ihnen solcher nicht zugefallen, blieb ihnen meist nichts anderes übrig, als im Sold des Königs zu bleiben.

Die Kleists sind für Preußen nicht irgendeine bedeutende Soldatenfamilie, sie ragen wie kein zweites Adelsgeschlecht aus der Fülle großer Namen heraus. Friedrich der Große witzelte bei der Tafel in Gegenwart eines verdienten Generals Kleist, er habe sich in Pommern hinter keinen Busch setzen können, ohne daß nicht gleich ein Dutzend »Klöste« hervorgesprungen seien. Ebenso viele habe er in jedem Regiment vorgefunden. Der General, von der Majestät befragt, ob er seine Vettern überhaupt noch zählen könne, pariert lakonisch: »Jetzt wohl, aber vor dem Siebenjährigen Krieg wurde es mir schwer«. 116 Kleiste haben in Friedrichs drei Schlesischen Kriegen gekämpft, 30 davon fielen.[3]

Als der Wanderer durch die Mark Brandenburg Theodor Fontane an seinen zweiten Band *Oderland* geht, macht er Halt auf dem Landsitz Friedersdorf und berichtet über die dort ansässigen Marwitze. Er rühmt die geschichtlichen Leistungen der Familie und stellt heraus, daß in 150 Jahren mehrere hundert Offiziere aus ihr hervorgegangen seien, darunter acht Generale. Nur wenigen Familien (fünf) sei es vergönnt gewesen, die Marwitze *nach dieser Seite hin zu überflügeln.*[4] Von diesen fünf ragen die Kleists mit 14 Generalen, darunter zwei Feldmarschälle, wie ein Schneegipfel heraus. Die vernichtende Niederlage von Jena und Auerstädt erlebten 50 Offiziere von Kleist.

Es gibt Berühmtheiten unter den Soldaten. Wer in Berlin Unter den Linden an das Reiterdenkmal des Alten Fritz herantritt, kann an seinem Sockel das Standbild eines Gottfried *Arnd* von Kleist ausmachen, einem vom König hochgeschätzten Reitergeneral, der wegen seiner grünen Uniform und des von ihm befehligten ebenfalls grün gekleideten Husarenregiments als *grüner Kleist* große Popularität erlangte.

Ein anderer General von Kleist, Ferdinand *Emil*, macht sich zu Lebzeiten des Dichters einen Namen in den Koalitionskriegen gegen Napoleon. Hätte der Selbstmörder vom Kleinen Wannsee auch nur zwei Jahre länger gelebt, der glänzende Sieg des Verwandten über die Franzosen nahe den böhmischen Ortschaften Kulm und Nollendorf hätte ihn vielleicht mit der Welt versöhnt. Man wird den Sieger in den Rang eines Feldmarschalls erheben, ihm den Grafentitel verleihen. *Graf Kleist von Nollendorf* darf er sich nach dem Friedensschluß 1814 nennen. In Berlin tragen der Nollendorfplatz und die diesen mit dem Wittenbergplatz verbindende Kleiststraße seinen Namen. Zu ihm, dem eigentlich Berühmten, dem Helden von Nollendorf, wird die Familie Kleist noch Jahrzehnte später aufblicken, nicht zu dem Verfasser des Homburger Prinzen.

Wenn Thomas Mann den Namen Kleist ohne ihn, den Dichter, als einen *Quark* bezeichnet, will er ganz sicher nicht die Verdienste der Familie um Staat und Heimat schmälern, das hätte der Belobigte womöglich selbst als verletzend empfunden. Es war dem Lübecker Romancier eher darum zu tun, die überragende Bedeutung eines die Seinen und Ihresgleichen eher noch immer in Verlegenheit bringenden Genies in unmißverständlicher Schärfe herauszustellen. Die Empörung darüber, daß man dessen Leistung überhaupt noch verkennen konnte, so hat man den Eindruck, kochte in ihm.[5]

Man wird nicht bezweifeln, daß das moralische Umfeld – Soldatengeschlecht mit altpreußischer Tradition –, in dem Heinrich von Kleist groß wurde, von ihm so wenig wegzudenken ist, wie das Milieu von Soll und Haben von dem Verfasser der *Buddenbrooks*. Das Pflichtdenken, das den jungen Kleist erzog und das sich von der Lebensauffassung Lübecker Hanseaten ja gar nicht meilenweit unterschied, war keineswegs das Schlechteste. Hielt es doch den Sproß aus vornehmem Haus nicht nur zu Sparsamkeit und Unbestechlichkeit an, man hatte sich überhaupt als nützliches Glied eines Ganzen zu verstehen, dem Wohl des Staates und seiner Bürger verpflichtet. Man war nicht für sich selbst da. Das galt nicht nur für den Dienst tuenden adligen Offizier, auch der Besitzer eigener Latifundien hatte sich als Glied einer Kette zu betrachten, mit dem Lebensziel, Ererbtes zu erhalten und weiterzugeben.

Ein so geistig und von der Psyche her überfein veranlagter Charakter wie Heinrich von Kleist hatte viel zu viel mit sich selbst zu kämpfen, um sich auf Dauer befähigt zu fühlen, dem Soldatenstand oder sonst einem bürgerlichen Beruf Genüge zu tun. Er brachte nur Ordnung in sich hinein, wenn er schrieb. Hier ließ er Selbstzucht, eiserne Disziplin, Gestaltungskraft bis zur Vollendung walten. Doch wer von den Seinen erkannte das? Überall hört er von den genialen Kleists. Gemeint sind seine Verwandten, nicht er. Der Ruf verschafft ihm Zugang zu höchsten Kreisen, beschert ihm Sympathie und Wohlwollen, ohne daß er darum buhlen muß. Doch was hatte er selbst zu bieten? Er, ein ziellos Umherreisender, ein Mann ohne Beschäftigung, ohne Einkommen, ohne Frau und Kinder. Von dem man lediglich wußte, daß er hin und wieder erfolglose Stücke schrieb...

Die Kleists sind nicht nur tapfere Soldaten, strategisch begabte Kandidaten für den Marschallstab. Es gibt unter ihnen Tüftler, Erfinder, Dichter. Diese müssen so häufig vorgekommen sein, daß das Sprichwort umging, alle Kleists seien Dichter. Nur acht Jahre älter und Jahrgangsgenosse Napoleons, galt Franz Alexander von Kleist zu einer Zeit, als Heinrich noch Soldat war, als gern gelesener Poet. Der Dichter Fouqué stuft ihn höher ein als den Verfasser des *Kohlhaas*. Franz Alexander wartet mit lehrhaften Gesängen auf, wie sie dem Zeitgeist entsprachen. Gottes Herrlichkeit in der Natur wird gepriesen, Freundschaft und Treue. Souffliert hat ihm der Dichter der *Freudehymne*:

Einen nur von Millionen Wesen,
Hat die Schöpfung dir zum Freund erlesen.[6]

Kleists Bühnenstück *Sappho*, ein opernhaft lyrisch anmutendes Eifersuchtsdrama soll Franz Grillparzer zu dessen gleichnamiger Tragödie vorgelegen haben. Franz Alexander, 1769 in Potsdam geboren, tritt mit 15 Jahren in ein Halberstädter Infanterieregiment ein. Der dort wohnhafte Dichter Ludwig Gleim ist ihm väterlich zugetan. Franz Alexander genoß das Familienglück in der Neumark auf einem erheirateten Landsitz und verstirbt verschuldet an einer eingeschleppten Ruhrepidemie mit 28 Jahren, eine Frau, zwei kleine Kinder zurücklassend.

Franz Alexanders politische Verse:

Wo sind die Patrioten? was ist aus ihnen geworden?[7] – könnten auch Vetter Heinrichs Feder entflossen sein.

Ludwig Gleim, singender Grenadier vaterländischer Lieder, dediziert seine Verse einem jungen und einem älteren Kleist:

Franz und Ewald, beide Kleiste
Beide von dem selben Geiste
Nur zu Seinem Ruhm erschaffen,
tragen beide gleiche Waffen,
Und ein Heldenherz im Busen...[8]

Ewald Christian von Kleist, 1715 in Pommern geboren, konnte wie Heinrichs Vater kein reiches Erbe antreten, mußte aus finanziellen Gründen sogar sein Jurastudium abbrechen und mit dem Soldatenberuf seiner Väter Vorlieb nehmen. Von der Stickluft des Potsdamer Kasernenhofs erdrückt und schon wie sein nachgeborener

Verwandter zu krankhafter Melancholie neigend, schafft er sich Linderung mit malerischen Hexametern, die das Dasein des Landmanns auf eigener Scholle preisen:

Komm Muse! laß uns die Wohnung und häusliche
Wirtschaft des Landmanns
Und Viehzucht und Gärte(n) betrachten...

Der rät dem Offizier Friedrichs des Großen für diesen weit über 400 Verse zählenden Gesang einen unverfänglichen Titel zu wählen: *Der Frühling.*[9]

Das Werk macht den Dreißigjährigen berühmt, Ewald von Kleist geht als *Dichter des Frühlings* in die Literaturgeschichte ein. Die verlustreichen Schlachten des Siebenjährigen Krieges übersteht er bis zur großen Entscheidung im August 1759 bei Kunersdorf nahe Frankfurt Oder. Russen und Österreicher stehen Friedrichs arg zusammengeschmolzener Armee in doppelter Truppenzahl gegenüber. Dem Major von Kleist wird die rechte Hand durchschossen. Er kämpft mit der Linken weiter, bis ihm eine Kugel das Bein zerschmettert und er vom Pferd stürzt. Der Schwerverwundete liegt hilflos am Boden. Kosaken berauben ihn bis aufs Hemd. Bei Einbruch der Nacht wird Kleist aufgefunden. Die Schlacht ist verloren. Der König von Preußen erlitt die schwersten Niederlage seines Lebens. Ewald von Kleist stirbt nach etlichen Tagen an seinen Wunden, nachdem er eine Amputation abgelehnt hatte. Er wurde 44 Jahre. Man setzt ihm in Frankfurt ein Denkmal. Lessing, sein Freund, verfaßte ihm eine Grabinschrift:

O Kleist! Dein Denkmal dieser Stein?
Du wirst des Steines Denkmal sein.[10]

Zu *Minna von Barnhelms* Major Tellheim, wird ihm der Tote Modell stehen.

Mit Ewald Christian bekamen die Kleists, noch ehe das einzige Genie das Licht der Welt erblickte, einen in deutschen Landen anerkannten, nach so musterhafter Pflichterfüllung allseits respektvoll genannten Hausdichter, dessen man sich in keiner Hinsicht zu schämen brauchte. Man erzählte sich, der Verwundete habe am Boden liegend noch an ihm vorbeistürmende Kameraden mit Zurufen angefeuert. Für Ewald Christian war Dichten eine vor seinen prosaischen Kommißbrüdern peinlich geheimgehaltene Nebentätigkeit, die man sich für die Freizeit aufhob. Nie wäre er darauf verfallen, für sie den Beruf aufzugeben. Sein Heldentod fürs Vaterland – was konnte es Glorreicheres für einen Kleist geben? Fürwahr kein Tod fürs Bilderbuch, getroffen von feindlicher Kugel direkt ins Herz. Ewalds Soldatentod war mit den gräßlichsten Begleiterscheinungen, einem zwölftägigen Martyrium mit kaum auszudenkenden Schmerzen, erkauft. Alle Hochachtung! Wenn man gegen ein solches Vorbild ankommen wollte, genügte es nicht, Auch-Dichter zu sein. Einsam mußte man herausragen, wenn man es mit einem solchen Denkmal aufnehmen wollte. Darüber wurde sich Heinrich um so klarer, je deutlicher sich für ihn herausstellte, daß er für keinen bürgerlichen Beruf taugte. Soviel läßt sich festhalten: Für den Dichter Heinrich von Kleist war der Name seines Stammes alles andere als ein *Quark*. Sein größtes Anliegen wird es sein Leben lang sein, bei den Seinen höchste Anerkennung zu finden.

1 Scheurig, Konservativer geg. Hitler S. 195
2 Malinowski, Vom König... S.
3 Beyträge, Anekdoten Heft 3
4 Fontane, Oderland S. 214
5 Th.Mann, Altes u. Neues S. 642
6 A.Tanzer, Franz A.v.Kleist S. 82
7 wie 7) S. 23
8 S. 17
9 G.Wolf, E.v.Kleist S. W. S. 15 u.16
10 A.Sauer E.v.Kleists Werke S. XLVII

Elternhaus, Kindheit

Das Bildnis Joachim Friedrich von Kleists, Vater unseres Dichters, zeigt wie das des Sohnes einen breiten runden Kopf mit knabenhaften Gesichtszügen, die Selbstbewußtsein und verhaltenen Trotz verraten. So schmuck der leuchtend rot verbrämte Offiziersrock den jungen Mann auch kleidet, hundertprozentig glücklich scheint er nicht in ihm. Joachim Friedrich weiß seine Ehre selbst vor Königen zu verteidigen, genau das erwarten Hohenzollernherrscher von Vertretern des Adelsstandes. Der Fall, daß der Frankfurter Regimentskommandeur seine Würde vor dem Souverän behaupten muß, tritt ein. Wir schreiben das Jahr 1783. Truppenparade der brandenburgischen Einheiten in Berlin. Friedrich der Große, 71 und wegen seiner Alterslaunen gefürchtet, nimmt sie ab und hat an zwei Regimentern einiges auszusetzen. Die Chefs bekommen einen Rüffel und sollen nicht mehr befördert werden. Es handelt sich um die Regimenter Ruppin und Frankfurt Oder. Kommandeur des letzteren – der Major von Kleist. Der läßt den Tadel nicht auf sich sitzen und schreibt dem obersten Dienstherrn in einem Brief, daß der König zwar Herr über des Zeilenschreibers Leben sei, doch nicht über dessen Ehre. Diese wäre verletzt, darum bitte er um den Abschied. Dem scheint der Landesfürst nicht stattgegeben zu haben: der Beförderungsstop gilt, Major von Kleist bleibt im Dienst. Der ist 55 Jahre, Heinrich, sein ältester Sohn, gerade sechs.

Wie Ewald Christian, der ruhmvolle Verwandte, dessen Denkmal in der Gestalt eines Obelisken in Frankfurt inzwischen errichtet ist, kämpfte Joachim Friedrich bei Kunersdorf und wurde verwundet. Ein begeisterter Berufssoldat scheint er nicht gewesen zu sein. Anfangs hatte er in Frankfurt sogar ein Studium begonnen, doch der ältere Bruder erbte das Familiengut, dem jüngeren blieb die Uniform. Für sie gab es einen Ehrensold, kein Beamtengehalt wie in unseren Tagen. Wollte man davon eine Familie ernähren, mußte man es mindestens zum Hauptmann einer Kompanie gebracht haben. Joachim Friedrich, offensichtlich kein strategisches Genie, ist über 40, als er 1769 die erste Ehe eingehen kann. Die noch nicht fünfzehnjährige Caroline Luise von Wulffen bringt ihr väterliches Erbe in die

Familie. Joachim Friedrich wird sich ein Frankfurter Stadthaus kaufen können, sogar ein kleines Landgut für den Sommer; denn als Kompanieführer ist er nicht mehr arm.

Die blutjunge Frau schenkt ihrem Mann zwei Töchter – 1772 Wilhelmine und 1774 Ulrike. Diese zweite Geburt überlebt die Neunzehnjährige nicht. Im Januar 1775 schließt der 47jährige Witwer eine zweite Ehe mit Juliane Ulrike von Pannwitz, unvermögend und mit 28 Jahren bereits ein *spätes* Mädchen. Sie bringt zwei weitere Töchter – Friederike (1775) und Auguste (1776) – zur Welt, ehe sie am 18. Oktober 1777 einem ersten Sohn Bernd Heinrich Wilhelm das Leben schenkt. Auf ihn folgt 1780 ein zweiter Sohn Leopold und 1784 noch einmal eine Tochter Juliane. Sieben Geschwister, eine neunköpfige Familie also, die Frankfurter Kleists. Es wird, denkt man sich noch das Personal hinzu, auf das eine Offiziersfamilie, die ja auch repräsentieren und einen gehobenen Status pflegen mußte, unmöglich verzichten konnte, lebhaft und gewiß nicht geräuschlos in dem geräumigen Stadthaus zugegangen sein. Dieses stattliche Gebäude (1945 zerstört), dem Haus des Superintendenten benachbart und der Apsis der Marienkirche mit den berühmten Fenstern schräg gegenüber, lag im Herzen der Stadt. Das Rathaus mit dem unverwechselbar schönen gotischen Giebel nur wenige Schritte weit.

Heinrich von Kleist ist ein Stadtkind, er wächst im sogenannten Nonnenwinkel (heute Große Oderstraße) auf. Die Stadt zählt 10 000 Einwohner, hat eine Universität und ist Garnison für 2000 Soldaten. Als der Junge acht Jahre ist, wird das Oderland von einer Überschwemmung heimgesucht. Dabei verliert der Herzog Leopold von Braunschweig, Kommandeur der Frankfurter Garnison, bei der Rettung Verunglückter sein Leben. Das ruft in der ganzen Stadt Betroffenheit hervor, das wird auch die Familie von Kleist bewegt haben. Die Brüder Heinrich und Leopold (so heißen auch Michael Kohlhaas' zu Rittern geschlagene Söhne), trennt ein Altersunterschied von drei Jahren. Von Leopold wird es bis in unsere Zeit Nachkommen geben.

Es gibt Ungereimtheiten in den frühen Daten. Kleist selbst gibt seinen Geburtstag mit dem 10. Oktober 1777 an, das Kirchenbuch weist den 18. Oktober aus. Gelehrte halten weiter am 10. Oktober fest, mit dem Zusatz *vermutlich*. Sicher ist, daß Heinrich von Kleist am 27.Oktober 1777 in der Marienkirche getauft wurde. Die Liste der neun Paten liest sich Kennern wie ein Spaziergang durch uralte märkisch-pommersche Geschlechternamen. Von Burgsdorff – ansässig seit Jahrhunderten im Oderbruch – von Schmettau, brandenburgisch – von Bonin, von Kameke, von Manteuffel, von Bork, alle beheimatet in den Kleistschen Stammlanden. Letztere belieferten den brandenburgisch-preußischen Staat wie jene mit einem Kontingent von Generälen. Heraus fällt, gleichfalls charakteristisch für das alte Preußen, ein Hugenottenname: von Forcade, ein Oberst, der die Liste anführt. Friedrich Wilhelm von Forcade erwarb sich um die Stadt Frankfurt Verdienste: Er stiftete ein Universitätsstipendium.

Was immer man gegen den Dienstadel unter dem Zepter des Alten Fritz vorbringen mag, Blasiertheit in dem Sinn: wir sind ja wer, dürfen also des Lesens und Schreibens ruhig unkundig bleiben, dieser gelegentliche Dünkel späterer Generationen in Zeiten, als der schnöselige Gardeleutnant gesellschaftlich mehr galt als Universitätsprofessor oder Klinikarzt, belastete diese biederen Vertreter kaum. Im Gegenteil, man stürmte während der großzügig gewährten Urlaubsmonate Hörsäle und gelehrte Zirkel. *Er soll lernen*, so schreibt Friedrich der Große den Erziehern seines Großneffen, dem späteren König Friedrich Wilhelm III. vor (er ist nur sieben Jahre älter als Kleist), *daß alle Menschen gleich sind, daß die Geburt nur eine Schimäre ist, wenn sie nicht durch das – Verdienst unterstützt wird.*[1]

Die Mutter

Von Juliane Ulrike von Kleist, geborene von Pannwitz, der Mutter des Dichters, existiert ein Miniaturbildnis, dessen Authentizität nicht gesichert ist. Es zeigt eine Dame, deren Frisur, der Haarmode der Zeit Rechnung tragend, sich zu einer Gewitterwolke ballt. Gesichtsteint alabasterweiß. Die Schläfe in der Rechten stützend, deren Ellenbogen auf der Marmorplatte eines goldenen Rokokotischens ruht, richtet die auf die Vierzig Zugehende zwei ausdrucksvolle dunkle Augen sorgenvoll auf den Betrachter. Gibt es bei einer teuren Haushaltung, dem trotz Zulagen moderat bleibenden Sold des Ernährers Existenzprobleme? Hatte der Gatte sich möglicherweise zuviel gegen Seine Majestät herausgenommen? Frau von Kleists Miene gibt Rätsel auf.

Wie erfrischend wirkt an ihrer Herzensseite der kleine Junge mit dem goldblond gerahmten Kopf. Die Mutter hat ihm die linke Hand über die Schulter gelegt. Auf einem Blättchen Papier, nur halb auf der Tischplatte liegend, daß es hinunterzuwehen droht –, mühsam zu entziffernde französische Lettern: *Madame de Kleist avec son fils âge de sept ans.*[2] – Ein Kinderbild Heinrich von Kleists also. Der Kugelkopf, die breiten Wangenknochen, die blauen Augen möchten keinen Zweifel aufkommen lassen. Daß der Tote knapp drei Jahrzehnte später als schwarzhaarig identifiziert wird, muß kein Widerspruch sein. Das Bübchen mit den Pausbacken, dem energisch geschlossenen Mund gleicht einem recht wachen, eigenwilligen Engelchen. Es hält ein aufgeschlagenes Buch in der Hand. Auf dem Tischchen ein Globus. Bildung und Wissen werden groß geschrieben bei den Kleists.

Tod des Vaters

Leid wartet in der Tat auf die Familie. 1788 stirbt Joachim Friedrich von Kleist sechzigjährig wie der Soldatenkönig an der Wassersucht. Er läßt die Frau mit sieben Kindern zurück, das älteste 16, das jüngste 4. Heinrich steht im 11. Lebensjahr. Juliane von Kleist macht eine schriftliche Eingabe an den König. Dem großen Friedrich ist inzwischen Friedrich Wilhelm II. auf den Thron gefolgt. Sie bittet diesen, da der Ernährer der Familie ausgefallen sei, um eine Witwenrente. Das scheitert an der noch von Theodor Fontane gegeißelten *popligen preußischen Sechsdreierwirtschaft.*[3] Der verstorbene König hatte dem Nachfolger trotz dreier das Land fast in den Ruin stürzender Kriege am Ende seiner langen Regierungszeit keine Schulden, vielmehr einen Staatsschatz von 54 Millionen Talern hinterlassen. Die Bitte der Witwe wird abgeschlagen. Begründung: der für Offizierswitwen vorgesehene Fonds sei erschöpft.

Es gibt es zudem Probleme mit dem Nachlaß, wegen Unkenntnis des Erblassers in der Gesetzgebung. Die dadurch unterlaufenen Formfehler führten dazu, daß das ganze Testament vom Gericht verworfen wurde. Der Tote hatte verfügt, daß das hinterlassene Vermögen unter alle sieben Kinder aufgeteilt würde, zuvor aber die Mutter als Universalerbin der Nießbrauch zustehen solle. Juliane von Kleist sieht sich durch das von der Justiz angefochtene Testament *in die traurigste Lage versetzt.* Wie sollte sie, wenn ihr keine Gelder zuflossen, diese vielmehr siebenfach aufgesplittert würden, die Kinder im Sinne des Abgeschiedenen erziehen lassen? Durch welche Mittel könne man den ältesten Sohn auf die *Académie militaire* geben, eine Art Offizierskaderschmiede, die der große König nach dem Siebenjährigen Krieg eingerichtet hatte? Juliane von Kleist beschreibt dem neuen Herrscher ihre Situation: *Auch diese allergnädigste Intention bliebe unerfüllet, denn sobald der Teil des Vermögens, wie es als dann ganz natürlich ist, abgezogen wird, würde ich nicht im geringsten Soulagirt* (unterstützt).[4] Sie erhält von Seiner Majestät lediglich den Rat, die Gültigkeit des Testamentes vor Gericht *mit ihrem Gegner auszumachen.*[5]

Es kommt zu einem Vergleich. In der Person des Frankfurter Stadtsyndikus George Friedrich Dames wird für die Kinder ein Vormund eingesetzt, der die jeweiligen Erbanteile bis zur Mündigkeit der Kinder verwalten soll. Das Haus geht zu Lebzeiten an die Witwe, ebenso die Einkünfte des bescheidenen Spreewaldgutes Guhrow, seit fünf Jahren im Besitz der Familie. Den beiden Töchtern aus erster Ehe steht jeweils ein Teil aus der Hinterlassenschaft der verstorbenen Mutter, geborene von Wulffen, zu.

Heinrich von Kleist erwähnt den Vater in den über 220 aufgefundenen Briefen kein einziges Mal, auch die Mutter kommt selten vor. Daraus sollte man nicht allzu kühne Schlüsse ziehen. Kleist war ein leidenschaftlicher Briefschreiber, und keiner weiß, wie viel hundert, wenn nicht tausend der Nachwelt verlorengegangen sind. Aufschlußreicher erscheint der Tatbestand, daß er sich in keiner uns erhalten gebliebenen Zeile über Vater oder Mutter beklagt hat. Beide haben in dem komplizierten Charakter, wie es scheint, keine Verbitterung, kein Trauma hinterlassen, wie es Franz Kafkas Vater tat oder der des expressionistischen Lyrikers Georg Heym. Sicherlich darf man davon ausgehen, daß die wesentlich jüngere Mutter im Hause Kleist eine beherrschende Rolle spielte, daß sie die Kinder erzog, sie zum Lesen, Schreiben, Zeichnen anregte, daß sie ihnen frühe Bildung, Religion und Anstand vermittelte. So schildert es der nur eine Generation ältere Wilhelm von Kügelgen in seinen Kindheitserinnerungen. Die Kügelgens sind keine strammen Soldaten, doch adlig und östlicher Herkunft wie die Kleists. Die Mutter, vielseitig gebildet, orientiert sich an den Erkenntnissen berühmter Pädagogen ihrer Zeit.

In seinem ersten Drama *Die Familie Schroffenstein* läßt Kleist den Enkel des blinden Sylvius, Philipp, mit Zinnsoldaten spielen: *Denn hier* (an diesem Tisch) *stellt' er sie auf, und führte Krieg, und sagte mir an wie's abgelaufen.*[6] Man darf demnach annehmen, daß die Brüder Heinrich und Leopold Zinnsoldaten besaßen und Kriege mit ihnen ausgetragen haben.

Draußen vergnügte man sich, so erzählt Kügelgen je nach Jahreszeit mit Baden, Stelzengehen, Schlittschuhlaufen, Rodeln. Durchaus denkbar, daß Heinrich und Leopold von Kleist auf der nach dem berühmten Onkel benannten Frankfurter *Kleisthöhe* wie viele Generationen nach ihnen bäuchlings auf Handschlitten herunter gerodelt sind.

Rang eins dürfte im Hause Kleist die Kunst der heiligen Cäcilie eingenommen haben. Heinrich handhabte die Klarinette, so wird ihm nachgesagt, wie ein Virtuose, zeigte ähnliche Fertigkeit auch auf anderen Musikinstrumenten. So etwas fällt auch Naturtalenten nicht in den Schoß. Der junge Kleist wird einen Großteil seiner Kindertage singend, blasend, Saite zupfend und auch am Klavier zugebracht haben. Geselliges Musizieren hat fraglos zum Frankfurter Familienleben gehört. Wie gut er sich auf die Handhabung und Pflege eines Rohrblattinstrumentes verstand, zeigt ein späterer Briefbericht über eine sachgerechte Auswechslung des Mundstücks seiner Klarinette:

Da gab mir einst der Musikus Baer in Potsdam ein Stück, mit der Versicherung, das sei gut, er könne darauf spielen. Ja er, das glaub ich. Aber mir gab es lauter falsche quiekende Töne an. Da schnitt ich mir von einem gesunden Rohre ein Stück ab, formte es nach meinen Lippen, schabte und kratzte mit dem Messer, bis es in jeden Einschnitt meines Mundes paßte – und das ging herrlich. Ich spielte nach Herzenslust.[7]

Musik konnte ihn überwältigen. Das muß er schon sehr früh an sich erfahren haben. Mit neun Jahren, so glaubt er sich zu erinnern, habe er bei Abendwind am Flußufer in sich ein *schmelzendes Adagio* vernommen *mit allen Zaubern der Musik, mit allen melodischen Wendungen des Orchesters.*[8]

Lehrer?

Es wurde in der Familie überwiegend französisch gesprochen. Der Landesherr auf Sanssouci hatte das Beispiel gegeben. Erst der Nachfolger führt Deutsch als offizielle Hofsprache ein, bittet sich auch auf der Bühne deutschsprachige Stücke aus. Der junge Heinrich muß das Französische weit besser beherrscht haben als das Deutsche. Eine französische Erzieherin, Jeanne Elisabeth Nogier, gehörte zum kleistschen Hauspersonal. Ein erhalten gebliebener Brief des Fünfzehnjährigen in deutscher Sprache strotzt von Grammatikfehlern:

Wir fanden Munitionswagens...Ohne ihr hätten wir es nicht gewagt...Was mich über alle Maßen sonderbar vorkommt...ich mag mich aber das nicht aussetzen...Abendbrot es ich bei den Wirt... Ich gefalle mich also hier in Frankfurt (Main) – *sehr gut... Der Gedanke an Ihnen, beste Tante...*[9]

Ein angestellter junger Hauslehrer namens Christian Ernst Martini, Frankfurter Theologiestudent, später Schulrektor, wird dem Dichter bis zu dessen Tod verbunden bleiben. An Martini wird er einen seiner inhaltsreichsten Briefe richten und mit dem Wunsch schließen: *Sein Sie mein Freund im deutschen Sinne des Worts, so wie Sie einst mein Lehrer waren, jedoch für länger, für immer!*[10] – Von Christian Ernst Martini dürfte der junge Kleist den ersten regulären Unterricht erhalten haben. 1788 wird er elfjährig nach Berlin bei dem Hugenotten Samuel Henri Catel in Pension gegeben. Dessen Schwager Frédéric Guillaume Hauchecorne unterhielt dort eine Privatschule. Man nimmt an, daß Heinrich hier, gemeinsam mit den Vettern Ernst von Schönfeldt und Karl von Pannwitz, letzten höfischen Schliff erfahren sollte, wozu neben der Perfektion im Französischen Tanzen, Reiten und Fechten zählten. Diese Schulung nimmt nach wenigen Monaten durch den Tod des Vaters ein jähes Ende. Der Junge kehrt an die Oder zurück, bleibt bei den Seinen, wiederum, so nimmt man an, Martinis Lektionen in Anspruch nehmend, bis er nach seiner Konfirmation am 20. Juni 1792, mit 15 Jahren noch ein halbes Kind, in die preußische Armee eintritt.

Junger *Feuergeist*

Das Pastellbild eines Jacob Wilhelm Mechau zeigt das runde, offene Gesicht eines dreizehn- bis vierzehnjährigen Jungen: Heinrich von Kleist? Die Zuordnung ist nicht gesichert, doch weisen der kugelige Kopf, die Form des Ohres, die breite, aber nicht hohe Stirn, der fast waagerecht verlaufende Strich der Augenbrauen überraschende Ähnlichkeit mit dem einzigen Porträt des Dichters auf, dem die Forschung einstimmig Authentizität zuspricht, dem 1801 von Peter Friedel gefertigten Elfenbeinpastell. Die fragenden Augen, die aufgeweckte frische Miene vertragen sich durchaus mit den Äußerungen des Schulrektors Martini über seinen einstigen Schüler Kleist. Es muß für den Pädagogen eine Lust gewesen sein, diesen wissenshungrigen Kopf mit Kenntnissen aller Art zu füttern. Ein, so drückt Martini sich aus, *nicht zu dämpfender Feuergeist.* Begabt mit *bewundernswerter Auffassungsgabe.* Dazu fleißig, ausdauernd und anspruchslos. Der gleichalte Karl von Pannwitz, ebenso lernwillig und arbeitsam, fällt deutlich gegen den hochbegabten Vetter ab. Was dieser binnen Minuten spielend erlernt, erwirbt sich der andere nach stundenlangen Anläufen. Den kleinen Karl bedrückt seine Verliererrolle, daß er sich dem Lehrer schluchzend an die Brust wirft. So sehr sich der Lehrer an Heinrichs Auffassungsgabe entzückt, er spart mit überschwenglichem Lob, während er bescheidensten Fortschritten des jungen Pannwitz großzügig Beifall zollt. Das beeinträchtigt weder den Lerneifer des genialen Schülers noch erlöst es den schwächer Begabten von dessen Niedergeschlagenheit. Karl von Pannwitz neigt zur Schwermut. Wie der Vetter die Militärkarriere einschlagend, wird er an Friedrich Wilhelms Feldzug im Osten teilnehmen und sich auf dem Rückmarsch erschießen. Es wurde gemunkelt, die Vettern hätten ursprünglich schriftlich Verabredung getroffen, sich gemeinsam umzubringen.[10]

Christian Ernst Martini und kein anderer wird es gewesen sein, der dem jungen Kleist den ersten Zugang zur Theologie, zu den Lehren von Logik und Ethik sowie zur höheren Mathematik geöffnet hat. An ihn wird der junge Kleist die Frage richten, *ob ein Fall möglich sei, in welchem ein denkender Mensch der Überzeugung eines anderen mehr trauen soll, als seiner eigenen.* Mit Martini wird er erörtern, was Glück, was Tugend, was Bildung, was Pflicht ist. Ihm als dem ersten mag er verraten haben, daß er sich vom Soldatenstand lösen und den Wissenschaften zuwenden wolle. Er wird Martini danken, daß er nicht wie so viele andere, die sich als Ratgeber aufspielen, Urteile fällt und Rezepte vergibt. Martinis besonnene Reaktion, sein bedachtsames Schweigen bestärken ihn, machen ihn selbst weise: *Es ist also ein wahres Wort: – daß man nur den um Rat fragen soll, der keinen gibt.*[11]

Je mehr der Schüler heranwächst, desto mehr neigt er zu philosophischen, teils höchst spekulativen, teils traumhaft abgehobenen Gedankenflügen; denn auch das bescheinigt ihm der Lehrer: Kleists Hang zur Schwärmerei, zur, wie er es nennt, *Exaltation*, ausgelöst von einer nicht selten belanglos erscheinenden Reflexion. Der Lehrer kennt seinen Zögling, weiß in Streitgesprächen den Ball geschickt aufzufangen. In der Familie wird der große Bruder mit seinen verstiegenen Schlußfolgerungen eher Kopfschütteln verursacht haben. Der Schwester Ulrike, die als einzige sein Vertrauen genießt, wird er klagen: *›Verstanden‹ wenigstens möchte ich zuweilen sein, wenn auch nicht aufgemuntert und gelobt, von einer Seele wenigstens möchte ich gern zuweilen verstanden werden, wenn auch alle anderen mich verkennen.*[12]

Tod der Mutter

Der Mitteilung einer unbekannt gebliebenen Freundin ist zu entnehmen, daß Heinrich auch unter Erziehern zu leiden hatte. Sie seien zu wenig auf seine individuellen Eigenarten eingegangen, hätten ihn für Fehler, die er ohne ihr Mitverschulden gar nicht begangen hätte, bestraft. Das habe in dem Jungen, der von Natur *offen, sanft, träumerisch* und *edel* gewesen sei, Verschlossenheit und Trotz eingepflanzt.[13] Andere bezeugen, daß Kleists Kindheit innerhalb der Familie überwiegend *heiter und gut* verlaufen sei.[14] Den ersten großen Schmerz bereitet ihm das Schicksal, als überraschend die Mutter an einem Entzündungsfieber nach achttägigem Krankenlager am 3. Februar 1793 im 47. Lebensjahr verstirbt. Heinrich ist schon in der Armee. Alle fünf Kinder sind Waisen geworden, die beiden jüngeren Geschwister mit zwölf beziehungsweise dreizehn Jahren. Die verwitwete kinderlos gebliebene Schwester der Verstorbenen, Auguste Helene von Massow, ist eingesprungen. Sie besorgt künftig den kleistischen Haushalt. Ihr gilt auch der erste erhaltene Brief des Dichters, im Feldlager verfaßt mit 15 ½ Jahren. Er schreibt: *Der Gedanke an Ihnen*(!), *beste Tante, erpreßt mir Tränen, indem ich zugleich an eine verlorne zärtliche Mutter denke, und der Gedanke an ihre Wohltaten tröstet mich, indem ich nun keine verlassne Waise zu sein glaube.*[15]

1 F.W.v.Preußen, Preußens Könige S. 128
2 E,Siebert, Bildbiographie Nr. 13
3 Fontane, Briefe Bd. 4, Nr. 722
4 Sembdner, Lebensspuren Nr. 11a
5 Nr. 11b
6 HvK SW Bd. 1 S. 67
7 wie 6 Bd. 2 Bf. 19
8 Bf. 23
9 Bf. 1
10 wie Nr. 4 Nr. 5a
11 wie 7 Bf. 3
12 Bf. 6
13 wie 4 Nr. 10
14 Nr. 3
15 wie 6 Bf. 6

Im Dienste des Königs

Anfang Juni des Jahres 1792, noch vor der Konfirmation, beginnt für Heinrich von Kleist ein neuer Lebensabschnitt. Er verläßt die Heimatstadt Frankfurt und wird mit dem Rang eines Gefreiten-Korporal (auch Freikorporal) in das Potsdamer Garderegiment zu Fuß eingegliedert. Das war die Leibgarde des Königs, eine Eliteeinheit, wie sie der Familie sowohl von ihrer Tradition als auch der herausgehobenen Stellung zukam. Das bedeutet Offiziersanwärterschaft, wie sie schon in den Tagen des großen Königs nur Adligen vorbehalten blieb. Ein Knabe in friderizianischer Soldatenmontur. Das mit 14 ½ Jahren. Zu jener Zeit durchaus nichts Ungewöhnliches. Kleists künftige Regimentsfreunde Pfuel, Rühle, Schlotheim, Fouqué sind zu Beginn ihrer Soldatenkarriere auch nicht älter. Ludwig August von der Marwitz aus dem Frankfurt nahen Friedersdorf, Jahrgangsgenosse des Dichters, ist bei seiner Aufnahme in das illustre Berliner Regiment Gendarmes noch keine dreizehn. Bedenkt man, daß die Geschlechtsreife bei Heranwachsenden damals weit später eintrat als heutzutage, wären uns die in Reih und Glied in ihrer neuen Ausstattung ertrinkenden, von den anfänglichen Exerzierstrapazen angebleichten Kindergesichter möglicherweise wie eine erdwärts abkommandierte Kompanie uniformierter Botticelli-Engel vorgekommen, allerdings nicht mit goldenen Locken, vielmehr mit weiß gepudertem Zopf. Viele noch zu klein, zu schwach, um eine Fahne lange hochzuhalten, das Gewehr mit dem langen Ladestock zu handhaben. Das zwang die Kommandierenden schon aus Vernunftgründen zu Nachsicht und etwas Schonung. Ludwig von der Marwitz brauchte sich wegen seiner Winzigkeit zunächst nur ins Regiment einzuschreiben, Militärdienst mußte er fürs erste gar nicht leisten. Es kam bloß darauf an, daß man sich möglichst jung an Jahren in die Regimentsliste eintrug. Um so früher durfte man später einer lang genug auf sich warten lassenden Beförderung entgegensehen.

Ob adlig oder gemeiner Mann, der Drill der ersten Monate blieb für jeden Rekruten alles andere als spaßig. Dafür sorgte schon die mörderische Frühe des täglichen Beginns. Den fünf Exerzierstunden schloß sich akribisches Reinigen und Wienern der Ausrüstung an.

Es setzte Strafen. Die Fahne aus körperlicher Schwäche fallenzulassen, gereichte dem ganzen Regiment zur Unehre. Ein übermütiger junger schlesischer Graf, der außerhalb der Dienstzeit sich einem Offizier gegenüber etwas herausnehmen zu dürfen glaubte, erhält Arrest und am Folgetag 20 *Fuchtel* (Schläge mit der flachen Klinge), das vor versammelter Wachtparade. Kleist, wie bezeugt ist, von Natur herzensgut und friedfertig, dazu schüchtern und zum Erröten neigend, hat sich in dieser Hinsicht sicherlich nichts zuschulden kommen lassen. Wie jeder Junge wird er stolz gewesen sein auf seinen kleidsamen Uniformrock, zumal man darin auf einen Schlag wie ein Erwachsener behandelt und angeredet wurde. Er macht sich beliebt durch sein Klarinettenspiel.

Es gibt Höhepunkte. Wie alle Rekruten der Königlichen Garde wird der junge Kleist den erhebenden Augenblick erlebt haben, als er bei Hofe Seiner Majestät vorgestellt wurde. Wie ein guter Schulleiter jeden Schüler seiner Lernanstalt kannte der preußische König jeden Angehörigen seiner Leibgarde persönlich, trug wie sie die gleiche Uniform. Im Herbst fand am Ort, wie Marwitz berichtet, das große Manöver statt – ein sogenanntes *Schulmanöver* und zwei *Feldmanöver.* Das nimmt drei Tage in Anspruch und vollzieht sich bei klingendem Spiel mit farbenprächtigen Paraden. Den Fünfzehnjährigen wird das begeistert haben ...

Wie es auch dem gemeinen Soldaten zustand, der daheim sein Feld bestellen oder von dem Gutsherrn, dessen Tagelöhner er war, für die Ernte gebraucht wurde, durfte sich auch der junge Korporal einer längeren Beurlaubung erfreuen. Kleist kann im Dezember für ein paar Monate nach Frankfurt zurückkehren. Die Freude währt nicht lange, da er, wie bereits erwähnt, zu Anfang des neuen Jahres die Mutter verliert. Um Weihnachten war sein Regiment ohne ihn ausgerückt, westwärts. Ein Krieg war ausgebrochen.

Ein Junker auch, ein Knabe noch,
Der heut' das erste Pulver roch,
Er mußte dahin.[1]

Die unsentimentalen Verse Detlev von Liliencrons schildern preußischen Schlachtenalltag. Das Feld, auf dem das Gemetzel gewütet hat, übersät von Toten. Hier fielen frisch in die Uniform gesteckte Halbkinder, die als Standartenträger vorangestürmt waren, die

Trommel gerührt hatten. Für sie konnte man noch von Glück sagen, wenn die Feindeswaffe sie auf den Tod getroffen und nicht grausam verstümmelt hatte.

Als Heinrich von Kleist, noch keine 16, sich in schmucker Montur am 3. März – solange währte der Urlaub – von den Seinen in Frankfurt verabschiedete, um den Anschluß an seine ins Feld gerückte Einheit zu erreichen, dürfte er kaum Tränen in den Augen gehabt haben. Die Zeichen standen auf Abreise in den Krieg. Die Spannung auf Erlebnis, Abenteuer, eigene Bewährung hat das 15jährige Blut ins Rollen gebracht. *Gott sei Dank, daß es nicht mehr lange dauern wird, denn wir marschieren Donnerstag oder Freitag ganz gewiß*, meldet er der Tante Massow. Er kann es kaum erwarten.[2]

Der Pariser Sturm auf die Bastille liegt fast vier Jahre zurück. Der französische Staat gleicht einem überbrodelnden Kessel, dessen Dämpfe in die Nachbarschaft ausgreifen. Preußen und Österreich, die sich noch unlängst feindlich gegenüberstanden, sind zu einem Bündnis zusammengerückt. Frankreich hat beiden Mächten daraufhin den Krieg erklärt. Preußische Verbände rücken auf französisches Territorium vor, werden in der Champagne zum Stehen gebracht. Es kommt auf den Höhen von Valmy zu einer sich vom Morgen bis in den Abend hinziehenden, unergiebigen Kanonade, die die durch monatelange Märsche, mangelnde Versorgung, Hunger und Seuchen übel mitgenommene Armee Friedrichs des Großen zum schmählichen Rückzug nötigt. Dauerregen hatte die Wege aufgeweicht, Fahrzeuge samt Gespanne versanken im Schlamm, Fouragetransporte steckten fest, Soldaten litten Durst und Hunger, Typhus- und Ruhrepidemien griffen um sich... Davon auf die Hälfte dezimiert, kehrt die preußische Armee in die Heimat zurück, ohne auch nur ein entscheidendes Gefecht bestanden zu haben. Das Ende Oktober 1792.

Allzubald werden die Preußen durch neue Meldungen in Atem gehalten. Französische Kriegsscharen waren in die Pfalz eingefallen. Trier, Speyer, Koblenz, Mainz werden genommen, Frankfurt am Main besetzt. Deutsche Anhänger der Revolution, an ihrer Spitze der Weltumsegler Georg Forster, gründen nach Pariser Muster eine Mainzer Republik. Es gelingt den Preußen, Frankfurt wieder zu befreien. Ihr König selbst, tollkühn, führt mit den verbündeten Hessen den Angriff, kämpft sich durch das Stadttor, als die Besatzer vom

Turm herab die Eindringlinge beschießen. Nach Wiedergewinnung der Mainmessestadt werden die Franzosen bis an den Rhein zurückgedrängt. Das ist der Zeitpunkt, als der 15jährige Offiziersanwärter Heinrich von Kleist zu seiner Truppe zurückkehren muß. Die Festung Mainz soll belagert werden, da wird er mitmachen. Seine Einheit liegt in Frankfurt am Main. Dorthin geht am 3. März 1793 die Reise.

Von Frankfurt nach Frankfurt – ein erster Reisebericht

Sie vollzieht sich mit der Post. Die Gesellschaft scheint gemischt. Sie wird gewarnt: Je mehr man sich Frankfurt Main nähern würde, desto größer die Gefahr vor herumstreunenden Franzosen. Die Fahrt währte acht Tage. Zunächst Postaufenthalt in Leipzig. Und wann geht es endlich weiter? Der Soldat im Pennäleralter wird ungeduldig, kann es kaum erwarten, bis Frankfurt endlich näher rückt. Zunächst geht es über Lützen. Bedenkt man, daß der Halbwüchsige gerade vor einem Monat die Mutter verloren hat, scheint er überraschend guter Dinge, dazu ganz Auge für die Landschaft, deren Schönheiten er der Tante so gerne vergegenwärtigen würde: *Je näher ich nach Frankfurt kam, je schöner, je romantischer wurde die Gegend.* Man kreuzt das Roßbacher Schlachtfeld, sieht an der Saale Schloß Weißenfels liegen, trifft auf Naumburg... Ihm fehlen die Worte: *Was ich für Gegenden sah, Tantchen, das kann ich Ihnen gar nicht beschreiben...Ich habe nie geglaubt, daß es in der Natur so schöne Landschaften geben könne.*[3]

Ist man ausgestiegen, abenteuert er herum, läßt sich auf kühne Kletterpartien ein, bis sich auf einem schroffen Felsen ein Stein löst. Er wäre über zwei Meter weit in die Tiefe gerissen worden, hätte ihn ein geistesgegenwärtiger Begleiter nicht aufgefangen. In Erfurt stößt man auf Truppenverbände. Keine feindlichen. Es sind mainzische sowie kaiserliche. Bei Eisenach kann er es wieder nicht lassen. Heimlich, wie er einräumt, erklimmt er waghalsig den Wartburgfelsen. Was er oben vorfindet, eher enttäuschend: zwei Türme, ein eingefallenes Haus. Er ist schon ganz Reiseschriftsteller und hält seine Leser daheim in Atem: Etwa mit folgender Geschichte: Ein Wegelagerer klammert sich wie eine Klette an den Postwagen fest. Peitschenhiebe fruchten nichts, bis der Postillon von seinem Bock aus so zuhaut, daß der Kerl abspringen muß. Der fängt aus Leibeskräften an zu schreien. *Denken Sie*, beteuert er der guten Tante, *nur ein Gebirge; wir ganz allein in dessen Mitte, hier wo man jeden Laut doppelt hört, hier schrie dieser Mensch so fürchterlich.* Davon gehen die Pferde durch, daß der Postillon vom Bock herunterfällt. Einer der Soldaten faßt die Zügel, die anderen, auch der Briefschreiber, zeigen dem Zudringling den blanken Säbel. Das überzeugt den Plagegeist. Noch aus der Ferne hört man ihn schreien und pfeifen.[4]

Auf dem Postweg von Frankfurt nach Frankfurt scheint die Leidenschaft des Ortswechsels in ihm erwacht: Keiner der Großen unter unseren Dichtern und Denkern wird in seinem Leben so viel unterwegs sein wie Heinrich von Kleist.

Das Soldatenquartier

Ab Hanau tauchen hessische und preußische Truppen auf. Kanonen und Munitionswagen fuhrwerken auf den Feldern herum. Er fiebert vor Ungeduld. Endlich – es ist der 11. März – Ankunft in Frankfurt. Sein erster Gang gilt seinem Vorgesetzten, Capitaine Johann Ferdinand Friedrich von Frankenberg-Proschlitz, Chef des 5. Garderegiments zu Fuß. Ein wohlwollender Herr, der gar nicht darauf gefaßt war, den erlebnishungrigen Knaben schon so früh zu begrüßen. Was lag diesem noch viel an der Heimatstadt, seit die Mutter tot war? Frankfurt Oder bedeutete ihm, daraus macht er keinen Hehl, *kein Aufenthalt der Freude* mehr. Der Hauptmann zeigt Anteilnahme, will sich des Verwaisten väterlich annehmen. Bei der Parade bekannte Gesichter, die Kameraden begrüßen ihn mit sichtlicher Freude. Hier war er zu Hause.[5]

Anderentags begibt sich Kleist auf Quartiersuche. Es gab noch keine regulären Kasernen, die ein Soldat ohne eigene Familie einfach beziehen konnte, schon gar nicht in der alten Kaiserstadt. Sogenannte Bürgerquartiere waren für die Hauseigentümer einer Stadt ein Kapitel für sich. Frau *Aja*, Goethes Mutter, wußte in ihrem stattlichen Haus am Hirschgraben ein Lied davon zu singen. Erst französische Einquartierung, dann hessische, nun preußische. Sie schrieb am 7. Februar an ihren Sohn: *Wir haben jetzt königliche Garde von Potzdamm hir – ich habe einen Kapitain und einen Leutnandt –*

deßgleichen vier Gemeinen! Im Vertrauen seie es Dir gesagt – ich fange an das Ding herzlich müde zu werden...Mein Hauß sieht zum Erbarmen schmirig aus – und ist die Historia zu Ende – so brauche ich ein volles Jahr biß alles wieder in vorigen Stand kommt.[6]

Dennoch atmet sie auf. Immerhin war die Stadt von den Besatzern aus dem Westen, die sich als Befreier aufgespielt hatten, erlöst, zumal sich Frankfurts Magistrat diese *Befreiung* einiges kosten lassen mußte: zwei Millionen Franken Kontribution, von den Requirierungen zu Lasten der Bevölkerung ganz zu schweigen. Da geht es bei den neuen Herren anders zu. Logis, Verpflegung... alles gegen korrekte Bezahlung. In den Tagen, als Kleist auf Quartiersuche geht, heißt es bei Frau Rath Goethe an den Sohn: *Wir können Gott nie genung dancken, daß wir noch so zur rechten Zeit von den Freiheits-Männern* (gemeint die Eroberer) *sind befreit worden! Wenn wir sie nur nicht wieder zu sehen kriegen!*[7]

Ein Unteroffizier begleitet den jungen Kleist bei der Suche nach einem Quartier. Mehrere Objekte werden in Augenschein genommen. Das Beste wählt er aus, für sich und den ihm zugeteilten Burschen: eine Stube mit Vorzimmer. Schöne Malereien, japanische Tapete umgeben ihn. Etwas happig erscheint der Preis für das von ihm beanspruchte eigene Bett: ein Reichstaler pro Woche! Das bei einem Monatsgehalt von 9 Talern, die einem Offizier unterster Charge (er war ja noch keiner) allenfalls zustanden. Er könnte sich bei Hauptmann von Frankenberg beschweren. Das kam für ihn nicht in Frage: Kaum eingetroffen, schon den Nörgler spielen?

Auch das Mittagessen ziemlich schofel: Gemüse, etwas Suppe, bald keine Suppe mehr, so daß er es vorzieht, das Abendessen bei einem Freund einzunehmen, dessen Wirt einen großzügigeren Tisch führt. Der Bursche schläft auf einem Strohsack im Vorzimmer. Sowieso wird man bald westwärts marschieren – den 21. oder 22.

Auf nach Mainz

Kleist meldet der Tante: *Die Esquadrons von Goltz haben eine französische Batterie von18 Kanonen bei Rüremonde* (Roermund – Holland) *erobert; 12 Stück zwölfpfündige stehen schon als Siegestrophäen auf dem hiesigen Römerplatz. Die Franzosen oder vielmehr das Räubergesindel* (es gab Plünderungen) *wird jetzt allerwärts geklopft.*[8] Ende März bricht Kleists Regiment auf. Alliierte Truppen hatten das Revolutionsheer bis zum Elsaß zurückgedrängt, die Festung Mainz war den Eroberern noch geblieben. Sie wird im April völlig eingeschlossen. Ein ganzes System von Schanzgräben wird ausgehoben, über 200 Kanonen nahe an die Festungsmauern herangeführt.

Erzbischof Friedrich von Erthal, der reichste Prälat der Kirche, Erzkanzler des Reiches, hatte hier mit Gepränge hofgehalten. Das Revolutionsheer hatte ihn davongejagt, ein Jakobinerklub aus jungen Freiheitsenthusiasten, angeführt von dem ehemaligen Vorleser des Fürstbischofs, Georg Forster, hatte eine rheinisch-germanische Republik nach französischem Muster gegründet. Das mit zweifelhaftem Erfolg. Paris verbat sich die Errichtung unabhängiger Republiken. Durch Waffen erworbene Länder sollten dem Reich der Revolution eingegliedert werden. Zum Auswachsen phlegmatisch der behäbige Pfälzer Menschenschlag. Die Leute wußten mit den neuen Bürgerrechten so wenig anzufangen, daß Forster sich die Haare raufte, schließlich forderte er, man müsse den Bewohnern die Freiheit befehlen.

Daß sich der rheinisch-pfälzische Menschenschlag störrisch zeigte, mochte nicht zuletzt daher rühren, daß finanzielle Auflagen und Zwangsabgaben der neuen Machthaber sie mindestens so hart drückten wie die Steuerlasten des vertriebenen Prälaten.

Als sich der Belagerungsring schließt, muß jeder Bewohner den Schwur auf das Regime leisten. Wer sich weigert, wird ausgewiesen, sein Besitz beschlagnahmt. 2000 Standhafte kommen auf diese Weise um Haus und Hof. Der aufgepflanzte Freiheitsbaum steht auf öffentlichen Plätzen nicht allein. Um ihn herum sind Galgen errichtet. Das Schreckensregiment der Seinestadt, das in jenen Tagen des Verrats Verdächtige zu Hauf einen Kopf kürzer machte, gab das Signal.

Nun erschallen jenseits des Rheines erste Kanonenschüsse. Bunt sind die operierenden Reichsregimenter: Preußen, Österreicher, Hessen, Sachsen, Pfalzbayerische... werden, zumindest militärisch, kurzzeitig zu einem vereinigten Deutschland. Den Oberbefehl führt der General von Kalckreuth. Im Militärlager Marienborn (heute ein Mainzer Stadtteil) kampiert zeitweise nicht nur die Abteilung des jungen Kleist, hier weilt in Begleitung seines Herzogs auch eine Berühmtheit: der Geheimrat Goethe.

Es gibt keinen Beleg, der die Vermutung nähren könnte, der junge Kleist habe Goethe im Quartier Marienborn auch nur von ferne gesichtet.

Frau Rath Goethe, richtet am 20. Juni Zeilen an Christiane Vulpius, die in Weimar verbliebene Mutter ihres kleinen Enkels August: *Sie können nicht glauben, wie lange uns die Zeit wird, biß Maintz wieder in deutschen Händen ist – denn solange die Freiheits Männer es im Besitz haben, dürfen wir nicht Jubilieren.*[9] Den Sohn im Mainzer Feldlager bestürmt sie: *Mit der größten Ungeduld warten wir auf den Fortgang der Belagerung von Mainz.*[10]

Trotzige Übergabe

Diese zieht sich hin. 23 000 Soldaten verteidigen die Festung. Die Stadt wird unter Beschuß genommen. Das Kanonenfeuer entwickelt sich zur Attraktion. Ganze Bauernfamilien kommen im Sonntagsstaat gepilgert, begierig, die Geschütze in Aktion zu erleben. Für ein Trinkgeld geleiten die Posten Neugierige bis an die vorderste Linie, erteilen ihnen Ratschläge, wie sie sich vor den pfeifenden Kugeln am geschicktesten ducken... Frustriert ziehen sogar Frauen wieder ab, wenn sie einen Tag ohne Geschützdonner erwischt haben.

Im Mai lockern sich zur Kurzweil die Fronten (man hat ja persönlich gar nichts gegen den Feind). Franzosen und Deutsche treffen sich zum friedlichen Picknick. Ein Frühstück wird serviert. Freilich will man vor den Belagerern gehörig protzen, wie gut die Ernährungslage noch immer ist. Rebhühner werden aufgetischt, Pasteten, französisches Weißbrot. Das schwarze Kommißbrot aus preußischen Backstuben wird mit Verachtung zurückgewiesen. Es fließt Champagner; denn es sitzen prominente Köpfe in der Picknickrunde wie der preußische Prinz Louis Ferdinand.

Ein preußischer Leutnant verspricht einem seiner Leute einen Taler. Dafür soll er denen drüben den blanken Hintern darbieten. Der Soldat geniert sich, dem Vorgesetzten bedeutend, daß sich so etwas nicht schicke. Die Begebenheit erinnert an Kleists spätere Anekdote *Aus dem letzten Krieg*.

Ein Spaß bleibt die Beschießung keineswegs: Kirchen, Domtürme, Palastmauern, Wohnhäuser gehen unter dem Bombardement in Flammen auf. Zivile Opfer halten sich nur deshalb in Grenzen, weil die eingeschlossenen Bürger in den Kasematten Schutz suchen dürfen. Aber Epidemien brechen aus. Vergebens warten die Eingeschlossenen auf Hilfe von außen. Aber vorstoßende neue Revolutionstruppen wollen weit und breit nicht auftauchen. Frau Aja stimmt ein erstes *In dulci jubilo* an: *Es wird von den braven Deutschen eine Schanze nach der anderen erobert – und wir hoffen, es soll in Mainz bald zu Ende gehen.* Goethes Diener Götze ist bei ihr gewesen. Er versprach ihr, *auf Tod und Leben* zu reiten, sobald es vom Rhein schallt: »Mainz ist wieder in deutschen Händen!«.[11]

Die Belagerer erobern einen Vorort nach dem anderen. Das Oberkommando der Feindesseite bietet Verhandlungen an. Die Sieger gestatten den Bezwungenen freien Abzug, nachdem sie sich vertraglich dazu verpflichtet haben, die abgezogenen Truppen ein Jahr lang nicht wieder gegen Deutschland einzusetzen. Der 23. Juli 1793 wird ein Tag der Kapitulation. Erhobenen Hauptes verlassen die Besiegten die Stadt, auf den Lippen die Marseillaise, begleitet von dem Abschiedsgruß: »Wir kommen wieder.« Sie halten Wort.

Das Rheintal

Den Preußen hat die Belagerung von Mainz über 1500 Gefallene gekostet, davon fast 100 Offiziere. Kleists Bataillon war unter dem Oberkommando des Oberst von Rüchel einer Abteilung zugeschlagen, die sich auf der sogenannten Mainspitze verschanzt hatte, jenem Landzipfel, den Rheinstrom und einmündender Main in einem Winkel ausgeschnitten haben. Vor Augen die belagerte Festung, im Rükken die alte Gustavsburg. Pausenlos gefordert schien der junge Offiziersanwärter nicht. Kleist nutzte die *Gammeltage,* die sich während der Belagerungswochen zwangsläufig ergeben haben mochten, zur Lektüre. Daß er sich Wieland ausgewählt hat, d e n deutschsprachigen Romancier seiner Zeit, mag zeigen, wie es bereits dem Sechzehnjährigen um die zeitgenössische Literatur zu tun war. Seine frühe Neigung zur Selbstsuche, Selbstanalyse scheint nach Nahrung aus zu sein, denn er hat sich Wielands *Sympathien* vorgenommen, wo es um ein Wiederfinden verwandter Seelen geht, die aus himmlischen Heimatgestaden vertrieben, das Los des Fremdseins und der Einsamkeit miteinander teilen.

Er muß auch Gelegenheiten zu stillen Wegen gehabt haben, wie anders hätte sich sonst die erste Begegnung mit der Lehrmeisterin Nummer eins vollziehen können. Sie trägt den Namen Natur. Es wurde zum Schlüsselerlebnis. Kleist schwelgt noch Jahre danach in schwärmerischen Erinnerungen: *Sechzehn Jahre, der Frühling, die Rheinhöhen, der e r s t e Freund, den ich soeben gefunden hatte und ein Lehrer wie Wieland, dessen »Sympathien« ich damals las.* Sein Dichtertum entwickelt die ersten Knospen. Adolfine von Werdeck, einer alten Freundin der Familie, wird er aus der Erinnerung schildern: *Damals – entwickelten sich meine ersten Gedanken und Gefühle. In meinem Innern sah es poetisch aus, wie in der Natur, die mich umgab. Mein Herz schmolz unter so vielen begeisternden Eindrücken, mein Geist flatterte wollüstig wie ein Schmetterling über honigduftende Blumen.* Die Kulisse bilden Mainz und das Rheintal: *Vor mir blühte der Lustgarten der Natur – eine konkave Wölbung, wie von der Hand der Gottheit eingedrückt. Durch ihre Mitte fließt der Rhein, zwei Paradiese aus einem zu machen. In der Tiefe liegt Mainz, wie der Schauplatz in der Mitte eines Amphitheaters.*[12]

Es hat sich aus dieser Zeit ein Gedicht von ihm erhalten mit dem Titel *Der höhere Frieden.* Mitten im Krieg, zu dem der *Zwietracht Ruf* – die Menschen sinnlos treibt, will sich der junge Soldat, geborgen in der Natur, ein gelassenes, Gott vertrauendes Herz bewahren.

Nicht des Ahorns dunkelm Schatten wehren,
Daß er mich, im Weizenfeld, erquickt,
Und das Lied der Nachtigall nicht stören,
Die den stillen Busen mir erquickt.[13]

Fassungslos denkt er an die Belagerungszeit zurück. Wie konnten Menschen sich vergessen, diesen gottgesegneten Landstrich durch Krieg zu verwüsten! *Zerstörte Felder, zertretene Weinberge, ganze Dörfer in Asche, Festen die unüberwindlich schienen, in den Rhein gestürzt.*

Noch ist nach der befreiten Bischofsstadt der Feldzug nicht zu Ende. Gefechte, in denen es um Leben und Tod geht, der Sechzehnjährige sich wie ein echter Kleist bewähren muß, stehen noch bevor.

Trotzdem wird Heinrich von Kleist nach dieser Offenbarung *Oben in der Himmelsloge stand Gott* hinter den Berufsstand seiner Väter ein erstes Fragezeichen gesetzt haben.[14]

Gefechte

Der Krieg geht weiter. Wieder muß die Pfalz dran glauben. Das Regiment Garde samt Frankenbergs Kompanie kommt im Kampf Mann gegen Mann zum Einsatz. Eine siegreiche Schlacht löst die andere ab: Kettig, Pirmasens, Kaiserslautern. Letztere allein im Monat November tobt drei Tage, zwei Nächte. Keine Schonung. Dreimal 24 Stunden ohne Obdach, ohne Zelte. Der spätere Generalfeldmarschall Blücher erinnert sich in vorgerückten Jahren, nie einem verwickelteren Gefecht beigewohnt zu haben. Es geht wie die anderen für Preußen siegreich aus.

Persönliche Aufzeichnungen des Dichters über diese Ereignisse sind nicht erhalten. Der Regimentskamerad Fouqué erinnert sich an Kleists bewiesene Tapferkeit. Er wird der Familie alle Ehre gemacht haben.

Man bezieht zunächst die Winterquartiere. Im Frühjahr des neuen Jahres 1794 wird der Feldzug fortgesetzt. Anfang Juli kommt es bei Trippstadt (Nähe Kaiserslautern) zu einem letzten nennenswerten Waffengang. Dabei habe man, so bezeugt Fouqué, einen *ernsten und unversehenen Angriff des kühnen Feindes zu bestehen gehabt.*[15] Kleist muß in diesen Gefechtstagen mit eigenen Augen erlebt haben, daß das Revolutionsheer eine neue Kriegstechnik entwickelt hatte. Man rückte nicht mehr wie die Bataillone Friedrichs des Großen als geschlossener Block im Gleichschritt und in breiter Linie gegen die Mündungsfeuer des Feindes vor, man löste sich statt dessen in mehrere bewegliche Kolonnen auf, die, angepaßt an die jeweils sich bietende Situation, selbständig operierten. Kleine Schützeneinheiten, als *Tirailleure* allerorts gefürchtet, verkrochen sich im unwegsamen Gelände. Bodenwellen, Dornengestrüpp, bewachsene Böschungen, Felsschluchten für sich nutzend, preschten sie aus dem Hinterhalt jäh hervor oder schlichen sich zum Überfall bis an die Verhaue des ahnungslos biwakierenden Feindes heran. Wenn die Preußen bis 1795 auch siegreich blieben, die Verluste waren groß.

Wieweit der kleine Fähnrichsanwärter von dem Sterben um sich her innerlich berührt, seine junge Seele von den Spuren der apokalyptischen Reiter durchschauert wurde, können wir nur vermuten. Ziehen wir zum Vergleich eine Tagebuchnotiz des preußischen Kronprinzen heran, der in dieser Zeit als bescheidener Offizier 23jährig Hunger, Kälte, Obdachnot, Dreck und Krankheit mit seinen Regimentern geteilt hat: »*Da lagen 3 Mousquetiere und 1 Tambour von des Obersten Hundt Kompagnie hingestreckt mit zerschmetterten Schenkeln und Beinen und wimmerten jämmerlich. Wie ich mich dorthin wende, so schlägt auch schon eine andere Kugel ganz nahe, wo ich gehalten, in das 4te Peloton* (kleine militärische Einheit) *und blessiert 2 Mann von des Maj. Massow Kompagnie. Ich leugne nicht, daß mich dieser Augenblick heftig erschütterte, und daß mir anfing etwas wunderlich ums Herz zu werden.*[16]

Rückzug, Sonderfrieden

Nach abermaligem Bezug der Winterquartiere wird Kleist im Januar des neuen Jahres, nachdem es für ihn genug Gelegenheit gegeben hatte, seine, wie Fouqué betont, Todesverachtung darzutun, zum Portepee-Fähnrich befördert. Der Fast-Offizier ist des Mordens müde geworden.[17] Nicht weit von Frankfurt sendet er aus dem Feldlager in Eschborn einen Stoßseufzer an die Schwester Ulrike ab: *Gebe uns der Himmel nur Frieden, um die Zeit, die wir hier so unmoralisch töten, mit menschenfreundlicheren – Taten bezahlen zu können.*[18] Niedergeschrieben am 25. Februar 1795.

Das Fähnrichspatent, die erste Offizierssprosse, scheint nur noch eine Frage der Terminierung. *Der Marsch hat eine Änderung gemacht, sonst wäre ich vielleicht jetzt schon Offizier.* Inzwischen trägt auch der drei Jahre jüngere Bruder Leopold des Königs Rock. Heinrich scheint verblüfft, daß Leopold bereits jetzt (mit 15!) für den Offiziersrang in Frage kommt, scheint es aber neidlos anzuerkennen. Immerhin hat Leopold wie der Vetter Pannwitz den Krieg im Osten mitgemacht: *Auch hat ihm der Polenfeldzug genug mit Erfahrungen bereichert, um einige Ansprüche auf diese Stelle machen zu können.*[19]

Es ist der 3. März 1795, genau zwei Jahre nach dem Abschied aus der Heimatstadt. Es geht nach Osten zurück. Der Marsch führt über

Gießen, Marburg nach Kassel. Die Offiziere des Regiments Garde haben Durst nach Kunst und schönen Dingen. Man sucht geschlossen die Kasseler Gemäldesammlung auf. Zehn Tage später macht der Rückmarsch Halt in Osnabrück. 5. April 1795 erleichtertes Aufatmen: Ein Friedensvertrag wurde unterzeichnet. Es ist der Sonderfriede von Basel: Preußen, nicht zuletzt um die Hand in der kriegerischen Auseinandersetzung mit den Polen frei zu haben, tritt aus der Koalition der gegen Frankreich verbündeten Mächte aus und gesteht der Pariser Republik das linke Rheinufer zu. Dafür läßt es sich durch rechtsrheinisches Gebiet entschädigen. Für die eigenen Untertanen wird ein Frieden erkauft, der zehn Jahre halten wird.

In Hannover und Braunschweig, den sich anschließenden Rückzugsetappen, läßt man sich von den jeweiligen Landesfürsten aufs Reichlichste bewirten. Als sich das königliche Eliteregiment Potsdam nähert, kommt den Heranmarschierenden der Landesvater persönlich entgegengeritten. Bei festlicher Tafel bringt er einen Trinkspruch auf seine Gardesoldaten aus. Es ist der 17. Mai. Drei Tage zuvor, am 14.Mai, hat Heinrich von Kleist die Offiziersurkunde erhalten: Er ist Fähnrich. Das mit 17 Jahren, 7 Monaten.

1 Echtermeyer, Deutsche Gedichte S. 526
2 HvK SW, Bd. 2, Bf. 1
3 ebd.
4 ebd.
5 ebd.
6 Elisabeth Goethe, *An ihren Sohn* Bf. 11
7 wie 2
8 wie 6 Bf. 17
9 wie 6 Bf. 20
10 ebd. Brief 21
11 Bf. 25
12 wie 2 Bf. 50
13 wie 2 Bd. 1 S. 9
14 wie 12
15 Sembdner *Lebensspuren* Nr. 16
16 Erinnerungen des Feldpredigers Werhahn S. 159
17 wie 2 Bf. 2
18 ebd.
19 ebd.

Die letzten Potsdamer Jahre

Dienstalltag

Zwei volle Kriegsjahre hat er nun hinter sich mit allen Schrecknissen des Tötens und Getötetwerdens. Das hat den auf Abenteuer wilden Knaben vorzeitig erwachsen werden lassen. Gut möglich, daß er sich in diesen Jahren des Postenstehens, Wachehaltens die Gewohnheit zueigen gemacht hat, die man sich, wie bezeugt, von seiner Persönlichkeit bald nicht mehr wegdenken kann: das Pfeiferauchen. Auch die Skepsis gegen den gewählten Berufsstand, die ihn nach eigenem Geständnis schon früh beschlichen hat, wird sich verstärkt haben. Dessenungeachtet bleibt er weiter Soldat. Das ganze vier Jahre. Über die Hälfte seiner Dienstzeit hat er noch vor sich.

Im Frühjahr 1797 sieht er sich zum Sekondeleutnant befördert. Das entspricht dem Leutnant heute. Der inzwischen Zwanzigjährige wird erleben, wie zum Regierungsantritt des neuen Königs in der Potsdamer Garnisonkirche das Glockenspiel zum ersten Mal erklingt, das alle halbe Stunde mit Papagenos Arie aus der *Zauberflöte – Ein Mädchen oder Weibchen*, freilich umgetextet zu Ludwig Höltys Lied:

Üb immer Treu und Redlichkeit
Bis an dein kühles Grab[1]

Aber gerade der tägliche Dienst im Frieden, dieses Einerlei des Exerzierens und Kommandierens wird ihm sauer. Immer fragwürdiger kommt ihm die von aller Welt als Wunder bestaunte preußische Militärdisziplin vor. Dieses Abrichten junger Menschen zu *Sklaven*, die ohne eigenen Willen wie Uhrwerke zu funktionieren haben. Er kann darin nur ein, wie er es seinem Lehrer schreibt, *lebendiges Monument der Tyrannei* erblicken.[2] Kein Wunder, daß manch einer desertiert. Wird ein Flüchtender eingefangen, droht Spießrutenlauf. Selbst im musenumhegten Weimar muß ein Zugereister namens Friedrich Schiller seinem Freund Körner nach Dresden berichten: *Ein Husarenmajor namens Lichtenberg ließ einen Husaren, eines höchst unbedeutenden Fehltritts wegen, durch 75 Prügel mit der Klinge so zuschanden richten, daß man an seinem Leben zweifelte.*[3]

Kleist hat seine sieben Militärjahre später als verlorene Jahre bezeichnet. Das mochte für seine wissenschaftlichen Studien zutreffen. Dem Schriftsteller Kleist sind sie eher zustatten gekommen. Haben sie doch seinen Erfahrungshorizont, seine Welt- und Menschenkenntnis erheblich erweitert. Wann immer Kriegszustände in seinem Werk vorkommen, werden sie dem Leser mit realistischer Detailkenntnis gegenwärtig gemacht.

Es sind keine unglücklichen Jahre. Der Berufsoffizier genießt Freizeit und reichlich Urlaub. Wie andere Regimentskameraden nutzt er beides zur eigenen Bildung. Das wird vom König gern gesehen. Offiziere und solche, die es werden wollen, besuchen die Potsdamer Stadtschule. Konrektor Dr. Bauer wird von Seiner Majestät geradezu ermuntert, Angehörigen der Garde Kollegia zu lesen und Privatunterricht zu erteilen. Kleist studiert die alten Sprachen, erwirbt sich überdies mehr Sicherheit in der deutschen Grammatik. Starke Anziehung üben auf ihn die Fächer Philosophie und Mathematik aus. Beide Wissenschaften stehen seit der Aufklärung hoch im Kurs, sie entsprechen Kleists Veranlagung. Er ist nicht nur Grübler, er ist auch ein mathematischer Kopf, der es bei seinem Format in diesem Zweig womöglich weit gebracht hätte. *Mich fesselte nichts in Potsdam als das Studium der reinen Mathematik, das ich hier zu beendigen wünschte*, erklärte er dem Frankfurter Lehrer. Es sind für Kleist die *Grundfesten des Wissens.* Mit einem Lernkameraden zusammen präpariert er sich daheim in Arithmetik, Algebra, Geometrie, reiner Logik... Er arbeitet Beweisführungen und Lehrsätze aus, um sie hinterher dem Dozierenden zur Prüfung vorzulegen. Als er sich bei der Feststellung, daß auch *irrationale Verhältnisse der Linien wie rationale angesehen werden können, weil das Maß jeder Linie kleiner als jede denkbare Größe ist,* läuft er nach Hause, durchackert das Lehrbuch, schwitzt *heiße Tropfen*, weil ihm das, was andere ihm vordemonstriert haben, noch immer nicht in den Kopf will. *Was ich nicht verstehen kann, wenn ich es lese, verstehe ich noch weit weniger, wenn ich es höre.*[4] Wieder vergräbt er sich, zerfurcht sein mathematisches Fassungsvermögen, bis er sich nach zähem Kampf und ohne fremde Hilfe zu dem richtigen Ergebnis durchgewunden hat. Das gab ihm den Fingerzeig: Er steht am Scheideweg: Studentasein zwischen Manövern und Exerzierübungen? Wissenschaftliche Studien vertragen keine Halbheiten. Entweder ganz oder gar nicht. Sein Entschluß wird sich festigen. Nach Frankfurt zurückgekehrt, wird er der Familie eröffnen, daß er den Dienst für immer quittieren will.

Vier Jahre sind für ein kurzes Leben eine lange Zeit. Wir wollen noch darin verweilen. Fähnrich von Kleist bleibt Zeitgenossen als elegant, lebensfroh und gesellig in Erinnerung. Man bestaunt sein musikalisches Vielfachtalent. Er habe, so überliefert sein erster Biograph Eduard von Bülow, Tänze komponiert, ohne eine Note zu kennen. Was er als Melodie einfängt, singt er oder bläst es auf der Klarinette. Kameraden, wissenshungrig wie er, dazu literarisch produktiv, sammeln sich um ihn. Herren seines Berufsstandes: von Schlotheim, von Gleißenberg, von Pfuel, Rühle von Lilienstern... Man bildet sich literarisch, tauscht sich darüber aus. Man trifft sich zu abendlichen Zirkeln. Wer etwas produziert hat, reicht es ein. Vor versammelter Runde wird das Erzeugnis vorgetragen, hinterher belobigt oder kritisiert. Freilich geht es auch lustig zu. Nicht ganz so wüst wie unter Studenten – man trägt des Königs Rock –, aber doch nicht ohne Sinn für Scherz und Ausgelassenheit.

Man wird zweifellos gemeinsam das Potsdamer Stadttheater besucht haben. Es wurde im Jahr des Friedensschlusses eingeweiht. Am 12. November 1795 feiert dort Mozarts *Zauberflöte* Premiere, drei Tage später wird die Aufführung wiederholt. Haben Tamino und Papageno den Fähnrich von Kleist mit ihren Gesängen hingerissen?

Ein Instrumentalquartett tut sich zusammen – der Vorgesetzte drückt zwei Augen zu. So schlüpfen vier vornehme Herren – von Schlotheim, von Gleißenberg, Rühle von Lilienstern und von Kleist in das Kostüm von Straßenmusikanten. Sie ziehen über Land Richtung Harzgebirge, wo sie für Klingelgroschen von Ort zu Ort tingeln. So bestreitet man die Reisekosten, kann sich verpflegen, sich nicht unter allzu abenteuerlichen Bedingungen unterbringen. Rühle, der nicht nur Fagott bläst, entfaltet sein Maltalent. Er hält die reizvollsten Winkel in Aquarellskizzen fest, bringt sie in die Heimat mit. In einer Tagebuchnotiz vom 11. September 1797 notiert die Hofdame Gräfin Voss, daß Offiziere der Potsdamer Garde in Bergmannstracht auf dem königlichen Landsitz Paretz musiziert hätten. Auch hier wird Kleist die Klarinette gespielt haben.

Der Harz zog viele deutsche Dichter an. In der Besucherliste der Biels-Höhle unweit des Brocken weist die Eintragung vom 18. Juni 1798 vier Leutnants der Potsdamer Garde auf: von Barße, von Löwenfeldt, von Mirbach und von Kleist. Das angefügte Vier-Strophen-Gedicht dürfte der Muse des Letztgenannten entsprungen sein:

Hier von der Welt geschieden,
Im Tempel der Natur
Hier find den wahren Frieden
Des Wandrers Seele nur.

Der letzte Vierzeiler stimmt das Leitmotiv seines Lebens an:

In diesen dumpfen Hallen,
In der kühlen Gruft,
Wollt ich in Staub zerfallen,
Bis mich der Engel ruft.[5]

Die musikalische Harztour hat den Dichter nicht nur landschaftlich entzückt. Dieses Vagabundieren von Dorf zu Dorf hat ihn auch unters Volk gebracht. Er vermerkt solche Begegnungen mit Dankbarkeit: *Wie oft, wenn wir ermüdet und erschöpft von der Reise in ein Haus traten, und den Nächsten um einen Trunk Wasser baten, wie oft reichten die ehrlichen Leute uns Bier oder Milch und weigerten sich die Bezahlung anzunehmen. Oder sie ließen freiwillig Arbeit und Geschäft im Stiche, um uns Verirrte oft auf entfernte rechte Wege zu führen.*[6] Sein privater Umgang sieht anders aus, und es läßt sich nicht leugnen, daß er sich in seiner freien Zeit ausschließlich unter seinesgleichen bewegte. Das galt nicht nur für die Wahl der Freunde. Als ein Kleist hatte man mühelos Zutritt in vornehmste Häuser. Dazu gehörte das des Königlich Preußischen Kriegsrats von Werdeck. Dessen Frau, eine geborene von Klitzing, stammte aus der Lausitz und schien den Frankfurter Kleists seit langem verbunden. *Dick und kokett* und viel von ihren Reisen erzählend, so erlebt sie der Dichter Eichendorff.[7] Fünf Jahre älter als der ins Haus getretene Fähnrich von Kleist, muß sie eine der wenigen Frauen gewesen sein, die geduldig auf den Grübler einging. *Erkennen Sie an diesen Zügen wohl noch die Schrift eines Jünglings, der seit sechs Jahren nicht mehr vor Ihren Augen erschien?* wird er im Juli 1801 zaghaft aus Paris anfragen und läßt seiner Abbitte für langes Schweigen einen seiner längsten, tiefgründigsten Bekenntnisbriefe folgen.[8]

Noch wichtiger wurde für den Potsdamer Gardeoffizier das Haus eines entfernten Verwandten, Kompaniehauptmann Friedrich Wilhelm Christian von Kleist. Die Ehefrau Marie, 16 Jahre älter als der Vetter, eine geborene von Gualtieri, wird neben Ulrike Kleists wichtigste Vertraute. Hugenotten aus Lyon, wirken die Gualtieris in ihrem preußischen Zufluchtsland als Prediger. Maries Vater Albert Samuel gewann in dieser Funktion die Gunst des Prinzen Heinrich, Bruder Friedrich des Großen. Mit dessen Einverständnis durfte die Familie den Adel wieder annehmen, den sie nach Verlassen der italienischen Heimat verlustig gegangen war. Mit der neuen Freundin verschwägert ist Christian von Massenbach, Flügeladjutant des Königs sowie Herausgeber einer *Militärischen Monatszeitschrift.* Wie Friedrich Schiller einst Zögling der *Hohen Karlsschule* zu Stuttgart, zählte er zu dessen frühen Freunden. Seine Memoiren, darunter die politisch enthüllenden *Denkwürdigkeiten*, werden dem kritischen Verfasser einmal Festungshaft eintragen. Auch bei Massenbachs ist Kleist zu Gast.

Unter dem Dach des Generalmajors von Linckersdorf verliert Kleist sein Herz. Luise von Linckersdorf, drei Jahre älter als der Entflammte, schenkt dem Werben kein Gehör. Diese Niederlage muß dem Abgewiesenen sehr zu schaffen gemacht haben. Er läßt sich gehen, vernachlässigt sein Äußeres, zieht sich zurück und vergräbt sich mit einer Verbissenheit in die Philosophie, daß er sich den Unwillen seines Regimentschefs von Rüchel zuzieht, der Kleists Anzug tadelt.

Er kann Luise lange nicht vergessen. Auf seiner ersten großen Reise, nach dem Abschied vom Militärdienst, kommt er noch einmal durch Potsdam. Er passiert die Nauensche Straße (heute Friedrich-Ebert-Straße), blickt zu den Fenstern von Nummer 5 hinauf (heute Nr. 88). Er sieht ein dunkles, niedriges Zimmer vor sich, in das er sich so manchen Abend hingeschlichen hatte. Ein Mädchenkopf taucht am Fenster auf. Luise erkennt den Reisenden, grüßt ihn. Der verbeugt sich tief und sieht dem Mädchen noch lange nach. Die Gewalt der Erinnerung kann er der eigenen Braut nicht verhehlen. Er muß sie besänftigen: *Sei ruhig. Ich dachte an Dich und an die Gartenlaube, noch ein Augenblick, und ich gehörte wieder g a n z D i r.*[9]

Unter Kleists engsten Freunden muß Ernst von Pfuel, der als Fähnrich in das Garderegiment des Königs eingerückt ist, das Bild eines schönen Jünglings abgegeben haben, der den Dichter zum Freund gewinnt und zu schwärmerischen Liebesbekundungen hinreißt. Man hat an dem einzigen erhalten gebliebenen Briefbeleg, der darüber Zeugnis gibt, Kleists Homosexualität festmachen wollen. Der überschwengliche Freundeskult seit Entstehung des Wertherromanes die große Mode, ist mit der beginnenden Romantik keineswegs erloschen. Doch schon Kleists berühmter Onkel Ewald Christian überschüttet in Briefen an den Dichter Ludwig Gleim den Freund mit den Zärtlichkeiten eines Verliebten. Er küßt ihn ab, segnet den Stein, auf dem der Geliebte gesessen, das Lager, auf dem er geschlafen hat, ja versichert dem Adressaten, ihn inniger zu lieben als irgendein Mädchen. Das aber heißt längst nicht, daß man bei einer Wiederbegegnung nicht peinlich die Form wahrte, eisern beim Sie blieb und alle Steifheiten des Umgangs miteinander pflegte, die die Epoche vorschrieb. Ganz so verhält es sich bei Heinrich von Kleist und seinem Freund Pfuel freilich nicht. Man duzt sich kameradschaftlich, liegt sich in den Armen, träumt und seufzt gemeinsam. Man sollte aber nicht übersehen, daß in dem genialen Briefschreiber aus Sehnsucht nach dem fernen Freund der Poet durchgeht. Statt allzu eilfertig in die Etikettenbüchse zu greifen, sollte man besser die schöne Sprache auf sich wirken lassen. Wir haben es mit einem großen Dichter zu tun:

Ich habe Deinen schönen Leib oft, wenn Du in Thun vor meinen Augen in den See stiegest, mit wahrhaft ›mädchenhaften‹ Gefühlen betrachtet... Dein kleiner, krauser Kopf, einem feisten Hals aufgesetzt, zwei breite Schultern, ein nerviger Leib, das Ganze ein musterhaftes Bild der Stärke, als ob du dem schönsten jungen Stier, der jemals dem Zeus geblutet, nachgebildet wärest.[10]

Der Wanderer durch die Mark Brandenburg Theodor Fontane widmet den Pfuels in dem zweiten Band *Oderland* unter dem Titel *Pfulenland* ein mehrgliedriges Kapitel. 22 Herrschaften zählt er allein in dieser Region – ein kleines Fürstentum. Davon war bis auf Jahnsfelde, bis 1945 Stammsitz des als *uralt* ausgewiesenen Geschlechtes, nicht mehr viel geblieben. Ernst, Kleists zwei Jahre jüngerer Herzensfreund und wie dieser frühzeitig Waise, wird mit 13 in die Kadettenanstalt gesteckt, zwischendurch sieht er sich in rotem Röckchen bei Hof zu Pagendiensten herangezogen. Mit 14 tragen ihm gute Leistungen die Aufnahme in die École Militaire ein. Erst der Fähnrich tritt ins Potsdamer Garde-Infanterieregiment Nr. 18 ein, was nicht ausschließt, daß Kleist und Pfuel sich nicht schon aus der Heimat kannten. Jahnsfelde liegt nicht nur nahe bei Frankfurt, es ist von dort auch nicht weit nach Steinhöfel, dem Familiengut der Tante Massow, auf dem Kleist sicherlich nicht nur als Erwachsener zu Gast war.

Ernst von Pfuel steht eine glanzvolle Karriere bevor – als hoher Militär, Diplomat, im preußischen Ministerkabinett. Das liegt noch weit in der Zukunft dieses begnadet langen Lebens. Hoch in den Achtzigern blickt uns in seinem Goldrahmen ein Apostel in schlohweißem Haar an. In den frühen Potsdamer Jahren hat man es mit einem phantasiebeseelten, an der Brust des Freundes von einer besseren Welt träumenden, poesiebegeisterten, dazu vor Tatendrang zitternden Jungintellektuellen zu tun. *Wie öffnete sich die Welt unermeßlich, gleich einer Rennbahn, vor unseren in der Begierde des Wettkampfs erzitternden Gemütern*, trauert Kleist dieser gemeinsam durchfieberten Aufbruchsstimmung nach. Längst galt es, von Illusionen Abschied zu nehmen: *Erhalte Dir die Ruinen Deiner Seele, sie sollen uns ewig mit Lust an die romantische Zeit unseres Lebens erinnern.*[11] Pfuels scharfer Intellekt wird den Sinn für die Realitäten nie ganz verlieren. Ehrliche Haut, die er ist, wird er manches Mal den Widerstand nicht scheuen, um den eigensinnig nach den Wolken greifenden Freund mit energischen Worten auf den Erdboden zurückzurufen. Mehrmals wird Kleist den teuersten seiner Freunde auffordern, gemeinsam mit ihm zu sterben.

August Rühle von Lilienstern

Den zweiten wichtigen Freund gewinnt der junge Kleist in Otto August Rühle von Lilienstern, Soldatensohn auch er. Von den Pokken nicht verschont und von Kind auf kränklich, muß er sich durch einen schönen Wuchs und ein elegantes, liebenswürdiges Auftreten ausgezeichnet haben. Drei Jahre jünger als der Dichter, tritt der Fahnenjunker mit gerade 15 in das Potsdamer Regiment Garde ein. Der wohlgestaltete Charmeur muß den Achtzehnjährigen ungemein angezogen haben. Rühle beherrscht auch die Schriftstellerei und wird als Chronist der preußischen Niederlage bei Jena in die Geschichte eingehen. Kleist hat keine schlechte Wahl getroffen. Rühle wird ihm selbst in Krisenzeiten die Treue halten, Kleist ihm zwei seiner theoretischen Schriften widmen. Aus hellen, wachsamen Augen blickt ein kluger, scharfsichtiger Geist. Auch auf Rühle wartet eine große Laufbahn: Er wird nach der Jena-Katastrophe mit Gerhard Scharnhorst das preußische Heer reformieren und als Militärschriftsteller, Zeitschriftenherausgeber, Direktor der Kriegsakademie im Range eines Generals ein hohes öffentliches Ansehen genießen. Was die Freunde in den Potsdamer Jahren obendrein zusammenschweißt, sind die Studien der Naturwissenschaften und der Philosophie. Rühle ist Kleists Partner, als Rektor Bauer seine Kollegia hält.

Früheren Jahrgangs sind die beiden Kameraden, die das Harzer Musikantenkleeblatt vervollständigt haben. Karl von Gleißenberg, sechs Jahre älter als Kleist, war von der Mainzer Belagerung als Verwundeter heimgekehrt. Hartmann von Schlotheim, fünf Jahre früher geboren und entsprechend länger schon Gardeleutnant, wird als Genereralstabsoffizier wegen eines Selbstmordversuchs von der Militärkarriere Abschied nehmen müssen.

Mit diesen Namen hat sich Kleists Freundeskreis keineswegs erschöpft. Der Sekondeleutnant aus Frankfurt an der Oder ist in seinem Regiment überaus beliebt, nicht zuletzt wegen seiner Geselligkeit. Man scheint ihm den Hang zu exaltierter Schwärmerei nachzusehen, hält sie möglicherweise seiner poetisch-musischen Veranlagung zugute. Auch eine Zeitgenossen nicht verborgen bleibende Reizbarkeit, verschwistert mit einer ihm zur Natur werdenden mimosenhaften Empfindlichkeit, scheinen ihn vorerst noch nicht in die Isolation zu treiben.

Der Soldatenstand wird ihm verhaßt

Es sind keine pazifistischen Skrupel, die Heinrich von Kleist den Dienst mit der Waffe immer verhaßter machen. Je mehr sich eine hochkomplexe, nach Selbstvervollkommnung strebende Eigenpersönlichkeit in ihm entfaltete, desto mehr stand ihm der Exerzierhof im Wege. Seinem Frankfurter Lehrer Martini erklärt er es so: *Ich war oft gezwungen, zu strafen, wo ich gern verziehen hätte, oder verzieh, wo ich hätte strafen sollen; und in beiden Fällen hielt ich mich selbst für strafbar.* Das war sein Problem. Wie konnte er guten Gewissens Offizier sein, wenn er dabei nicht Mensch bleiben durfte? *In solchen Augenblicken mußte natürlich der Wunsch in mir entstehen, einen Stand zu verlassen, in welchem ich in zwei durchaus entgegengesetzten Prinzipien unaufhörlich gemartert wurde.*[12] Diesen gordischen Knoten mußte er zerschneiden.

Er stand mit seiner Skepsis nicht allein. So manchen befähigten Kopf, plagten Unzufriedenheit und Zweifel. Was gab es für einen regsamen Geist Öderes als das Tageseinerlei aus Gleichschrittmärschen und Kommandogebrüll. Ernst von Pfuel, der sich von seinem Soldatenrock gleichfalls trennen wird, hatte dafür noch handfestere Gründe: der kümmerliche Sold. Von sechs Talern im ganzen Monat, nach Abzug für Rücklagen in den Invalidenfonds und für Uniformausstattung, konnte man als Offizier nicht so leben, wie der Rang es zur Pflicht machte. Aufgeweckte Geister, die diese jungen Leute nun einmal waren, mußten sie sich in des Königs persönlicher Schutzgarde unterfordert fühlen, ganz abgesehen davon, daß sie das enge Residenzstädtchen kulturell viel zu wenig angeregte. Marwitz, Fouqué, Rühle, Pfuel, sie alle werden Kleists Beispiel über kurz oder lang folgen und um ihre Entlassung einkommen.

Dazu mag nicht zuletzt der beschränkte Gesichtskreis so vieler Adelsgenossen beigetragen haben, die noch immer in der friderizianischen Armee die tragende Säule preußischer Herrlichkeit sahen, ohne Lehren aus den Schlappen ziehen zu wollen, die man bei dem verlustreichen Feldzug gegen die Revolution hinnehmen mußte. Massenbach nimmt in einer kritischen Schrift Kleists Regimentschef von Rüchel ins Visier, *der außer der Ehre keinen Gegenstand des Interesses* kenne und Napoleons Feldherrngenialität dem Verfasser gegenüber folgendermaßen zu widerlegen sucht: *Sie irren sich mein Freund! Denn ich war schon Generalmajor und Ritter des Rothen-Adlerordens, als Napoleon noch Artillerielieutenant war.*[13]

Der König, der den Leutnant von Kleist ja persönlich kennt und schätzt, zeigt für dessen Wünsche Verständnis, ja ist bereit, ihm zur Intensivierung der Studien einen großzügigen Urlaub zu gewähren. Das war sehr gnädig, entsprach jedoch nicht Kleists Zielsetzung, einem Stand, mit dem er sich immer weniger identifizieren konnte, ganz Ade zu sagen. Schon ein Jahr zuvor setzte er an den König ein Schreiben auf, konnte sich aber nicht entschließen, es abzuschicken. Die Darstellung seines Anliegens kam ihm *fehlerhaft* und *unvollständig* vor. Um wirklich zu überzeugen, hätte er, so glaubt er, weit geschickter formulieren müssen. Er diskutiert seine Beweggründe mit Christian Martini.Der scheint vorsichtig abzuwägen: *Sie hüteten sich eben so sehr, diesen Entschluß zu erschüttern, wie ihn zu befestigen; Sie taten nichts, als mich zu einer neuen, strengen Prüfung desselben einzuladen.*[14]

Ein Jahr später geht tatsächlich ein Entlassungsgesuch von Kleists Hand an den König. Dieser schenkt dem Anliegen des dienstmüden Gardeleutnants laut Kabinettsorder vom 13. April 1799 Verständnis und Wohlwollen: *Ich habe gegen Euern Vorsatz, Euch den Studien zu widmen, nichts einzuwenden.* Ja Friedrich Wilhelm III. zeigt sich sogar geneigt, Kleist nach abgeschlossenem Studium zivilberuflich bei sich einzustellen.[15]

Neun Tage zuvor war Kleist auch von seinem Regimentschef von Rüchel verabschiedet worden. Nicht leichten Herzens – Rüchel schien trotz vereinzelter Beanstandungen seinen Leutnant zu schätzen.

Kleist selbst verpflichtet sich dem König gegenüber in einer schriftlichen Erklärung, *Revers* genannt, daß er ohne ausdrücklichen Konsens Seiner Majestät niemals in auswärtige Kriegs- oder auch Zivildienste treten werde. Auch beim preußischen Staat wollte er nicht wieder um Kriegsdienste einkommen.

Der Erhalt der Entlassungsurkunde muß ihn freudetrunken gemacht haben. Er wirft sich aufs Pferd und saust im Galopp von Berlin nach Frankfurt. Nicht die eigene Familie sucht er auf, sein Ziel ist das Haus seines Lehrers. Der ist nicht anzutreffen. Nachbarn wissen ihn in einem Konzert. Dieses ist verklungen, Martini will den Heimweg antreten, als ihm jemand von hinten einen kameradschaftlichen Schlag versetzt. Er erschrickt, wendet sich um und erblickt, in einen Reitermantel gehüllt, Heinrich von Kleist. Im Teufelsritt war er hergejagt, um dem Lehrer seinen neuen Schritt ins Leben zu verkünden.

1 Reiners, Ewige Brunnen S. 808
2 HvK SW Bd. 2 Bf. 3
3 [illegible] Briefe Bd. 2 Nr. 112
4 wie 2
5 HvK SW Bd. 1 S 105
6 wie 2
7 Sembdner *Lebensspuren* Nr. 20b
8 wie 2, Bf. 86
9 Bf. 17
10 Bf. 86
11 ebd.
12 wie 2
13 Massenbach *Denkwürdigkeiten* S 572.
14 wie 2
15 wie 7 Nr. 24a u. b

Der Student

Wieder im Elternhaus

Verhalten, um nicht zu sagen frostig, gestaltete sich der Empfang daheim. Er muß sich überhaupt umgewöhnen. Der Kreis ist kleiner geworden. Nicht nur, daß es beide Eltern längst nicht mehr gab. Die älteste der Stiefschwestern, Wilhelmine, hatte schon geheiratet, als Heinrich noch nicht konfirmiert war. Sie wurde die Frau des Rittmeisters Ernst von Loeschbrand, Gutsbesitzer in der Mark. Friederike, Heinrichs älteste Schwester aus Joachim von Kleists zweiter Ehe, hatte in dem stürmischen Jahr der pfälzischen Gefechte den Frankfurter Sekondeleutnant Philipp von Stojentin geehelicht, Besitzer des pommerschen Gutes Schorin. Beide Kleist-Töchter, von Haus aus wenig vermögend, hatten demnach eine gute Partie gemacht. Daheim fand Heinrich nur noch die beiden jüngeren Schwestern vor, Auguste und Juliane, letztere mit fünfzehn Jahren noch ein halbes Kind. Halbschwester Ulrike, die ihm am meisten bedeutete, wich, schon um der Familienkritik hinsichtlich ihrer eigenwilligen Lebensführung aus dem Weg zu gehen, häufig zu den Schönfeldtschen Verwandten in den Spreewald aus. Star der Familie war Bruder Leopold, ein Kleist comme il faut, der als Leutnant im Frankfurter Regiment von Zenge diente und demnächst in die Potsdamer Elite-Einheit einrücken würde, der sein großer Bruder gerade Ade gesagt hatte. Leopold, eine zu Scherzen bis zur Kinderei aufgelegte Frohnatur, rettete die Ehre der Familie und durfte sich als Spaßvogel in der Gunst geselliger Runden und Herzbube der Mädchen sonnen.

Der eingetroffene große Bruder stößt auf betretenes Schweigen. Familie, nächste Anverwandte wie die Pannwitze, hat er maßlos enttäuscht. Das ist nicht verwunderlich. Hier war ja kein in seiner Karriere Gescheiterter nach Hause gekommen. Bruder Heinrich brachte alle Anlagen zum guten Soldaten mit, hatte Erfolge vorzuweisen, hatte sich im offenen Kampf mit dem Feind bewährt und reichlich Fronterfahrungen gesammelt. Vielseitig begabt, genial und energiegeladen, wie er war, hätte er es mit dem Offizierspatent möglicherweise weit gebracht. Hätte den nicht mehr zu schlagenden

Rekord an Generälen seines Geschlechts vielleicht noch um eine Ziffer erhöht...

Enttäuschung auf beiden Seiten; der Heimgekehrte kommt sich im Kreis von Tante und Geschwistern wie ein Fremder vor. *Man machte mir Einwürfe, fragte mich, welche Brotwissenschaft ich ergreifen wolle; denn daß dies meine Absicht sein müsse, fiel niemandem ein, zu bezweifeln.* Schon schreibt man ihm für sein Studium eine engere Wahl vor: Jura oder Kameralwissenschaften (Finanzverwaltungslehre) das würde ihm am sichersten den Weg in einen preußischen Zivilberuf ebnen. Schließlich die Frage, ob er denn in solchem Fall auf *Konnexion* (Beziehungen) *bei Hofe rechnen könne.*[1] Heinrich wird verlegen, fängt sich und entgegnet stolz, daß er sich, wenn er sie tatsächlich besäße, ihrer schämen würde. Niemand begreift ihn. Seine Lieben erinnern ihn an Segler, die in See stechen und das, was sie verlassen haben, immer mehr aus den Augen verlieren. *Gefühle, die sie selbst nicht mehr haben, halten sie auch gar nicht für vorhanden.*[2] Sie begriffen darum auch nicht, daß der Zurückgekehrte sich in einer ihn selbst erhebenden Aufbruchsstimmung befand, so als habe er endlich den goldenen Lebensfaden gefunden. Statt dessen versucht man ihm allen Mut zu nehmen: er sei mit einundzwanzig schon viel zu alt für ein Studium. Starke Vorbehalte schien besonders die dem Kleistschen Haushalt vorstehende Tante Massow anzumelden. Was sollte dieser Bruch mit der Familientradition! Darüber schien sie noch Jahre nicht hinwegzukommen. Sie liebt, so klagt Kleist seinem Lehrer, nichts mehr als *Ruhe und Einförmigkeit.* Jede Art von Wechsel scheue sie, *wäre es auch die Wanderung von einer Wohnstube in die andere.*[3] Nicht zu vergessen der Frankfurter Stadtsyndikus Dames, der als Vormund ein Wort mitzureden hatte. Immerhin hielt er den Daumen auf das an Heinrich als Erbteil zugefallene kleine Vermögen. Und zwar bis zu dessen vierundzwanzigstem Lebensjahr.

Einzig die Halbschwester Ulrike, dem Bruder auch in Kopfform und Physiognomie familienähnlich, hält zu ihm. Auch sie geht eigene Wege, womit sie den Rahmen konventioneller Lebensplanung auf ihre Weise sprengt. *Du bist die einzige, die mich versteht.* – Der Familienzwist muß ihm arg zugesetzt haben. Alle schienen etwas gegen ihn zu haben, daß er sich hilflos nach der Lieblingsschwester umsah. *Wie man in einem heftigen Streite mit vielen Gegnern sich umsieht, ob nicht einer unter allen ist, der uns Beifall zulächelt, so such ich zuweilen Dich.*[4]

Er muß sich für die Studienzulassung einer Examinierung unterziehen. Doch eifriges Potsdamer Selbststudium und Rektor Bauer haben gute Vorarbeit geleistet. Sein Dienst in der königlichen Leibgarde mag ihn obendrein empfohlen haben. Kleist erwirbt die Universitätsreife und darf sich am 10. April 1799 an der Frankfurter Viadrina immatrikulieren. Sie gehört nicht zu den führenden deutschen Universitäten, hat aber mit dem Gründungsjahr 1506 ein würdiges Alter aufzuweisen. Ulrich von Hutten, Thomas Müntzer haben hier studiert. Bachs zweitältester Sohn Carl Philipp Emanuel absolvierte auf Wunsch des Vaters in Frankfurt sein Jurastudium, ehe er als Hofpianist in die Dienste des großen Königs trat. Dennoch war die Studentenzahl bei etwa zwanzig Dozenten mit 200 nicht eben groß.

Kleist belegt Jura, um Familie und Vormund ruhigzustellen, vergräbt sich aber zunächst in das übliche Grundstudium, eine Art Studium universale, für das die zwei ersten Jahre vorgesehen sind. Will sagen, Kleist wirft sich auf so ziemlich alle Fächer und nimmt sich vor, das Mammutpensum innerhalb eines einzigen Jahres zu schaffen. Und es hieße diesen energiegeladenen jungen Mann unterschätzen, wollte man ihm eine solche Rekordleistung nicht zutrauen. Erst nach dieser Hürde will er die Viadrina mit einer berühmteren Hochschule vertauschen: Göttingen. So Kleists vorläufiger Plan.

Er hat keine Zeit zu verlieren, denn er ist mit einundzwanzig für damalige Verhältnisse weiß Gott relativ *alt.* Das Gros des akademischen Zustroms steckt noch im Pennäleralter. Goethe schrieb sich in Leipzig mit sechzehn Jahren ein. Brentano, E. T. A. Hoffmann waren kaum älter. Schiller hatte mit einundzwanzig schon seine Dissertation geschrieben und wurde kurz darauf aus der Stuttgarter Karlsschule als Militärarzt entlassen...

Kleist studiert alles, was man in Frankfurt studieren kann: Philosophie, Mathematik, Physik, Chemie, Kulturgeschichte, Naturrecht. Er bessert seine Lateinkenntnisse auf. All das betreibt er mit einer glühenden Verbissenheit, wie sie nur ihm zuzutrauen ist. Lebt er doch in dem Wahn, sieben kostbare Jahre verschleudert zu haben. Die

Disziplin, die er sich als preußischer Soldat täglich aufzuerlegen wußte, fordert er sich auch als Studierender ab. Er findet keine Muße zum Briefeschreiben. Treffen mit Kommilitonen kommen nicht in Frage. Was hätte er sich mit diesen Bübchen schon zu erzählen, die sich erst einmal austoben wollten, bevor sie die Tretmühle regelmäßiger Kollegbesuche in die Pflicht nahm. Sie hatten ihm, dem Autodidakten, so manche Schulkenntnisse voraus, die er sich schleunigst aneignen mußte. Davon einmal abgesehen – was wußten sie schon vom Leben? Sie hatten noch keinen blutigen Feldzug mitgemacht.

Trifft er sich ausnahmsweise mal zu Geselligkeiten, geschieht dies wie gehabt unter seinesgleichen. Doch selbst alte Regimentskameraden wie von Schlotheim, von Brause holen sich einen Korb. Ein Vierzehn-Tage-Trip ins Riesengebirge? Woher sollte er die Zeit nehmen? Kleist muß arbeiten. Doch Frankfurt ist auch eine Stadt des Handels. Die Margaretenmesse öffnet ihre Stände mitten im Hochsommer. Das läßt es der Viadrina geraten erscheinen, ihre Pforten für vierzehn Tage zu schließen. Also auf ins Riesengebirge.

Ulrike und Bruder Leopold sind mit von der Partie. Man nimmt den geliebten Lehrer Martini in die Mitte. Karl von Gleißenberg wird unterwegs hinzustoßen. Es ist Juli, als man aufbricht. In Bunzlau schaut man durch das Fernrohr eines im Umkreis bekannten Astronomen. Man findet bei *kohlpechrabenschwarzer Nacht* in einem heftigen Gewitter auf abenteuerliche Weise noch ein Notquartier. Im schlesischen Bad Flinsberg amüsiert man sich mit den Kurgästen, erlebt ein Schauspiel, dessen Derbheit den Lehrer als *wahres Sauspiel* schockiert. Kleists Eindrücke finden sich nicht verzeichnet. In Meffersdorf, dem Adelssitz der Gersdorffs, gibt es eine naturwissenschaftliche Sammlung zu bestaunen sowie eine wertvolle Bibliothek. Man erklimmt die Schneekoppe. Kleist ist von dem Aufstieg so erfüllt, daß er sich mit einer Hymne in Schillermanier *An die Sonne* im Koppenbuch der sogenannten *Hampelbaude,* dem hölzernen Refugium auf dem Gipfel, verewigt.[5]

13. Juli 1799. *»Am Morgen, als ich von der Schneekoppe kam.«*
Helios! wälze dein Flammenrad!
Er wälzt es herauf! Die Nächte, wie sie entfliehn
Leuchtend schreibt der Gott seinen Namen dahin,

Hingeschrieben
Mit dem Griffel des Strahles,
»Kreaturen, huldigt ihr mir?«
Leuchte Herrscher! wir huldigen dir!
Heinrich von Kleist
ehemals Lieut. i .Rgt. Garde[6]

Spaßkasper Leopold, neunzehnjährig, fügt sich an, weiß dabei auch seinen Spruch zu machen:

Die Aussicht auf der Schneekoppe war weit, aber es ist
auch keine Kunst, wenn man so hoch steht.—
Ey! Wie witzig![7]

Wieder zurück, klebt Heinrich wie zuvor hinter den Büchern, daß er sich im November bei Ulrike wegen monatelangen Schweigens entschuldigen muß: *Ich habe besonders in diesem zweiten akademischen Kursus eine Masse von Geschäften, die ich nicht anders als mit dem allermühsamsten Fleiße bearbeiten kann.*[8] Das ist keine Ausrede. Er überlädt sich, überhört die Mahnungen des Professors, sich ja nicht zu übernehmen. Er kennt gegen sich keine Rücksicht, macht mit eiserner Willenskraft *das Unmögliche möglich.*[9]

Zielsetzung

Soviel wird ihm schnell klar: sein Appetit auf Wissen wird sich nicht erschöpfen wird. Er sieht sich *als Schüler sterben*, selbst wenn er *als Greis in die Gruft führe*. Warum nur diese Unrast? Will er doch möglichst wenig Zeit verlieren, um sich umgehend in Arbeit und Brot zu bringen, womit zunächst die Lebensgrundlage gesichert wäre? Die kleine Erbschaft – auf die er keinen Zugriff hat – würde ihm den Start in eine solide Existenz erleichtern, bestreiten ließe sich diese davon auf Dauer jedoch nicht. Darum schließt er den Weg ins Berufsleben nicht aus, macht aber keinen Hehl daraus, daß er sich zunächst keineswegs im klaren darüber ist, wie die Zukunft für ihn aussehen soll. *Welche Anwendung ich einst von den Kenntnissen machen werde, die ich zu sammeln hoffe, und auf welche Weise ich mir das Brot, das ich für jeden Tag, und die Kleidung, die ich für jedes Jahr brauche, erwerben werde, weiß ich nicht.*[10]

Dennoch bekennt er sich der Schwester gegenüber zu einem klaren Ziel. Es heißt Bildung. Keine zum Kokettieren vor der Gesellschaft, keine, mit der man als Fleisch gewordene Enzyklopädie einen Hörsaal füllt, vielmehr Bildung einzig zum Zweck geistiger Befreiung und menschlicher Vervollkommnung. Diese Idealvorstellung kennzeichnet den Geist einer Zeit, in der Kleist großgeworden ist. Daseinsbestimmung des Menschen durch umfassende Bildung. So sehr ihm das Mathematische liegt, er will kein Fachmann für mathematische Wissenschaften werden. Arithmetik, Geometrie, Leibnizsche Differentialrechnung, all das soll der Denkschulung dienen, der Auffindung reiner Wahrheiten. Durch Erkundung naturwissenschaftlicher Zusammenhänge, physikalischer Gesetze, chemischer Stoffveränderungen, biologischer Abläufe, philosophischer Lehrsätze, historischer Prozesse ließe sich ganz sicher auch zu den letzten Wahrheiten gelangen, die über den Menschen selbst und seine letzte Bestimmung Gültiges aussagen könnten. Vorausgesetzt man wählt die Vernunft zur Führerin allen Forschens und Studierens. Dieser verwegene Vernunftglaube bleibt zwar inzwischen von philosophischen Gegenströmungen nicht mehr unwidersprochen, den Feuergeist Kleist hat er in den Bann gezogen.

In den frühen Frankfurter Knabenjahren, muß er zeitweise von dem Superintendenten Christian Löffler unterwiesen worden sein, unmittelbarer Nachbar des Kleistschen Elternhauses. Der Theologieprofessor war ein aufgeklärter Geist, der auf eigenwillige Weise in der Marienkirche predigte, auch das Bildungswesen beaufsichtigte und durch kritische Veröffentlichungen von sich reden machte. Wie er den jungen Kleist geformt hat, zeigen Spuren in frühen Briefen und theoretische Auseinandersetzungen. Für Löffler war Christus nicht Gottsohn, vielmehr ein vorbildlicher, edler Mensch gewesen, den er neben den Athener Sokrates stellte. Wie diesem sollte sich jedermann angelegen sein lassen, dem Nazarener in der eigenen Lebensführung und im Dienst am Nächsten nachzustreben. Auch den Gedanken des lebenslangen Lernens übernahm Kleist von Löffler. Als der Sechzehnjährige noch zu seiner Truppe an den Main unterwegs war, hatte er Station in Gotha gemacht, um den Superintendenten, der sich in die thüringische Heimat zurückgezogen hatte, aufzusuchen.

Kleist hat sich mit seinem Abschied vom Militärdienst seine *goldene Unabhängigkeit* erkauft. Als Tausch dafür, hat er sich in die *goldne Abhängigkeit von der Herrschaft der Vernunft* begeben. Man wird sehen, wie weit er damit kommt. Der Schwester erklärt er hierzu: *Wer sichert uns aber unser inneres Glück zu, wenn es die Vernunft nicht tut?*[11]

Kleist hört nahezu allen dozierenden Gelehrten zu, vornehmlich aber Christian Ernst Wünsch. Er ist der große Magnet auf der Viadrina, das schon kraft seiner persönlichen Ausstrahlung sowie einer die Zuhörer begeisternden Lehrweise. Durchglüht von großem Sendungsbewußtsein, reißt er die vor ihm Versammelten mit sich fort, vermag sie aber auch durch Witzigkeit aufzuheitern. Sohn eines Webers aus dem Erzgebirge und früh verwaist, wurde er schon als kleiner Schüler von seinem Rektor wegen Vorwitzigkeit gescholten, weil er nachgefragt hatte, warum Gott die böse Schlange in den Paradiesgarten gelassen habe und warum Lots Frau, nur weil sie sich ein einziges Mal nach dem brennenden Sodom umgedreht hatte, gleich zur Salzsäule erstarren mußte... Der Jugendliche brütet über mathematische Formeln, stellt astronomische Berechnungen an, zimmert sich aus Holz ein Planetarium. Der Stipendiat macht seinen Doktor in Medizin und Philosophie, erhält aber den Ruf nach Frankfurt als Professor der Mathematik und Physik. Es gibt in jenen Tagen noch kein reguläres Fachspezialistentum, Wünsch ist auf unzähligen Gebieten zu Hause. Über was liest er nicht alles: über Mathematik, Statik, Mechanik, Hydraulik, Astronomie, Geographie, Ökonomie, Experimentalphysik... Er verdroß nicht nur Pfarrer und Zensurbehörden, weil er sich unterstand, biblische Prophetien von astronomischen Entdeckungen der alten Ägypter herzuleiten, ja, den religiösen Trieb des Menschen überhaupt auf anfängliche Sonnenvergötzung zurückzuführen! Keinesfalls will Wünsch sich als Ungläubiger verstanden wissen. Er legt nur unendliches Vertrauen in das Erkenntnisvermögen menschlicher Sinne und Vernunft. Dank solcher Gabe kann der Mensch, so Wünschs Überzeugung, nicht nur die Schöpfung in ihrer Wohlgeordnetheit erforschen, er wird sich auch davon überzeugen können, was für ein weiser, gütiger Gott dabei am Werke war. Sein populär gewordenes Werk *Kosmologische Unterhaltungen für junge Freunde der Naturkenntniß* wird Kleists Leib- und Magenlektüre.

Welche entscheidende Wahrheit über den Menschen läßt sich für den Studiosus Kleist hinter allen untersuchten Wissenszweigen aufspüren? Der Satz, der ihm im Grunde schon vorher klar war, erscheint banal: Der Mensch wünscht glücklich zu sein. *Ein Traum*, so nimmt er an, *kann diese Sehnsucht nach Glück nicht sein.* Gott selbst hat sie dem Menschen mit der Seele eingeblasen, weshalb dieser Wunsch wie kein anderer *laut und lebendig aus jeder Ader und jedem Nerv unsres Wesens spricht*; das von Kind auf.[12] Nur – was hatte das mit Newtons Gravitationsgesetz, Galileis beobachteten Venusphasen und Sonnenflecken, mit Goethes Betrachtungen über die Metamorphose der Pflanze zu tun? Fakt ist, daß der junge Kleist Frankfurter Lehrern folgte, die sich einer inzwischen veralteten Philosophie verschrieben hatte, einer Anschauung, welche zwischen den physikalischen Abläufen des Naturgeschehens und denen, des menschlichen Lebens übereinstimmende Gesetzmäßigkeit wahrzunehmen glaubte. *Lächeln Sie nicht, mein Freund*, ruft Kleist dem Skeptiker zu: *es waltet ein gleiches Gesetz über die moralische wie über die physische Welt.*[13] So vergleicht er die schwindelnde Höhe, in die sich ein glücksverwöhnter Mensch von Fortuna geschleudert sieht, mit dem Blocksberggipfel im Harz, wo dem Wanderer bei schlechter Sicht und rauhen Temperaturen auch nicht wohl werde. Er führt Schillers vom Glück überhäuften Inselherrscher *Polykrates* an, dessen Gast ihn warnt: das des *Lebens ungemischte Freude ward keinem Glücklichen zuteil*, prompt droht ihm der Untergang[14]: *Da waltet ein großes unerbittliches Gesetz über die ganze Menschheit, dem der Fürst wie der Bettler unterworfen ist.*[15] Kleist glaubt an die ausgleichende Gerechtigkeit und unterwirft sich einer durch den Leibniz-Schüler Christian Wolff reichlich verflachten Schulphilosophie, einem Auslaufmodell. Er hat aber auch französische Aufklärer wie Montesquieu, Voltaire, Diderot gelesen, die ihrerseits physische und moralische Welt in einen kosmischen Zusammenhang bringen.

Der sichere Weg des Glücks

Was aber macht den Menschen glücklich? Er verfaßt einen Essay darüber. Es ist die erste theoretische Schrift, die sich von Kleist erhalten hat. Sie trägt einen barock ausladenden Titel: *Aufsatz, den sichern Weg des Glückes zu finden und ungestört – auch unter den größten Drangsalen des Lebens – ihn zu genießen!* Dem armen Tagelöhner räumt er dafür mehr Chancen ein als den in Luxus schwelgenden – *Großen der Erde.* Ohnehin hänge das Glück nicht von äußeren Umständen ab, könne es im Innern doch nur wirklich genossen werden. Daß gerade junge Menschen ihr Glück in der Befriedigung von Begierden sähen, hält er der Altersphase zugute, die voller Gärung sei. Wahres Glück hingegen könne sich nur an die Tugenden knüpfen, also Edelmut, Nächstenliebe, Bescheidenheit, Maß ... Nur in ihrer Ausübung finde der Mensch wahres Glück. Auch soll er sich nicht von Skeptikern beirren lassen, die meinten, dergleichen Tugenden würden damit ja Mittel zum Zweck. Beide Gottheiten Tugend und Glück würden ja eo ipso einander bedingen. *Scheuen Sie sich also um so weniger, die Tugend dafür zu halten, was sie ist, für die Führerin der Menschen auf dem Weg zum Glück.*[16] Kleist spricht hier einen Freund an, von dem man nicht genau weiß, ob es sich bei dem Angeredeten um Rühle von Lilienstern handelt, dem er die Schrift gewidmet hat, oder um den eigenen ihm im Widerspruch stehenden Mephisto.

Wehe den Philistern, denen allzuleicht das Wort Gott über die Lippen geht, wenn vom Gewissen die Rede ist, das dem Menschen genau eingibt, was Tugend ist, was nicht. Der Verfasser selbst spürt lediglich ein *hohes, erhabenes, unnennbares Etwas, für das ich vergebens ein Wort suche... Und doch strebe ich diesem unbegriffenen Dinge mit der innigsten Innigkeit entgegen, als stünde es klar und deutlich vor meiner Seele.*[17] Dieses sich in vielen Selbstzeugnissen abzeichnende Ringen des Menschen Kleist um Gottesbild, Glaube, Weltdeutung, Selbstverständnis, Selbstfindung mit allen dabei durchlittenen Qualen und Zweifeln ist es, was seine Briefe so überaus gehaltvoll und lesenswert macht. Ein nach Erdensinn Suchender wird in dem Briefschreiber Kleist immer einen Freund finden.

Im Februar 1799, des Jahres also, in dem sich Kleist in die Viadrina einschrieb, übernahm der Generalmajor August Wilhelm von Zenge als Standortkommandant das in Frankfurt stationierte Infanterieregiment Nr. 24. Er mußte sich dazu von der Spree an die Oder versetzen lassen und bezog mit seiner Familie das sogenannte Kommandantenhaus in der Nachbarschaft des Kleistschen Domizils.

Nicht nur gleiche Standeszugehörigkeit, auch verwandtschaftliche Bande – die Frau des Generals war eine Wulffen wie die Mutter von Heinrichs Halbschwestern – hatten die Familien mit den Kleistschen Waisen schnell zusammengeführt, zumal Leopold im Zengeschen Regiment diente. Es gab ein halbes Dutzend Töchter im Kommandantenhaus. Ein wenig verwöhnt, um nicht zu sagen blasiert. Man artikulierte sich grundsätzlich auf Französisch; denn man hatte sattsam Hauptstadtluft geschnuppert mit Bällen, Redouten, Opernaufführungen. Man hatte Hofleben genossen und fühlte sich Knall und Fall mitten in die Steppe verpflanzt. Das Geplapper der jungen Dinger zum Leidwesen des gelegentlich hinzutretenden Studiosus reichlich oberflächlich, von Gegenstand zu Gegenstand huschend. Ein ernsthafter Gedankenaustausch unmöglich. Das ideale Umfeld für Ulkspender Leopold, dem die lachlustige Gesellschaft an den Lippen hängt. Den älteren Bruder, seit seinem Abschied von der Fahne sichtlich ernster geworden, vermißt keiner.

Das ändert sich schlagartig, als der Spaßmacher nach Potsdam ins Regiment Garde versetzt wird. Man verlangt nach neuem brüderlichen Begleitschutz. Heinrich läßt sich dafür gewinnen, so daß er der fernen Schwester vermelden kann: *Die einzige Gesellschaft, die ich täglich sehe, ist Zengens.* Er hat sich Gewalt angetan; denn zunehmend widerfährt es ihm, daß er mitten in der Unterhaltung stockt, geistesabwesend vor sich hinstarrt, völlig unfähig, den Faden wieder aufzunehmen. Ein solcher Akt von Zerstreutheit machte ihn bereits zum Gegenstand allgemeiner Heiterkeit. Um nicht völlig zu verkauzen, faßt er sich ein Herz, ja freut sich darüber, daß es ihm dabei gelingt, *froh in dieser Gesellschaft zu sein; denn*, das muß er einräumen, *sie besteht aus lauter guten Menschen, und es herrscht darin viele Eintracht und das Äußerste von Zwanglosigkeit.*

Bald hat er nur noch Augen für eines der Mädchen. Es ist die älteste Zenge, *Minette* genannt. Drei Jahre jünger als er selbst, hat Minette zu seiner Freude *sogar einen feineren Sinn, der für schönere Eindrücke zuweilen empfänglich ist.* Doch wird ihm solcher Glücksmoment allzu selten zuteil, weil der zaghafteste Dialog zwischen beiden gleich wieder von dem Geschwätz des um sie versammelten *Haufens* durchkreuzt wird.[18]

Mädchen aus der Nachbarschaft

Wilhelmine von Zenge, am 20. August 1780 in Berlin geboren, wurde, wie sie selbst bekennt, *einfach und häuslich* erzogen. Mit sechzehn führte die Mutter das Mädchen in die Gesellschaft ein. Wilhelmine bestaunte das Leben bei Hofe, ohne davon innerlich entzündet zu werden: *doch blieb das Herz von dem allen sehr leer, und mit Freuden kehrte ich in unsere stille Häuslichkeit zurück.*

Man schaut auf ein lockenumrahmtes Schneewittchengesicht mit griechischer, im Verhältnis zu langer Nasenpartie. Die nachdenklichen Augen, als ob sie einem fernen verlorenen Glück nachhingen. Wie gern wäre Wilhelmine in Berlin geblieben. Einen geliebten Bruder, eine enge Freundin hatte sie dort zurückgelassen. Sie hat sich lange an das provinzielle Frankfurt nicht gewöhnen können. Und nun ist auch noch der fröhliche Leopold für immer fort. Wie oft haben seine Scherze sie zum Lachen gebracht. Heinrich, der den Abgereisten schlecht und recht abgelöst hat, den weiblichen Trupp nun auf Spaziergängen treu begleitet, macht ihr durch sein zugeknöpftes Wesen den Verlust um so schmerzhafter bewußt. *Melancholisch* kommt er ihr vor, *finster* und wortkarg. Erst in den Spielen, Scharaden, wie es scheint, für die er neue Sprichwörter findet und einrichtet, kommt er aus sich heraus. Zudem wird im Hause Zenge Musik gemacht. Da ist Bruder Heinrich in seinem Element. Er muß eine gute Singstimme gehabt haben.[19]

Allmählich scheint sich die Reserviertheit der Mädchen zu verflüchtigen. So wenig Heinrich den Bruder Lustig ersetzen kann, sein mordsgescheiter Kopf erweckt allgemeines Erstaunen. Was der nicht alles aus dem Hörsaal zu demonstrieren wußte! Experimentalphysik. Die Idee, möglicherweise selbst Professor zu werden, schärft in ihm die Lust, vor dem unbedarften Schnatterhaufen ein kleines Seminar abzuhalten. Zuvor jedoch hat er mit der Runde ein Hühnchen zu rupfen: Diese miserablen Deutschkenntnisse! Welche Schande! Hatte nicht schon der Nachfolger Friedrichs des Großen bei Hofe Deutsch eingeführt und jeden Höfling, jeden Soldaten, jeden Privatmann deutsch mit deutlichem Berliner Akzent angeredet? Die jungen Damen lassen sich beschämen. Ihr neuer männlicher Schutz soll sie in der Muttersprache unterweisen. Kleist gibt sich dem neuen Arbeitsfeld mit Feuereifer hin. Man mache sich das einzigartige Privileg klar: Zwei Handvoll junger Gänse erhalten Lektionen in Deutsch bei einem Lehrer, der diese Sprache in seinem Werk auf einsame Höhe führen wird! Er gibt verschiedene Themen, die Schülerinnen fertigen darüber Aufsätze. Diese werden hinterher vorgelesen und vom Lehrer korrigiert.

Das Thema seines Kollegiums heißt Kulturgeschichte. Der Vortragende gibt sich todernst und streng. Im Auditorium darf keine Fliege stören. Als der Lehrer eine Zuhörerin dabei erwischt, wie sie durch das Fenster dem Treiben auf der Straße zusieht, explodiert er, bricht den Vortrag ab und läßt sich tagelang bitten, bis er den Unterricht wieder aufnimmt.

Was immer der allzu leicht verstimmte Mentor an seinen weiblichen Alumnen bemängeln mochte, eines konnte er ihnen nicht zum Vorwurf machen, daß sie nicht lernbegierig gewesen wären. Sie glühten vor Wissensdurst und gewannen sogar den allseits begehrten Professor Wünsch für eine Vorlesungsreihe über Experimentalphysik, eigens für die jungen Damen. Töchter der Häuser Kleist, Zenge und diverser Nachbarquartiere strömen zu Professor Wünschs Collegia, und, so erinnert sich später Wilhelmine: *wir waren sehr aufmerksame Zuhörerinnen.*[20] Mit dieser neuen Einrichtung wuchs dem Famulus Kleist eine wichtige Aufgabe zu: Er mußte sozusagen als Unterlehrer den Stoff nachbereiten und durch eifriges Repetieren vertiefen helfen. Dieses Amt, Dozieren vor versammelter Schar, muß dem jungen Mann sehr gelegen haben, vielleicht war es ihm gar ein Bedürfnis. Nicht nur, daß es ihm als bestes Mittel diente, sich den Mädchen trotz mangelnder Lustigkeit unentbehrlich zu machen, es half ihm auch, sich selbst vom Katheder, aber auch aus Büchern aufgefangenes Wissen, dadurch daß er es anderen einstanzte, gründlich einzuverleiben. Dies galt zweifellos auch für seine abgehaltenen Deutschkurse. Hatte er sich doch die Muttersprache in Potsdam durch mühsames Studium selbst gerade angeeignet. Gelegentliche Stil- und Grammatikschnitzer unterlaufen ihm weiterhin: 22. November 1799 an Ulrike: *Die einzige Gesellschaft, die ich täglich sehe, ist Zengens. – Dann ist es eine wahre Freude, sich einmal ganz seine Ergießungen zu überlassen.*[21]

Gern spielt er den dozierenden Fachmann für Moral. Dies, sobald er sich durch philosophische Lektüre, eigene Denkanstrengungen zu einer lebensbestimmenden Ansicht durchgerungen hat. Um sich dieser mit Haut und Haaren zu verschreiben, muß er sie einem anderen einbleuen. Die Schwester Ulrike weist er auf die gedankenlosen Zeitgenossen hin: *dunkle Neigungen leiten sie, die Augenblick bestimmt ihre Handlungen. Sie bleiben für immer unmündig und ihr Schicksal ein Spiel des Zufalls.* Waren das Menschen? Nicht vielmehr Puppen? Er zitiert den Sultan Saladin aus Lessings *Nathan*: *Ein freier, denkender Mensch bleibt da nicht stehen, wo der Zufall ihn hinstößt.*[22]

Ein Reiseplan ist zu entwerfen, in dem der freie, denkende Mensch sich selbst Richtung und Ziel vorgibt: *Was der Reiseplan dem Reisenden ist, das ist der Lebensplan dem Menschen.* Lebensplan heißt für ihn das Zauberwort: *Prüfe Deine Natur, beurteile welches moralische Glück ihr am angemessensten sei, mit einem Worte, bilde Dir einen Lebensplan, und strebe dann seiner Ausführung entgegen.*[23]

Worin sein eigener Lebensplan besteht, verrät er nicht. Will er Dichter werden? Universitätslehrer? Verwaltungsbeamter? Diplomat? Weltenbummler? Ulrike muß ihm im Gespräch entgegengehalten haben, daß der Bruder als Mann gut reden habe. Männer könnten frei über sich entscheiden, Frauen indessen seien von Konvention und Leumund abhängig. Das läßt er nicht gelten: *Bist Du nicht ein freies Mädchen, so wie ich ein freier Mann? Welcher andern Herrschaft bist Du unterworfen, als allein der Herrschaft der Vernunft?*[24] Aber schon nimmt er Anstoß, als sie durchblicken läßt, daß sie in der Tat eigene Wege zu gehen gewillt ist. Nicht heiraten? Nicht Mutter sein wollen? Keine Familie um sich scharen? Das paßt nicht in des Bruders Weltbild. Welch ein Frevel gegen göttliche Bestimmungen! *Das Leben*, belehrt er Ulrike, *welches wir von unsern Eltern empfingen, ist ein heiliges Unterpfand, das wir unseren Kindern wieder mitteilen sollen.*[25]

Er schließt sich ein, denn *nähmen sie sich* beide das Recht der Ehelosigkeit, könnten ihnen das Dritte, Vierte, Fünfte nicht nachtun? Fast könnte man glauben, daß Heinrich von Kleist schon eine Mitverantwortung für eine noch in ferner Zukunft liegenden demographischen Entwicklung gefühlt habe.

1 HvK SW Bd. 2 Bf. 3
2 ebd.
3 ebd.
4 Bf. 6
5 Sembdner, *Lebensspuren*, Nr. 34b
6 HvK SW Bd. 1 S. 43
7 wie 6
8 wie 5
9 wie 4
10 wie 1 Bf. 3
11 wie 4
12 wie 1
13 HvK SW Bd. 2 S. 308
14 F. Schiller SW Bd. 1 S. 343
15 wie 14 S. 307
16 S. 303
17 wie 1
18 wie 4
19 wie 6 Nr. 36
20 ebd.
21 wie 1 Bf. 5
22 ebd.
23 ebd.
24 ebd.
25 ebd.

Verlobung und Studienabbruch

Erscheinungsbild

Wie hat Kleist ausgesehen? Es gibt kaum authentische Bildnisse von ihm. Strenggenommen nur ein einziges – eine Miniatur, Pastell auf Elfenbein, 1801 gemalt von Peter Friedel. Das schickt er aus der Ferne Wilhelmine zu. Miniatur: *Es liegt etwas Spöttisches darin, das mir nicht gefällt, ich wollte, er hätte mich ›ehrlicher‹ gemalt – Dir zu gefallen, habe ich fleißig während des Malens gelächelt.*[1] Oft genug habe sie ihm, wenn er bei ihr war, mit der Hand die Runzeln von der Stirn gestrichen. Darum habe er bei der Sitzung dafür gesorgt, daß dieses Glattstreichen nicht vonnöten gewesen wäre. Jahre später hat Wilhelmine von Zenge selbst eine Kohlezeichnung nach der Friedelschen Vorlage angefertigt. Leicht geschönt, erscheint der Porträtierte von ihrer Hand erwachsener, reifer, vornehmer. Kein zweites Kleist-Bildnis ist so verbreitet wie dieses.

Auf dem Friedel-Porträt kein schöner Apoll wie der junge Hölderlin, kein markantes Adlerprofil wie das Schillers. Schon gar nicht das Abbild eines Aristokraten wie Pfuel oder Marwitz. Clemens Brentano erwähnt einen *runden, stumpfen* Kopf.[2] Etwas unscheinbar, mittelgroß, vierschrötig, teilt er mit dem Vater und der Halbschwester den slawischen Gesichtsschnitt, die knabenhaften Züge.

Das Mädchen, für das sein Herz sich entscheidet, macht sich bei der ersten Begegnung rein gar nichts aus ihm. Die oft genug an den Tag gelegte Sauermiene empfahl ihn nicht.

Er unterlag Gemütsstimmungen, je mehr sein Dichtertum zur Entfaltung gelangt. Immer wieder gerät er mitten im Spiel, mitten in der Unterhaltung in einen düsteren Seelenzustand, wie wir das vom jungen Goethe kennen, der in heiterster Gesellschaft plötzlich aufstehen und davonlaufen konnte. Kleist klagt seiner Schwester Ulrike: *Es ergreift mich zuweilen plötzlich eine Ängstlichkeit, eine Beklommenheit, die ich zwar aus allen Kräften zu unterdrücken mich bestrebe, die mich aber dennoch schon mehr als einmal in die lächerlichsten Situationen gesetzt hat.*[3] Die Freunde nennen es Zerstreutheit, haben daran ihren Spaß. Er selbst versucht mitzulachen, bleibt dennoch bekümmert. Seltsames weiß man sich von ihm zu erzählen: Kleist kommt aus dem Kolleg nach Hause, will daselbst nur seinen Rock wechseln. Völlig in Gedanken zieht er sich bis aufs Hemd aus, im Begriff, sich ins Bett zu legen. Da platzt Leopold ins Zimmer, bricht in schallendes Gelächter aus. Oder eine andere vielbezeugte Szene: Kleist, mitten in einer Unterhaltung, verstummt, sitzt starr da, in Brüten versunken, als sei er vollkommen allein. Aus solchen Tagträumen aufgeschreckt, geriet er ins Stammeln. Daraus zu schließen, er habe von Natur gestottert, wie manche Biographen behaupten, klingt wenig wahrscheinlich. Ein stotternder Leutnant Kleist als Ausbilder von Rekruten? Anführer einer Truppe? Ein vom Stottern geplagter Hilfsdozent vor einem Dutzend zum *Gickern* aufgelegter Teenager?

Der Student Kleist läßt es sich sauer werden. Das Hirn raucht vom ewigen Beweisführen, von der grauen Tagesmelodie aus mathematischen Formeln, philosophischen Abstraktionen. Der Geist wurde reichlich gefüttert, das Herz ging leer aus. *Das Glück kann nicht wie ein mathematischer Lehrsatz bewiesen werden, es muß empfunden werden, wenn es da sein soll.*[4] Übertrieb er es mit der Wissenschaft, verlernte das Herz zu fühlen. Das, obwohl das Glück nur im Herzen wohnt. Da leuchtete ihm ein Evangelist, der unter den von ihm so hochgeschätzten französischen Schriftstellern längst den ersten Platz eingenommen hat: der Genfer Gesellschaftskritiker, Musiker, Erfolgsautor Jean-Jacques Rousseau. Seine frohe Botschaft lautet: *O Mensch ... so höre! Dies ist deine Geschichte, wie ich sie zu lesen glaubte, nicht in den Büchern, die Lügner sind, sondern in der Natur, die niemals lügt.*[5] Dieser Leitspruch wird das kurze Dichterleben noch begleiten. Rousseau ist aber auch der Künder des menschlichen Herzens, seiner Gemütskräfte und Gefühle, denen er einen deutlich höheren Rang zubilligt als der von einem ganzen Zeitalter zum Götzen erhobenen Vernunft. Der Spaziergänger Rousseau in seinen »Rêveries«: *Der moralische Instinkt hat mich noch nie betrogen; er hat sich in meinem Herzen so rein erhalten, daß ich ihm vertrauen kann.*[6]

Es bedrückt den hinter Büchern Schwitzenden aber auch, daß niemand aus seiner vertrauten Umgebung seinen Fleiß anerkennt, seine Strebsamkeit lobt, ihm beherzt zuredet, ja auf seinem Weg fortzuschreiten. Bedurften, so fragt er sich, nicht auch die größten Helden des Lobes und der Ermunterung? Er philosophiert: *Wer weiß, was Sokrates und Christus getan haben würden, wenn sie voraus gewußt hätten, daß keiner unter ihren Völkern den Sinn ihres Todes verstehen würde?*[7] Der Grübler leidet unter zunehmender Isolierung: *von einer Seele wenigstens möchte ich gern verstanden werden, wenn auch alle anderen mich verkennen.*[8]

Der Verliebte wirbt

Wir treten in das neue Jahrhundert. Ganz zu Anfang oder noch kurz davor prüft der junge Deutschlehrer die Aufsätze seiner weiblichen Schutzbefohlenen. Er bittet auch die Älteste, Wilhelmine, um den Ihrigen und findet bei der Durchsicht eine Reihe sprachlicher Fehler. Da wäre es das Beste, er würde ihr in kurzen Abhandlungen wichtige Grammatikregeln einschärfen. Wilhelmine ist damit einverstanden. Doch wie erstaunt sie daheim, als aus dem ihr vom Lehrer ausgehändigten weißen Papier ein Brief zum Vorschein kommt mit einer glühenden Liebeserklärung, mehr noch – der Spracherzieher bittet um Wilhelmines Hand. Sie schrickt zusammen. So sehr sie den ältesten Nachbarssohn schätzte, geradezu wie einen Bruder mochte, ihn lieben? Sie hatte sich den Mann ihrer Träume anders vorgestellt. Dennoch mußte ihr der Heiratsantrag schmeicheln, hatte sie doch immer angenommen, Heinrich interessiere sich nur für die Schwestern. Daß sie selber einem Manne überhaupt gefallen könne, ging über ihre Vorstellung. Sie kam sich selbst unansehnlich vor.

Sie sucht das Vertrauen der zwei Jahre jüngeren Schwester Luise, gesteht ihr, sie sei dem Freund zwar gut, doch wäre er keineswegs der Mann nach ihrem Sinne. Möglicherweise durch Luise bestärkt, folgt schon tags darauf Wilhelmines Antwortbillet. Herr von Kleist werde ihr als Freund immer recht wert sein, ihn lieben, gar seine Frau werden könne sie nicht.

Der Werbende gibt nicht auf, will sie gleich mit einem zweiten Brief bestürmen. Das verbittet sie sich. Am liebsten würde sie ihn eine Weile nicht treffen. Das läßt sich so leicht nicht realisieren. Als Wilhelmine darauf verzichtet, das Kleistsche Haus aufzusuchen, überrascht er sie auf Spaziergängen. Am Boden zerstört, überreicht

Kleist Luise unter Tränen einen zweiten Brief an die ältere Schwester. Wilhelmine bringt es nicht übers Herz, auch diesen abzuweisen. Was sie denn an ihm auszusetzen habe, fragt er sie darin. Alles könne sie mit ihm machen, wenn er nur ihre Liebe gewinnen könne. Wilhelmine überwindet sich zu einer ehrlichen Entgegnung. Genau beschreibt sie ihm, wie ein Mann ihren Vorstellungen entsprechen würde. Wünschte sie sich ihn leichter? zierlicher? fröhlicher? Wir wissen es nicht. Jedenfalls reißt der Liebende sich entzwei, um dem Idealbild der Angebeteten so nahe wie möglich zu kommen. Das rührt das sensible Fräulein; sie schreibt: *Er gab sich solche Mühe, diesem Bild ähnlich zu werden, daß ich ihm endlich erlaubte, an meine Eltern zu schreiben, und ihm meine Hand versprach, sobald sie einwilligten.*

Man hat Wilhelmine von Zenges erhalten gebliebenen Rechenschaftsbericht über ihr zurückliegendes Liebesverhältnis mit dem Dichter Glaubhaftigkeit abgesprochen. Sie habe ihre Neigung zu Kleist absichtlich untertrieben, um den Heiratskandidaten Professor Krug, an den das Schreiben gerichtet war, nicht gegen sich einzunehmen. Das wäre von dieser bescheidenen Seele, etwas klein gedacht, zumal Wilhelmine sich etwas darauf zugute tat, daß der Vorgänger sie moralisch veredelt habe. *Er hatte einen hohen Begriff von Sittlichkeit, und mich wollte er zum Ideal umschaffen.*

Wie mochte es sich mit dieser Erziehung, zu der sie sich ja stolz bekannte, vertragen, wenn die junge Frau dem Menschen, der sein Leben mit ihr teilen wollte, gleich zu Anfang eine Unwahrheit aufgetischt hätte? Auch verschwieg sie diesem ja keineswegs, daß Kleist es am Ende durchaus verstand, ihr Herz zu gewinnen: *So lebte er ganz für mich, ich gewann ihn recht lieb und machte es mir zur Pflicht, auch ganz für ihn zu leben.* Schließlich verhehlte sie dem Professor keineswegs, daß sie über Kleists plötzliche Abreise sehr unglücklich gewesen sei.[9]

Verlobung

Er kämpft wie ein Soldat um Wilhelmines Liebe. Geschätzt werden? Wie ein Freund geliebt? Damit findet er sich nicht ab. Er will die Festung ganz für sich erobern: *Und doch wünsche ich mehr... Lassen*

Sie mich einen Blick in ihr Herz tun. Öffnen Sie mir es einmal mit Vertrauen und Offenherzigkeit. Er glaubt fest, daß in Wilhelmines Innerem ein echter Funke für ihn glüht. *Was soll ich aus der Güte, mit welcher Sie mich in diesen Tagen zuweilen angeblickt haben, was soll ich aus dem innigen Vertrauen, mit welchem Sie in einigen der verflossenen Abende, besonders gestern am Fortepiano, zu mir sprachen... ich frage, was soll ich aus allen diesen fast unzweifelhaften Zügen anderes schließen, was anderes, Wilhelmine, als daß ich geliebt werde?* Er bettelt. Könnte die geliebte Mädchenhand sich nicht ein einziges Mal dazu erkühnen, diese drei Worte niederzuschreiben: *Ich liebe Dich*. Ein einziges Mal, das würde reichen für ein ganzes Leben.[10]

Um den Ruf des Mädchens nicht zu gefährden, mußte sich der Liebende den Eltern Zenge schriftlich erklären. Der Vater gab sein Placet – einen Herrn von Kleist zum Schwiegersohn? À la bonne heure! Es gab ja auch ansehnliche Zivilberufe. Der Kandidat sieht, als Vater Zenge freundliche Worte für den Bewerber findet, Wilhelmines Tränen laufen und deutet sie sogleich als Freudentränen. Allerdings bittet sich der General aus, daß der Zukünftige auch etwas aus sich machen müsse. Bloß herumstudieren ohne handfestes Ziel? Damit konnte man weder Frau noch Kinder ernähren. Man kommt überein, die öffentliche Bekanntmachung der Verlobung so lange noch auszusetzen, bis der Bräutigam in Amt und Würden sei.

Sie wissen, so versichert er der Braut, *daß ich fest entschlossen bin, mich für ein Amt zu bilden*. Bloß welches? Die Rechte? Was war von einer Wissenschaft zu halten, die *sich den Kopf darüber zerbricht, ob es Eigentum in der Welt gibt?* Diplomatie? Also Politik! Ein Tätigkeitsfeld, auf dem es immer nur um den eigenen Vorteil geht? Ein akademisches Amt? Gelehrter sein, jungen Leuten Wissen vermitteln? Kleist liegt das Dozieren. Doch wie jämmerlich wurde ein Lehrstuhl bezahlt! Bliebe das Finanzfach. Zwar behagt ihm der Klang rollender Münzen ebensowenig. Trotzdem. Er will diese Möglichkeit nicht verwerfen.[11] Im Grunde könnte er es überall zu etwas bringen, wenn er nur das Liebchen auf seiner Seite weiß. Sie soll entscheiden.

Die Briefe, die Wilhelmine nun täglich von ihrem Ausersehenen ins Haus schneien, alle *in der höchsten Leidenschaft geschrieben*, wie sie später bekundet, sind bis auf wenige steifbeinig professorale, moralingetränkte Unterrichtsepisteln nicht auf uns gekommen.[12] Aus der Situation sicherlich verständlich – die verlassene Braut wollte ja mit einem anderen Mann ein neues Leben beginnen. Wer will es ihr verargen, daß sie an die hinter ihr liegende Enttäuschung durch nichts mehr erinnert werden mochte. So blieb eben nur erhalten, was unverfänglich anmutete, der Empfängerin wegen des beherzigenswerten Gehalts möglicherweise aufhebenswert erschien. Wer immer diese Kleistschen Schriftdenkmäler als unsäglich, lieblos, anmaßend oder wichtigtuerisch abwertet, tut dem Verfasser Unrecht, zumal man über gewisse Briefstellen nicht hinweglesen sollte:

Als ich im Halbdunkel des Morgens abfuhr, war mirs, als hörte ich ein Geräusch an dem einen Fenster Eures Saales. Mir fuhr ein schneller Gedanke durch die Seele, ob Du das wohl sein könntest. Aber Du warst es nicht, ob ich gleich eine brennende Sehnsucht hatte, Dich noch einmal zu sehen. Der Wagen rollte weiter, indessen mein Auge immer noch mit rückwärtsgewandtem Körper an das geliebte Haus hing. Mir traten Tränen ins Auge, ich wünschte herzlich zu weinen...[13]

Was aber enthalten die als »unsäglich« gescholtenen Liebeslektionen? Man sollte nicht vergessen, daß beide Brautleute Kinder eines Zeitalters waren, dessen penetrant vernünftelnder Geist noch immer nicht ganz ausgeklungen war. Ins Haarklein aufspaltende Begriffsanalysen, wie sie Mephisto im *Faust* mit Hohn übergießt, gehörten zum täglichen Brot eines Kollegium logicum. Entsprechend nimmt der viadrinageschulte Philosophiestudent den Mechanismus menschlicher Hirntätigkeit auseinander. *Verstand – Urteilskraft – Vernunft*, ihre jeweiligen Aufgaben werden akribisch voneinander geschieden: Verstand fragt: *Was willst du?*, Urteilskraft fragt: *Worauf kommt es an?*, Vernunft fragt: *Worauf läuft es hinaus?*[14]

Die Fragen, die der Schülerin nach diesem Einlauftraining vorgesetzt werden, sind dann vielfach praktischer Natur: *Darf die Frau niemandem gefallen als dem Mann? – Welche Art von Eifersucht stört den Frieden der Ehe?* Begriffsdefinitionen schließen sich an: Was versteht man unter *Interesse*? Was ist der Unterschied zwischen *rechtfertigen* und *entschuldigen*? Was knüpft Menschen mehr aneinander: *Tugend* oder *Schwäche*? Warum sollte man über dergleichen nicht nachdenken? Nicht zu vergessen, daß sich in den darüber anzufertigenden Aufsätzen auch die Sicherheit im Gebrauch der deutschen Grammatik sowie des Wortschatzes festigen sollte.[15] Hinzu traten emanzipatorische Fragen: Übt ein Ehemann seiner Frau gegenüber brutal das Recht des Stärkeren aus? Sollte sich die Frau nicht zur Wehr setzen dürfen?

Wer sich über solche befremdlich anmutenden Brautbriefe überhaupt nicht beklagt hat, ist Wilhelmine selber. Kein Wort darüber an Professor Krug, daß sein Vorgänger sie mit schulmeisterlichem Übereifer genervt habe. Statt dessen hebt sie hervor: *Er hatte einen erhabenen Begriff von Sittlichkeit* und: *Ich fürchtete, ihm nicht zu genügen, und strengte alle meine Kräfte an, meine Talente auszubilden, um ihn recht vielseitig zu interessieren.*[16]

Die Kleistsche Lebensfrage an die Braut lautete: *Was ist wünschenswerter, auf eine kurze Zeit oder nie glücklich gewesen zu sein?* Er selbst setzt auf ein kurz genossenes Glück: *Ihm* (dem kurz Glücklichen) *ist doch aus dem Füllhorne des Segens, das von oben herab sich öffnet, auch ein Blümchen zugefallen, das ihn selbst in der Erinnerung noch fesseln kann, wenn es gleich längst verblüht ist.* Und welche Antwort hat er für den, dem nie ein Wunsch erfüllt wurde? Antwort: *der steht da wie ein verstoßener Sohn, ausgeschlossen von der Liebe des Allvaters, der sein Vater nicht ist.*[17]

Der Studienabbrecher

Meine Ausbildung und Veredlung lag ihm sehr am Herzen, das erkennt Wilhelmine dankbar an.[18] Sie nennt es ein glückliches halbes Jahr, das sie mit ihm zunächst erleben durfte. Regelmäßig kam er nach der Vorlesung zu ihr, um sich eine Stunde lang ihrer Bildung zu widmen. Er brachte ihr Bücher mit, die sie lesen, beurteilen und schriftlich exzerpieren sollte. Er las ihr Gedichte vor, gab sie ihr nochmals zu lesen auf. Dann hatte sie die Verse ins Französische zu übersetzen. Wilhelmine muß ein recht unverbildetes, unbefangen fügsames Geschöpf gewesen sein, allzu geneigt, zu dem klugen Kopf aufzuschauen. Das mochte den Pädagogen Kleist geschmeichelt haben. Dieses lenksame, aufnahmewillig Kind wollte er nach seinen Vorstellungen für ein gemeinsames Leben formen.

Wie aber verträgt sich das mit dem, was im Spätsommer geschah? Der Verlobte brach das Frankfurter Studium ab und verreiste auf unbestimmte Zeit. Noch kurz zuvor hatte er der Braut das Reisen wegen ständig wechselnder Standorte und Naturansichten angepriesen, ja das Leben überhaupt mit einer großen Reise verglichen. Aber hatte er nicht auch behauptet, daß ein Reisender nicht ohne Reiseplan auf Reisen ginge? Wo war der seine? Wußte er denn, wohin er wollte? Straßburg? Paris? Prag? Wien? Für Kleists Werdegang ergibt sich eine Zäsur: Ab August 1800 hat man es mit dem Wanderer, dem ständig auf Ortswechsel versessenen Kleist zu tun, obendrein mit dem rätselvollen Kleist, der ein Fadennetz von Geheimnissen um sich spinnt. Man wird diese nie ganz entwirren können.

Entsprechend sibyllinisch nimmt sich zu Beginn der Reise ein Brief an Ulrike aus: *Gewiß würde ich nicht so geheimnisreich sein, wenn nicht meine beste Erkenntnis mir sagte, daß Verheimlichung meines Zweckes notwendig sei.* Und Wilhelmine? Er läßt sie durch Ulrike grüßen, auch sie hat er im unklaren gelassen und, um ihr Unglück voll zu machen – er will so bald nicht wiederkehren. Einzig die vertraute Schwester soll erfahren, an welchem Ort er sich gerade aufhalten wird. Der Bruder baut auf ihre *unverbrüchliche Verschwiegenheit.*[19] Als er allerdings zu Ende des Jahres nach Frankfurt zurückkehrt, steht eines für ihn fest: Nicht zum künftigen Fachmann für Finanzen will er taugen, auch nicht zum leitenden Beamten einer Staatskanzlei, ebensowenig zum Nachfolger Professor Wünschs auf der Viadrina, sondern einzig zum Umgang mit der Feder.

Berlin, den 18. November 1800 an Wilhelmine von Zenge: *Du weißt, daß ich mich jetzt für das schriftstellerische Fach bilde. Ich selbst habe mir schon ein kleines Ideenmagazin angelegt, das ich Dir wohl einmal mitteilen und Deiner Beurteilung unterwerfen möchte... Wenn Du auch dazu einen kleinen Beitrag liefertest, so könntest Du den Stolz haben, zu einem künftigen Erwerb auch etwas beizutragen. Verstehst Du mich?*[20]

Ein Trost war Wilhelmine zu Anfang der abrupten Abreise immerhin geblieben: Das vorerst ins Auge gefaßte Nahziel des scheidenden Geliebten hieß Berlin. Man konnte davon ausgehen, daß er es für sein berufliches Weiterkommen nutzen würde. So verstand sie es jedenfalls; denn in ihrem Rechenschaftsbericht an Professor Krug heißt es:

Er ging nach Berlin, um sich dort noch mehr zu vervollkommnen und zu einem Amte vorzubereiten.[21] Die Briefe, die sie nach dem Abschied erreichen, geraten lang und liebevoll. Als die Kutsche in die preußische Hauptstadt eintrudelt, fragt er sich: *Wo mag wohl das liebe Dach liegen, das einst mich und mein Liebchen schützen wird?* Und er selbst? Zu was wird er es gebracht haben? Wird er mit Papieren unter dem Arm täglich von der Kanzlei zu Fuß in ein bescheidenes Heim zurückkehren? Oder wird er mit vierspännigem Gefährt stolz die Straße heruntergerasselt kommen? Schöner stellt er sich die erste Glücksversion vor. Statt im herrschaftlichen Palazzo von Zimmer zu Zimmer nach der Ehefrau zu suchen, wird sie ihm von oben liebevoll zuwinken, noch ehe er ins Haus getreten ist, und ihm schon auf dunkler Treppe entgegeneilen, nur um *früher den Kuß der Liebe auf die durstenden Lippen zu drücken.*[22] Träumend sich ausmalen, wie es einmal sein mochte, darin kann er sich nie genug tun. Zeit dazu hat er in der holpernden Kutsche die Fülle.

Es kommen ihm, je mehr er mit der Königsstadt vertraut wird, auch Zweifel. Berlin, diese betriebsame Residenz! War das ein Aufenthalt für die Liebe? O nein. *Die Menschen sind hier zu zierlich, um wahr, zu gewitzigt, um offen zu sein.* Ob er sich darin mit Minchen einig wissen durfte, die doch im geliebten Berlin groß geworden war und sich nur schwer an das Kleinstadtleben an der Oder hineinzufinden vermochte, darf man bezweifeln. Immerhin streckt Kleist an Ort und Stelle die Fühler aus. Er trifft auf der Promenade Leute von Rang und Namen, ja will gleich nach der Ankunft den preußischen Finanzminister von Struensee aufsuchen. Er trifft ihn nicht an, muß es wohl oder übel gegen Ende des Monats ein zweites Mal versuchen.[23]

Suche nach einem Freund

Er nutzt die Zwischenzeit zu einem Abstecher in den Norden. Donnerstag, den 14. August 1800, war er von der Heimatstadt aufgebrochen, am 17. sehen wir ihn schon in geschlossenem Stettiner Postwagen bei drückender Hitze weiterreisen: über Oranienburg, Templin, Prenzlau nach Pommern bis Pasewalk. Eine landschaftlich reizlose Strecke, *ohne alles Interesse*, wie er zugeben muß, und doch, wie gestochen führt er sie seinem Herzensminchen vor Augen:

Das ist nichts als Korn auf Sand oder Fichten auf Sand, die Dörfer elend, die Städte wie mit dem Besen auf ein Häufchen zusammengekehrt.[24]

Der Reiseschriftsteller entfaltet sich, daß Rückfälle in schulmeisterliche Ermahnungen wie *Du kannst doch noch Deine Lektion auswendig? Du liesest doch zuweilen meine Instruktion durch?* dazwischen stören. Damenkalender, literarische Journale könnten sich mit seiner Feder schmücken, und er brauchte sich die Reise nicht auf Pump zu finanzieren.[25]

Ein reines Gewissen hat er seinem zurückgelassenen Mädchen gegenüber nicht – *meine unerklärliche Reise, diese wochenlange, vielleicht monatelange Trennung – o Gott, wenn Du krank werden könntest!* Er beschwört sie: *Liebes, teures, treues Mädchen! Sei auch ein starkes Mädchen! Vertraue Dich mir ganz an! Setze Dein ganzes Glück auf meine Redlichkeit!*[26] Er weiß indes, auch Wilhelmine ist verreist – jenseits der Oder nach Tamsel, dessen Schloßanlage sechzig Jahre später Fontane auf seinen *Wanderungen* aufsuchen wird. Minchen trifft alte Freundinnen, die ihr den Kummer über den fernen Schatz zerstreuen helfen.

Er selbst begibt sich zehn Kilometer östlich Pasewalk nach Koblentz, Landsitz der Grafen Eickstedt. Hier erfüllt sich sein Wunsch nach einem Gefährten: *Ach, mein bestes Minchen, wie unbeschreiblich beglückend ist es, einen weisen, zärtlichen Freund zu finden, da wo wir seiner grade recht innig bedürfen.*[27] Zehn Jahre älter, entsprechend gereifter und weiser. Was immer Kleist in dieser Zeit seelisch beschweren mochte, die Gärung, die sich fraglos in dem zum Durchbruch kommenden Genie vollzog, er brauchte Anrede, Zuspruch, Auseinandersetzung, die ihm ein kleines Frankfurter Mädchen, das sich ihm versprochen hatte, nicht leisten konnte. Auch die Gefühlsart der sonst so verläßlichen Schwester, konnte ihm hierbei wenig nutzen, weshalb er auch sie – nicht gerade gefühlvoll – zurückstößt: *Wärst Du ein Mann gewesen – denn eine Frau konnte meine Vertraute nicht werden, – so hätte ich diesen Freund nicht so weit zu suchen gebraucht, als jetzt.*[28] Der weise ältere Freund dient ihm nicht nur als Rat und moralische Stütze, er ist auch finanzkräftig. Mit ihm kann die Reise losgehen.

Wieder fand er den Freund unter seinesgleichen. Nicht schön von Gestalt, nicht stark, dafür *groß* und *sehr edel*, so schildert er ihn selbst. Das Haar gelbbräunlich, das Auge blau, das Gesicht Ruhe und Sanftmut ausstrahlend. Sein Name: Gottfried Joachim Ludwig von Brockes.[29] Enkel des aus der Mode gekommenen Hamburger Erfolgsdichters Barthold Heinrich Brockes, der in schwülstigen Passionsdichtungen in des Heiland Wunden gebohrt hatte – *Schau, wie die Mörder ihn in seinem Rücken pflügen* – und Gottes Schöpfung in neun Bänden ob ihrer Nutzanwendung für den Menschen gepriesen hatte ...[30]

Der Enkel sah die Welt weniger optimistisch, mißtraute den bloß Wissenden, bevorzugte die Tat, gab auch nicht dem Verstand, sondern dem Herzen den unbedingten Vorrang. Als Kleist sich mit ihm zusammentut, ist auch Brockes ein Getriebener, Suchender, obendrein von früher Liebe Enttäuschter. Beide trafen sich in der gleichen Ratlosigkeit darüber, welches Amt im Getriebe des Staatsgefüges je für sie passen mochte. Brockes hatte in Göttingen Jura studiert, war ohne Anstellung, lebte bei seinen Verwandten Eickstedt in Koblentz. Am 21. August besteigt er mit dem Frankfurter Freund die Kutsche und begleitet ihn zunächst nach Berlin zurück. Dort will man den späten Augusttagen den Finanzminister Struensee konsultieren. Beide drängt es in die Ferne.

Der Braut hat er in einer Buchhandlung Friedrich Schillers *Wallenstein* gekauft. *Lies ihn, liebes Mädchen!* Sie soll das Augenmerk auf die beiden jungen Liebenden richten: *Alles, was Max Piccolomini sagt, möge, wenn es einige Ähnlichkeit hat, für mich gelten, alles was Thekla sagt, soll, wenn es einige Ähnlichkeit hat, für Dich gelten.*[31]

Am 28. August geht die Reise los – über Potsdam, Treuenbrietzen, Wittenberg, Düben, Leipzig.

1 HvK SW Bd. 2 Bf. 41
2 Sembdner, *Lebensspuren*, Nr. 346
3 wie 1 Bf. 6
4 ebd.
5 Rousseau, *Ungleichheit*, S. 34
6 Rousseau, *Träumereien*, S. 63
7 wie 3
8 ebd.
9 wie 2 Nr. 38
10 wie 1 Bf. 8

11 ebenda

12 wic 9

13 wie 1 Bf. 12

14 Bf. 9

15 ebd.

16 wie 9 Nr. 38

17 wie 1 Bf. 10

18 wie 9

19 wie 1 Bf. 11

20 Bf. 28

21 wie 9

22 wie 13

23 ebd.

24 wie 1 Bf. 13

25 ebd.

26 ebd.

27 ebd.

28 wie 22

29 wie 1 Bf. 35

30 Fritz Martini, *Deutsche Literaturgeschichte*, S. 172

31 wie 1 Bf. 12

Reisen, reisen...

Wohin?

In Leipzig schreiben sich die Herren an der Universität ein. Doch seltsam! Beide geben falsche Namen an – Brockes nennt sich *Bernhoff*, Kleist versteckt die sechs Buchstaben seines Familiennamens in *Klingstedt*. Auch wollen sie gar nicht studieren, die Immatrikulationsbescheinigungen dienten lediglich als Ausweispapiere für die Weiterfahrt. Reiste man mit geheimem Auftrag des Struensee-Ministeriums? Ulrike erhielt folgende Ermahnung: *Unterlasse alle Anwendungen, Folgerungen und Kombinationen. Sie müssen falsch sein, weil Du sie nicht ganz verstehen kannst.* Als er ihr die Immatrikulation unter falschem Namen verraten hat, wird er energisch: *Ich brauche doch nicht zu wiederholen, daß niemand dies alles erfahren darf.*[1] Sie wird nach dem Tod des Bruders aus ihrer Überzeugung keinen Hehl machen, daß beide Freunde damals in politischer Kommission Richtung Wien unterwegs waren. Eigentlich sollte das nächste Ziel Regensburg heißen. Die Kriegsereignisse empfahlen eine Umplanung. Es soll nun über Dresden, Prag direkt nach Wien gehen. Liebevolle Zeilen findet er für die ferne Braut. Er liegt neben dem Freund rücklings im Stroh des rollenden Korbwagens, über ihm der Himmel. Es ist Nacht. Mondschein. Nieselregen näßt beider Gesichter. Der stört sie kaum, sie haben es auf die Wolkenbildungen abgesehen. Wilhelmines Erscheinung taucht vor ihm auf: *Ich habe mir Dich in diesem Augenblick ganz lebhaft und gewiß vollkommen wahr vorgestellt... nichts fehlte, nichts an Dir selbst, nichts an Deinem Anzuge, nicht das goldene Kreuz und seine Lage, nicht der harte Reifen, der mich so oft erzürnte, selbst nicht das bräunliche Mal in der weichen Mitte Deines rechten Armes.* Es durchströmt ihn: *Tausendmal habe ich es geküßt und Dich selbst. Dann drückte ich Dich an meine Brust und schlief in Deinen Armen ein.*[2]

Er verschweigt Wilhelmine nicht, daß der Drang in die Ferne ihn in einen Zwiespalt stürzt: *Wie doch zwei Kräfte immer in dem Menschen sich streiten! Immer weiter von Dir führt mich die eine, die Pflicht, und die andere, die Neigung, strebt immer wieder zu Dir zurück.*[3] Zwei Monate wird er brauchen, dann soll das Abenteuer ein Ende haben. Er tröstet sie: *Einst wirst Du alles erfahren und mir mit Tränen danken.*[4] Dabei gerät er ins Träumen. *Wenn wir dann einmal in der Gartenlaube einsam diese Briefe durchblättern werden und ich Dir solche dunklen Äußerungen erklären werde…* ja dann – dann wird seinem Mädchen ein Licht aufgehen. *Ja so, so war das gemeint!*[5]

Freiberg, Chemnitz, Zwickau, dann wechselt man abrupt die Himmelsrichtung: Straßburg?

Würzburg

Am 12. September Ankunft in Würzburg. Man bleibt sieben Wochen lang. Es gibt neue Feindbewegungen in Süddeutschland. Die Würzburger rechnen mit einem Eroberungsstreich. Die Ankömmlinge nervt das ständige Glockengeläute: *Es ist als ob die Glocken sich selbst zu Grabe läuteten, denn wer weiß, ob die Franzosen sie nicht bald einschmelzen.*[6] Messen, Stundengebete wechseln sich ab, die Perlen der Rosenkränze bleiben in Bewegung. Der Kommandeur will Marienfestung und Zitadelle behaupten, bis ihm das Schnupftuch anbrennt. Kleists geübtes Soldatenauge gibt Würzburgs strategischer Ausgangslage schlechte Noten. Statt sein Leben aufs Spiel zu setzen, sollte der Kommandant sein Schnupftuch beizeiten lieber selbst anzünden.

Man quartiert sich großspurig ein. Fränkischer Hof, das erste Gasthaus am Ort, scheint für die Herren Bernhoff und Klingstedt gerade gut genug. Diese Schwäche teilen sich die beiden Fremden: *Indessen ob wir gleich beide die Absicht haben, zu sparen, so verstehen wir es doch eigentlich nicht, weder Brockes noch ich.*[7]

In den nächsten Tagen sucht man ein preiswerteres Quartier, trifft es am Schmalzmarkt Nummer 3, in einem stattlichen Eckgebäude, erschaffen von Balthasar Neumann, auch nicht gerade ärmlich an. Der Vermieter, ein Stadtchirurgus namens Wirth.[8] Das hat zu der Vermutung verleitet, Kleist habe sich mit dem Wunsch nach einem medizinischen Eingriff absichtlich bei einem Arzt eingemietet. Was hat man im Laufe von Jahrzehnten dem Armen nicht alles angedichtet: Vorhautverengung, Impotenz, psychosomatische Störungen durch Masturbationsexzesse mit drohender Eheuntauglichkeit... Für nichts dergleichen lassen sich zuverlässige Belege finden.

Über den eigentlichen Reisezweck ruht der Schleier des Geheimnisses. Kleist wollte es so: *Nie wird es aus meiner Seele kommen.*[9] Darum äußert er sich, wenn überhaupt, sibyllinisch.

Für die Nachwelt wichtiger ist, daß Kleist sich spätestens auf dieser Reise zum großen Schriftsteller berufen fühlte. Die Ahnung, Gefäß einer Prometheuskraft zu sein, die nur noch darauf wartete, Geschöpfe nach ihrem Bilde hervorzubringen, berauschte ihn beim Lärm rollender Kutschräder, beim Geklapper der Pferdehufe, beim Anblick vorüberfliehender Landschaft. Warum sollte er das seinem Mädchen verschweigen: *Wie würdest Du Dich selbst herabwürdigen, wenn ich heraufstiege vor Deinen Augen, geschmückt mit den Lorbeeren meiner Tat?*[10]

Die ersten Tage macht er sich Sorgen um die Braut. Warum schrieb sie nicht? Täglich führt ihn sein erster Gang zur Post. Keine Nachricht. Es ist der 15. September. *Wie sehnt sich mein Herz nach ein(em) paar freundliche(r) Worte von Deiner Hand, nach einer kurzen Nachricht von Deinem Leben, von Deiner Gesundheit, von Deiner Liebe, von Deiner Ruhe!* Grollte sie ihm letztlich doch wegen seines langen Ausbleibens? *Zürnst Du vielleicht auf den Geliebten, der sich so mutwillig von der Freundin entfernte?*[11] Für wen brachte er denn dieses *Opfer?* War er nicht auf der Suche nach einem Amt, einer Existenz, die eine ganze Familie ernähren sollte? Er malt sich die Zukunft aus. Bürgerliche Idylle – ein Traum, was sonst? Dabei wandelt er durch die krummen Straßen der Stadt, besucht zehn Kirchen, hat aber nur ein einziges Bild vor Augen: *Dich Wilhelmine, und zu Deinen Füßen zwei Kinder, und auf Deinem Schoß ein drittes, und höre, wie Du den kleinsten sprechen, den mittleren fühlen und den größten denken lehrst ...*[12] Das Rätsel um die ausbleibende Post löst sich. Wilhelmines Briefe waren zunächst nach Wien gegangen.

Er liefert ihr die schönsten Reisebilder, farbig, witzig, gnadenlos. Munter gerät das Stadtbild, die Mainlandschaft, das Treiben des Wochenmarktes: die Frau an der Ecke mit einer Schar von Gänsen, alle an den Füßen gebunden, die französische Mamsell, die die gnädige Frau auf dem Einkauf begleitet, das Anpreisen der Ware, das Feilschen... Das Glockengeläut erinnert ihn *unaufhörlich an die katholische Religion, wie das Geklirr der Ketten den Gefangenen an seine Sklaverei.*[13] Konturenscharf die Krankheitsbilder, die er bei Besichtigungen von Hospitälern, Irrenanstalten erlangt. Da ist der überstudierte Professor. Lustig gestimmt und munter, entweichen seiner dumpfen Demenz Satzzusammenhänge in klassischem Latein. Im Hospital ein siecher Jüngling von 18 Jahren, der vor kurzem noch blühend war,

Eine Röte, matt und geadert, wie eines Schwindsüchtigen, war ihm über das totenweiße Antlitz gehaucht, kraftlos fiel ihm das Augenlid auf das sterbende, erlöschende Auge, wenige saftlose Greisenhaare deckten das frühgebleichte Haupt, trocken, durstig, lechzend hing ihm die Zunge über die blasse eingeschrumpfte Lippe, eingewunden und eingenäht lagen ihm die Hände auf dem Rücken.[14]

Der Beobachter glaubt, der Kranke büße für ein zum Exzeß getriebenes Laster: *So schrecklich rächt die Natur den Frevel gegen ihren eigenen Willen.*[15] Man glaubte in dieser Horrorskizze das Produkt kleistscher Phantasie zu erkennen und damit das Zerrbild des an seiner eigenen Triebhaftigkeit verzweifelnden Dichters. Forscher konnten indes nachweisen, daß der dargestellte Kranke tatsächlich existiert hat.

Studieren läßt sich in dieser Fingerübung sprachlicher Präzisierungslust der Drang, die in ihm erwachte Sprachkraft zu erproben. Auch legt er Wilhelmine nahe, seine Briefe ja aufzuheben; gelungene Bilder, Vergleiche, Wortschöpfungen ließen sich in späteren Dichtungen vielleicht verwerten. Man hat ihm das angekreidet, als seien das keine Liebesbeweise mehr. Nanu! Muß sich eine Braut schon um die Liebe betrogen fühlen, wenn der Zukünftige sie auf eine Segeltour mitnimmt, auf der er die eigene Seetüchtigkeit an sich bestätigen will, um sie für künftige Regatten zu nutzen?

Er betritt eine öffentliche Bibliothek, fragt nach Goethe? Schiller? Wieland? Werden gar nicht geführt. »Und was stehen hier für Bücher an den Wänden?« – *»Rittergeschichten, lauter Rittergeschichten, rechts die Rittergeschichten m i t Gespenstern, links o h n e Gespenster, nach Belieben.«*[16]

Was hält die Freunde sieben Wochen lang in Würzburg fest? Treiben Sie mit geheimem Auftrag Wirtschaftsspionage? Die Forschung rätselt bis heute. Kleist promeniert und schärft seine Sinne für die Feder, die Landschaft auf symbolische Bezüge prüfend. Dazu stellt er sich auf die steinerne Mainbrücke. Pfeilschnell strömt unter ihm der Fluß, als habe er sein Ziel schon fest im Auge, aber ein Rebhügel stellt sich ihm entgegen – *beugt seinen stürmischen Lauf sanft, aber mit festem Sinn, wie eine Gattin den stürmischen Willen ihres Mannes, und zeigt ihm mit edler Standhaftigkeit den Weg, der ins Meer führt.*[17] Und Wilhelmine? Wird sich der Geliebte von ihr weisen lassen, wenn er ihr demnächst mitteilen wird: *Ich passe mich für kein Amt?*[18] Er verfolgt die Bergketten zu beiden Seiten des Mains. Eng rücken sie zusammen, *als wollten sie sich die Hände geben, wie ein paar alte Freunde nach einer lange verflossenen Beleidigung – aber der Main tritt zwischen sie wie eine bittere Erinnerung.*[19] Wird es nicht genauso sein, wenn er zu den Seinen zurückkehrt und gefragt wird: Wolltest du es nicht zu etwas bringen?

Wieder in Berlin

Am 22. Oktober Aufbruch Hals über Kopf über Erfurt, Naumburg, Halle, Dessau, Potsdam. Am 27. Oktober Ankunft in Berlin. Hatte sie das Ministerium Struensee zurückgerufen? Wenn ja, dürfte der Versuch zur Industriespionage, die der preußische Minister organisierte, mißglückt sein. Was an Fähigkeiten von Kleist erwartet wurde – *List, Verschmitztheit, Schmeichelei, Heuchelei* –, damit ausländische Hersteller ihn zum Schnüffeln ins Innere ihrer Werkstätten ließen, war nicht sein Ding. Diese Würdelosigkeit! *Zu einem unbekannten Zweck soll ich ein bloßes Werkzeug sein.*[20] Ulrike bedeutet er: *Ich fühle mich zu ungeschickt, mir ein Amt zu erwerben, zu ungeschickt, es zu führen.*[21]

Was tun? Zurück in die Heimat? *Nach Frankfurt möchte ich nicht gern kommen, um das unausstehliche Fragen zu vermeiden, da ich durchaus nicht antworten kann.*[22] Wilhelmine schüttet er reinen Wein ein: *Ich will kein Amt nehmen.*[23] Ordnung, Genauigkeit, Geduld, Ausdauer, was immer zur gewissenhaften Ausübung eines Verwaltungspostens gehörte, es liegt ihm nicht. Nur damit er besoldet würde, Listen schreiben, Rechnungen führen? All das im Hopphoppverfahren, weil er möglichst schnell zu den Beschäftigungen zurückeilen will, die seiner Natur entsprachen: Selbst höchste Stellen beim

Minister, gar ein Ministersessel würden ihn todunglücklich machen. Diese Plackerei ein Leben lang, nur um irgendwo unter bescheidenem Dache sich ein stilles Familienglück leisten zu können! Ginge das nicht auch mit ein paar Unterrichtsstunden für Schüler und einem hin und wieder vermarkteten schriftstellerischen Text? Warum könnte er mit Wilhelmine nicht zusammenziehen? Bei bescheidenen Ansprüchen ein zweisames Glück genießen? Konventionen? Wie viele Zeitgenossen pfiffen darauf. Er mochte an gewisse Romantikerkreise denken. Lebte nicht sogar der Weimarer Dichterfürst in wilder Ehe mit einer Arbeiterin? Er begehrt auf: *Weg mit allen Vorurteilen, weg mit dem Adel, weg mit dem Stande – gute Menschen wollen wir sein und uns mit der Freude begnügen, die die Natur uns schenkt.* Das klingt nach Jean-Jacques Rousseau, seinem geistigen Vater.[24]

Armes Bräutchen! Wie wird sie das alles aufgenommen haben?

Ein Schwiegersohn, der sich für jedes Amt im Staat zu schade war, eine Familie mit dem Erlös aus Versen und Prosa durchbringen wollte? Wie mochten sich die Eltern Zenge dazu stellen? *Viele Männer*, so beeilt Kleist sich, sein *liebes Mädchen* zu ermuntern, *haben geringfügig angefangen und königlich ihre Laufbahn beschlossen. Shakespeare war ein Pferdejunge und jetzt ist er die Bewunderung der Nachwelt.* Dann der eigentliche Hammerschlag: *Wilhelmine, warte zehn Jahre und Du wirst mich nicht ohne Stolz umarmen.*[25] Unrecht hatte er ja nicht: Wir stehen an der Schwelle des Jahres 1801, 1811 liegt Kleists Lebenswerk, älter wurde er ja nicht, fertig vor.

Doch zunächst gilt es mit den Schulden klarzukommen, die er durch die Reise aufgehäuft hatte. 300 Reichstaler hatte sie ihn gekostet (ca. 6000 €). 200 hatte Freund Brockes vorgestreckt. Die wollte er ihm zurückzahlen. Den Rest hatte ihm die gute Schwester zugeschanzt. Die bittet er erneut. Sie wird 260 Rtl. für ihn locker machen; denn er muß auch leben. An sein eigenes Vermögen läßt ihn der Vormund nicht heran, rückt ihm zum Unterhalt nur wenig heraus. Ein Jahr muß Kleist die Durststrecke noch durchstehen, dann ist er 24 und nach preußischem Gesetz mündig.

Die Nachrichten aus Berlin beunruhigen die Braut nicht nur, sie machen sie krank. Das hat er nicht gewollt. Er beschwichtigt sie: *Noch habe ich die Laufbahn in dem Fabrikwesen nicht verlassen, ich wohne den Sitzungen der technischen Disputation bei, der Minister hat mich schriftlich eingeladen, mich anstellen zu lassen.*[26] In der Tat hat Kleist den Minister Struensee um eine Erlaubnis ersucht, den Sitzungen der Technischen Deputation beizuwohnen. Sie gehörte zum sogenannten preußischen Manufakturkollegium und bestand aus siebzehn Mitgliedern – Assessoren und Referendaren. Das Gremium war betraut mit der Überwachung von Fabrikationen, der Überprüfung neuer Erfindungen auf ihren praktischen Nutzen, versuchte aber auch den gesamten technologischen Fortschritt im Sinne des Staates und des allgemeinen Interesses in geordnete Bahnen zu lenken. Kleist wollte nicht gleich angestellt werden, lediglich hineinschnuppern, um seine Eignung für einen solchen Verwaltungsbereich zu prüfen. Das war ungewöhnlich und eigentlich nicht zulässig, zumal er als Sitzungsteilnehmer Geheimnisträger wurde. Minister Struensee weist Geheimrat Kunth, seinen Sekretär, an, dem Leutnant a. D. von Kleist den Besuch anstandslos zu gewähren. Statt einer formellen Vereidigung reiche eine Verschwiegenheitsverpflichtung per Handschlag. So viel Gewicht hatte ein gedienter königlicher Leibgarde-Offizier mit dem Namen Kleist. Mehr wohl, um das eigene Gewissen gegenüber seinen Lieben in Frankfurt zu besänftigen als aus innerem Antrieb, schleppt er sich zu den Sitzungen. Das nicht, ohne die erste gleich zu verpassen. Mil pardon! Es soll nicht wieder vorkommen. Den neuen Termin am 3. Dezember nimmt der verabschiedete Leutnant wahr.

Er war in Potsdam beim König. Die Prinzen betrugen sich freundlich, der König gab sich ungnädig. Kleist mußte ihm gestanden haben, wozu er sich in Wahrheit berufen fühlte. Friedrich Wilhelms enttäuschende Reaktion erfüllt den Dichter mit stolzem Trotz: *und wenn er meiner nicht bedarf, so bedarf ich seiner noch weit weniger.* Bitter erkennt er: *Selbst die besten Könige entwickeln wohl gern das schlummernde Genie, aber das entwickelte drücken sie stets nieder.*[27]

Harte Zeit für Wilhelmine

Seit Heinrich von Kleist aus Würzburg zurück ist, wohnt er bei Carl von Zenge, dem Bruder der Braut. Der dient weiter bei der Fahne. Carl bewohnt ein viergeschossiges Stadthaus Contreescarpe 65, heute Alexanderstraße. Wilhelmine scheint sich von ihrem Schock erholt zu haben. Er läßt einen Stoßseufzer los: *O wenn ich doch bei Dir wäre und Dich an meine Brust drücken könnte!*[28] Er nimmt wieder am Lehrerpult Platz. In dieser Position hatte sie ihn ja stets akzeptiert und seine Sprüche artig befolgt. Sie soll ihm Fragen auf verschiedene Blätter notieren. *»Was ist lieblich?« Ein Maitag; eine Pfirsichblüte; eine frohe Braut... »Was ist erhebend?« Ein Sonnenaufgang; ein Choral am Morgen...* Die Definitionsfragen gehen in die Dutzend: *Was ist »schrecklich«? – Was ist »niederschlagend«? – Was ist »anbetungswürdig«? – Was ist »tröstend«, »lächerlich«, »unerträglich«...*[29]

Man hat den Dichter um solcher Briefe willen der Schulmeisterei geziehen. Statt die Braut in den Arm zu nehmen, spiele er sich professoral vor ihr auf. Doch was hätte sich das Mädchen aus einer Blumensammlung von Liebesschwüren und Herzensergießungen aus der Ferne machen sollen? Wenn er schon nicht bei ihr sein konnte, mochte er sich ihr lieber nützlich machen. An der Länge solcher Briefe läßt sich ersehen, wie gründlich und gewissenhaft er sich in dieser Hinsicht mit ihr zu befassen liebte. Auch mochte ein weiblicher Realitätssinn Wilhelmine gelegentlich ins Ohr geraunt haben: »Solange dein Liebster Lektionen erteilt, solange faselt er nicht von Ausbrüchen in die Freiheit, möglichst mit dir gemeinsam, Zielangabe Frankreich: 13. November 1800 an Wilhelmine: *Ich könnte nach Paris gehen und die neueste Philosophie in das neugierige Land verpflanzen...*[30]

In der Weihnachtszeit kehrt Kleist für eine Woche überraschend nach Frankfurt zurück. Das Brautpaar sieht sich wieder. Was sich im einzelnen zwischen ihnen abgespielt hat, ist nicht überliefert. Nur daß er ihr vorschlägt, sein kleines Vermögen mit ihr zu teilen. Wilhelmine erschrickt darüber, kann ihm weder ab- noch zuraten, sich ihretwegen unglücklich zu machen. Er will um keinen Preis seine Freiheit opfern, weshalb er nach wie vor keine Amtsausübung anstreben will. Wilhelmine bleibt nichts, als dem Geliebten zu versichern, daß sie von ihrer Seite alles tun wolle, was zu seinem Glück beitragen könne. Tränen werden genug geflossen sein. Nach Weihnachten kehrt Kleist nach Berlin zurück.

Freundesabschied

Wir treten in Kleists letztes Lebensjahrzehnt. Es beginnt ohne Freude. Er leidet unter Isolation und verliert seinen teuren Freund. Es hatte keinen Streit gegeben wie später mit dem Maler Lohse – Ludwig von Brockes ging fort, weil ihm eine gute Stellung am mecklenburgischen Hof winkte. *Mit ihm habe ich den einzigen Menschen in dieser volkreichen Königsstadt verloren, der mein Freund war, den einzigen, den ich recht verehrte und liebte.*[31] Der zehn Jahre Ältere muß durch seine stille, ausgeglichene Art in der Tat auf den komplizierten, leicht verletzlichen, sprungartig zu Heftigkeit neigenden Charakter Kleists einzugehen verstanden haben. Der türmt das Lob in solche Höhe, daß es die Braut geradezu verletzen muß, so wenig dies in der Absicht des Briefschreibers gelegen haben mochte. Es sprudelt aus dem heranreifenden Schriftsteller, den es drängte, ein möglichst vollständiges Porträt von dem Freund liefern. Brockes scheint die personifizierte Uneigennützigkeit. Im Postwagen nahm der Ältere grundsätzlich den unbequemeren Sitz ein, ließ das Stroh liegen, wenn es lediglich zur Erwärmung eines Fußpaares ausreichte. Sank der Schlafende neben ihm auf seine Brust, hielt er dessen Kopf fest und blieb selbst ohne Schlaf. Im Nachtquartier wählte der Freund für sich das unbequemere Bett, ließ die saftigsten Früchte für den Gefährten liegen... Brockes verfügte nur über ein kleines Kapital, trotzdem erübrigt er für die Reise, die er eigens Kleist zuliebe mitmachte, 600 Rth., ohne von ihm Geld zurückzufordern. Es ist wieder der erhobene Zeigefinger, den ein erziehungsbeflissenes Jahrhundert in ihm herangezüchtet hat. Brockes Tugendhaftigkeit sollte der Braut, aber auch ihm selbst zur ernsten Mahnung gereichen.

In meiner Seele sieht es aus wie in dem Schreibtische eines Philosophen, der ein neues System ersann und einzelne Hauptgedanken auf zerstreute Papiere niederschrieb.[32] Die Philosophen der neuesten Zeit sind es, die er sich in den Berliner Wintermonaten vorgenommen hat. Er geht kaum aus, wühlt sich fest zwischen seinen Büchern. Im März macht er eine niederschmetternde Entdeckung, sie wirft ihn um. Keine Nachricht war schrecklicher: *Mein einziges, mein höchstes Ziel ist gesunken, und ich habe nun keines mehr.*[33] Er geht im Zimmer auf und ab, stürzt ans Fenster, läuft hinaus ins Freie. Er sucht

Tabaksalons auf, Kaffeehäuser, betrinkt sich. Er zerstreut sich mit Theaterbesuchen, Konzerten... Bücher wirft er von sich, rührt sie nicht mehr an, vertraut sich Wilhelmine an: *Ich hatte eine unbeschreibliche Sehnsucht, an Deinem Hals zu weinen.* Er irrt draußen herum, es regnet. Das ist ihm egal. Er marschiert zu Fuß nach Potsdam, kommt völlig durchnäßt bei Bruder und Freunden an, wirft sich Leopold, Gleißenberg und Rühle in die Arme. Letzterer drückt ihm einen Roman in die Hand. »Lies das, es wird dich ein bißchen versöhnen.« Er schaut hinein, klappt das Buch wieder zu, legt es auf den Tisch. Dabei läßt er seinen Kopf ins Sofakissen sinken. Er fühlt in sich eine *unaussprechliche Leere*. Er schließt den Brief vom 22. März an die Braut: *Liebe Wilhelmine, laß mich reisen. Arbeiten kann ich nicht...*[34]

1 HvK SW Bd. 2 Bf. 16
2 Bf. 17
3 Bf. 19
4 BF 18
5 wie 2
6 Bf. 21
7 Bf. 23
8 ebd.
9 ebd.
10 ebd.
11 Bf. 22
12 Bf. 24
13 wie 11
14 ebd.
15 ebd.
16 ebd.
17 wie 12
18 Bf. 27
19 wie 12
20 Bf. 30
21 wie 18
22 Bf. 25
23 wie 18
24 wie 18
25 ebd.
26 Bf. 29
27 wie 20

[28] Bf. 31
[29] ebd.
[30] wie 18
[31] Bf. 35
[32] wie 12
[33] Bf. 37
[34] ebd.

Der Königsberger Philosoph und die Folgen

Grüne Gläser

Was war ihm geschehen? Hatte er den größten Denker der neuen Zeit, den Königsberger Philosophieprofessor Immanuel Kant, im Urtext gelesen? Oder hatte er nur die Einführung des Moraltheologen Sebastian Mutschelle studiert? Konnte er Vorträge über Kant besuchen? Wurden in gelehrten jüdischen Häusern, zu denen Kleist Zugang gefunden hatte, die Thesen aus den letzten Veröffentlichungen heiß diskutiert? Gleichviel. Kants akribische Analyse menschlicher Wahrnehmungs- und Erkenntnisfähigkeit elektrisiert Kleist geradezu durch eine alle metaphysische Spekulation über Gott, Unsterblichkeit, Unendlichkeit der Welt in die Schranken weisende Schlußfolgerung: Was der Mensch erkennt, ist nicht Wahrheit, es ist Schein. Seinem Mädchen macht Kleist den Sachverhalt mit einem Bild klar:

Wenn alle Menschen statt der Augen grüne Gläser hätten, so würden sie urteilen müssen, die Gegenstände, welche sie dadurch erblicken, sind grün – und nie würden sie entscheiden können, ob ihr Auge ihnen die Dinge zeigt, wie sie sind, oder ob es nicht etwas zu ihnen hinzutut, was nicht ihnen, sondern dem Auge gehört.[1]

Genauso verhalte es sich mit dem Verstand. Nie könne dieser entscheiden, ob etwas, das wir Wahrheit nennen, wirklich Wahrheit ist, oder ob es einem nur so scheint...

Sieben Berufsjahre hatte er an den Nagel gehängt, darauf sich wie ein Besessener auf das Studium geworfen. Mit welchem Ziel? Bildung zum Zwecke der Selbstvervollkommnung. *Ich glaubte, daß wir einst nach dem Tode von der Stufe der Vervollkommnung, die wir auf diesem Stern erreichten, auf einem andern weiter fortschreiten würden.*[2] Bildung schien Kleist der einzige Weg, zu den letzten Wahrheiten vorzustoßen. Nun hatte er erfahren müssen, daß sie dem Menschen verschlossen bleiben. Freilich waren ihm über die aufgehäuften Bücher schon vorher Zweifel gekommen, auch seinem Freund Brockes war die Spezies Vielwisser stets ein Gegenstand tiefer Verachtung gewesen. *Handeln ist besser als Wissen* lautete dessen Losungswort. Herz, Gefühl, Phantasie hießen die Reizwörter des

Spaziergängers Rousseau, nicht Wissen und Denken.[3] Doch erst Kants Botschaft riß den Eckstein, der sich in Kleists Denken schon gelockert hatte, mit Wucht in die Tiefe, womit der Tempel einer heilen Moralwelt, an der er kindlich festgehalten hatte – seinem *heiligsten Innern* –, in sich zusammenstürzte.[4] Er rührt kein Buch mehr an. Lehre und Wissen erregen seinen Ekel. Im Zimmer herumsitzen? Brüten? Wer hielt das aus! Erlösung konnte nur das Reisen bringen. Reisen würde ihn mit neuen Eindrücken erfrischen, sein zermartertes Hirn von uferlosen Grübeleien ablenken, die Stichwunde dämpfen, mit der Kants Aussage seinem Weltbild den Todesstoß versetzt hatte.

Was er weder Braut noch Schwester anvertraut, sind schriftstellerische Pläne. Wozu auch? Er hätte beide bloß zusätzlich beunruhigt. Nicht unmöglich, daß er Entwürfe in der ihm eigenen impulsiven Radikalität fürs erste über Bord geworfen hat. Denn worüber sollte er jetzt schreiben? In einer Welt, in er nichts Bestand hatte? Es keine höhere Wahrheit zu verkünden gab? Hier mußte in ihm noch ein neuer Gärungsprozeß einsetzen. Der würde den Boden für das künftige Schaffen erst bereiten, und zwar nicht dem erlittenen Kahlschlag zum Trotz, sondern im Gegenteil, durch ihn begünstigt: Menschen, die sich im Besitz der reinen Wahrheit glauben, werden mit der, die sie in der Realität antreffen, schicksalhaft aneinander geraten. Das wird sich zum Leitthema in Kleists Dichtungen entwickeln, wird die Grundstimme liefern wie der Generalbaß in der polyphonen Tonkunst. Sie wird als Schlüssel dienen für die Enträtselung Kleistscher Charaktere und Intrigen.

Die Marquise von O.

Sehen wir uns dafür zum Exempel eine seiner ersten vollendeten Novellen an. Die verwitwete Marquise von O., *eine Dame von vortrefflichem Ruf*, Mutter wohlerzogener Kinder, wird schwanger.[5] Eine Gruppe russischer Scharfschützen hatte sie unlängst vergewaltigen wollen, doch war sie von einem Offizier rechtzeitig gerettet und in Sicherheit gebracht worden. Als die Hebamme an ihrem Zustand keinen Zweifel läßt, glaubt sie die Weltordnung aus den Fugen. Die Eltern wiederum müssen das reine Gewissen, auf das sich die Tochter unerschrocken beruft, als schamlose Verhöhnung empfinden, sie werfen die junge Frau aus dem Haus. Ein Rätsel gibt allen Familienmitgliedern der Graf F. auf, jener Retter. Keiner begreift, daß ausgerechnet er die in *Schande* Geratene auf der Stelle heiraten will. Doch als er sich ihr als der Schuldige zu Füßen wirft – er hatte sich, als sie nach dem Überfall im Zustand tiefer Bewußtlosigkeit lag, selbst an ihr vergangen – stürzt für die Marquise der Himmel ein zweites Mal ein. Als sie dem Bußfertigen nach einem Jahr ehrlich erzeigter Reue endlich verzeiht, erklärt sie im letzten Satz der Novelle ihr rätselvolles Verhalten: Sie hätte ihn nach seinem sie niederschmetternden Geständnis nicht für den Teufel gehalten, wenn er ihr nicht damals bei der Rettung als ein Engel vorgekommen wäre.

Kleist läßt seine Personen den Widerspruch innerer und äußerer Wirklichkeit nicht bloß erfahren, sie erleiden ihn sozusagen bei lebendigem Leibe: Die Marquise – nach der derben Eröffnung der Hebamme – fällt in Ohnmacht, ist dem Wahnsinn nah. Der Vater, ein hartgesottener Festungskommandant, der die Tochter mit einem Pistolenschuß verjagt hatte, bricht über sein in völliger Verblendung begangenes Unrecht in lautes, nicht versiegen wollendes Weinen aus. Die Marquise ergreift, als ihr *Engel* sich als der einzige Urheber ihres Unglücks entpuppt hat, die Flucht, nicht ohne ihre Angehörigen vorher mit Weihwasser besprengt zu haben.

Wie der Maler Matthias Grünewald auf dem Altarbild des Gekreuzigten den Finger des Propheten Johannes, der auf das Lamm Gottes zeigt, mit überproportionaler Länge ausgestattet hat, die genagelten Füße des Erlösers ausgerenkt, verdreht, um nicht zu sagen überzeichnet erscheinen, nur um dem Beschauer die Marter des Hingerichteten bis unter die Haut gehen zu lassen, so überzeichnet Kleist bewußt die Emotionen seiner Menschen, sobald sie Grenzsituationen durchleben. Entsprechend verwandelt sich der rauhe Haudegen vor Scham über seine Verranntheit buchstäblich in einen heulenden Schulbuben. Als er trotz seiner gewaltigen Verfehlung von der Tochter nur Güte und zärtliche Liebe empfängt, nimmt er sie wie ein Kind auf seinen Schoß, die Szene spielt ins Erotische: *mit über sie gebeugtem Antlitz saß er, wie über das Mädchen seiner ersten Liebe, und legte ihr den Mund zurecht, und küßte sie.*[6] Kleist ist mit dieser Gestaltungsweise seiner Zeit um ein Jahrhundert voraus.

Berlin nicht seine Welt

Bis in den April hinein verbleibt Kleist in der preußischen Hauptstadt. Ein kleiner Kadett sucht die Wohnung des großen Bruders Zenge auf, findet nur den verabschiedeten Leutnant vor, der noch immer sein Schwager werden will. Der küßt den uniformierten Jungen, dessen Gesicht nicht Wilhelmine, eher der Schwester Jette ähnelt. Es ist schon dunkel. Kleist leuchtet dem Kleinen, der ihm leidtut, durch Treppenhaus, Flur und Räume des fremden Hauses...

Sonst ist er viel allein. *Ich passe mich nicht unter die Menschen*, gesteht er Ulrike ein, *es ist eine traurige Wahrheit.*[7] Dennoch findet man ihn manchen Abend in Gesellschaft. Da ist auf der Münzstraße das stattliche Haus des Tuch- und Seidenwarenhändlers Christian Gottlob Clausius. Man wird dorthin abgeholt, auch wieder zurückgebracht. Es gibt Jugend, mit der man auf Bällen tanzen kann, und zwar in der *Kolonie*, so nennt sich noch immer die starke Hugenottengemeinde, seit sie in den Tagen des Großen Kurfürsten nach Brandenburg eingewandert ist.

Die Art, wie sich die Gesellschaft von Berliner Bänkern, Geschäftsleuten, Fabrikanten vor Kleists Augen ausnimmt, bestimmt sein lakonisches Urteil: *Sie gefallen mir nicht.*[8] Das Gepränge dieser Neureichenelite verschreckt ihn: Frauen, die in der Frisur einen *ganzen Himmel von Diamanten* tragen, ihren Busen mit *zehnfachen Ketten von Gold* behängen.[9] Ein Millionär breitet in festlicher Runde seine eingebildeten Wehwehchen aus, voll Trauer um die Zeit, da er einmal mit bescheidenen hunderttausend Talern angefangen hat. Mehr Anziehungskraft übt auf Kleist die Nachbarvilla des jüdischen Baumwollfabrikanten Cohen aus, obwohl auch dort der Protz zu Hause ist. Immerhin führt ihn der Gastgeber in eine üppige Bibliothek, wo man vorfindet, was immer das Herz begehrt: deutsche, französische, englische Ausgaben. Die wiederum verblassen für den naturwissenschaftlich Beschlagenen vor einer Paradesammlung physikalischer Instrumente, mit denen er nach Belieben experimentieren darf.

Doch was half ein derartiger Besuch? Wissen war ihm suspekt geworden. Deswegen will er Berlin, den *traurigen Ort*, baldmöglichst verlassen.[10]

Zunächst galt es, sich von den Sitzungen jener *technischen Disputation* mit Anstand loszueisen, denen er regelmäßig beiwohnte. Der Geist dieser Siebzehn-Köpfe-Runde war ihm zutiefst wesensfremd. Noch kürzlich hatte ihm der Präsident einen dicken Folianten über Mechanik zugeschoben mit den Worten – *»lesen Sie es durch und statten Sie der Deputation darüber Bericht ab!«*[11] Mit der Beakkerung wäre er ein Jahr beschäftigt gewesen. Er reicht den Wälzer ungelesen an das Gremium zurück. Nun ging es nur noch darum, sich möglichst geräuschlos, d. h. ohne jemanden vor den Kopf zu stoßen, aus dem Verein zurückzuziehen. Geheimrat Kunth, der in jungen Jahren Hauslehrer der Gebrüder Humboldt gewesen war, hatte Kleist pädagogisch richtig eingeschätzt und ihm von solcher Laufbahn gleich abgeraten. Nun kann er den Geheimrat beim Wort nehmen, was er in einem artig verfaßten Schreiben tut. Damit empfiehlt er sich auf Nimmerwiedersehen.

Blieb das Problem der Reisefinanzierung. Schon für den über vier Monate währenden Aufenthalt in der Hauptstadt war er mit dem, was ihm von Frankfurt zugewiesen wurde, kaum ausgekommen. Ständig mußte Kleist Teile aus dem ihm zustehenden Vermögensanteil verpfänden, der nun nicht mehr lange unter Verschluß bleiben würde – in wenigen Monaten würde er 24 sein. So bittet er wiederum die Schwester, ihm mit weiteren 300 Rth. auszuhelfen oder – besser noch – mit ihm zu reisen, wobei sie sich weder hinsichtlich seiner Gesellschaft noch angesichts des teuren Spaßes irgendwelchen Illusionen hingeben sollte: *Einen frohen Gesellschafter wirst Du nicht finden, auch würden die Kosten nicht gering sein, denn mein Zuschuß kann nicht mehr sein, als 1 Rth. für jeden Tag.*[12] Für den Fall, daß sie ihn in die Ferne begleiten würde, hat er jede Menge Vorschläge parat: Mit eigener zweispänniger Equipage einschließlich Kutscher, der zugleich im Quartier die Zimmer in Ordnung hielte, die Sachen säuberte, käme man gewiß billiger weg, als wenn man sich von betrügerischen Postillons abhängig machte, für deren Dreiergespann man noch Zuschlag zahlen müßte. *Den Wagen könntest Du hier kaufen, ebenso ein paar ausrangierte polnische Husarenpferde.* Carl von Zenge würde seinen Diener an sie abtreten – *brauchbarer guter Mensch.*[13] Der würde auf Gepäck und Gefährt aufpassen, wenn man im Harz den Brocken bestiege, eine Wasserfahrt von Mainz nach

Koblenz unternähme... Später könnte man ja die Pferde wieder verkaufen. Wir kennen Kleists Neigung, Milchmädchenrechnungen aufzustellen, hierin seinem literarischen Vorbild, dem jungen Schiller, recht ähnlich. Auf einen verläßlichen Posten könnte er allenfalls zählen: auf den Realitätssinn der älteren Schwester für den Fall, daß sie tatsächlich mitkäme. Von Mutterseite ohnehin vermögender als der Halbbruder, wußte sie im Unterschied zu diesem mit Geld umzugehen. Wird sie sich zum Reisegefährten gewinnen lassen? Sie wird. Denn es sollte ja diesmal ins Ausland gehen. Dafür hatte sie schon lange Interesse angemeldet. Ulrike wird sich mit Bruder Heinrich auf die Reise begeben. Zielort Paris.

Jetzt mußten nur noch Pässe beschafft werden. Eine Immatrikulationsbescheinigung genügte diesmal nicht, zumal die Schwester ihn begleiten würde. Er begibt sich zum Minister für Auswärtige Angelegenheiten, einem Herrn von Alvensleben. Nun mußte man Farbe bekennen, den eigentlichen Zweck benennen. Flunkern oder Wahrheit sagen? Wir kennen Kleists Skrupelhaftigkeit hinsichtlich Gewissensfragen. Schon will er den Reiseplan ganz flachfallen lassen, als er erfährt, daß Ulrike bereits zu ihm unterwegs ist. Reise abkürzen? Paris einfach ausklammern? Unmöglich. So einsam, wie er sich gelegentlich beschrieb, war er in Berlin gar nicht. Sein Reiseziel war Stadtgespräch, viele hatten ihn bereits mit persönlichen Missionen beauftragt...

Nun ja. Total gelogen war es ja nicht, daß er auf dieser Reise hinzulernen wollte. Doch studieren? Wo ihm alles Wissen aus den Poren wieder herauskam? Was blieb ihm übrig? Er entschließt sich, das verheimlicht er seinem Minchen nicht, zu einer Notlüge: Heinrich von Kleist reist nach Paris, um zu studieren, *und zwar Mathematik und Naturwissenschaft*. Minister, Professoren, Bekannte... wünschen ihm Glück. Selbst der Hof wird, daran war nicht zu zweifeln, Kunde erhalten.[14]

Was ihn plagt, ist das Gewissen. Wieder stellte er die Braut auf eine harte Probe. Sein Schuldgefühl läßt sich mit der Lehrerpose, die er wieder einnimmt, nicht überspielen, auch nicht mit Rousseaus Werken, die er ihr zum Geschenk gemacht hat. Das treue Mädchen hatte diese abermalige Enttäuschung nicht verdient. Hilflos klagt er das Schicksal an: *Warum mußte der Himmel Dein Los an einen Jüngling knüpfen, den seine seltsam gespannte Seele ewig-unruhig bewegt?*[15] Ihr geduldiger Gleichmut hatte ihn beschämt. *Du hast mir durch so vielen Edelmut die Schuld auferlegt – warum kann ich sie nicht bezahlen?*[16] Ihr Herzenskummer tut ihm in der Seele weh, weiß er doch, daß er gegen die Kraft nicht an kann, die ihn wie unsinnig in die Ferne treibt. Was sollte er tun? Er kann nicht aus seiner Haut. Weiß er doch selber nicht, was mit ihm geschehen soll, noch was gut oder schlecht für ihn ist. *Gern will ich immer tun, was recht ist*, beteuert er der Schwester, *aber was soll man tun, wenn man dies nicht weiß?*[17] Er beschließt, das Zimmer nicht zu verlassen, bis sich für ihn ein Lebensplan abgezeichnet hat. Acht Tage vergehen so. Ohne Ergebnis. Helle Verzweiflung. Er kommt sich vor wie ein spielendes Kind, das sich zu weit auf die See gewagt hat. Wellen und Getöse übertönen seine Sinne. *Ich kenne nicht einmal die Himmelsgegend, nach welcher ich steuern soll.*[18] Ihn schwant Schlimmstes: der eigene frühe Untergang.

Rascher Ortswechsel scheint ihm das einzige Heilmittel, mochten sie in Frankfurt noch so sehr die Köpfe schütteln. Gerade sie machten es ihm geraten, möglichst das Weite zu suchen. Es ist nicht das Abenteuer, auf das er aus ist, nicht das Neue. Ganz im Gegenteil, es ist das bergende Nest, das er sich im Leben ersehnt – ein *grünes Haus*, wie er es sich ausmalt.[19] Er selbst in Wilhelmines Armen. Dann würde auch seine sexuelle Getriebenheit – er verschweigt sie keineswegs – endlich Sättigung erfahren. *Ruhe* heißt für ihn das Erlösungswort. Sein Reisezwang ergibt sich aus seiner Verzweiflung darüber, sie nicht finden zu können. Darum mußte er die Räder unter sich rattern hören, wenn er über der Leere, die er in sich nicht mehr bekämpfen konnte, nicht um den Verstand kommen wollte. Darum flehte er Wilhelmine an: *Verzeihe mir meine Reise*![20] Er hat sich von Peter Friedel, einem aus Wetzlar stammenden Berliner Künstler, für sie malen lassen. Von dem Pastell war bereits die Rede. Kleist stellt sich Wilhelmine vor: Sie sitzt in ihrem Zimmer, in den Händen sein Bild. Sie küßt seine Stirn, wie er ihr geboten hat, denn an dieser Stelle haben auch seine Lippen das Bild benetzt. Er sieht sie vor sich: *Das Haupt auf die Arme gedrückt, die Augen voll Tränen...*[21]

Man startet am 15. April 1801. Das erste Ziel Dresden, Kleists Liebeserklärung an die sächsische Residenzstadt, die Elbfahrt hinauf bis Böhmen, die Bekanntschaft mit dem Haus Schlieben, Lieb und Leid um den jungen Maler Lohse, alles das ist dem Leser aus dem 2. Kapitel bereits vertraut. Wir wollen zu dem reisenden Geschwisterpaar einen guten Monat später stoßen, wo es mit eigener Kutsche, zwei in Dresden gekauften Pferden und Carl von Zenges Diener Johann Richtung Harz und Rhein unterwegs ist. In den Universitätsstädten Leipzig, Halle, Göttingen wird Station gemacht. Man besucht Vorlesungen, dies weniger aus Wissenschaftsdrang, als um Persönlichkeiten, die sich in ihrem Fach landauf einen Namen gemacht haben, von Angesicht zu erleben. Kleist bezeichnet sie als *Lehrer der Menschheit.*[22] Ulrike begleitet den Bruder in Männerkleidern. Als Frau in einem Universitätshörsaal? Das hätte Ärger gegeben.

Man erreicht den Harz, besucht Wernigerode und Ilsenburg, besteigt den Brocken. Der ist in Nebel gehüllt, mit ihm das Umfeld. *Wenn die Könige trauern, trauert das Land*, so deutet es der Dichter. *Wir standen vor der Natur, wie vor einem Meisterstücke, das der Künstler aus Bescheidenheit in einen Schleier verhüllt hat.*[23] Ob er sich wie Heinrich Heine über die Philister geärgert hat, die sich auf der Gipfelhütte mit läppischen Sprüchen wie »Im Nebel hochgestiegen, benebelt wieder hinunter« verewigten? Wilhelmine erhält nicht allzuoft Post, die Mitteilungen fallen nicht selten kurz aus, so daß sie sich Sorgen macht. Er redet sich heraus, daß sie sich nur falsch auf seine Seele verstehe. Obwohl kein Tag vergehe, an dem er nicht an sie denke, gäbe es für ihn Momente, in denen ihn selbst das Tagebuchschreiben anekele. Es gibt aber auch Briefe von ihm, in denen er keineswegs mit seiner Zeit geizt, um ihr die schönsten Reiseberichte zu liefern. Sie konnte nicht ahnen, daß sie ihr von einem der größten deutschen Sprachkünstler verfaßt wurden. Hätte sie es geahnt, wer weiß, ob sie das nicht noch mehr bekümmert hätte.

In Halberstadt macht man dem Dichter Gleim seine Aufwartung, wußte man doch, daß dieser den entfernten Onkel Ewald zu seinen besten Freunden zählte. Ludwig Gleim, ein Greis von 82 Jahren, war bereits ein lebendes Denkmal. Goethe weist seinen Kriegsliedern einen hohen Rang zu. Sie seien aus dem unmittelbaren Erleben entsprungen und deshalb so gut gelungen. Überdies habe Gleim sich wie kein zweiter um den Aufstieg junger Talente bemüht, ihnen, wo er konnte, mit Rat und Tat geholfen. Kleist, einzig auf den Klang seines Namens vertrauend, steigt unangemeldet bei ihm ab. Helle Freude erfüllt den alten Herrn, er umarmt die Geschwister. Er nennt nicht nur über hundert Briefe des Onkels sein eigen, Gleim weiß über diesen auch so manche Anekdote. Etwa die: Er, Gleim selbst, habe dem nach einem Duell verwundet darnieder Liegenden ein scherzhaftes Gedicht auf den Tod vorgelesen. Darüber habe der Kranke einen solchen Lachanfall bekommen, daß ihm die vom Brand vergiftete Wunde aufgeplatzt sei. Das habe Ewald von Kleist das Leben gerettet. Der Greis führt die Gäste in sein Heiligtum: ein mit Freundesporträts ausgekleidetes Kabinett. Der Kommentar des Besitzers wird zum Stachel im Fleisch des Beschauers: Da sei keiner unter den Köpfen, der nicht ein schönes Werk hinterlassen oder eine große Tat verrichtet habe. Ewald von Kleist stehe obenan. Er allein habe beides vorzuweisen.

Bei Goslar wird ein Bergwerk besichtigt, wo in großen Höhlen durch angezündete Holzstöße Erze abgebrannt werden. Die Männer arbeiten in der Hitze nackt. *Man glaubt in der Hölle oder doch wenigstens in der Werkstatt der Zyklopen zu sein.*[24] Wo immer die Reisenden sich aufhalten, Kleist geht auf die Menschen zu, plaudert mit ihnen, interessiert sich für ihre Verhältnisse.

In Kassel wird die landgräfliche Gemäldesammlung inspiziert. Wie einst Hermann Hesse in die Gesichter der Engelsjünglinge eines Botticelli, kann Kleist sich eine Ewigkeit in Raphaels heiligen Johannes verlieren und resümiert: *In dem Antlitz des einzigen Raphael(s) liegen mehr Gedanken als in allen Tableaus der französischen Schule zusammengenommen.*[25] In Butzbach erleiden die Geschwister einen Wagenunfall. Man hatte, um die Pferde zu tränken und mit Heu zu versorgen, vor einem Wirtshaus Halt gemacht, war aber selbst in der Kutsche verblieben, als durch einen jähen Eselsschrei die Tiere in Panik gerieten und über das Pflaster sprengten. Ehe Kleist nach dem Zügel greifen konnte, stand das Fuhrwerk Kopf. Ein Wagenrad zertrümmert, die Deichsel entzwei, die Geschirre zerrissen. Die Insassen, wie durch ein Wunder unverletzt. Der überstandene Schock macht den Dichter melancholisch: *Und an einem Eselsgeschrei hing ein Menschenleben?*[26]

Von Frankfurt geht es nach Mainz an den Rhein. *Das ist eine Gegend wie ein Dichtertraum, und die üppigste Phantasie kann nichts Schöneres erdenken...*[27]. Man unternimmt von Mainz eine Bootsfahrt Richtung Bonn, Köln. Bis Koblenz läßt man sich das gute Wetter gefallen. Am zweiten Tag, an dem es von dort bis Köln weitergehen sollte, kommt ein so gewaltiger Sturm auf, daß das Postschiff am Ufer eines unbedeutenden Dorfes vor Anker gehen muß. Nachts legt sich der Sturm, das Schiff nimmt die Fahrt wieder auf, um mitten auf dem Strom erneut von einer starken Böe erfaßt zu werden. Der Kahn wird hin und her geworfen, daß sich die Passagiere verschreckt an Balken und Geländern festklammern. Dem Dichtergenie kommt eine peinliche Erkenntnis: *Ach, es ist nichts ekelhafter als diese Furcht vor dem Tode. Das Leben ist das einzige Eigentum, das nur dann etwas wert ist, wenn wir es nicht achten.*[28]

Paris

Über Mannheim, Heidelberg, Straßburg rollt die Kutsche pünktlich zum Jahrestag des Bastillesturms, am 14. Juli, nach Paris. Man holt sich bei der örtlichen Polizeipräfektur eine Aufenthaltsgenehmigung von zwei Monaten und mietet sich im Quartier Latin in einer Straße ein, die es heute nicht mehr gibt.

Paris im Zeichen des siegreichen Napoleon. An Straßenecken und öffentlichen Plätzen, in Höfen und Gebäuden, überall trifft das Auge auf das Konterfei des Korsen. Straßensänger verkünden seine Heldentaten. Am Nationalfeiertag ertrinkt die von Triumphbögen, Obelisken, Girlanden, Blumenkränzen, Lichterspielen strotzende Seinestadt in einem Jahrmarkstaumel aus Karussells, Schaubuden, Seilkünstlern, Possenreißern, Tanzlokalen, Besäufnistheken. Der Himmel erfüllt von Raketengeknall und Feuerwerk. Ein Ballon steigt auf, geht in Flammen auf, der eiserne Reifen knallt auf ein Feld dichtgedrängt gaffender Menschen. Etliche werden erschlagen. Was soll's. In dieser Fastmillionenstadt muß man bei *Friedensfesten* dieses Kalibers zehn Tote mindestens einkalkulieren.

Den Besucher aus Preußen packt der Schauder. Er vermißt Würde und Ernst, die doch dem Gedenken so teuer erworbener Göttergeschenke wie Freiheit, Gleichheit, Friede – er war in diesem Jahr zu Lunéville geschlossen worden – zustehen müßten. Er verweilt auf der Pont-Neuf, verliert sich in den Wellen des Seinestroms, einziges Stück Natur, das dem in Unnatur schwelgenden Tummelplatz einer hochgezüchteten Menschheit überhaupt noch geblieben ist. So sieht es der Jünger Rousseaus.

Er schlendert durch die Straßen, findet sie krumm, staubig, kotig, stinkig, die sechsstöckigen Häuser wie übereinander geschoben, sämtlich in ein schmutziges Graugelb getaucht. Die Bewohner hetzen vorüber, schreiend, keuchend, den Passanten rempelnd. Darunter einen Freund finden? Die Begegnungen gleichen sich: Mann wechselt ein paar Worte, schon hat einer den anderen satt – *er empfiehlt sich, ich verbeuge mich, und wir haben uns beide vergessen, sobald wir um die Ecke sind.*[29] Gespräche? Man hüpft vom Wetter zur Mode, von Mode zu Herz und Kunst. Fügt man an einen Gedanken noch einen zweiten, schon wird dem Gegenüber davon langweilig...

Man sollte Kleists Urteil über die französische Metropole nicht auf die Goldwaage legen. Selbst da nicht, wo er ihr Mord, Totschlag, Giftmischerei, Diebstähle im großen Stil bescheinigt, mit Vater, der die Tochter, Mutter, die den Sohn verführt, zur Hure Babylon erklärt. Das Schauerszenario, das er zeichnet, gibt mehr Aufschluß über den eigenen chaotischen Seelenzustand als über das, was ihn umgibt. Er ist nicht mehr mit Pferdegespann und Kalesche unterwegs, die ihm am laufenden Band durch neue Sinneseindrücke Ablenkung verschafften. Jetzt ist er angekommen, zum Bleiben an einem festen Ort verurteilt, da holen ihn die Gespenster wieder ein, denen er aus Berlin zu entfliehen hoffte: sein moralisch weltanschaulicher Bankrott, mit dem er noch immer nicht zurechtkommt. Kein Wunder, daß sich das Dauertief der Seele mit Zwischentiefs von außen allzu bereitwillig verbündet und sie, allzu verzagt, dazwischen keine Sonne mehr entdecken will. Selbst da nicht, wo Paris für ihn ausnahmsweise schön ist – im Louvre. Weder vor dem Apoll von Belvedere noch vor Schätzen italienischer Maler – hier fühlt er sich getröstet – kann er auf Dauer Wurzeln schlagen.

Der preußische Gesandte Lucchesini, der vier Jahre in Paris weilende Privatgelehrte und Freund Schillers Wilhelm von Humboldt, führen ihn renommierten Lehrern der Sorbonne zu. Er besucht deren Vorlesungen, ohne viel Sinn darin zu sehen. Dieses Reden von Säuren und Alkalien. In seinem Widerwillen wird er witzig: *Ich glaube, daß Newton an dem Busen eines Mädchens nichts anderes sah als seine krumme Linie, und daß ihm an ihrem Herzen nichts merkwürdig war als sein Kubikinhalt...* Er ahnt die Gefahren eines um sich greifenden Fachspezialistentums voraus: *Die ganze Erde ist dem Botaniker nur ein großes Herbarium, und an der wehmütigen Trauerbirke wie an dem Veilchen, das unter ihrem Schatten blüht, ist ihm nichts merkwürdig als ihr linnéischer Name.*[30] Und worauf gründet die Moral? *Dieselbe Stimme, die dem Christen zuruft, seinem Feinde zu vergeben, ruft dem Seeländer zu, ihn zu braten, und mit Andacht ißt er ihn auf.*[31]

Er betritt alterswürdige Bibliotheken. Seine Augen wandern über glänzende Buchrücken französischer Aufklärer – Rousseau, Voltaire. Helvétius... Selbst sie verdüstern sein Gemüt: *Was haben sie genutzt? Haben sie das Rad aufhalten können, das unaufhaltsam stürzend seinem Abgrund entgegeneilt?*[32].

Es ist nicht zu übersehen, daß Kleist nahezu alle Berichte von unterwegs, soweit sie auf uns gekommen sind, an Frauen gerichtet hat. Die Empfängerinnen seiner Paris-Briefe sind Adolfine von Werdeck, Karoline von Schlieben, Wilhelmine sowie deren jüngere Schwester Luise, mit der er auf vertrautem Fuß gestanden haben muß. Er nennt sie *goldnes Louischen.*[33] Die unbarmherzigen Kohlestriche, mit denen er das Gesicht der Seineweltstadt festzuhalten sucht, reichen an die poesievollen Pastelltönungen nicht heran, die er deutschen Städten wie Dresden und Würzburg, deutschen Landschaften wie Harz und Rheintal angedeihen ließ. Zu derartig gelösten, dichterischen Streifzügen ist er in diesen *Ruhewochen* ohne vorneweg trabendes Pferdegespann – man hat es gleich nach der Ankunft verkauft – einfach nicht aufgelegt. Von den Frauen scheint er sich schwesterliche, auch mütterliche Anteilnahme zu erhoffen, einfühlendes Verständnis, Heilung für sein krankes Gemüt. Ulrike konnte das nicht leisten. Sie war zwar ein glänzender Kamerad, in ihrem gesamten Fühlen und Erleben freilich zu derb und zu erdverhaftet. Frau von Werdeck klagt er über seine angeborene Unart, immer dort nicht zufrieden zu sein, wo er gerade sei: *Als ich in mein*(em) *Vaterland war, war ich oft in Paris, und wenn ich in Paris bin, bin ich fast immer in mein*(em) *Vaterland.*[34] Er bleibt der Fremdling, wo immer er weilt: *ich trage mein Herz mit mir herum, wie ein nördliches Land den Keim einer Südfrucht. Es treibt und treibt, und es kann nicht reifen.*[35] Karoline von Schlieben muß erfahren, daß er wahrscheinlich nie mehr in die Heimat zurückkehren werde. Dazu schüttet er ihr sein krankes Herz aus: *Sie* (Die Heimat) *kann nichts geben, was ein reines Herz wahrhaft glücklich machen könnte.*[36] Das Pflänzchen des Glückes, wo sollte es ihm jemals blühen? *Ach dunkel, dunkel ist das alles.*[37] Selbst sein Ehrgeiz, dereinst als anerkannter Dichter groß herauszukommen, erscheint ihm fragwürdig: *Nachruhm! Was ist das für ein seltsames Ding, das man erst genießt, wenn man nicht mehr ist?*[38]

Skrupel kommen ihm im Gedanken an die Braut. War er für sie nicht eine Zumutung? Wäre es nicht verantwortungsvoller von ihm, Wilhelmine beizeiten zu verlassen? Mußte man sie nicht von jemandem befreien, der *sichtbar seinem Abgrund entgegeneilt?*[39] Es ist November. Die Geschwister Kleist brechen Richtung deutsche Grenze auf. In ihrer Gesellschaft der Maler Lohse, mit dem man sich über kurz oder lang entzweit. In Frankfurt am Main sagt die reisemüde Schwester dem Bruder Ade. Es zieht sie nach der Heimat zurück. Heinrich von Kleist irrt weiter durch die Welt.

1 HvK SW Bd. 2 Bf. 37
2 ebd.
3 Bf. 35
4 wie 1
5 wie 1 Bd. 1 S. 104
6 S. 138
7 wie 1 Bf. 36
8 ebd.
9 Bf. 34
10 wie 7
11 ebd.
12 Bf. 38
13 ebd.
14 Bf. 41

[15] Brief 43
[16] ebd.
[17] wie 7
[18] wie 14
[19] ebd.
[20] wie 16
[21] ebd.
[22] Bf. 46
[23] ebd.
[24] ebd.
[25] Bf. 45
[26] Bf. 49
[27] ebd.
[28] ebd.
[29] Bf. 50
[30] Bf. 51
[31] ebd.
[32] ebd.
[33] Bf. 52
[34] wie 29
[35] ebd.
[36] wie 25
[37] ebd.
[38] wie 30
[39] ebd.

Schweiz

Erster dramatischer Wurf – Die Familie Schroffenstein

Wir wissen wenig über die Entstehung der nun nach und nach ans Licht tretenden Stücke und Erzählungen. Tagebücher sind nicht erhalten. Die Briefe geben bedrückend wenig Auskunft. Ernst von Pfuel erinnert sich, daß den Frankfurter Freund die Vorstellung eines Kleidertausches zwischen den Geschlechtern zu einer zusammenhanglos niedergeschriebenen Phantasie inspiriert habe, um die sich nach und nach ein fünfaktiges Drama rankte. Eine Romeo-und-Julia-Tragödie, blutig, hexenhaft gespenstisch, ganz im Banne des großen Vorbildes Shakespeare. Erste Entwürfe, überschrieben mit *Familie Thierrez,* dürfte ihm der Parisaufenthalt eingegeben haben. Quelle unbekannt. Als die in Jamben geschmiedeten Dialoge allmählich Konturen angenommen haben, verlegt er die Geschichte, betitelt *Die Familie Ghonorez*, nach Spanien. Aus den Kindern zweier miteinander verfeindeter Familien, wie sie dem Briten vorgeschwebt hatten, werden Base und Vetter ein und desselben Adelsstammes. Erst in der Schweiz wird Kleist diesen auf Freundesrat in *Familie Schroffenstein* umbenennen und in das mittelalterliche Süddeutschland verpflanzen.

Rousseau hatte Besitz zum Sündenbock aller zivilisatorischen Verderbnis gemacht, nachdem der Mensch aufgehört hatte, sich mit einem unschuldigen Jäger- und Sammlerdasein zu begnügen. Folgerichtig macht der Schüler Kleist die Habgier zum Schlüssel allen menschlichen Zwistes, womit er seinem Erstling zu einer bis in unsere Tage hineinreichenden Aktualität verhilft: Wo es ums Abzocken zwecks eigener Besitzmehrung geht, hört alle Menschlichkeit auf.

Am Anfang des Familiendramas war der Gesetzesparagraph. Ein Erbvertrag, der Frieden sichern sollte und Krieg schürte, indem das gesamte Vermögen als Erbe dem Familienzweig zugesprochen war, der den anderen dereinst überleben würde. Die Feindschaft bricht aus, als der jüngste Sproß des Hauses Rossitz neunjährig zu Tode kommt und der Vater darauf dem des Mordes bezichtigten Vetter Rache schwört. Die grausliche Fehde der Häuser Rossitz und Warwand eskaliert bis zur Auslöschung sämtlichen Nachwuchses beider

Zweige. Zurück bleiben zwei ergraute kinderlos gewordene Väter, die sich zerknirscht die Hand reichen. Der Rest ist nicht *Schweigen*, vielmehr der helle Wahnsinn. Johann, der durch seine Verletzungen närrisch gewordene uneheliche Abkömmling, hat das letzte Wort: *Das ist ein Spaß zum Totlachen!*[1] Mit diesem dem Publikum die Sprache verschlagenden Schluß tut der Dramatiker Kleist einen Sprung ins 20. Jahrhundert.

Alle Schroffensteins sind Opfer der Kleistschen Wahrheitskrise, jener dem Dichter aus Kants Philosophie augenfällig gewordenen Unzulänglichkeit menschlichen Erkenntnisvermögens. Welches stärkeren Beweises bedürfte es noch, um zu dokumentieren, wie sehr Kleist dieser Bankrott zu einer offenen Wunde wurde? Da ist Sylvester, Chef des Hauses Warwand, ein redlicher Held, wie ihn edler ein Weimarer Klassiker nicht hätte erfinden können. Auch er hat den frühen Tod seines Jüngsten zu beklagen, doch auch nur den Schatten eines Verdachtes gegen einen der Rossitzer weist er mit Empörung zurück: *Das Mißtrauen ist die schwarze Sucht der Seele.*[2] Wie fällt er aus den Wolken, als jene ihn zum Kindesmörder stempeln, ihm dafür den Krieg bis zur Ausrottung des ganzen Stammes erklären und er sich von seinem treuesten Gewährsmann wie von einem Bluthund angefallen sieht: *In deiner Nähe stinkt es wie bei Mördern.*[3] Das ist mehr, als ein Mensch fassen kann: Sylvester fällt in Ohnmacht. Vetter Jeronimus, gleichfalls eine ehrliche Haut, dazu keinem der Häuser verpflichtet, verläßt sich auf die Stimme seines Herzens und will zwischen den verfeindeten Parteien vermitteln. Er wird erschlagen. Ottokar, der Schroffensteinsche *Romeo*, trifft sich mit Sylvesters Tochter Agnes, seiner *Julia*, in einer Höhle. Dort tauscht er mit ihr die Kleider, um die Geliebte vor seines Vaters Verfolgung zu schützen, spielt jedoch mit dieser vermeintlichen List, wie in der griechischen Ödipus-Tragödie, nur dem Verhängnis in die Hände: Agnes wird von ihrem eigenen Vater erstochen, der mit diesem Todesstoß die Ermordung seines treusten Verwandten an Ottokar, dem letzten Rossitz, rächen wollte. Dieser wird seinerseits vom eigenen Vater getötet, der mit dem Schwertstreich Sylvesters Stamm ganz auszulöschen glaubte.

Nimmt man die romantischen Hexereien der beiden Totengräberweiber hinzu, die in einem Gebräu aus Fliederblüte, Wolfskrautkeimen, Hechtrogen Peterchens abgeschnittenen kleinen Finger kochen – den Leichnam hatte, nachdem das Kind beim Spiel ertrunken war, der Bach angeschwemmt – obendrein die Foltergeständnisse, die jede Wahrheit zur Lüge machen, kann man sich leicht ausmalen, wie sehr dergleichen Abscheulichkeiten die an Schönheit und Maß orientierten Weimarer Dioskuren verstimmt hätten, wäre jemand auf die Idee verfallen, Kleists Produkt auf das Theaterprogramm zu setzen. Die jegliche Wahrheit untergrabende mittelalterliche Folter könnte hingegen bis heute Anspruch auf Allgemeingültigkeit haben, der fortgeschrittenen Zivilisation freilich angepaßt. Ihre Instrumente heißen inzwischen: öffentliche Verunglimpfung, Journalistenhäme, gesellschaftliche Ächtung. Sie blühen dem, der eine aus der Rolle fallende Erkenntnis offen zu äußern wagt.

Ottokar ist wie sein Erfinder ein Träumer, der sich mehr in der Vorstellung eines vollzogenen Liebesaktes schwelgend verliert, als daß er ihn mit Agnes in der Höhle wirklich erfährt:

Nun entwallt
Gleich einem frühling-angeschwellten Strom
Die Regung ohne Maß und Ordnung – schnell
Lös ich die Schleife, schnell noch eine, streife
Die fremde Hülle leicht dir ab..[4]

Die Ferne der Braut, die Kleist jahrelang in den Zwang versetzt, die drangvoll bis zum Lebensüberdruß ersehnte körperliche Vereinigung mit Wilhelmine lediglich in Träumen auszuleben, muß ihn zeitweise rasend gemacht haben. Das verrät ein früherer Brief an sie, datiert vom 13. November 1800: *Ich fühle, daß es mir notwendig ist, bald ein Weib zu haben ... ich muß diese unruhigen Wünsche, die mich unaufhörlich wie Schuldner mahnen, zu befriedigen suchen.*[5]

Die in Stein gehauenen Blankverse sind in ihrer Formung makellos, nicht die eines Anfängers. Die Sprache brilliert in seelenkundigen Sentenzen:

– Denn nie besser ist
Der Mensch, als wenn er es recht innig fühlt,
Wie schlecht er ist.[6]

Männin Ulrike

Sehen wir uns, bevor wir den Dichter weiter in die Schweiz begleiten, nach seiner Reisegefährtin um, noch ehe sie sich im hessischen Frankfurt von ihm trennen wird. Zeitzeugen fanden sie in ihrem Wesen rasch, energisch bis zur Schroffheit. Eine Freundin, die ihr, Jahre nach Kleists Tod, auf einem Spaziergang unter Tränen ihren Kummer klagt, schubst sie mit einem beherzten Puff fast den Oderdamm hinunter. Das mit den Worten: *Dumme Trine, flennen Sie nicht! Sie haben das glatteste Lockengesicht wie Heinrichen seine Käthe*[7] *, und alle Welt betet Sie an. I c h bin reizlos und nie angebetet worden...*[8] Von ihrer Häßlichkeit überzeugt, rechnete sich Ulrike auf dem Heiratsmarkt keine Chancen aus. Früh schon schien sie entschlossen, sich ohne Mann durchs Leben zu schlagen. Und das in einem Zeitalter, das für Frauen noch keine Berufskarriere kannte. Für finanzielle Absicherung war gesorgt, da ihr zum einen das nicht geringe Erbteil der früh verstorbenen Mutter zustand, sie sich zum anderen mit den Geschwistern die Hinterlassenschaft von Vaterseite teilte. Drei Jahre älter als der Bruder, hatte sie auf beide Erbschaften längst Zugriff. Dem Familienethos entsprechend, wonach man Verantwortung nicht nur für sich selber trägt, sah sie ihre Lebensaufgabe darin, sich Familienmitgliedern nützlich zu machen, soweit diese des Rates und der Hilfe bedurften. So findet man sie häufig in Pommern oder in der Lausitz auf einem der Landgüter, wohin sich die Geschwister verheiratet hatten. Ihr Wort galt in der Familie. Nichten und Neffen pflegte sie ins Poesiealbum zu schreiben: *Behalte lieb Deine Tante Ulrike.*[9] Das schien ihr als Dank zu genügen.

Was lag für sie näher, als dem hochbegabten, seelisch äußerst labilen Bruder Heinrich beizustehen, auf dem alles herumhackte und der sich in dem Entwurf eines existenzsichernden Lebensplanes so jammerschwer tat. Sie liebte ihn, wußte sich von ihm wie von keinem der übrigen Geschwister geliebt, ja auf ein Podest gehoben: *Ich schätze Dich als das edelste Mädchen und liebe Dich, als die, welche mir jetzt am teuersten ist.*[10]

Sie sind ein eingespieltes Zweierteam mit genau verteilten Kompetenzen: Ulrike organisiert, legt Hand an, wo es technische Pannen gibt, besorgt das Geschäftliche und erweist sich vor allem in einem

Punkt als unersetzlich: sie zahlt. Heinrich pflegt Kontakte, geht auf die Menschen zu, weiß mit seiner Art, das beobachtet die Schwester immer wieder, Freunde für sich einzunehmen. Außerdem stellt er mit seinen enormen Kenntnissen den Cicerone. Als der Freund Lohse ihm Dresdens Schätze zeigen will, beschämt Kleist ihn geradezu mit seinem ihm, dem Maler, weit überlegenen Kunstverstand.

Ulrike stellt die geduldige Zuhörerin bei Kleists endlosen Selbstgesprächen. Befällt ihn Melancholie, dient sie ihm als Klagemauer. Heinrich ist alles andere als ein bequemer Reisekamerad. Bei Geldausgaben muß sie seine allzu lockere Hand bremsen. Er ist Stimmungsschwankungen unterworfen, die ihn in übelste Laune versetzen können. Er nörgelt, macht den Spielverderber: Sie drängt weiter Richtung Seinemetropole, er kann sich von Dresden nicht losreißen. Sie richtet sich auf ein Jahr Paris ein, er hat schon nach vier Monaten genug. Sie will nach Hause, er weiter in die Schweiz...Der Braut vertraut er: *vieles mag sie besitzen, vieles geben können, aber es läßt sich, wie Goethe sagt, nicht an ihrem Busen ruhen.*[11]

Schon aus rein praktischen Gründen schlüpft Ulrike unterwegs in Männerkleidung. Das bemäkelt der Bruder, schimpft sie *Männin, Amphibie*, nicht Mann, nicht Weib, *eine weibliche Heldenseele, die von ihrem Geschlecht nichts hat, als ihre Hüften...*[12] Zu Kleists Ehre sei gesagt, daß er sich zwischendurch seiner Meckerei auch ein bißchen schämt. Hat Ulrike doch, so räumt er ein, letztlich keinerlei Tadel verdient und im Grunde nur einen einzigen Fehler: *zu groß für ihr Geschlecht zu sein.*[13]

Auf einer Seepartie bei Fürstenwalde kam ein heftiger Sturm auf. Alle verlieren die Nerven, Ulrike bewahrt ihren Mutterwitz: »Kommen wir doch in die Zeitungen.«[14]

Sein Feld bestellen

Mit mir leben – Fest an mir halten – Dem Gespenst des Mißtrauens entgegenschreiten.[15] Das erwartet Ottokar von Agnes, die Worte könnten einer Briefstelle Kleists an Wilhelmine entnommen sein. Sie soll ihm bedingungslos folgen, sich mit *Fröhlichkeit und Heiterkeit* für ihn entschließen.[16] Doch welche Leidenszeit beschert er ihr, seit er sich von Paris fortbewegt hat. Man halte sich vor Augen: Selbst die abenteuerfreudige Schwester ist das Herumschweifen außer Landes nach neun Monaten leid. Sie strebt nach Hause. Und Heinrich? Es drängt ihn auch nicht für eine Woche nach Frankfurt, um nach Braut, Tante und Geschwistern zu sehen. Es reicht ihm vollkommen, daß die heimkehrende Ulrike Nachrichten und Grüße von ihm übermittelt. Dafür gibt es triftige Gründe: er scheut zu Hause den Spießrutenlauf. *Auch Tante und die Geschwister sollen mir wieder gut werden, o gewiß! Denn erzürnt sind sie auf mich.* Nicht einmal mehr grüßen ließen sie ihn. Er verlegt sich aufs Betteln: *Wenn mein liebes, bestes Tantchen ein freundliches Wort in Deinem Brief schreiben wollte, wenn auch Minette, Gustel, Leopold, Julchen das tun wollten, so würde mich das unbeschreiblich freuen.*[17] Angehörige, Vettern, die Zengeschen Eltern, Lehrer, Nachbarn... was sollte er ihnen sagen nach einem abgebrochenen Pariser Vier-Monats-Studium? Wilhelmine setzt er so in Kenntnis: *Die Wissenschaften habe ich ganz aufgegeben. Ich kann Dir nicht beschreiben, wie ekelhaft mir ein wissender Mensch ist.*[18] Beim Wort genommen muß er sich selbst ein Ekel sein; denn gerade sein umfangreiches Wissen beeindruckt die Zeitgenossen. Und weil sich der Schüler Rousseaus so nicht mehr ertragen kann, macht er reinen Tisch: Weg von den Büchern! Ein einfaches Leben führen. Er ist vierundzwanzig geworden, nach dem preußischen Gesetz mündig. Er darf über das nach diversen Schuldzahlungen zusammengeschmolzene Restvermögen selbst verfügen, hat es in Gedanken bereits verplant: Er will sich ein kleines Landgut kaufen und einfacher Bauer werden. Das in der Heimat seines großen Vordenkers. Hatte dieser sich nicht selbst in späten Jahren auf einer Insel des Bieler Sees von der verderblichen Zivilisation zurückgezogen, um ganz im Einklang mit der Natur zu leben? Kleist schreibt an Wilhelmine. Hätte sie Lust mit ihm das Leben von einfältigen Akkersleuten zu führen? *Ach, Wilhelmine, wenn das möglich wäre, wenn Deine Begriffe von Glück hier mit den meinigen zusammenfielen!*[19]

Diese Nachricht muß das Mädchen zu Boden gerissen haben. Sie steckt in einer furchtbaren Situation; denn der Schreiber hat ihr eingeschärft, vor Angehörigen kein Sterbenswort über seine Pläne fallenzulassen. Lange schon hatte sie nichts mehr von ihm gehört. Sie rafft sich zusammen, beschwört ihn mit Engelszungen, ins Vaterland zurückzukehren. So bereitwillig sie ihm überall hin folgen wolle, für die Arbeit einer Bäuerin sei sie, ein Berliner Großstadtkind, nicht geeignet. Die Sonne auf dem Felde werde ihr Kopfweh verursachen. Auch wolle sie bei so weiter Entfernung die Eltern nicht verlieren. Diese Sorge erscheint verständlich, da sie ja nicht wissen konnte, auf welch ausgefallene Grille der Freund an Ort und Stelle sonst noch verfallen würde.

Der Verlobte bleibt hart. Verlange nicht auch die Bibel, daß das Weib Vater und Mutter verlasse, um dem Mann zu folgen? Für die niedersten Arbeiten würden sich Mägde finden. Rousseau führt ihm die Feder: Wenn *Du Dich jetzt nicht recht gesund fühlst, so denke, daß vielleicht Dein städtisches Leben an manchem schuld sei.*[20] Nur keine Bange. Er werde Beschäftigungen für sie ausfindig machen, die ihre Kräfte stärken: *Aufblühen wirst Du vielleicht.*[21] Freiwillig soll sie kommen, aus Liebe zu ihm.

Im Land der Eidgenossen

Wilhelmine wird seiner Einladung nicht folgen. Als ihm das aus ihren angstvollen Entgegnungen allzu deutlich wird, verliert er die Geduld. Klagt sie an, ihn niemals wirklich geliebt zu haben. Fast ein halbes Jahr lang wird er ihr nicht schreiben. Auch mit Ulrike hatte es in den letzten gemeinsamen Reisetagen Zoff gegeben. Denn natürlich war sie bemüht gewesen, dem Bruder die Wahnidee, Bauer zu werden, auszureden. Schon für den Ankauf in der Schweiz würde sein kleines Kapital gar nicht reichen. Und wie sah es mit praktischen Erfahrungen aus? Den landwirtschaftlichen Kenntnissen? Wollte er sich das alles anlesen?

Reumütig, ja trübselig stimmt ihn der erste Reisetag ohne die Schwester Richtung Darmstadt: *Das war ein recht trauriger Tag, der kein Ende nehmen wollte.*[22] Ihn drückt Schuld, so daß er Ulrike wiederholt anfleht, ihm sein unbeherrschtes Betragen zu verzeihen: *Wie konnte ich Dich, oft in demselben Augenblick, so innig lieben und doch so empfindlich beleidigen? O verzeih mir!*[23] Sie hatte ihm schon in Paris geraten, nicht so viel Bier zu trinken. Darüber war er ausgerastet: Wie konnte die unsensible Person seinem ihn heimsuchenden Weltschmerz derartig banale Motive unterschieben! Nun ist er Ulrike los und trotzdem unglücklich. Längst ist ihm auch Johann, der brave Diener, davongelaufen. Kleist kommt nach Heidelberg, steigt zur Schloßruine hinauf. Nächste Station Karlsruhe, das ihm mit seinen Straßenzügen *wie ein Stern gebaut* erscheint.[24]

30. Dezember 1801. Kleist in Basel eingetroffen, will den Schriftsteller Heinrich Zschokke treffen. Sechs Jahre älter als der Angereiste, hatte der aus Magdeburg gebürtige Zschokke in Frankfurt/Oder Philosophie studiert. Später war er in die Schweiz abgewandert, die Napoleon zur *Helvetischen Republik* umgeschmiedet hatte. In verschiedenen Kantonen das Amt eines Regierungsstatthalters bekleidend, war ihm angesichts drohender Bürgerunruhen der Boden heiß geworden. Kleist muß ihm bis Bern nachreisen. Heinrich Zschokke war mit seinen Tragödien, Romanen, Novellen ein vielgelesener Autor. Daß der Verfasser der *Familie Ghonorez*, kaum hat er den Publikumsliebling aufgesucht, im Handumdrehen dessen Freundschaft gewinnt, darf man für Kleists weitere Entwicklung als Glücksfall verbuchen. Um Zschokke und dem träumerischen Preußen gesellen sich zwei weitere junge Leute zu einem Dichterquartett: Ludwig Wieland, Sohn des illustren Weimarer Schriftstellers und Heinrich Geßner, Inhaber eines Verlagshauses, das der berühmte Vater Salomon Geßner schon führte. Dieser hatte den griechischen Hirtenroman *Daphne und Chloe* eines Longos von Lesbos verdeutscht, was ihn inspirierte, selbst in sogenannten *Idyllen* paradiesisches Schäferdasein in eine zauberhafte Landschaft zu stellen, ganz im Sinne Rousseaus. Mit dieser neuartigen Gattung hatte sich Salomon Geßner in der deutschsprachigen Literatur einen Denkmalsokkel gesichert. Auch der Sohn spürt dichterischen Ehrgeiz wie Ludwig Wieland, der sich trotz zum Lachen bringender Komik zum Tragiker à la Sophokles berufen fühlte.

Im Schutz der Schweizer Berge, hatte Heinrich Zschokke aus dem literarischen Siedetopf in thüringischen Landen fast nichts mitbekommen. Er mußte sich von den beiden Nordländern über Geister wie Schlegel, Tieck, Novalis aufklären lassen. Nicht genug tun konnten sich Kleist und Wieland, wenn es um die Vergötterung Goethes ging.

In diesem Kreis wagt es der junge Dramatiker, aus seinem noch den spanischen Titel tragenden Erstling vorzulesen. Der Effekt konnte nicht niederschmetternder sein. Die blutgetränkt einander jagenden Racheszenen lassen die Freunde nicht erstarren, sie schütten sich aus vor Heiterkeit. Kleist selbst kommt mit dem Akt nicht mehr zu Ende, weil er in das Gelächter einstimmen muß. Gottlob wird er das Manuskript nicht ins Feuer werfen, vielmehr in diesen Schweizer Wochen daran feilen. Ja er wird den Rat eines der Kameraden, wahrscheinlich Wielands, befolgen und die Geschehnisse von Spanien nach Schwaben verlegen. Aus Rodrigo wird Ottokar, aus Antonio Johann, aus den Ghonorez werden die Schroffensteins. Das Verlagshaus Geßner wird das fertige Stück sogar drucken, läßt es anonym erscheinen. Bezahlt bekommt der Verfasser, nach eigenen Angaben, nichts.[25]

Statt sich dieser seiner ersten Veröffentlichung immerhin zu freuen, schämt er sich ihrer. Selbst von den Verwandten soll möglichst niemand Wind von seiner Autorenschaft bekommen. An Ulrike ergeht keine Erfolgsmeldung, vielmehr eine dringende Warnung: *Auch tut mir den Gefallen und leset das Buch nicht. Ich bitte Euch darum. Es ist eine elende Scharteke.*[26] Von der Uraufführung im entlegenen Graz drei Jahre später erfährt er nichts. Den Kritiker der Literaturzeitung *Der Freimütige* qualifiziert er als *albernen Kauz* ab.[27] Dieser hatte Folgendes geschrieben: *Dieses Stück ist eine Wiege des Genies, über der ich mit Zuversicht der schönen Literatur unseres Vaterlandes einen sehr bedeutenden Zuwachs weissage.*[28] Der Verfasser dieser Zeilen hieß nicht, wie Kleist irrtümlich annahm, August von Kotzebue, viel beneideter Erfolgsautor seichter Theaterstücke, es handelte sich vielmehr um Schillers einstigen Freund Ferdinand Huber. Es zählt zu den Widersprüchen des Dichters Heinrich von Kleist, daß er, gepeitscht von einem maßlosen Ehrgeiz, selbst Stimmen verkennt, die es gut mit ihm meinen.

Die Freunde hocken beisammen in Heinrich Zschokkes guter Stube, schauen auf einen Kupferstich an der Wand. Kopie eines niederländisch anmutenden Genregemäldes des französischen Malers Louis-Philibert Debucourt – *Le juge, ou la cruche cassée* –, »Der

Richter oder der zerbrochene Krug«. Ein in der Pose König Salomons selbstherrlich im Armsessel lehnender Richter, eine anklagende Alte mit dem zertrümmerten Gefäß – man glaubt ihr Gekeife zu vernehmen –, während sie den Beschuldigten, einen jungen Bauernburschen, am Wamskragen vor das Gericht zerrt. Zwischen Klägerin und Richter, ganz ins Licht der in den Raum fallenden Sonnenstrahlen getaucht, ein junges Mädchen, die bestellte Zeugin, wie es scheint. Ihrer Sache wohl nicht sicher, nestelt ihre Hand verlegen an der Schürze. Zur Linken am Tisch ein hellwacher junger Gerichtsschreiber... Wie hatte man die ganze Szene zu deuten? Stoff für einen poetischen Wettbewerb. Jeder soll daraus etwas machen: Heinrich Zschokke grübelt über eine Novelle, Ludwig Wieland fühlt sich zu einer Satire aufgelegt und Heinrich von Kleist – er wird nicht eine, er wird die deutsche Komödie der Goethezeit schreiben. Wir wissen nicht, wie weit er sie in den Schweizer Bergen schon konzipierte, skizzierte, in vollständige Szenen zu bannen wußte. Es vergehen Jahre, bis er 1805 das fertige Manuskript an Freunde wie Christian von Massenbach, Marie von Kleist versenden kann.

Das Projekt zum Ankauf eines Landgutes hat er zunächst aufgesteckt. Zu sehr brodelt es im Land. Die Schweizer haben sich mit dem französischen Joch keineswegs abgefunden. Wie ein im Sturm hin und her springendes Feuer brechen da und dort Aufstände los. Kleist prophezeit der Schwester: *Es ist fast so gut wie ausgemacht, daß dies unglückliche Land auf irgendeine Art ein Opfer der französischen Brutalität wird.*[29]

1802 im April. Ruhe läßt sich in der Stadt kaum finden. Zschokke, Wieland und Kleist kehren Bern den Rücken, begeben sich zu dritt auf eine Fußwanderung nach Aarau. Zschokke hatte sich für einen Ankauf Schloß Biberstein ausgeguckt, er will es fürs erste mieten. Der Ausflug der drei Musensöhne muß, schenkt man Zschokkes Erinnerungen Glauben, eine Lust gewesen sein, insbesondere für die beiden jüngeren Kameraden, die sich an allem entzückten, was sich ihnen an Naturschönheiten bot: *Es war das Umherschwärmen von Schmetterlingen, die der winterlichen Verpuppung eben entschlüpft, über Wiesen gaukeln, von jeder Blume gelockt, von keiner gehalten.*[30] Er beobachtet den Kollegen aus Frankfurt, den er zu den *schönen Erscheinungen seines Lebens* zählen wird, und registriert, daß selbst in fröhlichster Stimmung ein heimliches Leiden in ihm zu wohnen schien. Ihn danach zu befragen traute er sich nicht.

Teils um in Heinrich Zschokkes Nähe zu bleiben, teils um die weitere politische Entwicklung abzuwarten – er hatte die Absicht, Landmann auf eigener Scholle zu werden, noch nicht aufgegeben, mietet sich Kleist bei Thun für sechs Monate ein Haus auf einem winzigen, fast unbewohnten Inselchen. Es handelt sich um die kleinere von zwei Inseln auf der Aare, Delosea mit Namen, unterhalb des Thuner Sees gelegen. Das auf Abbildungen zwischen alten Bäumen und Gesträuch verwunschen wirkende Anwesen wurde 1940 abgerissen. Die Bezeichnung Kleist-Inseli hat sich dem Volksmund bis heute eingeprägt. Die von Mutter Natur behütete Abgeschiedenheit, der erhebende Rundblick auf Berge und sich am gegenüberliegenden Ufer malerisch aufbauendes Gemenge von Türmen, Giebeln, Dächern einer nahen Stadt streicheln des Dichters geschundene Seele. Der Schwester vermeldet er: *Ich komme selten von der Insel, sehe niemand, lese keine Bücher, Zeitungen, kurz, brauche nichts, als mich selbst.*[31] Nur eine Fischerfamilie, die die äußerste Spitze des Eilands bewohnt, sucht er gelegentlich auf, läßt sich, wenn nachts die Netze ausgelegt werden, im Boot mitnehmen. Eine der Töchter, das *Mädli* (vermutlich Koseform von Magdalena), gibt der Fischer ihm bei. Mädli besorgt dem Einsiedler den Haushalt, bereitet die Mahlzeiten, pflanzt Blumen in seinen Garten. Es muß ein anmutiges Geschöpf gewesen sein. Kleist, von ihr sichtlich angetan, schenkt ihr ein Schweizer Trachtenkleid. Das legt sie sonntags an. Er rudert sie in diesem Staat ans andere Ufer: Mädli, stadtwärts schreitend, besucht den Gottesdienst, der Dichter, durch die Landschaft schweifend, erklimmt einen Berggipfel...

Hin und wieder kommen die Freunde herüber, ihnen hat er Neues vorzulesen. Denn zum Dichten findet er jetzt Muße und Ruhe. *Die Familie Schroffenstein* erhält den letzten Schliff, so daß sie bei Geßner in Satz gehen kann. Die Komödie um die niederländische Genreszene wird zumindest angedacht. Verraten tut uns Kleist wie gewöhnlich nichts über den Gang seiner Produktion. Ein junger Mann, der zur Thuner Bekanntschaft gehört, beobachtet ihn vom Ufer gegenüber und weiß sogar, daß der Dichter über einem neuen Trauerspiel brütet. Darin soll der Titelheld auf der Bühne an der Pest sterben.

Deklamierend und mit beiden Armen in der Luft fuchtelnd, sieht er den um seine Eingebung Ringenden auf dem umspülten Terrain hin und her laufen.

Robert Guiskard

Robert Guiskard, Führer der Normannen und Herzog von Kalabrien, hat sein Heerlager vor der Stadt Byzanz aufgeschlagen, die er erobern will. Die Pest wütet, ein Gerücht geht um, sie habe selbst den Unbesiegbaren erwischt. Kleist läßt vor dem Feldherrnzelt das Volk sich sammeln. Es bildet wie im griechischen Theater den Chor. Wie im *Kohlhaas* geht Kleist mit den geschichtlichen Fakten eigenmächtig um. Dem Herzog gibt er einen Sohn, Robert, der sich das Aufgebot von audienzbegierigen Kriegern so früh am Morgen streng verbittet. Dem stellt der Dramatiker den Herzogneffen Abälard gegenüber, der dem Volk schmeichelt, die beobachteten Krankheitssymptome geschickt unter die Menge streut und sich selbst Chancen für die Thronnachfolge ausrechnet, bis Guiskard, augenscheinlich kerngesund und unter dem Jubel der ihn vergötternden Menge, leibhaftig vor das Zelt tritt. Der hört den von einer Heeresabordnung zu ihrem Sprecher ausersehenen hundertjährigen Arminius gnädig an. Angesichts der verheerend um sich greifenden Seuche hat Arminius nur einen Wunsch vorzutragen: *Führ uns zurück, zurück ins Vaterland.*[32]

Damit schließt der erste Akt. Es läßt sich nicht ermitteln, ob diese zehn Auftritte, die das Lesepublikum des *Phöbus* in Kleists Dresdner Zeit abgedruckt finden werden, dem Dichter schon auf der Aare-Insel aus der Feder geflossen sind oder ob es in dem Vierteljahr, das er in der Thuner Idylle zubrachte, ganz andere Szenen waren. Was diesen der Nachwelt erhalten gebliebenen Aufzug betrifft, so findet er über hundert Jahre später die Bewunderung des Dichters Rainer Maria Rilke, der es sprachlich für das Beste hält, was Kleist überhaupt geschrieben hat. Dazu bemerkt er in einem Brief an die Fürstin von Thurn und Taxis: *Wunderschön ist das alles und so blind und rein gekonnt, so aus den Tiefen einer harten Natur herausgebrochen.*[33]

Frei in des Zeltes Mitte seh ich ihn!
Der hohen Brust legt er den Panzer um!

Dem breiten Schulternpaar das Gnadenkettlein!
Dem weitgewölbten Haupt drückt er, mit Kraft,
Den mächtig-wankend-hohen Helmbusch auf!
Jetzt seht, o seht doch her! – Da ist er selbst![34]

[1] HvK SW Bd. 1 S. 152
[2] S. 69
[3] S. 74
[4] S. 142
[5] Bd. 2 Bf. 27
[6] wie 1 S. 120
[7] Gemeint das *Käthchen von Heilbronn*
[8] H. Sembdner, *Nachruhm,* Nr. 110
[9] L. F. Pusch, *Schwestern,* S. 254
[10] wie 6 Bf. 5
[11] Bf. 45
[12] Bf. 48
[13] ebd.
[14] Bf. 50
[15] wie 1 S. 99
[16] wie 6 Bf. 57
[17] Bf. 58
[18] Bf. 53
[19] ebd.
[20] Bf. 57
[21] ebd.
[22] wie 20
[23] wie 19
[24] wie 20
[25] Vgl. Bf. 76
[26] Bf. 72
[27] ebd.
[28] Sembdner, *Lebensspuren,* Nr. 98
[29] wie 6 Bf. 64
[30] wie 32 Nr. 75a
[31] wie 6 Bf. 65
[32] wie 1 S. 173
[33] Sembdner, *Nachruhm,* Nr. 4vierundzwanzig
[34] wie 37 S. 168

Von Weimar zum Pas-de-Calais – eine Künstlertragödie

Trennung von der Braut

10. April 1802. Wilhelmine von Zenge schreibt an ihren Verlobten. Der hatte fast ein halbes Jahr nichts von sich hören lassen. So weiß sie nicht einmal genau, wo er steckt, muß sich bei Kleists Angehörigen nach ihm erkundigen. Wo hielt er sich auf? Doch selbst die wissen kaum, ob er überhaupt noch am Leben ist. Längst wurde sich die zweiundzwanzigjährige Frau darüber klar, daß dieser rätselhafte Mensch sie niemals glücklich machen würde. Trotz solcher Gewißheit hängt sie an ihm. Ihr Kummer ist riesengroß. Noch kürzlich hatte die Familie Zenge die Silberhochzeit der Eltern gefeiert. Völlig überraschend war darauf an einer Halsentzündung der Bruder Carl gestorben. Von Kleist, der es erfährt, keine Zeile, obwohl er in Berlin bei Carl gewohnt hatte. *Damals, lieber Heinrich, hätte ein Brief von Dir meinen Zustand sehr erleichtern können, doch Dein Schweigen vermehrte meinen Schmerz.*[1] Wilhelmine wird krank, leidet unter Brustkrämpfen, Erstickungsanfällen, die ihr den Tod willkommen erscheinen lassen. Sie erholt sich bei dem Gedanken, daß sie auch andere durch ihr Ableben traurig machen würde, und findet Ablenkung durch Emilie, die kleine Schwester. Sie hat eben erst sprechen gelernt. Fragt Wilhelmine das Kind: »Wo ist Kleist?« streift es das Tuch zurück und küßt sein Bild.

Die Antwort des fernen Freundes fällt kurz und kühl aus. Die Braut habe ihm ja nicht folgen wollen, wozu ihr also noch schreiben? *Ihr Weiber versteht in der Regel ein Wort in der deutschen Sprache nicht, es heißt Ehrgeiz.* Er informiert sie über seinen Aufenthalt auf der Insel, über das schriftstellerische Tun, zu dem er sich jetzt zwinge. Setzt dabei, so könnte man sagen, alles auf eine Karte: *Kurz, kann ich nicht mit Ruhm im Vaterlande erscheinen, geschieht es nie. Das ist entschieden wie die Natur meiner Seele.* Leichtfertig hatte er die Stellung in Berlin aufgegeben, war großsprecherisch, so sieht er es im Nachhinein, nach Paris abgereist. Wie sollte er den hohen Erwartungen, die alle, die ihn kannten, auf ihn gesetzt hatten, anders entsprechen als durch dichterischen Ruhm? Der Briefschluß muß die Empfängerin am Boden zerstören. *Liebes Mädchen, schreibe mir nicht mehr. Ich habe keinen andern Wunsch, als bald zu sterben.*'

Es dürften die schrecklichsten Tage in Wilhelmines Leben gewesen sein. Schweren Herzens trennt sie sich von seinem Bildnis, das ihr die Züge des Freundes so wahrheitsgetreu ins Gedächtnis rief, und schickt es ihm zurück. Kleist seinerseits muß sich auf gleiche Weise ihres Bildnisses entledigt haben. Einen Groll, den man ja begreifen würde, hegt sie gegen ihn nicht. Dafür liebt sie ihn viel zu sehr. Nicht das eigene Elend, s e i n unbestimmtes Dasein geht ihr zu Herzen. Sie verstummt nicht, bittet ihn, sie wenigstens als gute Freundin nicht zu vergessen. Wünscht sich weiter Briefe von ihm, verspricht ihm, stets lebhaften Anteil an seinem Schicksal zu nehmen. Kleist antwortet nicht mehr.

Es gibt keine Stelle in seinen Briefen, auch keine in den wenigen Zeugnissen, die wir von Wilhelmine besitzen, die etwas darüber verrieten, daß ihr sein Dichtertum etwas bedeutet hätte. Immer war es der Morallehrer, zu dem sie aufsah. Nie schien sie nach dem Künstler, dem Poeten zu fragen. Doch muß sie von der Tragik seiner zerrissenen Natur eine instinktive Ahnung gehabt haben. Möglicherweise hat sie ihn darum um so inniger geliebt. Nirgends finden wir bei ihr oder in den überlieferten Äußerungen ihres späteren Mannes auch nur den Hauch einer Anklage.

Wilhelmine von Zenge wird gottlob nicht lange unglücklich bleiben. Allzu bald hatte ein 32jähriger Herr von ansprechendem Äußeren, guten Umgangsformen Zutritt in das Haus des Generals von Zenge gefunden: Wilhelm Traugott Krug. Kein Mann von Stand, doch von hoher Gelehrsamkeit, bekleidete Krug einen Lehrstuhl für Philosophie an der Viadrina Frankfurt. In einem Haus, in dem es mit den Jahren sieben Töchter zu verheiraten galt, schien auch ein ehrbarer Bürgerssohn willkommen. Zunächst entzückt von den kleinen Konzerten, die die hochmusikalische Familie selbst zu geben pflegte, haftet Krugs Auge immer häufiger auf dem ältesten der Mädchen, Wilhelmine. Diese erwidert die Neigung des Bewerbers, ohne ihm zu verbergen, daß sie noch immer an ihrer ersten Liebesenttäuschung zu tragen hatte. Er sieht ihr das gerne nach, hat die waschechte Berlinerin so ins Herz geschlossen, daß er es ihr nicht einmal krumm nimmt, wenn sie *mir* und *mich* verwechselt. Wilhelmine wird mit Traugott Krug, der 1805 an der Universität Königsberg die Nachfolge des verstorbenen Philosophen Immanuel Kant antreten wird, eine harmonische Ehe führen und sechs Kindern das Leben schenken.

Die Forschung mag den endgültigen Bruch Kleists mit seiner Braut nicht genug bedauern. Denn da der Briefverkehr aufhört, fehlen uns künftig wertvolle Reiseberichte des Umgetriebenen. Die Jahre beginnen, über welche die Nachwelt im Hinblick auf Kleists Lebensführung, persönliche Begegnungen, Entstehung einzelner Werke oftmals im dunkeln tappt.

Hilferuf aus Bern

Wie geht es weiter auf dem Inseli? Spinnt sich zwischen Dichter und Fischerin in Schwyzerdirndl eine Romanze an? Wie lange bleibt er dort? Im August jedenfalls wohnt er wieder in Bern. Von dort fliegt ein Hiobsbrief in die Heimat, adressiert an den Vetter Wilhelm von Pannwitz, Sachwalter seines Vermögens, soweit sich davon überhaupt noch sprechen läßt. In seinen Abschiedszeilen an Wilhelmine hatte Heinrich behauptet, er werde davon noch ein Jahr leben können, ehe er ganz verarme. Das muß eine Fehlrechnung gewesen sein. Kleist liegt, so steht es in dem Schreiben, schon seit zwei Monaten krank. Was für ein Gebrechen ihn niedergeworfen hatte, ist bis heute nicht erforscht. Möglicherweise litt er an den Folgen eines totalen Nervenzusammenbruchs, die kostspieligen ärztlichen Beistand notwendig machten. Er hatte horrende Schulden, wußte nicht mehr, wovon er leben sollte. Ihm fehlen 70 französische Louisdors (350 Reichstaler): *Ich bitte Gott um den Tod und Dich um Geld.*[3] Der Vetter soll es mit Heinrichs Anteil an dem Frankfurter Wohnhaus verrechnen und die Summe am besten direkt an den konsultierten Arzt schicken. Es handelte sich um Dr. Karl Wyttenbach, d e n Mediziner am Ort, Inhaber der stadtbekannten Zeitglockenapotheke am Berner Käsmarkt.

Ulrike ist alarmiert. Klang es in der Nachricht nicht so, daß Dr. Wyttenbach das Geld erhalten sollte, falls man Heinrich nicht mehr lebend anträfe? Ihr Entschluß ist gefaßt. Sie nimmt Geld auf, bestellt Postpferde, versieht sich mit einem Bedienten, und ab geht es bis zur

Schweizer Grenze. Dort ist der Teufel los. Bürgerrebellion gegen die fremden Herrscher. Ankunft in Solothurn. Ulrike verlangt ein Zimmer und neue Pferde für Bern. Die Herberge ist überfüllt. Sie läßt sich in ein gemeinschaftliches Zimmer führen. Es ist voller Offiziere, jeder beschimpft auf seine Weise die militärische Lage. Ulrike fragt einen, wie man sicher nach Bern gelangt. Antwort: »Ich weiß nicht.« Sie fragt den nächsten. Auch keine erschöpfende Auskunft. Es sind Gefangene. Immerhin ist zu erfahren, daß das französische Armeecorps nach Bern marschiert. Berns Stadttore sind geschlossen, niemand wird eingelassen. *Du kehrst dich an nichts*, denkt die couragierte Dame und bricht trotzdem auf. Bei Gefahr aufgehalten, würde sie noch immer umkehren können. Die Kutsche rollt Richtung Bern. Bewaffnete Truppen, denen man begegnet, grüßen höflich, lassen die eilige Frau unbehelligt passieren. Am Zielort eingetroffen, öffnen sich gerade die Stadttore für Versorgungstransporte. Das Gefährt stiehlt sich hinein. Man wird kontrolliert und erhält die Weisung, bei Strafe der Arrêtierung, nach 7 Uhr nicht mehr auf der Straße zu sein. Es war eben 6. Eine Stunde hatte Ulrike noch, den Bruder aufzufinden. Sie betritt einen Gasthof, fragt nach dem Doktor, läßt sich zu ihm führen, fragt nach Heinrich. Freilich kennt der Doktor den Herrn von Kleist. Wo steckt er bloß? *»So ist er wieder gesund?«* – *»O ja, gesund ist er.«* Die Person, die die fremde Frau zum Doktor begleitete, hat den Namen gleichfalls vernommen. *»I der Herr von Kleist ißt ja alle Mittage bei uns.«* Sie läßt sich zur Unterkunft führen. Ulrike tritt ein, sieht den Bruder sitzen und arbeiten. Entgeistert schlägt der die Hände über den Kopf zusammen: *Ulrike! Was ist das? Du siehst ja aus, als wärst du eben zur Tür rausgegangen und wieder reingekommen.«* In der Tat trug Ulrike die gleiche Reisekleidung, in der sie sich noch vor Monaten von ihm getrennt hatte. Nichts als die Täuschung der Sinne, die ihm suggerierten, es liege zwischen Abschied und Wiedersehen keinerlei Zeitraum, scheint den Tagträumer zu beschäftigen. Sie will ihn schnell mit sich in den Gasthof führen, Zimmer hat sie gebucht. Mitgehen? Ausgeschlossen! Heinrich steht einigen jungen Männern im Wort. Er will ihnen helfen, Bern zu verteidigen, sobald die Franzosen anrükken. Ulrike zerrt ihn fort: *Ach laß sie nur sich allein verteidigen, jetzt kömmst du gleich mit mir.«* – Es gelingt der energiegeladenen Soldatentochter, den weltfremden Bruder von seinem Hirngespinst abzubringen.[4]

Von Bern nach Weimar

Mit dem Einmarsch der Truppen kehrt in die Stadt Ruhe ein. Man kann wieder hinaus. Kleist nutzt die Gelegenheit, der Schwester das Inseli zu zeigen. Man bringt dort ein paar Tage zu, unternimmt kleine Ausflüge. Wieder hat er Reisepläne. Neues Ziel – Wien. Kurz vor dem Start stürzt Heinrich ins Haus. Reise nach Wien unmöglich. Ludwig Wieland ist wegen seiner losen Zunge des Landes verwiesen. Ihm wurde zur Last gelegt, er habe mit dem Freund aus Preußen vor dem Generalquartier gestanden und laut gelacht. Kurz, der *Lekkersbub* soll binnen einer Stunde über Basel das Land verlassen. Doch wie soll ihm das gelingen? Wieland teilt mit Kleist eine Gemeinsamkeit: Er hat kein Geld. Da verstand es sich doch von selbst, daß man ihn nicht im Stich ließ. Man wird der Reise eine neue Himmelsrichtung geben, Ludwig mitnehmen und zu dessen Vater bringen. Auf nach Thüringen! Nach Weimar! Es ist der 17.Oktober 1802.[5]

Vater Wieland wird über das Wiedersehen mit seinem Ältesten alles andere als begeistert sein. Hatte er doch gehofft, Ludwig werde es in Schweizerlanden zu einer vernünftigen Existenz bringen. Um Himmelswillen sollte er sich nicht auf die Schriftstellerei verlegen. *Es ist das elendeste, ungewisseste und verächtlichste Handwerk, das ein Mensch treiben kann.* So beschwört den eigenen Sohn jemand, dessen schriftstellerische Erzeugnisse über 40 Bände füllen, den Kaiser Napoleon den deutschen Voltaire nennt; 1806 wird der Korse in Weimar nach ihm schicken lassen, um eine neunzig Minuten lange Unterredung mit dem alten Herrn zu führen. Vater Wieland droht seinem Jungen geradezu: *Laß Dir ja nicht beigehen, ohne meinen Willen nach Jena oder Leipzig zu kommen, falls Herr von Kleist etwa auf den Gedanken käme, Dich mit sich zu nehmen. Du könntest mir keinen größeren Verdruß antun als diesen.*[6] Leicht verständlich also, daß Ludwig zunächst keinen gesteigerten Wert darauf legt, dem Vater unter die Augen zu treten. Als man Halt in Erfurt macht, zieht er es vor, bei einer Freundin unterzukriechen, sehr zur Erbitterung seines Reisegefährten, der sich viel davon versprochen hatte, den Autor der

Sympathien persönlich kennenzulernen. Nach einigem Zureden läßt sich Kleist dazu bewegen, sich alleine nach Oßmannstedt zu begeben. Man trennt sich. Ludwig Wieland bleibt in Erfurt. Ulrike, erleichtert darüber, den Bruder wieder in deutschen Landen zu wissen, kehrt in die Heimat zurück. Heinrich reist nach Weimar.

Der siebzigjährige Wieland wußte, daß er trotz seiner immensen literarischen Erfolge keiner von den ganz Großen war. Es zeichnete seinen Charakter aus, daß er junge Begabungen, die mehr zu bieten hatten, nicht beneidete, sich vielmehr an ihnen entzückte und für sie einsetzte. Als er den jungen Goethe zum ersten Mal persönlich erlebte, verglich er sich selbst mit einem Tautropfen, der sich an der Morgensonne erquicken durfte. Den jungen Schiller hatte er zu Gast gehabt. Der stolperte über das Gewimmel kleiner Kreaturen – 14 Kinder hatte die Frau dem Hausherrn geboren, die vom Säuglingsalter aufwärts um den jungen Dramatiker herumwuselten. In seinem *Teutschen Merkur*, der führenden Literaturzeitschrift Deutschlands, zollte Wieland dem gerade veröffentlichten *Don Carlos* volle Anerkennung. Das alles ist inzwischen über 15 Jahre her. Der Kindersegen ist herangewachsen, hatte das Haus großenteils schon verlassen. Den Siebzigjährigen plagten Altersbeschwerden, zudem wirtschaftliche Sorgen: Seine nahe Weimar erworbene Zuflucht Gut Oßmannstedt hat sich als Schuldenfalle erwiesen. Er wird den beschaulichen Landsitz demnächst verkaufen. Noch unlängst war ihm der Eckstein eines 36 Jahre währenden Familienglücks, die Ehegefährtin, gestorben. Ein harter Schlag für den Zurückgelassenen.

Den kargen Scheitel unter dem charakteristischen Samtkäppchen, tritt der alte Herr dem Angereisten entgegen, faßt Vertrauen zu ihm, umgibt ihn mit väterlicher Fürsorge. Man muß ihm die elende Weimarer Unterbringung nicht lange schildern. Nachdem Kleist erst einmal die Weihnachtstage unter Wielands Dach zugebracht hat, nimmt dieser ihn wie einen Sohn ganz zu sich. Der Heimatlose bezieht ein eigenes Zimmer, nimmt als ständiger Tischgast am wielandschen Familienleben teil.

Leicht fällt es bei aller Güte dem bejahrten Menschenkenner nicht, an den arg verschlossenen Kerl heranzukommen. Etwas *Rätselhaftes, Geheimnisvolles* scheint tief in ihm zu stecken. Wieland beobachtet eine *eigenartige Überspanntheit*, die ihn normalerweise bei Menschen abstößt. Sein Schützling macht diesen Fehler durch seine natürliche Liebenswürdigkeit wett. *Er schien mich*, so berichtet der Dichter des *Agathon* später einem Arzt, der Kleist einst behandeln wird, *wie ein Sohn zu lieben und zu ehren; aber zu einem offenen und vertraulichen Benehmen war er nicht zu bringen.* Beim Gespräch fällt ihm an dem Gast eine seltsame Zerstreutheit auf. Einem einzelnen Wort, einem Gedankengang konnte er dann wie einem plötzlich erklungenen *Glockenspiel* nachhängen, daß er dem Diskussionspartner gar nicht mehr zuhörte, mit der Antwort nicht mehr nachkam.[7] Bei Tisch konnte man den Fremden geradezu für geistesgestört halten, wenn er zwischen den Zähnen Monologe stammelte, als sei er mit sich ganz allein.

Behutsam läßt sich dem Kauz schließlich ein Geständnis entlokken: In dem genialen Kopf gestaltete sich ein Trauerspiel. Schon hat er etliche Szenen zu Papier gebracht, sie aber immer wieder vernichtet, weil sie dem hohen Maßstab nicht entsprechen wollten, den er sich selbst abforderte. Langes, geduldiges Zureden braucht es, bis der scheue Vogel aus dem Gedächtnis seinen Gesang ertönen läßt. Die Wirkung übertrifft Wielands kühnste Erwartungen. Kleist berichtet der Schwester: *Es war mir gelungen, ihn so zu entflammen, daß mir über seine innerlichen Bewegungen vor Freude die Sprache verging.*[8] Daß der Schreiber sicher nicht übertrieb, zeigt Wielands Brief an den besagten Arzt. Darin behauptet der Gastgeber sogar, daß sich in Kleists *Robert Guiskard* die Geister der griechischen Tragiker mit dem Geist Shakespeares vereinigten. Das will viel heißen aus dem Munde eines Kenners, dem an literarischer Erfahrung und Urteilsfähigkeit niemand aus seiner Generation das Wasser reichen konnte. Wieland hatte 22 Shakespeare-Dramen ins Deutsche übertragen, die Griechen Euripides, Aristophanes, den Lateiner Horaz...

Nie wird sich Kleist zu Lebzeiten so hoher Anerkennung erfreuen dürfen, wie sie ihm der alte Wieland so enthusiastisch zollte: *Von diesem Augenblicke an war bei mir entschieden, Kleist sei dazu geboren, die große Lücke in unserer damaligen Literatur auszufüllen, die (nach meiner Meinung wenigstens) selbst von Goethe und Schiller noch nicht ausgefüllt worden ist.*[9] Wieland wird nicht müde, Kleist aufzumuntern, ihm Mut zu machen, endlich Szene für Szene niederzuschreiben. Noch aus der Ferne wird er ihn befeuern: *Nichts ist dem Genius der heiligen Muse, die Sie begeistert, unmöglich. Sie müssen Ihren Guiscard vollenden, und wenn der ganze Kaukasus und Atlas auf Sie drückte.*[10] Man sollte denken, ein in so gewaltiger Höhe angesetztes Urteil eines Berufenen hätte den Durchhaltewillen des Hochbegnadeten für alle Zukunft gestärkt, über alle Krisenmomente hinweg den Glauben an sich selbst gefestigt. Nicht so bei Kleist. Ganz im Gegenteil. Es züchtete in ihm einen Ehrgeiz, der sich ins Unermeßliche steigerte. Selbst Goethe sollte ihn nicht daran hindern, der größte Dichter seiner Nation zu werden. Dem Freund Pfuel bedeutet er: *Ich werde ihm* (Goethe) *den Kranz von der Stirn reißen.*[11]

Die Sache mit Luise

Wie wäre es dem innerlich zerquälten Geist zu wünschen gewesen, wenn es ihn am Herd dieses wohlwollenden Ratgebers längere Zeit gehalten hätte. Fast wollte es so aussehen, als brauchten, ja ergänzten hier Alt und Jung einander: Kleist formte Jamben zu seinem *Guiskard* unter Wielands Beistand, Wieland seinerseits diktierte seine Lebensgeschichte Kleist in die Feder. Warum konnte das nicht Monate so fortgehen? Dem Balladen um die Wette dichtenden Weimarer Zweigestirn ähnlich? Was für eine Sternstunde für die deutsche Geistesgeschichte! Aber die beiden Poeten lebten nicht allein im Haus. Ein Rest der Kinderschar war darin verblieben. Drei der Töchter bekamen der Reihe nach mit dem seltsamen Kostgänger, so würde man es heute nennen – ein Problem. Caroline haßte ihn – möglicherweise aus Eifersucht. Amelie bekämpfte nur mühsam ihre Schwäche für ihn. Luise, die dritte, ein süßes Wesen, mit 13 Jahren noch ein Kind, verfällt dem Fremden bei der ersten Begegnung rettungslos. Der ausgeschiedene Gardeleutnant, soldatisch, sportlich, ein exzellenter Reiter, der rätselvolle Glanz in den auffallend blauen Augen, das jungenhafte Gesicht, das alles mochte seinen Reiz auf das weibliche Geschlecht ausgeübt haben. Konnte er etwas dafür? Das unverhohlene Entzücken des Familienoberhauptes über soviel Glanz in seiner Hütte durch ein vielversprechendes, wahrhaftiges Genie tat ein Übriges, um das Bild des Halbgottes vor den unerfahrenen Mädchenaugen zusätzlich zu vergolden.

Kleists sträfliches Fehlverhalten bestand allerdings darin, soviel ist Luises Erinnerungen zu entnehmen, daß er die ungestüme Leidenschaft des unschuldigen Seelchens bei sich auflaufen ließ, ohne sie ernsthaft zu erwidern. Er nahm Luises Neigung wohlgefällig auf, gewissermaßen zu Studienzwecken, mehr, so könnte man es deuten, an psychischen Abläufen einer Pubertierenden interessiert, die sich literarisch einmal verwerten ließen. Dieses Spiel, das er mit dem Kind zu treiben schien, machte ihn bei den Geschwistern verhaßt, ja rief den Bruder Ludwig auf den Plan, der sich für die jüngste Schwester verantwortlich fühlte. Es kommt zwischen beiden jungen Männern zu unerfreulichen Wortwechseln. Kleist muß sich gegen das Mädchen geradezu unritterlich betragen haben, möglicherweise, um es auszubremsen, den Adel herauskehrend; denn Luise wird später der mit dem Schweizer Verleger Geßner verheirateten Schwester Charlotte anvertrauen, daß Kleist sich ihr gegenüber des Leichtsinns weniger schuldig gemacht hätte, *wenn er weniger adliges Blut (vielmehr unadliges) in seinen Adern* gehabt hätte. Luise wird Kleist nie vergessen und Jahre brauchen, bis sie sich von ihrer Enttäuschung erholt hat. So gut sie ihm ihr kurzes Leben lang bleibt (sie stirbt vier Jahre nach Kleists Selbstmord) – sie liest seine Werke, nimmt von ferne Anteil an seinem Schicksal, niemals wird sie den Geliebten den *ganz edlen Menschen zurechnen* – können, die ja ohnehin *die große Ausnahme* seien.[12] Um den Zwistigkeiten im Wielandschen Hause ein Ende zu bereiten, räumt der unliebsame Gast schleunigst das Feld. Noch ehe der alte Herr über die Zusammenhänge ins Bild gesetzt worden ist, macht Kleist sich davon. Das Delikt Verführung einer Minderjährigen, dieser Verdacht ginge zu weit. Schwerlich hätte der Vater so widerstrebend von seinem liebgewonnenen Schützling Abschied genommen, um sich hinterher auch noch zu dessen Gunsten zu verwenden. Beispielsweise wird er Kleist Joachim Göschen empfehlen, dem Leipziger Verleger Goethes und Schillers: *Ich habe mich nicht anders als ungern und mit Schmerz von ihm getrennt ... er wird Sie und Sie werden ihn ebenso bald lieb gewinnen, als dies der Fall zwischen ihm und mir war.*[13] Als Wieland nach Verkauf des Landgutes Oßmannstedt zum 1.Mai nach Weimar umgezogen ist, wird ihm zu Ehren am 3.Mai ein großes Fest gefeiert. Kleist ist eingeladen.

Der verließ Oßmannstedt spätestens Anfang März 1803 buchstäblich weinenden Auges: *Ich habe das Haus mit Tränen verlassen, wo ich mehr Liebe gewonnen habe als die ganze Welt aufbringen kann... Aber ich mußte fort! O Himmel, was ist das für eine Welt!*[14] Er quartiert sich zunächst in einem Weimarer Wirtshaus ein, um an seinem Stück zu arbeiten. Doch schnell packt ihn wieder das Reisefieber. Und wohin? Nach Hause? Was hätte er darum gegeben! Leipzig, den 14. März 1803, an Ulrike: *Wenn Ihr mich ein paar Monate bei Euch arbeiten lassen wolltet, ohne mich mit Angst, was aus mir werde, rasend zu machen, so würde ich – ja, ich würde!* Dann wenige Zeilen später: *Ein einziges Wort von Euch, und ehe Ihrs verseht, wälze ich mich vor Freude in der Mittelstube. Adieu! Adieu! Adieu!*

Kleist wirft sich auf sein Pestdrama: *O Jesus, wenn ich es doch vollenden könnte! Diesen einzgen Wunsch soll mir der Himmel erfüllen; und dann mag er tun, was er will.* Begleitet wird dieser Schwur, daran hat sich die Schwester längst gewöhnt, von der üblichen Melodie: *Ich brauche schon wieder Geld und kann Dir weiter nichts sagen. Ich habe andern geborgt. Es ist verrückt, ich weiß es.*[15]

Schon im Kreise des Berner Viererklubs und sicher noch drängender unter Wielands kritischer Gegenwart, mag Kleist aufgegangen sein, wie sehr es doch beim Vortrag eigener Verse auf geschulte Betonung, klangvolle Stimme, einfühlende Gestik ankomme. Möglicherweise hatte er mit den *Schroffensteins* nicht zuletzt deswegen Heiterkeit erzeugt, weil er es an solcher Kunst hatte fehlen lassen. In Leipzig hatte sich ein Privatgelehrter namens Heinrich August Kerndörffer mit Schriften zur Deklamation hervorgetan. Der Dichter des *Robert Guiskard* – sucht ihn auf, läßt sich in die Zauberkniffe effektvoller Rezitation einführen. Auch das hat seinen Preis. Wieder muß Heinrich der Schwester vermelden: *Der Rest meines Vermögen ist aufgezehrt.*[16]

Seit April hält er sich in Dresden auf, wo er Ernst von Pfuel wieder trifft. Der will mit dem Freund in die Schweiz reisen. Dort soll Kleist sein Trauerspiel, mit dem er nicht vom Fleck kommt, unter aufmunternder Obhut des Freundes endlich fertigstellen. Pfuel will seine nicht eben üppigen Reichtümer mit dem völlig Mittellosen teilen. Kleist ziert sich, erklärt Ulrike, sie bei seiner Not nicht übergehen zu wollen: *Ich möchte Dir nicht einen Freund vorziehen, dessen Börse im Verhältnis zu seinem guten Willen noch weniger weit reicht als die Deinige.*[17] Was denkt man sich nicht alles aus, um die Geberfreudigkeit der Wohltäterin bei Laune zu halten. Keine Sorge! Ulrikchen, die *Vortreffliche*, wird ihn nicht im Regen stehen lassen.

In den Schweizer Bergen geht der Kampf um das fatale Werk weiter: Aus Genf dringt ein verzweifelter Seufzerstoß an Ulrikes Ohr: *Der Himmel weiß,... wie gern ich einen Blutstropfen aus meinem Herzen für jeden Buchstaben eines Briefes gäbe, der so anfangen könnte: »mein Gedicht ist fertig«.*[18]

In einem Schweizer Wirtshaus mitten in den Bergen treffen die beiden Wandergesellen auf Bekannte aus Potsdamer Tagen: die Eheleute Werdeck. An Adolfine hatte Kleist vor zwei Jahren gedankentiefe Briefe geschrieben. Bei fröhlicher Frühstückstafel spielt er jetzt eine eher untergeordnete Rolle, während Ernst von Pfuel bei glänzender Stimmung eine Anekdote nach der anderen zum besten gibt. Kleist, in sich gekehrt, hängt seinen Gedanken nach. Knall und Fall bricht das Freundespaar zu einer Gebirgswanderung auf. Sie führt über den Gotthardpaß in den Tessin bis Bellinzona, wo man wiederum mit Werdecks zusammentrifft. Man ahnt die physische Robustheit des Soldaten Kleist, dem die 150-Kilometer-Kraxelei offensichtlich nicht viel ausmachte. Man marschiert weiter durch Oberitalien, erreicht Mailand. Ende August kehrt man nach abermaliger Trennung von den Werdecks nach Thun zurück.

Pfuel beobachtet nicht ohne Besorgnis den in sein Werk verkrallten Freund. Wochenlang läßt dieser sich nicht zu noch so verlokkenden Exkursionen ermuntern. Doch er muß an Pfuels Seite auch so manchen Tag genossen haben, zumal ihm auf Spaziergängen die Gedanken besser zuströmten als in der dumpfen Stube. Man badet im See, läßt es sich wohl sein. Nicht zuletzt schöpft Kleists erhalten gebliebener Brief vom 7. Januar 1805 an Pfuel aus der Thuner Erinnerung: *Wir empfanden, ich wenigstens, den lieblichen Enthusiasmus der Freundschaft.* Liebe zu dem schönen Kameraden war im Spiel, dessen Erscheinung ihn noch im Rückblick hinreißt: *Du stelltest das Zeitalter der Griechen in meinem Herzen wieder her, ich hätte bei Dir schlafen können, Du lieber Junge; so umarmte Dich meine ganze Seele.*[19]

Katastrophe

Herbst 1803. Die Freunde sind erneut aufgebrochen. Jetzt westwärts. Aus Genf erreicht die Schwester ein aufgewühlter Brief. Es ist der 5. Oktober. Kleist gibt sich geschlagen: *Töricht wäre es wenigstens, wenn ich meine Kräfte länger an ein Werk setzen wollte, das, wie ich mich endlich überzeugen muß, für mich zu schwer ist.* Er will einem wirklich Berufenen den Vortritt lassen, und dauere es noch ein Jahrtausend, bis dieser antrete, um das zu vollbringen, was ihm als vollendet vorschwebte. Wie eine launische Gottheit dünkt ihn das Schicksal, das augenscheinlich Wohlgefallen darin finde, *»ein so hilfloses Ding, wie der Menschen ist, bei der Nase herumzuführen.* Nach Hause kehren nach solchem Debakel? Weiter geht es nach Lyon, von dort wieder nach Paris. Er resigniert: *Die Hölle gab mir meine halben Talente, der Himmel schenkt dem Menschen ein ganzes oder keins.*[20]

Am 14. Oktober besuchen Werdecks den Louvre. In die Rue Tropez auf Montmartre treffen sie im Hotel de Victoire die beiden märkischen Freunde. Man speist gemeinsam Meeresfrüchte in einem dafür bekannten Gasthaus, später mieten sich die beiden Fußwanderer eine gemeinsame Wohnung. Aber Kleist ist kein bequemer Weggefährte, schon gar nicht in Tagen der selbst eingestandenen Niederlage. Ernst von Pfuel scheint alles zu tun, dem Freund Mut zuzusprechen, ihn von der Wahnidee *Ich kann nichts!* abzubringen. Er erreicht das Gegenteil. Kleist wird heftig, vielleicht sogar handgreiflich, ihm gingen die Nerven durch. Dem Wahnsinn nah, springt er auf, stürzt aus dem Zimmer, rennt fort. Keiner weiß, wohin.

26.Oktober. Kleist schreibt an seine Schwester Ulrike: *Ich habe in Paris mein Werk, so weit es fertig war, durchlesen, verworfen und verbrannt; und nun ist es aus. Der Himmel versagt mir den Ruhm, das größte der Güter der Erde; ich werfe ihm, wie ein eigensinniges Kind, alle übrigen hin... Ich stürze mich in den Tod.*[21]

Beide Werdecks, Ernst von Pfuel in größter Sorge. Tage vergehen, Wochen – ohne Lebenszeichen von Kleist. Man alarmiert die Polizei, gibt eine Vermißtenanzeige auf bei der Preußischen Gesandtschaft. In Pfuel bohrt ein gräßlicher Verdacht. Wollte Kleist sich nicht das Leben nehmen? Mit ihm, dem Freund, zusammen? Darüber war es zum Streit gekommen. Pfuel sucht das Pariser Leichenschauhaus auf, mustert die Leichen von Selbstmördern, tödlich Verunglückten...Der Freund ist nicht darunter. Tag für Tag wiederholt Pfuel seinen Gang.

Hätte er von dem Brief an Ulrike gewußt, er wäre zwar alles andere als beruhigt, doch immerhin darüber im Bilde gewesen, was der Unglückliche vorhatte. Bruder Heinrich glaubt vor den Seinen nur zu bestehen, wenn sein selbstbetriebenes alsbaldiges Ende ein ehrenvolles ist. Er hat sich entschlossen, den *schönen Tod der Schlachten* zu sterben.[22] Gelegenheit gab es dazu in Napoleons Feldzügen genug. Ohne Pässe, ohne polizeiliche Erlaubnis wandert er zu Fuß nach Norden. Zielort Boulogne. Dort hat der Kaiser eine Armee zusammengezogen, mit der er die Britischen Inseln zu bezwingen hofft. Die Zeilen an Ulrike wurden in St. Omer abgefaßt, heute eine französische Gemeinde von 15000 Einwohnern südöstlich von Calais.

1 HvK SW Bd. 2 S. 721
2 Bf. 66
3 Bf. 67
4 Sembdner, *Lebensspuren* Nr. 81c
5 Nr. 82
6 Nr. 80
7 Nr. 89
8 wie 2 Bf. 72
9 wie 8
10 wie 2 Bf. 74
11 wie 4 Nr. 112
12 Nr. 94a
13 Nr. 95
14 wie 9
15 wie 1 Bf. 69
16 wie 2
17 ebd.
18 Bf. 76
19 wie 1 Bf. 86
20 wie 20
21 Bf. 77
22 ebd.

Irrungen, Wirrungen

Es wurde behauptet, daß der Flammentod des Guiskard-Manuskriptes Kleist um sein bedeutendstes dramatisches Werk gebracht habe und damit die deutsche Literatur um ihr möglicherweise vollkommenstes Bühnenstück überhaupt gekommen sei. Der überspannten Zielvorstellung des Dichters mag eine solche Sicht entsprochen haben. Was für einen Titanengipfel hatte er sich da vorgenommen! Man stelle sich vor, ein Baumeister versuchte ein Kirchengewölbe des Hochbarock mit einem ionischen Säulentempel in Einklang zu bringen! Oder gar Goethe hätte die natürlich derbe Prosa seines *Götz von Berlichingen* dem Jambenmaß seiner sittlich geläuterten *Iphigenie auf Tauris* untermischen wollen. Einer solchen ästhetischen Akrobatik mochte Heinrich von Kleists wahnwitziger Kraftakt entsprechen, Shakespeare und Aischylos auf der Bühne zu vereinen.

Aus den 500 uns überlieferten Versen *Robert Guiskard* wird es auch Spezialisten immer ein Rätsel bleiben, auf welchen tragischen Konflikt Kleist mit der spannungsgeladenen Exposition, die sich aus den Rudimenten ergibt, letztlich hinaus wollte. Möglicherweise rang er bis am Tag der Vernichtung vergeblich um eine überzeugende Lösung. Spiegelte sich in dem zu Größtem berufenen, beim Volk höchste Erwartungen weckenden normannischen Herrscher, dem ein mühsam unterdrückter Schwächeanfall verriet, wie ohnmächtig indes sein kranker Organismus sei, nicht Kleists eigene Tragödie? Wie sie ausgehen würde, wußte er, solange er sich damit abmühte, selber noch nicht. Dem mit 26 Jahren noch immer jungen Dichter scheint zudem nicht bewußt, daß auch reichstes Talent eine Zeit des Wachsens braucht, ehe es hochgesteckten Zielen wirklich voll entspricht. Geduld ist nicht Kleists Sache. Er setzt Noch-nicht-Können mit Gar-nicht-Können gleich und gibt auf. Der Spleen des Alles-oder-Nichts, das kein Zwischenergebnis – z. B. Wielands Anerkennung – gelten ließ, wird zur Obsession. Für Kleist gibt es nur eine Erkenntnis: Alles ist verloren. Erlösung bringt allein der Tod.

Napoleons General Jean de Dieu Soult, dem nach der siegreichen Dreikaiserschlacht bei Austerlitz vom obersten Feldherrn bescheinigt wird: »Soult, Sie sind der erste militärische Taktiker Europas!« verheiratet mit Louise Berg, einer Solinger Kaufmannstochter, 1804 vom Kaiser zum Marschall von Frankreich ernannt,[1] Generaloberst Soult ist Befehlshaber des Militärlagers von St. Omer. Seine Truppen waren bestimmt, demnächst ins feindliche England überzusetzen. Marschall Soult verdankt die deutsche Nation, daß Heinrich von Kleist nicht in einem der nächsten Feldzüge Napoleons verheizt wurde, noch ehe auch nur eine seiner ihn unsterblich machenden Dichtungen das Tageslicht erblickt hatte.

Aufgelöst, in einer, so muß man es wohl nennen, Anwandlung geistiger Wirrnis brach er, kaum war die Asche der ins Feuer geworfenen Manuskriptblätter erkaltet, zu Fuß von Paris nach St. Omer auf. Dort will er sich für die bevorstehende Invasion in die französische Armee einreihen. Keinesfalls war Kleists Antipathie gegen den Eroberer Europas in Begeisterung umgeschlagen. Er sah in dessen kriegerischen Unternehmen lediglich das willkommene Mittel, sich in möglichst untadeliger Weise einen Abgang aus dem Leben zu verschaffen. Generaloberst Soult hat aber ministerielle Weisung, fremde Offiziere, von denen man nichts Näheres wußte, nicht ins französische Heer aufzunehmen. Soult befolgt die Weisung, schickt den Kriegsfreiwilligen wieder in die Hauptstadt zurück. In einer Vernunftsgründen nicht mehr zugänglichen Verranntheit, verbohrt sich Kleist in seine Wahnvorstellung. Notfalls wäre er bereit, ohne Rang, als gemeiner Soldat, einzurücken. Der zähe Gardeinfanterist schlägt sich ein zweites Mal zu Fuß bis Boulogne-sur-mer durch. Sein guter Stern bewahrt ihn vor der allenthalben drohenden Gefahr, daß man ihn unterwegs aufgreift und als mutmaßlichen Spion an die Wand stellt. In Boulogne setzt er ein Schreiben an den preußischen Gesandten Lucchesini auf, der Kleists Begehren dem Kommandanten Soult antragen soll. Lucchesini schickt das empfangene Schreiben an den König, sehr zu dessen Verdruß. Hatte sein verabschiedeter Leibgardist sich doch schriftlich verpflichtet, als Militär keine fremden Dienste anzunehmen. Statt der Zulassung zu Napoleons Armee erhält Kleist einen Paß – ausgestellt nach Potsdam. Über die Zumutung einer ihn zutiefst demütigenden Heimkehr muß der Verzweifelte einen totalen Zusammenbruch erlitten haben. Ein Jahr zuvor war Friedrich Hölderlin, an Nerven zerrüttet, von Bordeaux quer durch Frankreich in die schwäbische Heimat zurückgekehrt, reif fürs Irrenhaus. Kleist gelangt Ende Dezember 1803 bis Mainz und lag danieder, krank an Leib und Seele. Heutzutage hätte man ihn ohne Federlesen in die Nervenklinik eingeliefert. Kleist gerät an den ehemaligen Leibarzt des Kurfürsten Professor Georg Wedekind. Auch dieser scheint dem liebenswerten Wesen des Kranken zu erliegen, nimmt ihn mit besorgter Anteilnahme in Pflege, beherbergt den Liebgewonnenen monatelang in seinem Haus.

Daß Kleists Leiden von einer zeitweiligen Geistesstörung begleitet waren, läßt sich aus einem seiner äußerst raren Briefzeugnisse aus diesen Jahren herauslesen. Es ist am 29. Juli 1804 an die Dresdner Freundin Henriette von Schlieben gerichtet und bezieht sich auf die glücklich hinter ihm liegende *seltsame Reise*, dieses zwischen Paris und Boulogne, Paris und Mainz Hin- und Hergetriebensein: *Ich selber habe seit meiner Krankheit die Einsicht in ihre Motive(n) verloren, und begreife nicht mehr, wie gewisse Dinge auf die anderen folgen konnten.*[2]

Professor Wedekind zieht Erkundigungen über den Patienten ein und erhält die für uns so wertvoll gewordene Charakterstudie aus der Feder Christoph Martin Wielands. Diesen beschleicht das bange Gefühl, er könnte dem übersteigerten Ehrgeiz des hoffnungsvollen Geistes womöglich einen Bärendienst erwiesen haben: *Wie traurig wäre es für mich, wenn es nur dazu gedient hätte, ihn in das Schicksal, das ihn zu verschlingen droht, vollend hineinzustoßen.*[3]

Kleist wird unter Wedekinds ärztlicher Obhut seelisch wie körperlich so wieder hergestellt, daß er im Rückblick Distanz zu seiner Krise gewinnt. *Gemütskrankheit* nennt Kleist den hinter ihm liegenden Zustand, dieses rettungslose Verkeiltsein in eine fixe Idee, die in seinem Schädel einen *gewissen Schmerz* – verursachte. Dieser steigerte sich ins Unerträgliche, daß er zuletzt, so teilt er sich der Schwester mit – *in die Verwechslung der Erdachse gewilligt haben würde,* um ihn los zu sein.[4] Auch Wieland hatte Kleists *fürchterliche Überspannung* geängstigt, sein, so drückt sich der väterliche Freund aus, *fruchtloses Streben nach einem unerreichbaren Zauberbild von Vollkommenheit.*[5] So sehr es zutreffen mag, daß der Patient wochenlang, wie den Zeilen an die Dresdner Freundin zu entnehmen ist, *abwechselnd das Bett oder das Zimmer gehütet* hat,[6] Wedekind scheint auch dafür gesorgt zu haben, daß sein Patient unter Menschen kam. Folgt man Tagebuchaufzeichnungen eines mit Werdecks Umgang pflegenden Carl Bertuch, Sohn des mit Goethe bekannten Weimarer Unternehmers Bertuch, hätte Professor Wedekind den Patienten mehrmals, möglicherweise mit Kommission betraut, nach Paris geschickt. Wedekind war Jakobiner, hatte mit Georg Forster die Mainzer Revolutionsregierung geschaffen. Um den Melancholiker von seinen Depressionen abzulenken, mochte der Arzt ihn, dem medizinischen Trend folgend, überdies zu körperlicher Arbeit geraten haben. (Der irrsinnig gewordene Hölderlin wird zu einem Schreinermeister gegeben.) So gesehen, scheint es gar nicht so abwegig, daß Kleist zeitweise sogar Lust verspürte, sich bei einem Tischler zu verdingen. Es kann ja durchaus sein, daß er manuelles Geschick von Haus aus mitbrachte. Weit bedenklicher muß seine innere Verfassung noch Wochen vorher gewesen sein, als er zu allen Vorschlägen, die man ihm machte: »Ach ja, mir ist alles gleich«, antwortete.[7]

Im Mai 1804 bringt er es endlich übers Herz, in die Heimat zu fahren. Zunächst führt ihn der Weg nach Weimar zum alten Wieland. Der empfängt ihn in seinem neuen Heim wie einen alten Freund. Luise wahrt nur mit Mühe die Fassung – *dieser zauberische Kleist... Noch ganz derselbe liebenswürdige Mensch.*[8] Er bleibt nur für ein paar Junitage, bis es ihn weiter ostwärts drängt. Warmherzig vollzieht sich das Wiedersehen mit der Familie. In den Gesichtern zeichnet sich Erleichterung über Heinrichs stabilisierten Gesundheitszustand ab. Ulrike nimmt sich seiner an, fest überzeugt, daß einzig die Manie, dichten zu müssen, an des Bruders Krankheit schuld war. Also mußte man alles versuchen, ihn davon abzuhalten. Sie begleitet ihn nach Berlin, wo er den König aufsuchen will. Auch in Berlin ist die Freude groß. Er schließt Ernst von Pfuel in die Arme, söhnt sich mit ihm aus. Glückliches Wiedersehen auch mit dem frisch verheirateten Bruder Leopold.

24. Juni 1804. Kleist ist in Charlottenburg gewesen, Residenz des Königs von Preußen. An Stelle des abwesenden Monarchen empfing ihn dessen Adjutant Karl Leopold von Köckeritz, ein träger, etwas einfältiger, zu Fettleibigkeit neigender Genußmensch, dessen Miene sich verfinstert, als ihm klar ist, wen er vor sich hat. Es ging dem Stellungssuchenden zunächst darum, das Schreiben, das er mit dem Wunsch, ins französische Invasionsheer einzutreten, an den Gesand-

ten Lucchesini gerichtet hatte und das inzwischen dem König vorlag, als Symptom seiner inzwischen überwundenen Gemütskrankheit zu erklären. Unmöglich könne ein Kranker für eine Handlung verantwortlich gemacht werden, die er in einem Anfall heftiger Schmerzen begangen hätte. Adjutant Köckeritz wird scharf: *»Sind Sie wirklich hergestellt? – Ganz, verstehn Sie mich, hergestellt?* Der Ton wird noch schärfer: *»ob Sie von allen Ideen und Schwindeln, die vor kurzem im Schwange waren, völlig hergestellt sind?* Der Befragte bejaht. Er sei *ziemlich wieder hergestellt.* Köckeritz, ungerührt, schnaubt ins Taschentuch, hebt an, ein ganzes Sündenregister aufzutischen, das ihm allen Grund gebe, *sehr ungünstig* von dem Gardeleutnant a. D. zu denken: das Militär verlassen, dem Zivil den Rücken gekehrt, das Ausland durchstreift, sich in der Schweiz angekauft, Versche gemacht, die Landung mitmachen wollen... Heinrich von Kleist bricht in Tränen aus, gibt sich dennoch nicht geschlagen. Seine Majestät habe ihm mit Brief und Siegel das Versprechen gegeben, ihn wieder einzustellen. Die Urkunde habe er aufbewahrt. Köckeritz, zwischenzeitlich milder gestimmt, kehrt seine harten Züge wieder hervor. Der König habe nun mal eine *vorgefaßte Meinung* gegen ihn. Er könne diesem ja schreiben, allerdings ohne bei der Gelegenheit zu vergessen, die Bitte beizufügen, im Falle eines ungnädigen Bescheides sein Glück im Auslande suchen zu dürfen.[9]

Lustspiel – *Der zerbrochene Krug*

»Versche gemacht« – Heinrich von Kleist muß in den Monaten des Stellensuchens, Stellenprobierens in der Tat Vers auf Vers zu einem deutschen Bühnenstück komponiert haben, das diesem in der recht schmalen Sparte deutschsprachiger Lustspiele einen einsamen Rang einräumt: *Der zerbrochene Krug.* Fix und fertig muß er es im April des Folgejahres (1805) an den Schwager Marie von Kleists Christian von Massenbach geschickt haben, was nicht heißt, daß er nicht zu einem späteren Datum noch Kürzungen im Hinblick auf die zunächst zu lang geratene letzte Szene (fast 500 Verse) vorgenommen hat.

Dorfrichter Adam soll Recht sprechen in einem Streit, bei dem ein ehrwürdiger Wasserkrug zu Bruch ging, ein junges Mädchen in Verruf zu geraten droht, der Verlobte eingesperrt werden soll. Aber schon die ersten Verse verraten, daß mit dem zerschundenen Kahlkopf von Richter, dem zum Überfluß das Zeichen seiner Amtswürde, die weiße Perücke, abhanden gekommen ist, etwas nicht stimmt. Blümeranter Ahnung voll:

Mir träumt', es hätt ein Kläger mich ergriffen
Und schleppte vor den Richtstuhl mich...,[10]

eröffnet Richter Adam die Verhandlung, der ein unverhofft angereister höherer Beamter der Aufsichtsbehörde beiwohnt. Der Zuschauer muß nicht lange kombinieren: Der Schuldige in mehrfacher Tateinheit ist der Mann auf dem Amtssessel selber. Dessen ungeachtet zieht sich die Klärung des Falles über 12 Auftritte hin. Das mag den Weimarer Mißerfolg begünstigt haben, zumal der Einakter von der Theaterleitung willkürlich durch zwei Erfrischungspausen zerschnitten und damit noch mehr in die Länge gedehnt wurde. Dabei bildet der Spannungsbogen bis zur kopflosen Flucht des gnadenlos entlarvten Tunichtguts nicht das Rückgrat der Handlung. Es ist der trickreiche Richter selbst, der im Schutze seiner Amtsautorität die Aufdröselung der nächtlichen Vorgänge in jung Evchens Kammer bis zum Schluß zu vereiteln versucht. Adams fintenreiches Lavieren erzeugt hinreißende Komik. Ob es die derben Ausfälle gegen unliebsame Zeugen sind –

Hund jetzt, verfluchter, schweig,[11]

die phantasievollen Lügengeschichten um die vermißte Perücke –

In meine (Perücke) *hätt die Katze heute Morgen*
Gejungt, das Schwein![12]

der witzige Einfall zu der Frage, ob es den Teufel in Amtsperücke gebe

Wir wissen hier zu Land nur unvollkommen,
Was in der Hölle Mod' ist, Frau Brigitte!,[13]

oder der sich selbst gezollte Beifall für die Zeugenaussage über einen den Verfolger unschädlich gemachten Sandwurf:

Verdammt! Der traf![14]

In derben Pinselstrichen springt dem Publikum ein knappes Dutzend uriger Franz-Hals-Figuren entgegen. Im Mittelpunkt der verschlagene bis dummdreiste Dorfrichter, Lüstling, Heuchler, Liederjan, Schubiak in einer Person, ein *Adam* nach dem Sündenfall in Evas Schlafstube –

Schreiber Licht zum Richter: Der erste Adamsfall,

Den Ihr aus einem Bett hinaus getan.,[15]

Mit ihm, dem Dorfrichter Adam, gelang Kleist eine der lebensvollsten Figuren der Weltliteratur und mit der Komödie eine der kunstreichsten ihrer Art – voller Wortspiele. Gepfeffert mit witzig symbolhaften Anspielungen. Statt dem Gericht die näheren Umstände des zerdepperten Kruges vorzutragen, läßt sich die keifende Frau Marthe weitschweifig über die auf ihm verewigten historischen Malereien aus:

Hier kniete Philipp, und empfing die Krone:
Der liegt im Topf bis auf den Hinterteil...[16]

Gerichtsrat Walter über den winkelzügigen Richter:

In Eurem Kopf liegt Wissenschaft und Irrtum
Geknetet, innig, wie ein Teig zusammen.[17]

Dem Volk aufs Maul geschaute Ruppigkeiten rücken das Geschehen in eine pralle Dorfwirklichkeit. Kraß, dafür ehrlich, ohne ziviles Etepetete schleudert man sich die Brocken heller Empörung gegenseitig ins Gesicht: Bursche Ruprecht über Frau Marthe:

Das Rabenaas! Was das für Reden sind![18]

Frau Marthe zur Tochter:

Hör, dir zerschlag ich alle Knochen![19]

Was sich in dem fiktiven holländischen Huisum im Kleinen abspielt, charakterisiert die Welt im Großen, damals wie heute. Wie Richter Adam die des Lesens unkundige Eva durch ein gefälschtes Amtsschreiben seinem Begehren gefügig machen will, bedienen sich die Adams von heute mit erhobenem richterlichem Zeigefinger des Halbwissens ihrer Zeitgenossen, um sie durch wissenschaftlich fragwürdige Angstvisionen zu Opfern zu nötigen, die mehr oder weniger nur Adams Profitgier schmeicheln.

Kleist, so wurde erzählt, habe sich mit dem Gedanken getragen, Goethe für den Skandal, den das Scheitern des Stücks beim Weimarer Publikum verursacht hatte, zum Duell zu fordern. Hatte doch Goethe die unsachgemäße Inszenierung, die an dem Mißerfolg schuld war, letztlich zu verantworten. Allzu abwegig wäre das nicht. War doch durch diese in allen Zeitungen stehende Blamage der Name der Familie Kleist in Verruf geraten. Diesen ehrenrührigen Makel wieder aus der Welt zu schaffen, wäre durchaus nach Kleists Sinn gewesen.

Der Auftritt des königlichen Adjutanten Köckeritz hat Heinrich von Kleist am Boden zerstört. Er zieht auf dem Rückweg ein Briefchen hervor – die Schwester hatte es ihm nachgeschickt. Das Briefchen ist von Wieland. Wieder liest er die wenigen Zeilen: *Nichts ist dem Genius der heiligen Muse, die Sie begeistert, unmöglich.*[20] Das half über die Demütigung hinweg, die er soeben erlitten hatte: *Ich las...und erhob in einem tiefen Seufzer meine Brust über alle diese Menschen, die mich verachten.*[21]

Es ist Ende Juni 1804. Kleist schreibt an den König. Nicht unterwürfig, darauf darf sich die Schwester, die ihn mahnte, den Stolz nicht zu verlieren, verlassen. Der König läßt nichts von sich hören. Auch auf ein zweites Schreiben nicht. Kleist wiederholt seine Bittgänge nach Charlottenburg – einmal, zweimal, dreimal. Und wovon lebt er? Die Schwester muß ihm helfen; denn die 25 Reichstaler, die die Familie dem Brotlosen monatlich für drei Jahre zukommen läßt, reichen nicht her, nicht hin. Kleist mochte sich im Alltag auf manches verstehen, auf sparsame Haushaltung verstand er sich nicht.

Da hellt sich unversehens der Horizont auf. Marie von Kleists Bruder Peter von Gualtieri – Kleist kannte den Flügeladjutanten im königlichen Garderegiment aus Potsdam –, der Major von Gualtieri war als preußischer Gesandter nach Spanien berufen, den ehemaligen Regimentskamerad Kleist möchte er als Attaché nach Madrid gleich mitnehmen. Ein aussichtsvoller Sommer erstrahlt dem Dichter. Aber Gualtieri ist ein Leichtfuß, dazu ein Verschwender. Allzu schnell zerplatzt der spanische Traum. Gualtieri mußte Tausende Taler Schulden begleichen. Zwar gelangt er tatsächlich nach Spanien, kommt dort aber unter mysteriösen Umständen ums Leben.

Im August kann er Ulrike Erfreuliches verkünden. Ein neuerlicher Gang zu Köckeritz hatte sich gelohnt. Der König hat Heinrichs Gesuch gnädig aufgenommen, die Aussicht auf eine zivile Anstellung ist ihm nicht länger verschlossen. Zu verdanken war das einer Fürsprecherin bei Hofe – Gualtieris Schwester Marie. Sie erwirkte obendrein bei ihrem einflußreichen Schwager Christian von Massenbach, daß sich ein hoher Staatsbeamter aus Franken der Sache annahm, der erst vor kurzem preußischer Außenminister geworden war: der 54jährige Karl August Freiherr von Hardenberg. Dieser hatte an Königs Statt in den Markgrafschaften Ansbach und Bayreuth geschaltet, die durch Erbfolge demnächst ganz an Preußen fallen sollten. Hardenberg empfahl den Beschäftigungslosen der Obhut seines Mitarbeiters Karl Freiherr von Stein zu Altenstein. Dieser fähige Mann wird dereinst mehrere Denkschriften zur Reformierung Preußens verfassen. Mit jungen Jahren war er zum Geheimen Oberfinanzrat aufgestiegen. In seinem Berliner Finanzdepartement findet Kleist mit 27 Jahren seinen ersten zivilen Arbeitsplatz.

Anläufe zu einer Verwaltungskarriere

Berlin, den 23. April 1805 an Marie von Kleists Schwager Massenbach: *Wenn Tätigkeit im Felde der Staatswirtschaft wirklich mein Beruf ist, so habe ich an Altenstein denjenigen gefunden, der mich auf den Gipfel derselben führen wird.*[22] Wie der zum Universitätsprofessor ohne Gehalt berufene Schiller scheint Kleist zunächst glücklich, im preußischen Staatsapparat eine bürgerliche Beschäftigung gefunden zu haben. Er residiert zeitweise in einem teuren Gasthof, bittet die Schwester, zu ihm nach Berlin zu ziehen. *Wie glücklich könnten wir leben! Es würde nicht wie in Paris sein – !*[23] Diese Erinnerung scheint Ulrike noch zu schrecken. Sie reagiert nicht. Das macht ihn traurig, so sehr er ihr nachfühlen kann: *Du hast zwar nicht mehr viel Mitleiden mit mir, ich leide aber doch wirklich erstaunlich.*[24] Wie er seine arbeitsfreie Zeit verbringt, wissen wir nicht. Durch den Diplomaten Varnhagen von Ense, Gatte der Rahel Levin, ist überliefert, daß Kleist wiederum das Haus Cohen aufsuchte, in dem zu der Zeit auch der 23jährige Adelbert von Chamisso verkehrte, Sohn geflohener französischer Aristokraten aus der Champagne.

Was Kleists Büroarbeit betrifft, gelingt es ihm wie sooft, die Sympathie von Menschen zu gewinnen, die mit ihm zu tun haben, namentlich die des Vorgesetzten Altenstein. Kein Wunder. Kleist schuftet wie ein Pferd. Mit seiner Neigung zu kompromißloser Gründlichkeit fordert er den Chef auf: »Schicken Sie mir nur recht viel!« Der bleibt ihm die Antwort nicht schuldig: »Ich werde Ihnen so viel schicken, daß sie damit nicht fertig werden.« Er täuscht sich. Kleist sitzt Tag und Nacht über den Akten, daß Altenstein mit der Durchsicht nicht nachkommt.[25]

Geradezu baff über den beispiellosen Einsatz, nimmt Altenstein den neuen Mitarbeiter in seinem Wagen mit zu Minister Hardenberg. Der Geheime Oberfinanzrat begrüßt den preußischen Chef des Auswärtigen: *Exzellenz, hier stelle ich Ihnen einen jungen Mann vor, wie ihn das Vaterland braucht, lernen Sie ihn kennen, und geben Sie ihm eine Anstellung.*[26] Für Hardenberg ist das keine Frage. Kleist soll seine Anstellung bekommen. Bloß wäre es dem jungen Mann nicht dienlicher, ihn gleich eine höhere Verwaltungskarriere einschlagen zu lassen? Man sollte ihn für ein Jahr nach Königsberg schicken. Dort könnte er an der Universität Kollegs über Kameralistik (Staatswirtschaft) hören und sich von dem Oberpräsidenten von Ostpreußen, Herrn von Auerswald, anleiten lassen. Danach könnte der fertig Ausgebildete einen leitenden Verwaltungsposten in den fränkischen Provinzen übernehmen. Am 1. Mai des Jahres 1805 begibt sich Heinrich von Kleist über Frankfurt nach Königsberg.

Königsberg

Kurz vor der Reise nach Osten hatte sich im nächsten Freundeskreis eine Katastrophe abgespielt. Hartmann von Schlotheim, der alte Kamerad, mit dem er vor Jahren Klarinette blasend durch den Harz getingelt war, hatte versucht, seinem Leben mit einem Pistolenschuß ein Ende zu machen. Kleist stürzt zu ihm, dessen Gesicht von dem mißglückten Akt entstellt ist. Tag und Nacht weicht er nicht von dem Krankenlager. Es gelingt ihm, dem Hypochonder, der sich unrettbar siech glaubt, die Zunge zu lösen. Kein Wunder. Kleist bringt für die Verzweiflungstat Verständnis auf, rechtfertigt sie zum Entsetzen anderer sogar. Marie von Kleist macht sich ernste Sorgen – weniger um den sichtlich wieder Genesenden, sie bangt um den hochherzigen Trostspender.

Königsberg, seit 1945 russisch und auf Landkarten nur noch als Kaliningrad aufzufinden, ist, als Kleist dorthin übersiedelt, eine Stadt stolzer Kaufleute und berühmter Universitätslehrer. Der größte deutsche Philosoph Immanuel Kant verbrachte in ihren Mauern sein ganzes Leben. Er war im Februar 1804 gestorben. Kleist begegnet dem Oberpräsidenten Ostpreußens Hans Jakob von Auerswald. Hätte der Napoleonhasser gewußt, daß dieser Mann einmal die preußische Landwehr gründen und den Befreiungskampf beschließen würde, wie hoffnungsvoll hätte er unter Auerswald den Dienst angetreten. Der schickt ihn in die Vorlesungen eines Philosophie- und Kameralistikprofessors, der, einst von Kant berufen, inzwischen selbst eine Berühmtheit war: Christian Jacob Kraus. Als Übersetzer des schottischen Wirtschaftstheoretikers Adam Smith, hatte er sich dessen liberale Ideen zu eigen gemacht. Er wird sie zielstrebig für Reformen in Preußen entwickeln und an ihrer Durchsetzung wesentlichen Anteil haben. Kleist findet einen kleinen, unansehnlichen Mann vor, der, auf dem Katheder sitzend, Gedanken ausstreut *wie ein Reicher Geld mit vollen Händen und führt keine Bücher bei sich, die sonst gewöhnlich, ein Notpfennig, den öffentlichen Lehrern zur Seite liegen.*[27]

Ein Kammerdirektor führt den Neuling in die Arbeit der ostpreußischen Finanzapparatur ein, Domänenkammer genannt. Hier darf er an einem Beitisch in Gesellschaft von Offizieren den Konferenzen lauschen. Ein Handschlag auf Ehre genügt, um ihn zur Verschwiegenheit zu verpflichten. Er gibt sich Altenstein in einem Bericht nach Berlin hoffnungsvoll: *Mein ganzes Geschäft bestand, nach meinem eignen Wunsche, an diesem Tage im Hören und Sehen, doch glaube ich, in einiger Zeit zur Übernahme der Akten, und zu den Vorträgen selbst, schreiten zu dürfen.*[28] Ja, er will sich in Steuersachen hineinknien – erst in die ländlichen, dann in die städtischen. Denkt man an Kleists angeborenes Arbeitsfieber, kann einem für den Fortgang seiner dichterischen Produktion bange werden.

Man darf ihn in dieser Phase finanziell leidlich versorgt wissen. Als Diätar – angestellte Hilfskraft auf Zeit – stand ihm ein sogenanntes Wartegeld von 600 Rth. jährlich zu. Obendrein erreicht ihn die frohe Botschaft einer Hofdame. Marie von Kleist muß der Königin in den Ohren gelegen haben; denn Luise zeigt sich geneigt, dem verarmten Dichter jährlich 50 Louisdors (300 Rth.) zukommen zu lassen. Auch Ulrike versucht es noch einmal mit ihm. Sie reist an und wird mit dem Bruder einige Monate zusammen wohnen.

Es ist noch nicht lange her, daß Professor Traugott Krug an der Universität Königsberg die Nachfolge Immanuel Kants angetreten hat. Wilhelmine, inzwischen Mutter eines kleinen Sohnes, sowie ihre Schwester Luise, sind nachgekommen. Ein erstes Wiedersehen zwischen Kleist und der ehemaligen Braut vollzieht sich nicht ganz ohne Peinlichkeit. Doch ist es der Ehemann Krug, der dem Frankfurter Exbräutigam die Hand reicht und ihn wie selbstverständlich zum Gast seines Hauses macht. Professor Krug hat gerne Menschen um sich, darunter den Philosophen Johann Gottlieb Fichte, den erfolgsverwöhnten Lustspielautor August von Kotzebue. Kleist, im Gegensatz zu den beiden, damals noch keine Prominenz, konnte bei aufgeräumter Stimmung recht unterhaltsam sein. Doch traf man ihn oft genug bei düsterer Gemütslage an. Als Krug ihn überraschend zu Hause aufsucht, liegt Kleist am hellichten Tag im Bett, seine seelische Verfassung so alarmierend, daß Krug seiner Frau gegenüber prophetisch wird: *Ich fürchte, unser Freund Kleist tut sich noch ein Leides an!*[29]

Ein Segen ist es für den Dichter, daß Ernst von Pfuel, inzwischen wieder Soldat, nicht allzuweit von Königsberg ins masurische Johannisburg versetzt wurde. Die Verdienste dieses charakterfesten Kameraden um den zwei Jahre älteren Freund kann man gar nicht hoch genug veranschlagen, auch wenn es Pfuel nicht gelang, den Flammentod des *Robert Guiskard* zu vereiteln.

Kleist wünscht sich Pfuel nach Abschluß seiner Verwaltungsausbildung als ständigen Lebensgefährten am Ort seiner zukünftigen Beamtung: *Geh mit mir nach Ansbach und laß uns der süßen Freundschaft genießen* und im gleichen Brief: *Ich heirate niemals, sei Du die Frau mir, die Kinder und die Enkel!*[30] Die idyllischen Tage auf dem Aare-Inselchen bei Thun tauchen vor seinen Augen wieder auf. Er konnte nicht ahnen, daß dieser athletische Sportsmann in Deutschland den ersten Schwimmunterricht und das Brustschwimmen als Schwimmdisziplin einführen würde. Ebensowenig konnte er wissen, daß derjenige, mit dem er zeitweise nach *Neuholland* (Australien) auswandern möchte, für die Karriere eines Infanteriegenerals bestimmt war, den Friedrich Wilhelms Nachfolger sogar zum Kriegsminister, ja zu seinem Ministerpräsidenten machen würde.[31]

Pfuel, ein häufiger Besucher schöngeistiger Salons, belesen, in Wort und Schrift selbst produktiv, ermuntert den Freund, statt weiter mit gewaltigen Trauerspielplänen zu den Sternen zu greifen, sich anspruchsloseren literarischen Gattungen zuzuwenden: Wie wäre es mit einer Erzählung? Einer unterhaltsamen Komödie? Denn daß er das Dichten einfach nicht lassen konnte, das muß sich Kleist selbst eingestehen. Es macht ihm das ewige Hocken vor den Steuersachen allmählich zur Last.

Beiden Freunden eigen ist auch die Neigung zum Experimentieren und Tüfteln. Ihr gemeinsames Projekt eine Art Unterwasserfahrzeug – ein so genannter Hydrostat. Sie tauschen sich brieflich darüber aus. Kleist entwirft Zeichnungen, mahnt eine präzisierte Sprachgebung an: *Was Deine hydrostatische Weisheit betrifft, so muß ich Dich zweierlei bitten, 1) nichts zu schreiben, was Du nicht gut überlegt hast, 2) Dich so bestimmt auszudrücken, als es die Sprache überhaupt zuläßt.*[32] Es folgen Zahlen über Tiefe, Zusammendrückung von Luft über dem Meer, in 120 Meter Meerestiefe und mehr... Erfindungsgeist scheint bei den Kleists so zu Hause wie die Poesie. Ein Ewald Jürgen, Dechant des Camminer Domkapitels, erfand 1745 die *Kleistsche Flasche*, eine Vorform des Kondensators.[33]

Zum Herbst hin erkrankt der Achtundzwanzigjährige. Er klagt über rheumatische Anfälle, Beschwerden im Unterleib, Wechselfieber. Das kann nicht verwundern bei den vielfachen Strapazen, die er sich in seinem wahnwitzigen Todesverlangen auf Hunderte-Kilometer-Märschen Paris – Boulogne, Boulogne – Paris, und beide Strecken doppelt, zugemutet hat. Das in einer den Winter einleitenden Jahreszeit! Wo kam der Bettelarme nachts unter? In Scheunen? Schuppen? Schmutzigen Spelunken? Wovon ernährte er sich? Malariaähnliche Fieberschübe konnte man sich in Zeiten unbegradigter Flüsse, unwegsamer Sumpfböden auch um Paris zuziehen. Verschleppte Unterleibsleiden durch verseuchte Nahrung, unreines Trinkwasser, Rheumaschmerzen als Unterpfand zugiger Schlafstellen, unterkühlter Erdbodenlager.... alles das konnte dem gesündesten Infanteriegardisten auf Dauer zusetzen. Auch Depressionen halten ihm die Treue. Er wendet sich an seine Vorgesetzten, bedauert, daß er, ans Bett gefesselt, seine Arbeitskraft nicht gebührend einsetzen könne, bittet um Verlängerung seines Aufenthaltes, weil er durch den Ausfall Lernstoff versäume, der sich auf die Schnelle nicht nacharbeiten ließe...

Daß ihm sowohl Auerswald als auch Altenstein Verständnis entgegenbringen, sogar Minister Hardenberg nichts gegen eine halbjährige Beurlaubung einzuwenden hat, spricht für das Vertrauen, das sich Kleist inzwischen erworben hat. Altenstein scheint ihm menschlich so tief verbunden, daß der Hilfsangestellte in einem gedankentiefen Brief nicht zögert, den Oberfinanzrat in sein Inneres schauen zu lassen. *Ein Gram, über den ich nicht Meister zu werden vermag, zerrüttet meine Gesundheit. Ich sitze, wie an einem Abgrund...das Gemüt immer starr über die Tiefe geneigt, in welcher die Hoffnung meines Lebens untergegangen ist.*[34] Er philosophiert über eine Welt, die er nicht mehr versteht, und schlußfolgert: *Es kann kein böser Geist sein, der an der Spitze der Welt steht: Es ist ein bloß unbegriffener!* Er fühlt Freundschaft zu dem nur sieben Jahre Älteren und seufzt: *Wenn ich doch nur einen Nachmittag an Ihrer Seite sein könnte!* Wie soll er Unsagbares in Worte fassen? *Ja, wenn man Tränen schreiben könnte – doch so –.*[35]

1 Fuesers/Finckenstein, *Napoleons Marschall Soult...* S. 7
2 HvK SW Bd. 2 Bf. 82
3 Sembdner Lebensspuren Nr. 89
4 wie 2 Bf. 78
5 wie 3 Nr. 125a
6 wie 2 Bf. 82
7 wie 3 Nr. 126
8 Nr. 127
9 wie 4
10 HvK SW Bd. 1 S. 187
11 S. 204
12 S. 186
13 S. 239
14 S. 211
15 S. 179
16 S. 200
17 S. 213
18 S. 221
19 S. 217
20 wie 2 Bf. 74
21 wie 4
22 Bf. 87
23 Bf. 84
24 Bf. 85
25 wie 3 Nr. 130
26 ebd.

[27] wie 2 Bf. 88
[28] Bf. 88
[29] wie 3 Nr. 146
[30] wie 2 Bf. 86
[31] Bf. 81
[32] Bf. 89
[33] E. Siebert, Bildbiographie, Abbildung S. 15
[34] wie 2 Bf. 94
[35] Bf. 96

Das große Debakel und seine Folgen

Nun wieder zurück zum Leben! So lange das dauert, werd ich jetzt Trauerspiele und Lustspiele machen.[1] So erklärt sich Kleist gegenüber seinem alten Freund Rühle von Lilienstern nach einem brieflichen Exkurs über Unendlichkeit und Tod. Er macht sich an die Verdeutschung einer Molière-Komödie: *Amphitryon*, geschöpft aus griechischer Mythologie: Zeus nimmt die Gestalt des thebaischen Heerführers Amphitryon an, um sich unbehelligt mit dessen schöner Gemahlin Alkmene eine Liebesnacht zu gönnen. Ein dankbarer Stoff für Verwechselungspossen bereits in antiker Zeit. Die Verwicklung drängt die Betroffenen zu der entscheidenden Frage: *Was ist hier Wahrheit, was ist Schein?*[2] Kleist trifft auf sein Problem: äußere Wahrheit kollidiert mit innerer Wahrheit; Wirklichkeit mit Schein. Selbst Unsterbliche geraten in Konflikt. Man kennt ja Homers olympische Göttergesellschaft mit ihren menschlichen Vorlieben und Schwächen. Der Deutsche folgt dem Franzosen Szene für Szene teils bis in den Wortlaut hinein, heraus kommt – das ist das Erstaunliche ein urkleistisches Gebilde. Dazu rückt er die eher stiefmütterlich mit einer einzigen Szene bedachte Feldherrngattin ins Rampenlicht, den Scheinwerferstrahl gezielt auf den Widerstreit dieser hart geprüften Frauenseele lenkend. Dazu erfindet er Alkmene, die sich von Anfang bis zum Schluß mit dem echten und dem Trugbild Amphitryon auseinandersetzen muß, völlig neue Auftritte und macht sie zur Heldin des ganzen Stückes.

Merkur erscheint auf der Bühne nicht als anmutiger Hermesknabe, wie er Thomas Mann in dem 14jährigen Tadzio vorschwebte. Das schon nicht, weil der Götterbote sich in den als häßlich bezeichneten Diener Sosias verwandeln muß. Doch überzieht der Gott der Diebe diese Rolle, indem er den eheverdrossenen Stoffel hervorkehrt, obendrein den polternden Grobian und Schlägertyp mimt, was dem sich in seinen Witz flüchtenden Hasenfuß von Hausfaktotum überhaupt nicht zukommt. Das Publikum hat an den burlesken Ausfällen seinen Spaß. Zu Ehefrau Charis:

Mit dir zum Zeitvertreib hier Fratzen schneiden?
Elf Ehstandsjahr' erschöpfen das Gespräch.[3]

Deutlich zarter nimmt sich der Götterbesuch bei der Herrschaft aus. Jupiters Liebesabenteuer mit der schönen Feldherrngattin wäre möglicherweise ohne böse Folgen geblieben, hätte sich der siegreiche General nicht, kaum war der Gott fort, kurz danach gleich bei der Gemahlin eingefunden. Hätte Jupiter in seiner Weisheit, so könnte man fragen, den Feldherrn auf der Walstatt nicht noch etwas beschäftigen können? Doch war es dem Gott auf diese Tücke gerade angekommen. Mit dem genossenen Geschlechtsakt keineswegs zufrieden, will er sich Alkmene als *Geliebter* ins Herz stehlen, den Gemahl soll sie dafür einen *Laffen* sein lassen. Das verräterische Schmuckkästchen, der schönen Frau gleich zweimal hintereinander ausgehändigt, einmal mit der Kriegsbeute, einmal leer, muß sie stutzig machen. Für Alkmene stürzt eine Welt zusammen, als ihr klar wird, daß sie sich guten Glaubens einem Fremden hingegeben hat. Selbst als Zeus die Notbremse zieht: *Es war kein Sterblicher, der dir erschienen*, besänftigt er die Betrogene nicht.[4] Da konnte ja jeder kommen und sich als Herrgott aufspielen! Auch der Griff in die Mitleid heischende Klaviatur:

Auch der Olymp ist öde ohne Liebe.[5]

ändert nichts: Alkmenes Herz gehört dem Gatten, nicht dem Gott.

Zeus gibt sein Spiel verloren:

Verflucht der Wahn, der mich hierher gelockt![6]

ja, muß der Reinheit und unbedingten Treue dieser charakterstarken Frau Respekt zollen:

Mein großes Weib! Wie sehr beschämst du mich.[7]

Um sie zu versöhnen, muß der Himmel selbst die nötigen Requisiten – Adler und Donnerkeil – herabsenden, um die Wahrheit auf die Beine zu stellen. Ist es Alkmene doch bis zum Schluß nicht möglich, irdischen Amphitryon vom göttlichen zu unterscheiden. Bestürzt darüber, daß die Goldwaage ihres Gefühls sie bis zuletzt getäuscht hat, verschlägt ihr bei allem Triumph, der ihr als künftige Mutter eines Halbgottes zuteil wird, die Sprache. Der Verwirrten bleibt, ehe der Vorhang fällt, nur ein hilfloses *Ach!* Viel Druckerschwärze wird in den anschließenden Jahrhunderten über diese Silbe deuten.[8]

Kleist hat sich hier zum ersten Mal als Zeichner großer Frauenseelen erwiesen und sich zugleich zum Anwalt weiblicher Mündigkeit gemacht. Den Sieg erringt die reine Liebe, die so groß, so unerschrokken und tapfer sein kann, daß sie sich mit der Liebe Gottes trifft. Thomas Mann wird Kleists *Amphitryon* als das *witzig-anmutsvollste, das geistreichste, das tiefste und schönste Theaterspielwerk der Welt* preisen.[9]

Jena und die Folgen

Zehn Jahre hatte sich der preußische König aus allen Kriegen herausgehalten und dem eigenen Land einen Frieden gesichert, von dem Nachbarn nur träumen konnten. Dem Kulturleben bescherte dieser Nährboden eine Hochblüte, die in Europa Ihresgleichen suchte. Die unbestrittene Mitte hieß Berlin, eine Stadt des Theaters, der Oper, der Salons, der Künstlertreffs. Noch unlängst hatte hier, vom Königspaar empfangen, kurz vor seinem Tod Friedrich Schiller mit seinen Theaterstücken Triumphe gefeiert. Nun ziehen Wolken auf. Kaiser Napoleon, durch seine Siege über Österreicher und Russen auf fremdes Territorium noch hungriger geworden, brüskiert den biederen Herrscher an der Spree, als er, ohne um Erlaubnis zu fragen, seine Soldaten durch preußisches Hoheitsgebiet marschieren läßt, der Bevölkerung Truppenverpflegung abzwingt, schließlich das Kurfürstentum Hannover, mit dem Preußen für linksrheinische Verluste entschädigt worden war, den Briten als Verhandlungsköder anbietet. Der König, erzürnt darüber, daß Napoleon seine Truppen nicht bis hinter den Rhein zurücknahm, fühlt sich bedroht und ordnet in seinen Grenzen Generalmobilmachung an. Doch die preußische Armee hatte sich zu lange im Ruhm ihres großen Königs gesonnt. Hinsichtlich neuer Kriegstechnik war man stehengeblieben, das Offizierskorps überaltert, die Soldaten nach zehn Jahren Kampfpause ungeübt, die junge Führung unerfahren... Als zwischen Ilm und Saale Friedrich Wilhelms Streitkräfte auf den anrückenden Feind stoßen, erleiden sie am 14. Oktober 1806 in einer Doppelschlacht bei Jena und Auerstedt eine Totalniederlage. Napoleon zieht in Berlin unter Glokkengeläut und Geschützdonner durch das Brandenburger Tor und läßt sich von der Bevölkerung huldigen. Der Berliner Hof ist Richtung Königsberg geflohen.

Der Schock, den Heinrich von Kleist über das Unglück von Jena erleidet, kann man gar nicht schwer genug gewichten. Daß Krankheit und Ungnade des Königs ihn daran gehindert hatten, sich in eins der Regimenter einzureihen, dieser Zwang zum Abseitsstehen wird ihm zugesetzt haben. Bei Jena hätte er sein Leben auf ehrenvolle Weise in die Schanze werfen können. Daß dies nicht geschah, wurde dem deutschen Geist zum Segen; denn gerade das Jahr des preußischen Debakels sieht aus Kleists Feder Meisterwerke zu Tage treten, die zum Besten gehören, was die Literatur zu bieten hat.

Was ist dies für eine Welt?[10]*... Wie schrecklich sind diese Zeiten!*[11] ruft er aus, fragt verzweifelt nach dem Verbleib von waffenführenden Verwandten und Freunden. Wo war Leopold, wo der Vetter Pannwitz? Was war aus Rühle, aus Pfuel geworden? Der war Adjutant des Generals von Schmettau gewesen, Schmettau, so hatte man erfahren, war gefallen. Es schlägt ihm auf die Gesundheit. Die Krankennachricht dringt zu Ulrike: *Ich leide an Verstopfung, Beängstigung, schwitze und phantasiere, und muß unter drei Tagen immer zwei das Bett hüten. Mein Nervensystem ist zerstört.*[12] Über die politischen Folgen des am Boden liegenden Preußen macht er sich keine Illusionen: *Wir sind die unterjochten Völker der Römer. Es ist auf eine Ausplünderung von Europa abgesehen, um Frankreich reich zu machen.*[13]

Er behält recht: Als Napoleon ein Jahr später in Tilsit dem besiegten Vaterland den Frieden diktiert, wird es um die Hälfte seines Staatsgebietes sowie seiner Bevölkerung verstümmelt und zu einer Kriegssteuer verdonnert, die in ihrer Höhe den Staat Preußen in seinem Fortbestehen bedrohen wird. Aus der Hauptstadt werden jede Menge Kunstschätze nach Paris geschafft, Schlösser geplündert, die Quadriga vom Brandenburger Tor genommen und gleichfalls an die Seine verfrachtet.

Aber es gibt nach der Jenaer Katastrophe auch Trostmomente. Die Menschen um ihn, den Verzagten, führt das gemeinsame Unglück einander näher, man ist weiser, wärmer und großherziger geworden. Die Königin mit ihrer Standfestigkeit, ihrer beherzten patriotischen Haltung rührt ihn. Ihr scheinen durch die Katastrophe moralische Kräfte zugewachsen: *Man sieht sie einen wahrhaft königlichen Charakter entwickeln... Sie, deren Seele noch vor kurzem mit nichts beschäftigt schien, als wie sie beim Tanzen oder Reiten gefalle.*[14] Sie hat bedeutende Köpfe um sich versammelt, von deren liberalen Reformideen man sich einiges erhoffen durfte. Ja, von solchen Männern könnte, da ist Kleist sich sicher, Rettung kommen.

Du weißt, daß ich meine Karriere wieder verlassen habe. Diese Kunde ging an den Freund Rühle Wochen vor Preußens schwarzem Tag. Altensteins Urlaubsangebot habe er im Grunde nur angenommen, um sich um so *sanfter aus der Affäre zu ziehen.* Kleist hat seine Bestimmung gefunden, obwohl, das muß er einräumen, seine Vorstellung davon nur noch der *Schatten* dessen ist, was ihm noch vor Jahren vorschwebte.[15] Wie man es auch nehmen mochte, er verstand sich jetzt als Schriftsteller und glaubte sich in Zukunft von seinen literarischen Erzeugnissen ernähren zu können. Doch in den Kriegswirren hatten die Menschen andere Sorgen. Wo ließen sich in solchen Elendszeiten – schöngeistige Bücher absetzen! Und da mit der Aufgabe der Verwaltungslaufbahn keine Diäten mehr flossen, drückten den Dreißigjährigen wieder einmal Geldsorgen. Wo alles auf der Flucht war, selbst der Hof, wo sollte die für ihn vorgesehene Leibrente der Königin herkommen? Er schreibt an Marie von Kleist, erhält keine Nachricht. Er schreibt wieder. Die Antwort bleibt aus. War Marie ums Leben gekommen? Er befürchtet es. Wieder bittet er die Schwester. Dreißig Louisdor müsse die Kusine aus Königin Luises Schatulle an ihn noch besitzen, zehn davon sollen an den Kameraden Rühle gegangen sein. Also müßten die restlichen zwanzig noch verblieben sein. Aber wie sollten sie bei dem Kriegschaos von Berlin nach Königsberg an ihn gelangen? Überschickung mit der Post? Unmöglich. Es kommt ihn hart an, daß er vor der großen Schwester zum soundsovielten Male auf den Knien liegt. Was blieb ihm übrig? *Die Not ist jetzt dringend.*[16]

Unter der nach Ostpreußen geströmten Flüchtlingsflut taucht Ernst von Pfuel auf. Eine Odyssee liegt hinter ihm. Wilde Flucht, Gefangenschaft, Freilassung auf Ehrenwort. Er erwischte ein Schiff nach Ostpreußen. Was tun, um das Vaterland doch noch zu retten? Es gab Widerstandsnester in der Mark, ein Freikorps soll sich dort gesammelt haben. Nichts wie zurück nach Westen, obwohl die Gegenströmung von flüchtenden Massen beachtlich ist.

7. Januar 1807. Heinrich von Kleist, den es nach Berlin zieht, ebenso zwei verabschiedete Offiziere von Gauvais und von Ehrenberg haben sich Ernst von Pfuel angeschlossen. Bei den Verwandten Stojen-

tin auf dem Landgut Schorin nahe der Stadt Stolp traf man Ulrike wieder. Sie hatte sich dorthin zurückgezogen, nachdem es mit Heinrich in Königsberg wieder einmal Zoff gegeben hatte. Man macht in Schorin Station, versöhnt sich; denn es tut ihm alles leid wie immer: *Wenn ich nur an Dir nicht Unrecht getan hätte, mein teuerstes Mädchen! Ich bin so gerührt, wenn ich das denke, daß ich es nicht beschreiben kann.*[17]

Kurz vor Berlin hält Pfuel es für geraten unterzutauchen. Er sagt den Gefährten Adé und weicht zu den Fouqués nach Nennhausen aus. Kleist und die beiden fremden Offiziere gelangen nach Berlin und werden prompt in Haft genommen. Spionageverdacht.

Novelle *Das Erdbeben in Chili*

Im Jahr der preußischen Katastrophe muß dem Dichter Kleist in Königsberger Tagen eines seiner gewaltigsten, in seiner Farbintensität aussagestärksten und zugleich erschütterndsten Prosawerke gelungen sein: die Novelle *Das Erbeben in Chili*. Sie erscheint zum ersten Mal im September 1807 in der neugegründeten, bald zu großer Berühmtheit gelangenden Kulturzeitschrift des Tübinger Verlegers Johann Friedrich Cotta: *Morgenblatt für die gebildeten Stände*. Die Geschichte, die das Erdbeben von 1647 in der Hauptstadt Chiles zum Gegenstand hat, trägt zunächst den Titel *Jeronimo und Josephe*. Zwischen Jeronimo, einem Hauslehrer, und Josephe, seiner Schülerin, einer Tochter von Stand, war es unerlaubt zu einem *zärtlichen Einverständnis* gekommen.[18] Beide sind nicht nur die Hauptpersonen der berichteten Begebenheiten, sie erweisen sich auch zunächst als die auserwählten Schützlinge eines sonst keine Schonung gewährenden *fürchterlich über den Wolken waltenden Wesens*.[19] Denn während Tausende durch zusammenstürzende Mauern verschüttet, erschlagen, zermalmt werden, brechen die Gefängniswände des eingekerkerten Verführers, kommen die Richter und Henker zu Tode, die im Begriffe waren, Josephe zum Richtplatz zu führen, weil sie durch Geburt eines unehelichen Kindes ihren Nonnenorden entweiht hatte. Die aller Gefahr auf wunderbare Weise Entsprungenen finden sich auf freiem Felde wieder und erleben mitsamt dem Neugeborenen unter einem Granatbaum ein mondbeschienenes, geradezu paradiesisches Beisammensein:

so silberglänzend und still, wie nur ein Dichter davon träumen mag.[20]

Es beschämt die Glücklichen geradezu:

Sie dachten, wie viel Elend über die Welt kommen mußte, damit sie glücklich würden![21]

Ein so dick aufgetragener Zauber kann sich im weiteren Verlauf des Erzählten nur als Trug herausstellen: Bei einem Dankgottesdienst, zu dem sich die Geretteten mit dem Rest der verschont gebliebenen Bewohnerschaft einfinden, als Sünder entdeckt und durch die Haßpredigt eines Priesters dem Fürsten der Hölle überantwortet, wird das Paar von einem aufgehetzten Mob niedergekeult.

Der Abgrund religiös fanatisierter Brutalität läßt erschauern: Jeronimo wird vom eigenen Vater erschlagen. Der Mörder Josephes, dessen Mordlust noch nach dem Blut des Säuglings giert, ist kein Krieger, kein Serientäter, es handelt sich um Josephes Schuhflicker Pedrillo, dessen niederste Instinkte durch eine Geistlichkeit wachgepeitscht wurden, die sich vermaß, die Naturkatastrophe als Strafe Gottes für menschliche Sittenverderbnis in der Stadt auszulegen: Ein Schuster wird zum leibhaftigen Teufel:

Meister Pedrillo ruhte nicht eher, als bis er der Kinder eines bei den Beinen von der Brust gerissen, und, hochher im Kreise geschwungen, an eines Kirchenpfeilers Ecke zerschmettert hatte.[22]

Ein Jahr nach dem Zweiten Weltkrieg empfiehlt der Schriftsteller Arnold Zweig der Leserschaft seiner Zeit, sie brauche das Erdbeben von Santiago nur durch die Bombardierung von Rotterdam, Warschau oder Dresden zu ersetzen – *die klerikalen Masseninstinkte jener Zeit aber durch die nationalistischen der unseren.*[23]

Nihilistisch endet die Novelle nicht. Sie gewährt dem Menschen nach den erfahrenen Greueln einen Neuanfang. Don Fernando hat das vom Mob bedrohte Paar vergeblich, wenn auch löwenhaft, verteidigt und dabei seinen eigenen Sohn eingebüßt – Meister Pedrillo hatte diesen mit dem *Bastard* verwechselt. Don Fernando nimmt sich des durch seinen Schutz am Leben gebliebenen verwaisten Jungen an und schöpft Trost. Man sollte den Schlußsatz der Erzählung nicht überlesen:

so war es ihm fast, als müßt er sich freuen.[24]

Kriegsgefangener

Wie es in der nun französisch besetzten preußischen Hauptstadt den Anordnungen entsprechen mochte, hatten sich die drei aus Ostpreußen angereisten Exoffiziere bei der Kommandantur eingefunden, um sich die Pässe signieren zu lassen. Aber gerade das erwies sich als Fehler. Die Befehlsstelle schöpfte Verdacht, zweifelte die Echtheit der Demissionspapiere an und nahm die drei Fremden kurzerhand in Haft. Bereits am nächsten Morgen, dem 31. Januar 1807 werden sie von der Gendarmerie 30 km westlich Berlin nach Wustermark verbracht, wo man die drei Spionageverdächtigen in ein Kellergefängnis für gewöhnliche Verbrecher steckt. Proteste, Unschuldsversicherungen, Berufung auf achtbare Zeugen nutzen wenig, die Diensttuenden befolgen ihre Vorschriften. Der Transport nach Frankreich zieht sich Wochen hin. Anfang März gelangt man in den französischen Jura nahe der schweizerischen Grenze. Das Reiseziel heißt Château de Joux, eine aus der Höhe die Straßenschlucht überwachende Burganlage aus dem 11. Jahrhundert. Es ist der 5. März. Heinrich schreibt an Ulrike: *Nichts kann öder sein, als der Anblick dieses, auf einem nackten Felsen liegenden, Schlosses, das zu keinem anderen Zweck, als zur Aufbewahrung der Gefangenen, noch unterhalten wird.*[25] Der vor 32 Jahren eingelieferte Volkstribun Graf Mirabeau hatte von hier in die Schweiz fliehen können. Der aus Afrika stammende haitianische Befreiungsheld François Dominique Toussaint L'Ouverture war hier vor vier Jahren in seinem Gewölbe nach achtmonatiger Haft elendig umgekommen.

Man läßt die Angekarrten aussteigen, sie müssen den Gipfel zu Fuß erklimmen. Das Wetter grausam, die Wege vereist, an den Hängen fußhoher Schnee. Ein mörderischer Sturm droht die Hinaufsteigenden in den Abgrund zu fegen. Oben wird den Häftlingen zunächst das Geld abgenommen, außer Kleist, der hat keins und macht den Dolmetscher. Jeder wird in ein gesondertes Gewölbe gesperrt. Darin kein Licht, keine Lüftung. Ungeziefer plagt die Einsitzenden. Zwei Menschenalter später sitzt, als Spion verdächtigt, Theodor Fontane in französischer Haft und klagt über die Rattenplage im Gefängnis:

Nie hab' ich diese Tiere mit solcher Frechheit sich gebärden sehen; sie waren überall; zupften und zerrten an den Decken, ließen sich durch mein Husten und Zurufen nicht im geringsten stören...[26]

Wie jener preußische Kriegskorrespondent übersteht Kleist im Unterschied zu seinen Leidensgenossen alle Zumutungen überraschend gut. Er fühlt sich gesund wie schon lange nicht mehr, findet sogar Muße und Stimmung zum Dichten.

Kaum hat Ulrike die Nachricht von der Gefangennahme ihres Bruders erfahren, als sie auch schon unterwegs nach Berlin ist. Sie rückt den französischen Behörden auf den Leib, entschlossen, keine Ruhe zu geben, bis sie Heinrich in Freiheit weiß. Sie schreibt an den Gouverneur von Berlin General Guillaume Clarke. Nicht demütig eine Gunst erbittend, das entsprach weder ihrer Herkunft noch wäre ihr das von der Sache her gerechtfertigt erschienen. Hier war flagrantes Unrecht geschehen: Der in Haft Genommene hatte amtlich beglaubigte Pässe bei sich geführt, sein Dienst in der Armee war acht Jahre her, der inzwischen Zivilangestellte hatte sich nicht das Geringste zuschulden kommen lassen und stand im Begriff, sich in Dresden der Literatur und den Künsten zu widmen. Man habe den Unglücklichen, ohne ihn vorher zu verhören, verschleppt, behandle ihn, als ob er etwas verbrochen hätte, und ließe ihn in einem Verließ schmachten.

So wenig von Ulrike überliefert ist, daß sie auch nur eine Ahnung von dem schriftstellerischen Genie des Bruders besessen hätte, jetzt wirft sie sich stolz in die Brust: Exzellenz könnten sich ja bei der öffentlichen Meinung erkundigen, dann würde sie erfahren, daß der Arretierte in der literarischen Welt keineswegs ohne Namen sei und schon deswegen besondere Anteilnahme verdiene.

General Clarke läßt nicht auf Antwort warten. *Monsieur Frère* habe sich selbst der Gefahr ausgesetzt, als Spion verdächtigt zu werden, *als er sich aus dem feindlichen Hauptquartier hinter die französische Armee begab.*[27] Auch verfahre er, Clarke, ja durchaus nachsichtig, indem er den Verdächtigten (statt ihn einfach zu erschießen) nach Frankreich transportieren lasse. Wenigstens erwirkt der Berliner Gouverneur über den Kriegsminister, daß Kleist und seine zwei Mitverhafteten Anfang April aus Fort de Joux herausgeholt und in die Champagne nach Châlons-sur-Marne geschafft werden, in ein reines Kriegsgefangenenlager. Im Genuß ihres Offiziersstatus dürfen sie sich auf Ehrenwort am Ort frei bewegen.

Wenn nur nicht wieder die Geldsorgen wären. Zwei Monate bezieht Kleist keinen Sold, obwohl ihm dieser als Kriegsgefangener zustünde, als Offizier 37 Francs monatlich. Ulrike muß mit einem überschickten Wechsel aushelfen, bis er im Juni das erste Verpflegungsgeld tatsächlich erhält. August Rühle von Lilienstern ist es gelungen, das Amphitryon-Manuskript zu verkaufen, allerdings nur für ein Drittel des Preises, den sich der Verfasser erhofft hatte: 25 Louisdors (ca.125 Rth.). Der Dresdner Verleger Arnold wird es Anfang Mai, also noch während Kleists Gefangenschaft, herausbringen.

Noch ist der Krieg zwischen Frankreich und Preußen nicht beendet. Solange kein Friede geschlossen ist, muß Heinrich von Kleist in Gefangenschaft bleiben. Châlons-en-Champagne, so der heutige Name, ist eine alte Bischofsstadt mit diversen mittelalterlichen Gotteshäusern, der Dichter wird sie besichtigt haben.

14. Juni 1807. Die restlichen noch heilen preußischen Truppenteile werden mit ihren russischen Verbündeten bei Friedland südlich Königsberg von Napoleon aufs Haupt geschlagen. Am 9. Juli wird in Tilsit ein Frieden unterzeichnet. Preußen entging seiner kompletten Auflösung nur dank des Einspruchs durch den russischen Zaren, mit dem sich der französische Kaiser vorübergehend ausgesöhnt hatte. Drei Tage später geht in Châlons der Entlassungsbefehl General Clarkes ein. Kleist darf heimreisen, aber mit der Auflage, sich in Berlin beim Gouverneur zu melden. Doch wie sollte er das finanzieren? Er schimpft: *Es ist ungeheuer, jemanden so durch die Welt zu jagen, ohne zu fragen, woher er das Geld dazu hernehme?*[28] – Ein Hilferuf geht an den Freund Rühle: *Ich bin ganz ohne Geld und nicht imstande zu reisen, wenn Du mir nicht unverzüglich das Geld von* (Verleger) *Arnold – schickst.*[29] Bis Monatsende muß er warten, bis endlich die heiß erbetene Reiseentschädigung eintrifft. Kleist kehrt nach Berlin zurück, holt sich von General Clarke die endgültige Entlassung. Dann treibt es ihn fort, zunächst für eine Zwischenstation in die Lausitz, wo er bei Cottbus nach langer Zeit Verwandte wiedersieht. Sein Ziel heißt Dresden, wo er, wie bereits geschildert, in der Pirnaischen Vorstadt Äußere Rampische Gasse 123 eineinhalb

Jahre leben wird. Kleist hat ein halbes Jahr französische Kriegsgefangenschaft hinter sich.

1 HvK SW Bd. 2 Bf. 97
2 Reclam, Molière Amphitryon I, 2 bzw. III,5
3 Bd. 1 S. 263
4 S. 287
5 S. 292
6 wie 4
7 S. 285
8 S. 320
9 Sembdner, *Nachruhm* Nr. 643a
10 wie 1 Bf. 99
11 Bf. 98
12 ebd.
13 ebd.
14 Bf. 100
15 wie 12
16 Bf. 101
17 wie 13
18 S. 144
19 S. 147
20 S. 149
21 S. 150
22 S. 158
23 wie 11 Nr. 688
24 wie 13 S. 159
25 wie 12 Bf. 104
26 Fontane, *Kriegsgefangen* S. 20
27 Sembdner, *Lebensspuren* Nr. 164b
28 wie 12 Bf. 107
29 ebd.

Meisterschaft und letzte Hoffnung

Trauerspiel Penthesilea

Im Dezember 1807 – er ist schon ein Vierteljahr in Dresden – vollendet Kleist sein Trauerspiel *Penthesilea.* Es erscheint auszugsweise im *Phöbus* und wird von Friedrich Cotta 1808 in Buchform auf den Markt gebracht. Die griechische Mythologie überliefert, daß das kriegerische Frauenvolk aus dem Kaukasus in den Trojanischen Krieg einbrach, sich auf die Seite Ilions schlug, bis Penthesilea, die gekrönte Anführerin, von Achill getötet wurde. Kleist behandelt auch diesen Stoff nach eigenen Vorstellungen: Bei ihm wird der Sohn der Meeresgöttin Thetis von Penthesilea getötet. Dieser Frauenstaat war nicht vom Himmel gefallen. Seine Bewohnerinnen hatten sich von ihren brutalen Eroberern befreit, die nach Tötung aller Männer die zurückgebliebenen Witwen und Bräute zu Opfern einer Massenvergewaltigung erniedrigten, daraufhin im Bett für diesen Frevel von diesen abgeschlachtet wurden. Ein neues Grundgesetz bestimmt die Zukunft:

Und dem Geschlecht der Männer nicht mehr dienstbar.
Ein Staat, ein mündiger, sei aufgestellt,
Ein Frauenstaat, den fürder keine andre
Herrschsüchtige Männerstimme mehr durchtrotzt.[1]

Penthesileas Tragik setzt ein, als sie gegen das Gebot verstößt, Männer ohne Ansehen der Person im Kampf gefangenzunehmen und im dafür bestimmten *Rosenfest* für den Fortbestand des Staates kurzzeitig zu benutzen, um sie nach erfüllter Funktion, wenn auch beschenkt, zu beurlauben: Sie verliebt sich in Achill, einen der feindlichen Fürsten und hat nur noch Augen für ihn. Achill, geht es genauso. Auch er will von dem Kriegsziel der griechischen Landsleute nichts mehr wissen und nur noch Penthesilea daheim zu seiner Königin machen. Die Liebesszene zwischen beiden heftigen, den Extremen – übersensible Zartheit, zügellose Wildheit – gleich hinneigenden Geschöpfen, gehört zu den sensibelsten Eingebungen des Dichters.

Denn die Gefühle dieser Brust, o Jüngling,
Wie Hände sind sie, und sie streicheln dich.[2]

Penthesilea ist im Kampf mit ihm gestürzt und seine Gefangene geworden. Als sie aus der Ohnmacht erwacht ist, suggeriert er ihr, um sie in der Liebe um so gefügiger zu machen, e r sei i h r Gefangener. Stolz verheißt ihm die Königin:

Die Freiheit schenk ich dir, du kannst den Fuß
Im Heer der Jungfrauen setzen, wie du willst.[3]

Erst als das Amazonenheer zum Großangriff anrückt, um die Königin zu befreien, erfährt sie die niederschmetternde Wahrheit:

Gefangen bist du mir, ein Höllenhund
Bewacht dich minder grimmig, als ich dich.[4]

Zutiefst verletzt in ihrer Würde als Königin und in ihrer Ehre als oberste Kriegerin, fühlt sie sich von dem Geliebten, um es kraß auszudrücken, auf den Arm genommen. Daran ändert auch nichts, als er sich ihr nochmals freiwillig zum Kampf stellt. Im Gegenteil, jetzt glaubt sie erst recht nicht mehr an seine Liebe; denn zur Liebe gehört, daß man sich nicht auf eine höhere Stufe stellt.

Der mich zu schwach weiß, sich mit ihm zu messen,
Der ruft zum Kampf mich, Prothoe, aufs Feld?[5]

Kein Dichter der Goethezeit hat der Eigenständigkeit der Frau so nachdrücklich das Wort geredet wie Heinrich von Kleist. Die Marquise von O. erreicht den Höhepunkt ihrer Persönlichkeitsentfaltung nicht an dem Tag, wo sie Mutter und Vater durch ihre erwiesene Unschuld beschämt, auch nicht, als sie dem reuezerknirschten Vergewaltiger endlich verzeiht, sie wächst über sich hinaus, als der Vater ihr die Kinder fortnehmen will. Bei Gefahr, von dem jähzornigen Kommandanten niedergeschossen zu werden, besteigt sie mit *ihrer lieben Beute* die Kutsche, um als Alleinerziehende das Leben zu meistern:

Durch diese schöne Anstrengung mit sich selbst bekannt gemacht, hob sie sich plötzlich, wie an ihrer eigenen Hand, aus der ganzen Tiefe, in welche sie das Schicksal herabgestürzt hatte, empor.[6]

Eine neue Generation muß nachwachsen, als *Penthesilea 1876* in Berlin die Uraufführung erlebt. Die Zeitgenossen tun sich schwer mit der rasenden Hyäne, auch in Kreisen, in denen Kleist Anerkennung genießt. Auf Schillers Dresdner Freund Körner macht das Stück einen *widrigen Eindruck*.[7] Für Dorothea Stock ist die Titelfigur ein *Ungeheuer.*[8] – Goethe hat mit *Penthesilea* ein Problem. Die

Tragödie scheint ihm ins *Hochkomische* abzugleiten, Stoff fürs neapolitanische Volkstheater: *wo die Amazone mit einer Brust auf dem Theater erscheint und das Publikum versichert, daß alle ihre Gefühle sich in die zweite, noch übrig gebliebene Hälfte geflüchtet hätten.*[9]

Kleist war mit seiner Lust zur Überzeichnung seiner Zeit um Generationen voraus. Penthesileas irrige Annahme, Achill wolle sie in einem erneuten Zweikampf vernichten

Hier diese treue Brust, sie rührt ihn erst,
Wenn sie sein scharfer Speer zerschmetterte?[10],

ist es nicht allein, was die Amazonenfürstin um den Verstand bringt, mindestens ebenso setzt ihr der Zusammenprall zu von Illusion, in der sie von Achill gehalten wurde, mit der rüden Wirklichkeit des heranpreschenden Amazonensturms. Es macht sie, weil damit alles ihr Heilige in sich zusammenstürzt, zur tollwütigen Megäre. Als solche völlig blind, läßt sie Achill, der seinerseits in völliger Verkennung der Sachlage sich unbewaffnet aufs Kampffeld stellt, von ihrer Doggenmeute zerfleischen, ja wird dabei selbst zur Bluthündin, die ihre Zähne in die Brust des Helden gräbt:

Den Zahn schlägt sie in seine weiße Brust,
Sie und die Hunde, die wetteifernden....[11]

Erst das 20. Jahrhundert mit seinen Erkenntnissen aus der Psychoanalyse lernte die Kühnheit zu schätzen, mit der Kleist in die Untiefen menschlicher Seelenvorgänge vorstieß, ihren pathologischen Verirrungen sprachgestalterisch auf den Leib rückte, abartig übersteigerte Sexualität bis zum Mordgelüst –

Küßt ich ihn tot?
Küsse, Bisse, das reimt sich...,[12]

enge Nachbarschaft zwischen abgöttischer Liebe und abgründigem Haß in die Dichtung aufnahm. Noch heute betritt die waffenumgürtete Heroin aus dem Kaukasus nur selten die Bühne. Buchhändler stolpern bei der Aussprache des Namens. Schon gar nicht wissen Hörbuchverlage etwas mit ihr anzufangen, obwohl die Verse voll Plastizität, Klangkraft und Wucht in breit angelegten Botenberichten, Mauerschaugemälden dem Lauschenden in ihrem hinreißenden Fluß neue Welten aufschließen könnten. Es ist zu befürchten, daß auch Kleistjubiläen bei allem festlichen Aufwand, den man dem Gefeierten für einen begrenzten Zeitraum zu schulden glaubt, daran wenig ändern werden.

Vergebliches Werben um Ulrike

Ein Herzenswunsch wurde ihm für den Aufenthalt im *lieben* Dresden nicht erfüllt. Von einem Kurzbesuch abgesehen, findet Ulrike nicht mehr den Weg zu Heinrich, geschweige, daß sie sich bereit fände, mit ihm ein paar Wochen, gar Monate zusammenzuziehen. Dabei war ihm gerade in der Gefangenschaft wieder bewußt geworden, was er an der Schwester hatte und wie sehr er sie – nicht nur wirtschaftlich, viel dringender noch als moralischen Beistand – brauchte: *Wie frohlocke ich, meine teuerste Ulrike, wenn ich alles denke, was Du mir bist, und welch eine Freundin mir der Himmel an Dir geschenkt hat!*[13] – Das schrieb er ihr aus Chalons. Hatte sie nicht wie eine Löwin um seine Befreiung gekämpft? Er malt sich aus der Ferne die Idylle eines gemeinsamen Haushaltes aus: Er schreibt, sie liest Rousseau. Er schafft mit den Erträgen seiner Kunst das Geld heran, will es ihr in Kost geben. Sie macht wie immer die Wirtschafterin und Organisatorin. Würde das ihrem Leben letztlich nicht gleichfalls Erfüllung bringen? *Das Gefühl, miteinander zu leben, muß Dir ein Bedürfnis sein, wie mir. Denn ich fühle, daß Du mir die Freundin bist, Du Einzige auf der Welt!*[14] Er denkt an den letzten Streit in Königsberg zurück. Diesen Schönheitsfehler muß er einräumen. Trotzdem. Was ihm damals die Laune nahm, waren Pechsträhnen. Blieben sie aus, konnte er, das wird sie doch nicht vergessen haben, ganz anders sein: *Das Unglück macht mich heftig, wild, und ungerecht; doch nichts Sanfteres, und Liebenswürdigeres, als Dein Bruder, wenn er vergnügt ist.*[15]

Ulrike bleibt hart. Mit Heinrich das Leben teilen? Niemals. So sehr er auch fleht, es noch einmal mit ihm zu versuchen. Auch ihre Briefe werden seltener, daß er sich bitter beklagt. Monate läßt sie verstreichen ohne Lebenszeichen. Lediglich zu der einen oder anderen Geldsendung läßt sie sich erweichen. Aber als er diese in den Sand gesetzt hat, bleiben auch sie aus. Hochverschuldet wird Kleist Dresden den Rücken kehren. Hinter ihm ein Tränenfeld der Mißerfolge. Zwei Jahre bleiben ihm noch. Daß es nicht mehr sind, diese Katastrophe nicht durch ihre Nähe verhindert zu haben, wird der Frau noch bitter leid tun.

Ritterschauspiel *Käthchen von Heibronn*

Marie von Kleist hatte für *Penthesilea* einen dem Dichter zu Herzen gehenden Deutungsansatz gefunden: Die Amazonenkönigin enthalte den *Schmutz zugleich und den Glanz* seiner Seele. *Jetzt*, so antwortet er ihr, *bin ich neugierig, was Sie zu Käthchen von Heilbronn sagen werden, denn das ist die Kehrseite der Penthesilea, ihr anderer Pol.*[16] Dresden im Spätherbst 1807.

Beide Theaterstücke unterscheiden sich voneinander wie Tag und Nacht. Es macht ahnen, wie ungeheuer reich das schöpferische Potential in diesem einzigartigen Genie angelegt sein mußte. Kurz gesagt, was hätte den Brettern, die die Welt bedeuten, noch an Vollendetem blühen können, wären Kleist auch nur ein paar Lebensjahre mehr zur Ausbeute seiner Schaffenskraft beschieden gewesen.

Wir wandeln nicht auf Trojas Schlachtfeldern, wir lauschen nicht an einem nie wechselnden Ort metrisch gezügelten Botenberichten. Zwischen Felshängen, Waldlichtungen, Burgzinnen werden wir in die Ritterzeit verpflanzt mit nachbarlichen Privatfehden, heimlichen Femegerichten, mit der Waffe ausgefochtenen Gottesurteilen. Das Gerichtsverhör vollzieht sich in Prosa, der verliebte Graf vom Strahl wird in Prosa zum Dichter, der mit der Sprache ringt:

Ich will meine Muttersprache durchblättern, und das ganze, reiche Kapitel, das diese Überschrift führt: Empfindung, dergestalt plündern, daß kein Reimschmied mehr, auf eine neue Art soll sagen können: ich bin betrübt.[17]

Gefechte, Überfälle, Verführungen, Schloßbrände, das Bad entkleideter Frauen in der Grotte, alles das wird nicht von einer Warte für das Publikum erschaut wie Penthesileas Hundesturmangriffe, es vollzieht sich vor dem Zuschauer auf der Bühne. Dort ein Kommen und Gehen. Alle Stände vom Kaiser bis zum Köhlerbub sind vertreten. Virtuos spielt der Dichter auf den Klaviaturen der Romantik, versetzt den Zuschauer in die Welt des Märchens, wo Träume die Realität regieren. Ein geflügelter Cherub leitet den Liebenden in Käthchens Kammer, führt Käthchen unversehrt aus dem brennend zusammengestürzten Haus. Der Graf läßt sich von dem unter einem Holunderbusch schlummernden somnambulen Käthchen ihren Silvestertraum erzählen, der sich mit seinem in gleicher Nacht gehabten Traum auf verblüffende Weise ergänzt. Die zum häßlichen Ausbund demontierte Halbhexe Kunigunde von Thurneck ist als Giftmischerin enttarnt... Das alles fließt – keineswegs ohne Spannung – so anmutig daher, daß man dahinter die schmunzelnde Ironie mutmaßt, ähnlich der des die Romantik parodierenden Heinrich Heine: *Sie kämmt es mit goldenem Kamme und singt ein Lied dabei...*[18]

Keineswegs um Parodie geht es dem Dichter bei der Zeichnung seiner reizendsten Titelfigur überhaupt – Käthchen von Heilbronn. Gegenpol zu Penthesilea, doch sind beide Töchter eines Vaters, der heißt Heinrich von Kleist. Beide teilen sich das Gen eines nahezu krankhaften Liebesdrangs, der sich zu einer elementaren, das Ich zersprengenden Naturgewalt Raum schafft. Das in zwei vollkommen entgegengesetzten Extremen: Was sich in Penthesilea zu überspitzter Angriffswut bis zur Bestialität hinaufschraubt, äußert sich bei Käthchen in Gestalt schrankenloser Hingabe bis zum Selbstopfer.

Vor dem Femegericht inquisitorisch befragt, gibt Käthchen sich demütig, einsilbig, als könne sie nicht bis drei zählen:

Weiß nit, mein hoher Herr.[19]

Stehen Ruf und Wohl des Geliebten auf dem Spiel, geht sie im Kreis der Vermummten beredt zum offenen Angriff über:

Wenn hier gesündigt ward, ist e r der Richter,
Und ihr sollt zitternd vor der Schranke stehn![20]

Sie springt aus dem Fenster, zerschlägt sich die Knochen, bleibt dem Geliebten durch Frost und Hagel auf den Fersen in treuer Hörigkeit. Wo immer sie ihr Idol in Gefahr weiß, zeigt Käthchen verblüffende Geistesgegenwart: Sie reißt dem Prior den Brief aus den Händen, um einen dem Grafen geltenden Anschlag zu vereiteln, schätzt Kampfgelände und feindliches Aufgebot ab wie ein geübter Feldmeldegänger, brilliert in Notlagen durch Qualitäten, wie sie gerade Frauen auszeichnen: durch Zähigkeit und Beharrungsvermögen.

So erweist Käthchen sich letztlich als die stärkere der Schwestern. Denn während die kriegerische Amazone sich erdolcht, weil sie die Realität, die sie sich durch ihr blindwütig angerichtetes Blutbad selbst geschaffen hat, nicht mehr ertragen kann, siegt Käthchen auf ganzer Linie. Sie weiß sich den teutonisch tumben Grobian von Ritter, der sie mit Füßen tritt, die Hundspeitsche über sie schwingt, gefügig zu machen wie ein Lamm:

Vergib mir, wenn mein Wort dich oft gekränkt,...[21]

Was von dessen Liebe zu halten ist, darüber mag man geteilter Meinung sein. Wie sinnlich er sie begehrt, zeigen die farbigen Wahnbilder, in die er sich hineinsteigert:

Käthchen! Du, deren junge Seele, als sie heut nackt vor mir stand, von wollüstiger Schönheit gänzlich triefte, wie die mit Ölen gesalbte Braut eines Perserkönigs, wenn sie auf alle Teppiche niederregnend, in sein Gemach geführt wird![22]

Als Wappenträger in der Galerie bärtiger Ahnen will er dennoch nicht aus dem Rahmen fallen. So verguckt er sich allzu überstürzt in Kunigunde von Thurneck, die als seine Feindin angetreten war: Sie soll ja auch eine kaiserliche Urenkelin sein. Daß Käthchen ihr schließlich den Rang abläuft, als Brief und Siegel dokumentieren, daß sie sogar eine natürliche Tochter des regierenden Kaisers ist, verleiht das der Schlußglorie ein leichtes *Geschmäckle*. Wie hätte sich Graf Wetter vom Strahl wohl entschieden, wäre Käthchen die Tochter des Heilbronner Waffenschmieds geblieben? Verständlich, daß der norddeutsche Bühnendichter Friedrich Hebbel Käthchen kritisiert: *Du siegst durch eine kaiserliche Pergamentrolle, durch den kaiserlichen Brief, der dich zur Prinzessin von Schwaben macht.*[23]

Das Käthchen von Heilbronn, 1808 abgeschlossen und, schon aus aufführungstechnischen Gründen, wiederholt Änderungen unterzogen, lernt das Publikum zunächst durch Auszüge in den Phöbus-Heften kennen. Der vollständige Druck erfolgt ein Jahr vor Kleists Tod in Berlin. Das fertige Werk schickt der Verfasser in den von Napoleontruppen noch freien deutschsprachigen Restteil des ehemaligen Reiches nach Wien, wo er es dem Hofsekretär und Dichter Heinrich Joseph von Collin anvertraut. Collin, dessen Namen wir nur noch von seinem Drama Coriolan kennen, zu dem Beethoven die berühmte Ouvertüre komponierte, hat naturgemäß einen guten Draht zum Wiener Theaterbetrieb. Schon *Penthesilea* hatte Kleist ihm zugesandt. Wer Käthchen liebe, erklärt er jetzt, dem könne die

Amazonenkönigin nicht gleichgültig sein. Beide gehörten ja zusammen wie die Plus- und Minuszeichen in der Algebra.

Und siehe da, der Dichter hat endlich mal Glück. Romantische Ritterdramen sind große Mode. Am 17. März 1810 wird Käthchen im Theater an der Wien seine Uraufführung erleben. So geteilt das Urteil der Zeitungen auch ausfallen mag, das Publikum wird seinen Beifall zollen, die Aufführung dreimal wiederholt werden. Bedauerlich nur, daß der Dichter zu arm ist, um dabei sein zu können. Ohne dessen Wissen betritt Käthchen auch noch die Grazer Bühne, ebenso am Theater zu Bamberg, wo ein gewisser E.T.A. Hoffmann, daselbst als Kapellmeister bestallt, die Bühnenbilder entwirft. Auch der Baumeister Friedrich Schinkel wird Kulissen zu *Käthchen von Heilbronn* gestalten. Als das *Rätsel der Liebe mit sicherer, harter Hand der Welt gezeigt*, so wird der Detmolder Dramatiker Christian Dietrich Grabbe Kleists zunächst populärste Theaterfigur bezeichnen.[24] Richard Wagner wird bei der Lektüre in Tränen zerfließen und resümieren: *Kleist verhalte sich zu Schiller wie Schubert zu Beethoven.*[25] Johannes Brahms wird am 26. Februar 1856 nach einer *gräßlich zugeschnittenen* Käthchen-Darbietung an Clara Schumann schreiben: *Kleist ist nun ein so großer Liebling von mir wie wenige.*[26]

Fort aus Dresden

Am 29. April 1809 verläßt Heinrich von Kleist Dresden. Zerwürfnisse, Mißerfolge, Schulden bilden die Bilanz der letzten Monate. *Alles stand damals so gut, daß ich in Dresden bleiben zu können glaubte; doch die letzten Begebenheiten haben mich gezwungen, von dort wegzugehen.*[27] Wird Ulrike ihm helfen? Die kürzlich verstorbene Tante Massow hat ihm 400 Taler vermacht. Konnte Ulrike ihm, bis sie zur Auszahlung kamen, eine Überbrückungssumme zukommen lassen? Der total Verarmte hatte sich bei Salomon Ascher, einem jüdischen Kaufmann, Geld geliehen, Ende Juni war die Rückzahlung der Schulden fällig...

Es ist wieder Krieg. Die Österreicher wollen sich von Napoleon nicht auch noch schlucken lassen. Sie nutzen dessen Schwächung durch den Volksaufstand in Spanien und fallen mit ihren Truppen in das von Franzosen kontrollierte Süddeutschland ein.

Kleist stand in seinem Groll gegen Napoleon nicht allein. Gesinnungsgenossen trafen sich zu vertraulichen Unterredungen.

In den letzten Dresdner Tagen kommt er auf der Elbbrücke mit einem 25jährigen Mann aus Wismar zusammen, einem studierten Historiker, der in Adam Müllers Gelehrtenkreis Vorlesungen über Athener Geschichte halten wollte – sein Name Friedrich Christoph Dahlmann. Der findet mit dem Dichter Gesprächsstoff die Fülle und zieht ihn mit sich. Man kehrt im Inneren der Stadt ein, diskutiert und wird sich einig in der Sorge um Deutschland. Dahlmann hatte von patriotischen Versen erfahren, die Kleist verfaßt hatte. Man wurde sich, so erinnert sich dieser, über Deutschland in einem Punkt einig: daß sie beide es um so tiefer im Herzen trugen, je weniger es draußen zu finden war.

Es dauert nicht lange, und man sieht die neuen Freunde Dresden zu Fuß den Rücken kehren. Ziel die böhmische Grenze. *Unser Vorsatz war*, so formuliert es Dahlmann, *von Böhmen aus nach allen Kräften dahin zu wirken, daß aus dem österreichischen Kriege ein deutscher werde.*[28] Kleist hatte vorher bei der österreichischen Gesandtschaft für sich und Dahlmann einen gemeinsamen Paß besorgt. Man will zunächst nach Prag gelangen, dort die Zukunft abwarten.

Projekt einer Kampfzeitschrift

Die in Prag Eingetroffenen beziehen unweit der Moldaubrücke zwei Zimmer. Sie begegnen auf Schritt und Tritt kampfentschlossenen Militärs aus allen Teilen Deutschlands: Mannschaften eines Freicorps, heimatlos gewordenen preußischen Offizieren, bereit eine eigene Streitkraft zu bilden oder, wie Ernst von Pfuel, direkt in die österreichische Armee einzutreten. Kleist ist voller Hoffnung, als der Feldzug zunächst erfolgreich ist. Beschwingt klingen seine Zeilen an den Gesandten von Buol. Der König von Preußen werde losbrechen, mit ihm verbündet ganz Norddeutschland. *Ein Krieg entsteht, wie er der großen Sache, die es gilt, würdig ist.*[29]

Kleist selbst ist nicht ohne Pläne. Er hat Kampflieder, satirische Artikel im Gepäck für eine neue Zeitschrift, deren Genehmigung bei der österreichischen Regierung noch einzuholen ist. Dabei wird ihm der Prager Stadthauptmann behilflich, in dessen Haus er aus seinen

Schriften vorliest. *Germania* soll das Blatt heißen und als der *erste Atemzug der deutschen Freiheit* verstanden werden.[30] Er will sie mit Dahlmann gemeinsam redigieren. *Germania* soll allen Unmut aussprechen, den Deutsche unter jahrelanger französischer Tyrannei unterdrücken mußten aus Angst vor Zensur und Spitzelei. In einem *Katechismus zum Gebrauch für Kinder und Alte* befragt der Vater seinen kleinen Sohn, einen in Meißen geborenen Sachsen. Der antwortet ganz richtig, daß Sachsen zu Deutschland gehöre und er selbst wie sein Vater ein Deutscher sei. Doch wo auf der Karte soll Deutschland liegen? Es ist nicht mehr zu finden: *Napoleon, der korsische Kaiser, hat es, nach dem Frieden, durch eine Gewalttat zertrümmert.*[31] Ein *Lehrbuch der französischen Journalistik* wird zu einer Paragraphenfibel des durch den Machthaber mißbrauchten Presseapparates. Dessen einzige Zielsetzung: die Regierung zu sichern, dabei die *Gemüter, allen Lockungen des Augenblicks zum Trotz, in schweigender Unterwürfigkeit unter das Joch derselben niederzuhalten.* Das Rezept siehe *§ 5: – Was man dem Volk dreimal sagt, hält das Volk für wahr.*[32] Bis in die letzten Lebenswochen wird Heinrich von Kleist Zeugnisse seiner großen journalistischen Begabung abgeben. Es gelingt, das Zeitungsprojekt dem österreichischen Außenminister Graf von Stadion vorzulegen, der antwortet und informiert den Kaiser.

Das Drama *Die Hermannschlacht*

In Prag macht Dahlmann sich mit Kleists martialischer Lyrik vertraut, die den Eroberer mit einem reißenden Wolf vergleicht. Die Landsleute werden aufgerufen:

Schlagt ihn tot! Das Weltgericht
Fragt euch nach den Gründen nicht.[33]

Die geschändete Germania selbst schreit nach Vergeltung:

Alle Plätze, Trift' und Stätten
Färbt mit ihren Knochen weiß
Welchen Rab' und Fuchs verschmähten,
Gebet ihn den Fischen preis...[34]

Die Handschrift eines kompletten neuen Dramas kommt in den Papieren zum Vorschein: *Die Hermannschlacht*, mit allem, was sie

Großes, Wildes, Herz und Nieren Ergreifendes, zuzeiten auch Empörendes an sich hat.[35] Kleist bittet Dahlmann, daraus vorzulesen, der Verfasser selbst mit belegter Stimme und der ihm eigenen Hast geriet zu leicht ins Stottern. Leider. Denn was er hin und wieder doch selbst vorlas, erhielt durch ihn einen so eindringlichen *Herzensklang*, daß es in den Ohren des Freundes für alle Zukunft nachhallt:

Wir übten nach der Götterlehre
Uns durch viel Jahre im Verzeihn;
Doch endlich drückt des Joches Schwere,
Und abgeschüttelt will es sein.[36]

Das war es ja. Man haßte den westlichen Nachbarn von Natur aus nicht. Schon gar nicht der Dichter, der von Kind auf Französisch redete, es in jungen Jahren besser beherrschte als die Muttersprache. Er mochte die Menschen in Paris über die Maßen oberflächlich und zynisch finden, die französischen Schriftsteller schätzte er über alles, begeisterte sich für die Ideale der Revolution. Doch was zuviel war, war zuviel. Daß die erklärten Befreier sich seit Jahren als reine Eroberer aufspielten, Länder verwüsteten, Städte plünderten, das Volk ausraubten, ganze Regimenter für sich ins Feuer schickten, Kultur und Sprache so abdrängten, daß man als deutscher Schriftsteller keine Zukunft mehr für sich sah, das war für den Dichter Kleist nicht länger hinzunehmen.

Hermann, der Sieger über die römischen Legionen, wurde schon viel besungen. Kleist formt sich den Stoff, für seine Zwecke um, klopft sich Figuren und Umstände für die aktuelle politische Situation, auf die er unbedingt einwirken will, entsprechend zurecht: Der Suebenführer Marbod verfügt noch als einziger Germanenfürst über einen achtbaren Heerhaufen. Die Römer wollen es mit ihm aufnehmen, zumal sie Hermann mit seinen Cheruskern zu ihren Verbündeten zählen. Aber Hermann, der Fuchs, hat sich mit Marbod abgesprochen und fällt am Tag der Schlacht dem Quintilius Varus mit den Cheruskern in den Rücken. Schauplatz der römischen Niederlage sind die Sümpfe des Teutoburger Waldes.

Hermann bewährt sich als kaltblütiger Organisator, schlitzohriger Intrigant, durchtriebener Psychologe, skrupelloser Inszenator. Als Römer verkleidete Cherusker läßt er Äcker und Siedlungen niederbrennen, um den Feindeshaß der Bewohner zu schüren. Zur Täuschung des durchtriebenen römischen Legaten spannt er die eigene Frau ein, kalkuliert ihre Schwäche für Ventidius bewußt ein, das wiegt den Falschspieler in Sicherheit. Aus Erbitterung darüber, daß sie für den Liebhaber lediglich Exportware und Beute sein sollte, läßt Thusnelda ihn von einer ausgehungerten Bärin lebendig zerfleischen und weidet sich an dessen Schreien.

Das ist nicht die einzige Scheußlichkeit auf seiten der Sieger. Hermann läßt die Leiche eines geschändeten Mädchens in 15 Teile zerlegen und an die 15 germanischen Stämme verschicken als Zeugnis römischer Barbarei... Doch wo steht es eigentlich geschrieben, daß das sich von den Unterdrückten befreiende Volk notwendigerweise auch das tugendreiche sein muß wie in Schillers Tell –

Nicht Geschehenes rächen,
Gedrohtem Übel wollen wir begegnen. ?[37]

Jahrelang erlittene Unterdrückung, Demütigung, Ausbeutung liefern den Hefeboden niedrigster Instinkte. Kleists unbedingter Realismus kann, will er wirklich konsequent sein, auf den Geschmack eines gesitteten Publikums keine Rücksicht nehmen. Christoph Dahlmann: *Kleist verschmähte auch das Unschöne nicht, sobald es nur seine Wirkung tat.*[38]

Es versteht sich, daß Figuren, die zu einem gezielten, entsprechend umgrenzten politischen Zeitpunkt konzipiert wurden, die menschlich differenzierte Durchformung vermissen lassen, wie wir sie von Kleist sonst gewohnt sind. Man wird schwerlich Hermanns *Thusschen* mit Alkmene, Käthchen oder Julietta von O. auf eine Stufe stellen können, ebenso verblaßt der Cheruskerfürst neben dem Dorfrichter Adam oder dem Pferdehändler Kohlhaas.

Unschwer für die Zeitgenossen zu erraten, wer mit den verschiedenen Parteien im Stück gemeint war – mit den Römern der aktuelle Feind, mit Marbods Streitkräften die noch nicht niedergezwungenen, weiter kampfbereiten Österreicher, mit dem Cheruskerland das unterworfene auf einen Reststaat zusammengestrichene Preußen, mit den zerstrittenen, schlecht und recht um des Kaisers Gunst buhlenden Germanenhäuptlingen Napoleons deutsche Rheinbundvasallen – Bayern, Sachsen, Hessen, Württemberg... Das Anliegen des Dramas unüberhörbar: »Tut euch endlich zusammen! Werft mit vereinten Kräften den Feind aus dem Land!«

Kleist hatte eine Abschrift wiederum an Collin nach Wien geschickt. Würde es zur Aufführung kommen, träfe das Werk den Nerv der Zeit, hätte möglicherweise die Durchschlagskraft der Schillerschen *Räuber*, des *Tell*. Er drängt Collin in einem zweiten Anschreiben: *Sie können leicht denken, wie sehr mir die Aufführung dieses Stücks, das einzig und allein auf diesen Augenblick berechnet war, am Herzen liegt... ich schenke es den Deutschen.*[39]

Nahe dem Dorf Aspern, heute ein Wiener Stadtteil, hatten die Österreicher am 22. Mai tatsächlich den Sieg über die feindlichen Truppen davongetragen. Drei Tage drauf besichtigen Dahlmann und Kleist das Schlachtfeld. Sie fragen einen Bauern, der Kugeln aufsammelt, nach der Überquerung eines Donauarmes. Der Bauer schöpft Verdacht, macht Meldung über mutmaßliche Spione. Neugierige Soldaten scharen sich um die Fremden. Kleist zieht Gedichte aus der Tasche – franzosenfeindliche, ein Preislied auf den siegreichen Erzherzog. Es beeindruckt die Umstehenden wenig. Herbeigerufene Offiziere tadeln: Versemacher sollten sich nicht in politische Angelegenheiten mischen. Als der Dichter auch noch seinen Namen nennt, ist das Entsetzen groß: Ein Verwandter jenes Kommandanten von Kleist also, der die feige Übergabe der Stadt Magdeburg zu verantworten hatte? Man schleppt die Aufgegriffenen zum Hauptquartier. Graf Hiller, der Feldmarschall, deckt den Irrtum auf. Wieder einmal war Kleist an einer drohenden Erschießung knapp vorbeigekommen.

Hilfe aus Preußen blieb aus. Der Feind nahm die Mauern Wiens unter Beschuß, der Musikhochburg des Jahrhunderts. Der Geschützdonner vertrieb den Komponisten Beethoven, er verkroch sich bei seinem Bruder, dem Apotheker, in den Keller, wo er zwischen Kissen sein krankes Gehör zu schützen versucht. Joseph Haydn stirbt im gleichen Monat. Während ihm die Kräfte schwinden, spielt er täglich die Hymne, die er vor zehn Jahren für sein Volk geschaffen hat. Kleist wird über Haydns letzte Tage einen Bericht verfassen. Im Stadtkonvikt ist ein 12jähriger Sängerknabe untergebracht, er heißt Franz Schubert.

Dahlmann und Kleist, inzwischen nach Prag zurückgekehrt, erfahren Anfang Juli von Napoleons großem Sieg über die Armee des Erzherzogs von Österreich bei der Ortschaft Wagram nahe Wien. Kaiser Franz muß in Schönbrunn einen schmachvollen Friedensvertrag unterzeichnen. Damit ist alle Hoffnung zerronnen. Für Kleist ein todbringendes Erwachen, ein Schlag, von dem er sich nicht mehr erholen wird. Alle Pläne sind zunichte, seine gesamte Tätigkeit ist untergraben. *Noch niemals, meine teuerste Ulrike, bin ich so erschüttert gewesen, wie jetzt. Nicht sowohl über die Zeit... als darüber, daß ich bestimmt war, es zu überleben.*[40]

Um seine Existenz zu fristen, muß er Salomon Ascher in Dresden um Stundung seiner Schulden beknien. Er weist den Berliner Freund Gleißenberg an, ältere Manuskripte zu verkaufen. Die Hoffnung ist gering: Man wird sie ablehnen, weil sie entweder zu sehr oder zu wenig auf die Zeit bezogen sind.

Er bleibt mit Dahlmann in Böhmen. Monatelang, ohne daß man weiß, was beide dort treiben, wo sie herumstreifen, wovon sie leben. Das Gerücht geht in der preußischen Hauptstadt um, Kleist sei in ein Prager Spital eingeliefert worden und nicht mehr am Leben. Dahlmann, von dem er sich trennt, wird in der deutschen Geschichte noch eine Rolle spielen. Ende November auf Besuch in der Heimatstadt nimmt Kleist auf seinen Anteil am väterlichen Haus eine Hypothek von 500 Talern auf. Für den Fall, daß es zum Verkauf des Hauses käme, soll sein verbleibender Anteil an Ulrike fallen.

Er reist wieder herum über Frankfurt am Main, von wo er Cotta für den Vorschlag einzunehmen sucht, jährlich ein Drama seiner Feder als Taschenbuch herauszugeben. Von Gotha aus wendet er sich noch einmal an Collin. Er will erfahren, ob das *Käthchen* mittlerweile *aufgeführt* wurde. Am 8. Februar 1810 trifft er schließlich in Berlin ein. Hier wird er bis zu seinem Tod bleiben. Ein Jahr und neun Monate Lebenszeit sind ihm noch vergönnt.

1 HvK SW Bd. 1 S. 389
2 S. 383
3 S. 385
4 S. 398
5 S. 403
6 HvK SW Bd. 2 S. 126
7 Sembdner *Lebensspuren* Nr. 280a
8 Nr. 261
9 Nr. 281
10 wie 1 S. 403

11 S. 413
12 S. 413
13 HvK SW Bd. 2 Bf. 105
14 Bf. 108
15 ebd.
16 Bf. 118
17 wie 1, S. 453
18 Echtermeyer, S. 424
19 wie 1 S. 498
20 S. 442
21 S. 527
22 S. 454
23 Sembdner *Nachruhm* Nr. 532.
24 Nr. 530a.
25 Nr. 536a.
26 Nr. 534.
27 wie 12 Bf. 150
28 wie 7 Nr. 316.
29 wie 13 Bf. 151
30 wie 6 S. 375
31 wie 6 S. 350
32 wie 6 S. 361
33 wie 1 S. 27
34 S. 26
35 wie 7 Nr. 317
36 ebd.
37 F.Schiller SW Bd. 2 *Wilhelm Tell* I,2
38 wie 36
39 wie 6 Bf. 149
40 Bf. 153

»In den Staub mit allen Feinden Brandenburgs!«

Drama *Prinz Friedrich von Homburg*

Königin Luise von Preußen war nach der totalen Niederschlagung ihres Landes am 6. Juli 1807 dem Kaiser Napoleon in Tilsit mit großer königlicher Würde entgegengetreten. Während einer einstündigen Unterredung mit ihm versuchte sie mildere Friedensbedingungen für das am Boden liegende Preußen zu erwirken. Das Volk wird ihr das nie vergessen. Kleist überreicht Ihrer Majestät ein Huldigungsgedicht:

Wir sahn dich Anmut endlos niederregnen,
Daß du so groß als schön warst, war uns fremd![1]

Die Empfängerin der Verse vergießt Tränen. Nun hat er ein Bühnenstück geschaffen, geschöpft aus brandenburgischer Geschichte. Es soll im Privattheater des Prinzen Radziwill, alsdann im Nationaltheater gegeben werden. Danach wäre das Werk der Königin zu überreichen. So kündigt Kleist es im März 1810 der Schwester an. Nichts davon tritt ein. Er wird zu Lebzeiten nie eine Aufführung des neuen Stückes erleben. Königin Luise stirbt noch im gleichen Jahr an einer Lungenentzündung. Sie sollte nicht älter werden als der Dichter.

Prinz Friedrich von Homburg ist als vaterländisches Bühnenwerk gedacht, doch welch ein Unterschied zu der rachegetränkten Völkerkeilerei in den Morästen des Teutoburger Waldes!

Träum' ich? Wach' ich? Leb' ich? Bin ich bei Sinnen?[2]

Eine zutiefst menschliche Selbsterfahrung – nach einem Unfall, einer Schreckensmeldung, einer niederschmetternden Diagnose. Dem Prinzen von Homburg wird der Degen abgenommen, ein Kriegsgericht verurteilt ihn wegen Ungehorsams zum Tod, obwohl er zum Sieg von Fehrbellin als Befehlshaber der Reiterei entscheidend beigetragen hat. Er ist ein Träumer wie alle großen Tatmenschen. Daß ein unglückliches Gen ihn sogar zum Traumwandler bei Mondschein macht, was kann der Prinz dafür? Noch weniger ist ihm anzulasten, daß der Hof ihn in diesem Zustand zum Opfer eines Schabernacks macht.

Kurfürst: *Bei Gott! Ich muß doch sehn, wie weit er's treibt!*[3]

Kann es verwundern, daß die Vision, die er von seiner großen Bestimmung hat und dic ihm durch spielerische Manipulation der fürstlichen Familie nicht nur der Traum, auch die Wirklichkeit vorgaukelt (die Prinzessin hat bei dem schlechten Spaß ihren Handschuh verloren!), kann es also verwundern, daß eine solche Behexung der Sinne den Prinzen für den Tagesbefehl taub macht? Der folgende Auftritt, in dem die Parole für den Gefechtsmorgen ausgegeben wird, was für ein künstlerischer Meistergriff! Feldmarschall Dörfling mit dröhnender Stimme diktiert den Heerführern den Schlachtentwurf. Alles schreibt: *...mit den Kanonen Posten hat gefaßt.* Dazwischen säuseln, wispern, raunen die Stimmen der mit dem Abschied der Frauen befaßten kurfürstlichen Familienmitglieder: *Ramin ist mit dem Wagen vorgefahren?* Als dritter für sich tönender Cantus der völlig zerstreute Prinz, der beim besten Willen nicht achtgeben kann: *Den Handschuh sucht sie –!*[4] Das Geträumte ist wahr, das Herz triumphiert:

Du hast mir, Glück, die Locken schon gestreift:
Ein Pfand schon warfst du, im Vorüberschweben...[5]

Zutiefst verständlich Homburgs lange Weigerung, das Todesurteil des Kurfürsten ernst zu nehmen: *Ich bin ihm wert, das weiß ich,*
Wert wie ein Sohn...[6]

Der Blick in das für ihn schon ausgeschachtete Grab reißt den Prinzen auf grausige Weise aus der Illusion. Er bekommt einen Nervenzusammenbruch, den alte Soldatengeschlechter dem Dichter Kleist bis tief ins 20. Jahrhundert hinein nicht verzeihen werden: Ein Reitergeneral, hochedel geboren und kampferprobt, jammert, heult, winselt um sein nacktes Leben! Prinzessin Natalie klagt den Oheim an:

Ach, welch ein Heldenherz hast du geknickt![7]

Der historische Homburg war freilich aus anderem Holz geschnitzt. Gestandener Familienvater mit silberner Beinprothese, berichtete er der Gemahlin daheim, seiner *Engelsdicken*, mit frisch derber Anschaulichkeit vom Waffengetümmel im Felde. Statt dieses rauhen Haudegens mochte Kleist ein berühmter zeitgenössischer Kavalleriechef Modell gestanden haben: der 1806 in einem – gleichfalls übereilt vom Zaun gebrochenen – Vorhutgefecht bei Saalfeld jung gefallene Prinz Louis Ferdinand von Preußen.

Königin Maria Stuart, Graf Egmont stehen gleichfalls die Hinrichtung bevor. Auch sie empfinden Todesangst, dennoch sind sie gefaßt: Maria durch ihren katholischen Glauben, Egmont im Bewußtsein, für die gute Sache zu sterben. Prinz Homburg, aus der Höhe seiner goldene Zukunft verheißenden Existenz wie ein abgestrafter Götterliebling in den Abgrund gestoßen, gähnt das Nichts an. Heldentum ist für den gewesenen Leutnant von Kleist etwas sehr Relatives, es kommt ganz auf die Umstände an. Aus seinem Heros wird ein Angstbündel.

Der Landesfürst, auf den guten Kern seines Neffen vertrauend, verfährt mit Weisheit: Er läßt den um Gnade Flehenden über die Gerechtigkeit des gerichtlichen Todesbeschlusses selbst urteilen. In die Mitverantwortung genommen – *Ich muß mir den Brief noch einmal überlesen*[8]–, lenkt der erste Gedanke an das Ganze, dem das Gesetz dienen soll, den Angstverkrampften erstmals von sich ab. Der Schrecken des Selbstverliebten löst sich, mit ihr die totale Verzweiflung. Hier wäre eine der zutiefst menschlichen Wahrheiten des, wie alle vollkommene Kunst, vieldeutigen Werkes zu finden.

Die Hochherzigkeit des Souveräns beschämt den zur Entscheidung über sich selbst mündig Gesprochenen. Das stimmt ihn seinerseits zu Schulderkenntnis und Großmut, ja erlöst ihn geradezu von seiner Ichbezogenheit:

Ich will ihm, der so würdig vor mir steht,
Nicht, ein Unwürdger, gegenüber stehn!
Schuld ruht, bedeutende, mir auf der Brust. [9]

Sein freiwilliger Tod, so darf er sich jetzt bewußtmachen, wird sein Ich nicht einfach auslöschen, er wird es vielmehr erhöhen, Friedrich Prinz von Homburg, der für den Rechtsstaat ein deutliches Zeichen setzt, wird in die Geschichte eingehen:

Ich will das heilige Gesetz des Kriegs,
Das ich verletzt', im Angesicht des Heers,
Durch einen freien Tod verherrlichen![10]

Noch verbundenen Auges, den Trommelschlag des Todesmarsches im Ohr, spricht er genau die Worte, die dereinst auf Kleists Grabstein gemeißelt werden:

Nun, o Unsterblichkeit, bist du ganz mein![11]

Daß Homburg statt des Todesstreichs die Augenbinde gelöst wird, Prinzessin Natalie ihm die kurfürstliche Kette umhängt, den Lorbeerkranz aufsetzt, seine Hand nimmt und an ihr Herz drückt, das auch noch im gleichen Garten, stellt die Traumwandler-Szene des Anfangs wieder her.

Ein Traum, was sonst?[12]

Dieses In- und Gegeneinander von Traum und Wirklichkeit, innerer und äußerer Wahrheit, an dem Kleists Helden zutiefst leiden, stürzt den Begnadigten vorübergehend in die Bewußtlosigkeit, den Dichter selbst wird es in den Tod treiben.

Aufbau und Sprache sind von klassischer Reinheit und Schöne, die Handlung einfach: Das ganze Werk an innerer wie äußerer Vollkommenheit – unübertroffen!

Letzte Lebensstation – Berlin

4. Februar 1810. Heinrich von Kleist, den man für tot gehalten hatte, trifft in Berlin ein. Er steigt zunächst im *Hotel de Prusse* ab, bis er Mauerstraße 53 eine Mietwohnung gefunden hat. Hier wird der Hungerleider, anders kann man den Stellungslosen, Verschuldeten, völlig Verelendeten kaum noch bezeichnen, kümmerlich hausen. Er wird, die Tabakspfeife im Mund, schreibend ganze Tage im Bett zubringen, um Feuerung zu sparen – man vergegenwärtige sich Carl Spitzwegs armen Poeten! Oder er hockt Stunden in einer billigen Gaststätte, schriftstellernd. Novellen der Weltliteratur entstehen unter elendesten Bedingungen.

Er wünscht sich die Schwester herbei. Sie blieb die bewährte Lebenskameradin. Eine zweite hat er nie gehabt. So karg bleiben die Zeugnisse über seinen Lebensgang, daß man nicht einmal weiß, ob Kleist überhaupt je eine Geliebte gehabt hat. Ihn wegen jenes vereinzelten Briefbeleges aus Ernst von Pfuelschem Nachlaß als eindeutig homoerotisch zu charakterisieren, wäre vielleicht voreilig. Ein gelegentliches Hin-und-her-Schwanken zwischen den Geschlechtern wäre bei einer so überfeinerten Künstlernatur immerhin denkbar. Unbestritten verstand er sich wie wenige Schriftsteller auf die weibliche Psyche. Ob Penthesilea, ob Käthchen, ob Alkmene, ob Prinzessin Natalie, immer sind es die Frauengestalten, auf deren Zeichnung er sich so vorzüglich versteht.

Kleist wird ein Kindergesicht nachgesagt. Das Bildnis, das ein Mitgefangener auf dem Fort de Joux von ihm gefertigt hat, dilettantisch, doch bezeichnend in den Charakteristika, legt diesen Eindruck nahe. Der Träger solcher Züge scheint ein äußerst schüchterner, zutiefst schamhafter Mensch gewesen zu sein, der die letzte Hemmschwelle zum Liebesvollzug möglicherweise nie überwand.

Jetzt bittet er noch einmal Ulrike: *Könntest Du Dich nicht entschließen, auf ein oder ein paar Monate, nach Berlin zu kommen, und mir, als ein reines Geschenk, Deine Gegenwart zu gönnen?*[13] Keine Angst! An *ein Zusammenziehen* mit ihm ist nicht gedacht. Sie könnte so lange die Wohnung des vorübergehend verreisten Freundes Gleißenberg beziehen. Für Geselligkeiten wäre gesorgt. Ein Vierteljahr vor seinem Tod unternimmt Kleist einen letzten Versuch. Sie könnte im Louisenstift für 400 Reichstaler Oberaufseherin werden bei freier Station. *Dieser Plan schmeichelt meinem Wunsch, Dich auf dauerhafte Weise in meiner Nähe zu wissen.*[14] Wie nervig die gelegentlichen Streitigkeiten für sie auch gewesen sein mögen – sie taten ihm ja leid. Ulrike bleibt hart. Es wird nie wieder gutzumachen sein.

In Berlin trifft Kleist Adam Müller wieder, der in Dresden mit ihm den *Phöbus* herausgegeben hatte. Müller, wegen antifranzösischer Hetze in Sachsen kurzzeitig verhaftet, sah sich des Landes verwiesen. Kleist tat gut daran, sich mit dem wendigen, geistig wie unternehmerisch umtriebigen Menschen wieder auszusöhnen. Wie vor Jahren im Elbflorenz verschafft Müller dem Freund Zugang zu literarischen Zirkeln und guten Häusern. Im Grunde hätte der Zweiunddreißigjährige es in deutschen Landen nicht besser antreffen können: Berlin war nach dem Einmarsch der Franzosen die geistige Hochburg Deutschlands geblieben. Es wimmelte geradezu von Poeten, Künstlern, illustren Gelehrten. Wen traf Kleist nicht alles auf literarischen Zusammenkünften: die nach Berlin übergesiedelten Heidelberger Romantiker Clemens Brentano und Achim von Arnim – sie hatten mit der Herausgabe der Volksliedersammlung *Des Knaben Wunderhorn* literarisch einen Meilenstein gesetzt. Joseph von Eichendorff hatte es nach Berlin gelockt. Er betrauerte das in diesen Tagen für immer verlorengegangene elterliche Schloß Lubowitz und dichtet *O Täler weit, o Höhen*. Kleist stößt auf den Märchensammler Wilhelm Grimm, auf den alten Regimentskameraden Friedrich de la Motte Fouqué, der zeitweise als d e r romantische Dichter überhaupt galt.

Bei dem Verleger Sander begegnet er der jüdischen Großhändlertochter Rahel Levin, berühmt durch ihren geistvollen Salon.

Was für einen Eindruck hinterläßt der neue Gast bei seinen Kollegen? Arnim, der ihn auf seiner *christlich-deutschen Tischgesellschaft* begrüßt haben mag, kennzeichnet ihn Wilhelm Grimm gegenüber als *eigentümliche, ein wenig verdrehte Natur.*[15] Auf Brentano wirkt der Totgesagte frisch und gesund, von Statur untersetzt, *gemischt launigt, kindergut.*[16] Rahel ist von Kleist eingenommen, liebt ihn. Ihr späterer Gatte, der Diplomat Karl August Varnhagen van Ense schwört auf die politischen Gedichte: *Es ist Gold darunter und lauter edles Erz.*[17]

Nachdem sich für Kleist herausgestellt hatte, daß auf den Tübinger Verleger Johann Friedrich Cotta kein Verlaß war, bat er um Rücksendung des Käthchen-Manuskripts und versuchte sein Glück in der preußischen Hauptstadt. Er spricht bei Georg Andreas Reimer vor, einem aus Greifswald stammenden Kaufmannssohn, Inhaber der *Reimerschen Buchhandlung*. Große Namen wie Fichte, Schleiermacher, Tieck, Arndt zieren seine druckfrischen Titel. Reimer ist glühender Patriot, wird in den Freiheitskriegen selbst zur Waffe greifen, was nicht heißt, daß er im Geschäftlichen bei aller Vaterlandsliebe des Partners nicht knallhart zu kalkulieren wüßte. Kleist ist zwar kein ganz unbekannter Autor mehr, den zugkräftigen Namen läßt er sich nicht beizählen. Entsprechend knapp hält Reimer den Zulieferer, zumal dieser sich um so weniger auf seinen Vorteil versteht. Kleists Bedürftigkeit, die ihm aus Rocknähten und Knopflöchern sehen mochte, scheint den Buchhändler nicht zu rühren. Der Autor bettelt und vergißt zu fordern: *Die Zeiten sind schlecht, ich weiß, daß Sie nicht viel geben können, geben Sie, was Sie wollen, ich bin mit allem zufrieden, nur geben Sie es gleich.*[18] *Oder auch so: Ich bitte um Geld, wenn Sie es entbehren können; denn meine Kasse ist leer.*[19] Für den ersten Band Erzählungen, den Reimer nun tatsächlich im September 1810 auf den Markt wirft, will er sich mit 80, ja auch 60 Talern zufrieden geben: *Wenn es nur für diese Messe gedruckt wird.*[20] Reimer zahlt 50. *Michael Kohlhaas*, dem Lesepublikum bisher nur in Bruchstücken aus der Phöbusnummer bekannt, *Das Erdbeben in Chili* und *Die Marquise von O.* bestreiten diesen ersten Kleist umgerechnet 1000 € einbringenden Band Erzählungen. Es folgt im September 1810 gleichfalls bei Reimers das *Käthchen von Heilbronn* und im Februar 1811 der *zerbrochene Krug*. August 1811 erscheint der zweite Erzählband, zwei Monate vor Kleists Tod.

Novelle *Die Verlobung in St. Domingo*

Ende März, Anfang April des letzten Lebensjahres bringt das Berliner Unterhaltungsblatt *Der Freimütige* eine der im zweiten Erzählband enthaltenen Novellen. Sie spielt im heutigen Haiti während des Schwarzenaufstandes 1803 gegen den französischen Kolonialherrn. Der Titel *Die Verlobung in St. Domingo*. Um jungen Menschen einen ersten Eindruck von der geballten Erzählkraft eines Kleist zu vermitteln, die allein schon vom klanglich Sprachlichen in den Bann schlägt, eignet sich diese Prosa. Die Handlung hält in Atem. Im Vordergrund eine blutjunge Mestizin, der des Dichters Beschreibung einen unwiderstehlichen Liebreiz verliehen hat:

Ihr Haar, in dunkeln Locken schwellend, war ihr, als sie niederkniete, auf ihre jungen Brüste herabgerollt; ein Zug von ausnehmender Anmut spielte um ihre Lippen und über ihre langen, über die gesenkten Augen hervorragenden Augenwimpern...[21]

Dieses schöne Kind muß als Köder herhalten, um weiße Schutzsuchende in ein Haus zu locken, das ihnen zur Todesfalle wird.

Der eingetretene Fremde verliert, je mehr er Tonis Reizen erliegt, programmgemäß alle Wachsamkeit. Es gelingt ihm sogar, das Mädchen zu verführen, obwohl ihr von allen Liebkosungen, die sie sich gefallen lassen sollte, diese letzte streng verboten war. Sie weint. Das nicht aus Reue über den Ungehorsam, sondern weil sie einen Wandel in sich erfahren hat: Sie liebt den Fremden und verabscheut alle Heimtücke, der sie sich in diesem Krieg bedienen soll. Beim überraschenden Auftauchen der Aufständischen muß sie, um allen Verdacht zu zerstreuen, den schlafenden Geliebten mit einem aufgefundenen Strick ans Bett fesseln. Doch der Erwachende glaubt sich von Toni verraten. Befreit durch die ihm zu Hilfe gekommenen Seinen, erschießt er das Mädchen. Über seinen Irrtum aufgeklärt, jagt er sich, wie kurze Zeit später der Autor, die Kugel in den Kopf. Wie dieser erträgt Gustav die Wirklichkeit nicht länger.

Die Novelle kreist um das alte Problem: das Gegen- oder auch Durcheinander von eingebildeter und echter Wahrheit, von vorgetäuschter und nackter Wirklichkeit. Verstellung, geheuchelte Nächstenliebe, Liebesintimitäten als kalkulierte Falle vergiften ziviles Miteinander, machen es, einmal mißbraucht, nahezu irreparabel. Die letzten Worte der Sterbenden: *Du hättest mir nicht mißtrauen sollen.*[22] Doch Gustav hat ihr nicht einmal die Chance gegeben, ihn noch bei Lebzeiten eines Besseren zu belehren. Der Augenschein sprach gegen die Geliebte, also mordet er sie, ohne von ihr überhaupt bedroht gewesen zu sein. Er erschießt eine Fünfzehnjährige, die den schwarzen kleinen Seppi auf dem Arm trägt – das dem Anführer abgetrotzte Pfand für den freien Abzug von Gustavs Schweizer Landsleuten.

Es gehört zur Tragik der letzten zwei Jahre, daß es ihm, dem einzigen großen noch lebenden Dramatiker seit Schillers Tod, nicht vergönnt sein sollte, auch nur eines seiner sieben vollendeten Theaterstücke auf einer Berliner Bühne zu erleben. Es ist keineswegs so, daß er sich nicht darum beworben hätte. Chef des Nationaltheaters, seit 1811 Generaldirektor der königlichen Schauspiele, war August Wilhelm Iffland. Aus Hannover gebürtig, hatte er vor einem viertel Jahrhundert den Durchbruch mit der Rolle Franz Moors erzielt, und zwar 1782 in der Mannheimer Uraufführung der *Räuber*, durch die auch der junge Schiller mit einem Schlag berühmt geworden war. Iffland wurde nicht nur d e r große Charakterdarsteller seiner Zeit, er feierte auch Erfolge als Bühnenautor teils rührender, teils moralisierender bürgerlicher Stücke.

Kleist ließ Iffland schon vor längerer Zeit durch einen Major von Schack das *Käthchen von Heilbronn* überreichen. (Es war jener Schack, der sich aus Angst vor einer kompromittierenden Eheschließung erschießen und zwei Menschenalter später dem Schriftsteller Fontane Stoff für eine Novelle liefern würde.) Ein Hofrat Römer versucht gleichfalls zu Kleists Gunsten beim Schauspielintendanten vorzusprechen. Schließlich eine einflußreiche Frau von Berg, Freundin Marie von Kleists. Von Iffland keine Antwort. Schließlich wird Kleist hinterbracht, dem Theaterdirektor habe das *Käthchen* nicht gefallen. Sein Verfasser ist darüber so erbittert, daß er sich zu einer Bosheit hinreißen läßt. Auf Ifflands stadtbekannte homoerotische Neigungen anspielend, schlägt er in einem an den Intendanten gerichteten Schreiben einen spöttischen Ton an: *Es tut mir leid, die Wahrheit zu sagen, daß es ein Mädchen ist; wenn es ein Junge gewesen wäre, so würde es Ew. Wohlgeboren wahrscheinlich besser gefallen haben.*[23] Beherrscht, sachlich unterkühlt antwortet der Intendant. Die dramatische Begabung durchaus anerkennend, sehe er für das Werk einfach keine Chance, sich auf der Bühne zu halten. Die wenigen Wiederholungen am Wiener Burgtheater schienen das zu bestätigen. Dieser Schriftverkehr, den beide Seiten der Mitwelt nicht vorenthalten zu müssen glaubten, befeuerte Berliner Klatsch und Witz – nicht nur in Salons und Tischgesellschaften, auch in der Presse. *Weißt Du denn schon die herrliche Geschichte mit Iffland und Kleist?* So heißt es in einem Brief von Fouqué an Varnhagen. Man rieb sich die Hände vor Schadenfreude.

In seiner materiellen Not hofft Kleist auf eine Art Ehrendienst, eine Charge am Hof, wenn ihn das finanziell nur retten könnte. Ein 24 Verse langes Huldigungsgedicht an den König – es sollte diesen bei aller Demütigung durch den Eroberer aufrichten – wurde nicht gedruckt, weil es der preußischen Zensur nicht standhielt.

Da die allzu brutalen Zahlungsauflagen durch die Besatzer den preußischen Staat immer mehr erdrückten, wackelte der Stuhl des Finanzministers Altenstein. Als er, um aus dem Schuldenloch herauszukommen, auch noch vorschlug, die ganze Provinz Schlesien an Kaiser Napoleon abzutreten, mußte er seinen Sessel räumen, womit auch Kleists freundschaftliche Beziehungen zu Altenstein keinerlei Nutzen mehr versprechen. Staatskanzler Hardenberg, der neben anderen Ressorts auch das Finanzministerium übertragen bekam, schien über Kleist so seine Ansichten zu haben. So soll er hinsichtlich dieses *armen Menschen* geäußert haben, daß er ja einige Monate in einer Bayreuther Irrenanstalt zugebracht habe...[24]

Am 19. Juli 1810 starb Königin Luise. Damit versiegte für Kleist auch das Rinnsal einer kleinen Leibrente; denn als er bei Hof nachfragte, wollte sich dort niemand an eine dem Dichter Kleist geltende Pensionszahlung aus der Schatulle der Verstorbenen erinnern. Es wird später vermutet, die königliche Unterstützung an den Dichter sei in Wahrheit aus Marie von Kleists Einkünften geflossen. Doch warum hörte sie nach Königin Luises Tod so prompt und klanglos auf?

Novelle *Der Findling*

Könnte man für die auf Haiti spielende Novelle noch biographische Anhaltspunkte finden hinsichtlich des im Fort de Joux verschmachteten haitischen Freiheitskämpfers, von dem Kleist in seiner Gefangenschaft erfuhr, so läßt sich hinsichtlich der Novelle *Der Findling* nicht einmal klären, ob sie gezielt für den zweiten Erzählband in Kleists letzten Lebenswochen niedergeschrieben wurde oder vielleicht schon in Tagen der *Familie Schroffenstein,* quasi als Auftakt seiner Meisterprosa überhaupt. Im Vergleich kann sie wohl als die düsterste seiner Erzählungen überhaupt gelten: Ein von Natur herzensguter römischer Kaufmann verliert auf Geschäftsreisen durch die Pest den ihn begleitenden elfjährigen Sohn, während ein fremder elternloser Junge, dessen er sich unterwegs erbarmt, von der gleichen Krankheit gesundet, so daß der Kaufmann ihn an Sohnes Statt bei sich aufnimmt. Obwohl Großhändler Piachi ihm alle Liebe angedeihen läßt, ihn ausbildet, dem Herangewachsenen schließlich Hab und Gut überschreibt, entwickelt sich Nicolo zu einem Teufel, der dem Adoptivvater mit einer abgekarteten List die junge, gemütskranke Frau verführt und in den Tod treibt, schließlich, kirchenpolitisch abgesichert, den Kaufmann aus dem Haus weist. Piachi, hier dem Pferdehändler Kohlhaas verwandt, wandelt sich nun seinerseits zu einem Teufel, der den körperlich unterlegenen Stiefsohn überwältigt und ihm den Schädel zerschmettert. Damit nicht genug, er verweigert unter dem Galgen die Absolution, weil er in der niedersten Hölle Nicolo treffen will, um weiter seine Rache an ihm zu stillen.

Von dem Knaben Nicolo, dem Findling, erhält der Leser ein deutlich umrissenes Bild:

Er war von einer besondern, etwas starren Schönheit, seine schwarzen Haare hingen ihm, in schlichten Spitzen, von der Stirn herab, ein Gesicht beschattend, das, ernst und klug, seine Mienen niemals veränderte. [25]

Man spürt – etwas lauert in dem noch Unfertigen, wartet auf mähliche Entfesselung. Es ist ein unbändiger Geschlechtstrieb, der, kaum erwacht, den Fünfzehnjährigen einer Bischofshure zutreibt. Ein Musterfall für die freudsche Psychoanalyse. Ein *Es* hat sich in der jungen Brust wohnhaft eingerichtet, macht sich alle nützlichen Anlagen, die der Junge zur Freude seiner Wohltäter erkennen ließ, seinen Zielen dienstbar. Die angeborene Klugheit entwickelt sich zu abgefeimter Gerissenheit, menschenverachtender Zielstrebigkeit, ausgeklügelter Raffinesse, einzig dazu ausgerichtet, den mit solcher Klugheit Ausgerüsteten an das Objekt seiner Begehrlichkeiten zu führen. Kein Rezept schafft Abhilfe, schon gar nicht die Frühverheiratung mit einem unbescholtenen Bürgermädchen.

Der Kaufmann kindergut, wie Zeitgenossen auch Kleist bezeichnet haben, stellt, nachdem ihm die Welt des Guten, in der er sich zu Hause fühlte, buchstäblich zum Teufel gegangen ist, ebenso konsequent sein Tun und Trachten unter den menschlichen Urtrieb Rache, der, hätte man ihn – ähnlich wie Kohlhaas – in Frieden gelassen, nie zum Ausbruch gekommen wäre. Wie in seinem brandenburgischen Vaterlandsdrama den Begriff Heldentum relativiert Kleist in dieser Novelle – völlig unklassisch – menschliche Güte und Redlichkeit.

Novelle *Der Zweikampf*

Wie Kleists Dramen, selbst die Komödien, mit Ausnahme weniger Auftritte im *Käthchen*, einem strengen Versmaß unterliegen, die bildkräftige Wortkunst das Ergebnis eiserner Zucht ist, verrät auch die Satzarchitektur der Erzählungen mit ihrem sensibel verästelten Maßwerk eine Sprachkultur, die eigentlich nur voll gewürdigt werden kann, wenn man sie akustisch vernimmt.

In der letzten uns hinterlassenen Novelle *Der Zweikampf*, Frucht eines ihm noch verbliebenen Sommers und angeregt von einer französischen Vorlage, zollt Kleist der Romantik Tribut, indem er den Leser wiederum in die Ritterzeit versetzt. Doch keineswegs glorifizierend, wie es in des Dichters Epoche die Kollegen tun. Im Gegenteil, man erlebt das späte Mittelalter mit seinen Schatten, unter denen nicht zuletzt Frauen zu leiden hatten. Wie in der *Marquise von O.* geht es um den Ruf einer öffentlich verleumdeten Dame. Während Ritter Rotbart sich einzig wegen eines ihm zur Last gelegten Brudermordes zu verantworten hat – sein sittenloser Lebenswandel interessiert keinen –, wird Littegarde von Auerstein dafür, daß sie sich durch Ritter Rotbart angeblich hat verführen lassen, geächtet, verstoßen, enterbt, ihr Name ausgelöscht. Ihre landbekannte Tugendhaftigkeit ist vergessen. Daß ihr auch noch der Scheiterhaufen droht, besorgte das schiefe Ergebnis eines Gottesurteils. Denn der Zufall wollte es, daß Friedrich von Trota, eine der charaktervollsten Männergestalten im Kleistschen Werk, im Zweikampf für Littegardes Unschuld stolpert und vom Gegner durch einen tückischen Streich kampfunfähig gemacht wird. Littegarde, die ein reines Gewissen hat, treibt die Realität des gegen sie ausgeschlagenen Gottesgerichtes in den Wahnsinn. Aber Friedrich, nicht zuletzt kraft seines unbedingten Glaubens an Littegardes Unschuld, gesundet von den Wunden. Der Dialog, den die Liebenden führen, während beide im Gefängnis ihre Hinrichtung durch Feuertod erwarten, verwandelt die Novelle in ein Drama:

Wo liegt die Verpflichtung der höchsten göttlichen Weisheit, die Wahrheit im Augenblick der glaubensvollen Anrufung selbst, anzuzeigen und auszusprechen?[26]

Damit hinterfragt Herr Friedrich die Vermessenheit menschlichen Anspruchs, Gott zur Entscheidung nötigen zu können, sobald die Amtsrobenträger mit ihrem Latein am Ende sind.

Gottesgerichte gehörten zu Kleists Zeiten längst der Geschichte an. Gerichtsirrtümer bleiben zeitlos.

Der Journalist

Es fällt doch noch ein letzter Sonnenstrahl über die sonst recht finstere Berliner Zeit. Um zu existieren, mußte Kleist sich etwas einfallen lassen: ein neues Zeitungsblatt. Für jeden erschwinglich, müßte es Menschen aller Stände erreichen. Weder der engstirnigen Zensur noch den französischen Machthabern durfte es eine Angriffsflanke bieten und dennoch, das ist sein Herzensanliegen, der Sache des Vaterlandes dienen. Der Polizeipräsident Karl Justus von Gruner ist sein Gesinnungsgenosse. Gruner wird den Redakteur mit Polizeiberichten beliefern, damit könnte man die Leser einfangen. Kleists erfinderischer Geist ersinnt ein bedrucktes Faltpapier, das im deutschen Pressewesen Geschichte machen wird: Die *Berliner Abendblätter*, eine Tageszeitung, die sechsmal in der Woche am Abend erscheint. Ein Novum. Beide führenden Zeitungen Berlins, sowohl die regierungskonforme Spenersche als auch die frankreichfreundliche Vossische erschienen dreimal in der Woche. Ein handliches Oktavformat, vier Leseseiten also, Preis 8 Pfennige. Bescheidener Kleindruck auf billigstem Papier. Der Verleger ein jüdischer Lederfabrikantensohn, der sich seit seiner christlichen Taufe Julius Eduard Hitzig nannte. Jurist, Schriftsteller, Unternehmer in einer Person, wird Hitzig als Freund Adelbert von Chamissos, Zacharias Werners, E.T.A. Hoffmanns in der romantischen Literaturszene noch eine Rolle spielen. Zur Mitarbeit bereit finden sich nicht die schlechtesten: Achim von Arnim, Clemens Brentano, Adam Müller, der Englandkenner von Ompteda, der Arzt Christian Wolfart... Die erste Ausgabe am 1. Oktober 1810 wird gratis unters Volk verteilt. Aufregende Lokalnachrichten halten die Leser in Atem: Betrügereien, Diebstähle, Anschläge einer üblen Mordbrennerbande, Ballonflüge, Verkehrsunfälle, allerlei Kuriositäten: Dienstmädchen erliegt beim Messerputzen einem Blutsturz – Weinhändler erhängt sich im eigenen Keller – Gärtnerin hat sich verbotswidrig über einen offenen Kohletopf gesetzt – ein in Ketten liegender Soldat von Ratten halb aufgefressen...

Die Berliner reißen sich die Blätter aus den Händen. Der Andrang der Käufer ist nicht mehr zu steuern. Wachen müssen aufgestellt werden. Schleunigst wird das bescheidene Abholbüro »hinter der katholischen Kirche zwei Treppen hoch« mit der geräumigeren Leihbibliothek auf der Jägerstraße vertauscht. Ein Vertriebsapparat wird aufgebaut, der auch Hauslieferungen sichert... Adam Müller schreibt an Rühle von Lilienstern: *Kleist gibt mit ungeheurem Glück Berlinische Abendblätter heraus, hat schon viel Geld verdient.*[27] Wo hatte man jemals dergleichen über Heinrich von Kleist zu melden gewußt!

Es gibt Berliner Lokalitäten, in denen diverse deutschsprachige, ebenso französische Zeitungen ausliegen. Auch hier wird er auf der Suche nach sensationellen Begebenheiten fündig. Doch wie lieblos, wie erzählerisch ungekonnt werden die Notizen aufgetischt. Das muß man geschickter anfangen. Der geborene Journalist und noch genialere Berichterstatter verknappt die Vorgeschichte, steigert das Geschehen, dessen Spannung sich nun wie ein Pfeil zuspitzt bis zur zündenden Pointe. Die Anekdote sitzt. Das Bravourstück eines preußischen Reiters nach verlorener Jenaer Schlacht? Wären alle so unerschrocken gewesen wie dieser Tausendsassa, hätte es bei Jena einen preußischen Sieg gegeben. Doch über so etwas *berichtet* man nicht. Man muß den noch atemlosen Gastwirt, der den Schnaps reichte, selbst schäumen hören, wie sich der *Kerl* trotz Gefahr im Anzug drei Glas Branntwein genehmigt, kaltblütig seine Pfeife anschmaucht, um gleich darauf drei stutzende Berittene auf einmal aus dem Sattel zu hauen

und Bassa Teremtemtem!« ruft, und »Sieht er wohl, Herr Wirt!« und »Adies!« und »auf Wiedersehn! und: »hoho! hoho! hoho!« – So einen Kerl, sprach der Wirt, habe ich zeit meines Lebens nicht gesehen.[28]

Überall in den Blättern wie Leckerbissen eingestreut, wo immer es der noch vorhandene Platz erlaubt, trifft der Leser auf Kleistsche Anekdoten – über einen Kapuziner, der den zum Richtplatz geführten Delinquenten damit tröstet, daß er (der Mönch) den verregneten Weg wieder zurückgehen müsse – über einen zu strenger Enthaltsamkeit verdonnerten *Branntweinsäufer*, der rückfällig wird, weil ihm das Turmglöckchen »Kümmel, Kümmel« vorbimmelt – über den Frauenheld Shakespeare, der seinen auf den Namen *Richard III.* verabredeten Rivalen, als *Wilhelm der Eroberer* aussticht – über den verwitweten Komponisten Bach, der dem Bedienten, der ihm für gelieferten Trauerflor Geld abfordert, in Tränen antwortet: »Sagt's meiner Frau!« Witzig bis galgenhumorig, beherzigenswürdig und hintergründig, entzücken sich an ihnen die Gebrüder Grimm so sehr, daß sie die Blätter von Kassel aus abonnieren, sammeln und später binden lassen. Auf diese Weise blieben Kleists *Berliner Abendblätter* der Nachwelt vollständig erhalten.[29]

Kurznovelle *Das Bettelweib von Locarno*

Blatt 10 vom 11.Oktober wird von der kürzesten der sieben uns von Kleist überlieferten Novellen fast ganz eingenommen – *Das Bettelweib von Locarno*, eine Spukgeschichte, von der E.T.A. Hoffmann sagt, daß sie das *Entsetzlichste in sich trägt, was es geben mag*. Der Erzähler brauchte dazu keinen Vampir, *ihm genügte ein einfaches*

Bettelweib.[30] Er bleibt also mit dem berichteten Mitternachtsspuk im Realen, und der Leser erkennt genau, daß es die Geräusche eines tödlichen Unfalls sind, den das von seiner Strohschütte in die Ofenekke vertriebene Bettelweib durch einen Sturz erlitt. Der Hausherr, der durch sein fahrlässig ungnädiges Verhalten dieses Unglück zu verantworten hat, ohne, soviel ist anzunehmen, hinterher daran noch einen Gedanken zu verschwenden, sieht sich, ob er will oder nicht, durch den Spuk erinnert, geplagt, zu Tode gehetzt. Das Gewissen gewichtet menschliches Tun nach eigenen Gesetzen. Ein kurioser Anlaß kann es aufpeitschen, den Menschen in die Neurose stürzen, daß einzig das Ende zur Erlösung wird. Kleist erzählt uns keine Moralgeschichte. Das Dasein bleibt für ihn in seiner Logik unbegreiflich, am Ende sinnlos, sonst hätte er sein Leben nicht weggeworfen.

Soviel ließe sich über die ersten Wochen sagen: Die neue Zeitung boomt. Doch schon gibt es Probleme. Mitarbeiter sind verschnupft, weil sich der Herausgeber in den Beiträgen Kürzungen vorbehielt. *Machen Sie doch den Brentano wieder gut, liebster Arnim*, so mußte man versuchen, Boden wieder gut zu machen.[31] Die Rede war von Caspar David Friedrichs Aufsehen erregender Leinwandschöpfung *Mönch am Meer.* Brentano hatte darüber seine Betrachtungen angestellt, Kleist diese nicht nur aus Platzgründen empfindlich zusammengestrichen, er hatte sie mit eigenen Empfindungen erheblich verfremdet: Nicht mehr von romantischer Sehnsucht war die Rede, statt dessen echt kleistisch von *Apokalypse*, die Wölfe und Füchse zum Heulen bringt und wo einem bei Betrachtung zumute ist, als ob einem *die Augenlider weggeschnitten wären.*[32]

Einen Bärendienst erweist dem Blatt Adam Müller mit seinen wirtschaftstheoretischen Beiträgen, die nicht nur preußischen Reformversuchen, sondern auch dem Staatsminister Hardenberg selbst ans Leder gehen. Müller hatte gut kritisieren. Er mußte im Unterschied zu Kleist von dem Blatt nicht leben. Der ersehnte Lehrstuhl an der neuen Universität blieb ihm zwar verwehrt, doch zahlte ihm der Hof jährlich 1200 Rth. Kleist wäre schon mit der Hälfte hoch zufrieden gewesen. Seitenhiebe gegen den ersten Mann seines Staates verärgern sogar den König. Hinzu kam, daß man allzu ungeniert von Napoleons Verlusten in Kämpfen auf der iberischen Halbinsel berichtet hatte. Das brachte die französische Gesandtschaft auf. Das

Ende vom Lied: eine verschärfte Zensur, durch die auch Justus von Gruner unter Druck geriet. Die Polizeirapporte als Lockspeise für die Masse blieben aus. Zu allem Überfluß hatte der Herausgeber es nicht lassen können, seinen Bühnenerzfeind Iffland unermüdlich aufs Korn zu nehmen – mit ironischen Verschen, Spöttereien über exaltierte Gestik bei seinen Auftritten, üblen Verdächtigungen – beispielsweise würde sich das Nationaltheater freundlich gesonnene Rezensenten kaufen.... Ende November verursachten die Abendblätter damit indirekt einen Theaterskandal, was den Intendanten noch am gleichen Abend zur Feder greifen ließ, um sich beim König zu beschweren. Daraufhin wurde den Abendblättern die Lizenz, Theaterkritiken zu liefern, komplett entzogen. Die Zahl der Abonnenten sank, die Käufer blieben weg. Am 27. November 1810 schreibt Eduard Hitzig an Fouqué: *Bei den Abendblättern leide ich, ungeachtet der anfangs glänzenden Aussichten, einen sehr empfindlichen Verlust.*[33]

Am Ende des ersten Quartals wirft Hitzig den Bettel hin. Der Verleger des *Freimütigen* August Kuhn springt ein, ohne das allmähliche Aus der so hoffnungsvoll ins Rennen geschickten Abendnachrichten aufhalten zu können. Es sind der Redaktion nur noch Artikel erlaubt, die in anderen Zeitungen bereits erschienen sind. Die Mitarbeiter springen ab, Kleist schuftet im Einmannbetrieb und verliert daran alle Lust. Am 30. März 1811 erscheint die letzte Nummer, das so glücklich aus der Taufe gehobene Kind wurde nur ein halbes Jahr alt.

Staatliche Unterstützung für »ein paar Anekdoten«?

Demütigend ziehen sich für Kleist, dem existentiell das Wasser bis zum Halse steht, die Streitereien mit der Berliner Regierungsspitze hin. Die Knebelung seiner Pressearbeit durch eine leisetreterische Staatsmacht hatte ihm die Luft abgedrückt. Man hatte sich sogar dem Druck der etablierten Zeitungen gebeugt, die sich die Konkurrenz vom Hals schaffen wollten. Für die Vernichtung seines Gewerbes forderte Kleist von der Regierung eine Entschädigung.

Darüber entwickelt sich ein gereizter Schriftwechsel zwischen Staatskanzler, dessen Regierungsrat und dem verarmten Dichter. Regierungsrat von Raumers Arroganz milderte sich erst, als Kleist damit drohte, ihn zum Duell zu fordern. In der Sache selbst erreichte er nichts. Die Antwort des Staatministers, für den die *Abendblätter* wegen ihres *Unwertes*, wie er sich ausdrückt, von selbst fallen müssen, war unmißverständlich: Kleist habe keinerlei Anspruch; denn *Auszüge aus längst gelesenen politischen Zeitungen und ein paar Anekdoten können, wie Sie selbst einsehen werden, nicht das mindeste Recht auf Unterstützung reklamieren.*[34]

Der so Abgefertigte wendet sich in seiner Not mit einem umfangreichen Schreiben an Prinz Wilhelm, den Bruder des Königs: *So flehe ich Ew. Königliche Hoheit inständig an, mich gegen so viel Unedelmütigkeiten und Unbilligkeiten, die meine Heiterkeit untergraben, in Ihren gnädigen Schutz zu nehmen.*[35] Eine Antwort blieb aus. Kleist schrieb zehn Tage später dem König selbst. Seine Majestät möge den Staatskanzler veranlassen, ihm wenigstens eine Anstellung im Zivildienst zu ermöglichen. Der König schweigt.

Legende *Die heilige Cäcilie oder die Gewalt der Musik*

Prüfen wir noch einmal das für Preußens ersten Minister angeblich *Unwerte* mit den *paar Anekdoten*, selbst wenn es sich, wie Fontane einmal im Blick auf prüfenswerte Schriftzeugnisse sagt, um »Edelsteine in einem Kuhfladen« handelt.[36] Ein Juwel, beispiellos in seinem Schliff, ist die in den Nummern vom 15. bis 17. November 1810 eingelassene Fortsetzungsgeschichte allemal. Der Autor bezeichnet sie als »Taufangebinde für Cäcilie M.« – gemeint die in jenen Tagen zur Welt gekommene Tochter Adam Müllers, Kleists Patenkind. Diese *Legende* von der heiligen Cäcilie wird er noch entscheidend erweitern und später wie auch das *Bettelweib von Locarno* dem zweiten Band Erzählungen zuschlagen.

Es bleibt schon durch den Titel *Die heilige Cäcilie oder die Gewalt der Musik* in der Schwebe, ob das Wunder, das in dieser Novelle tatsächlich geschieht, das Werk einer Heiligen oder nicht eher das der im Dom erklungenen Musik war. Die heilige Cäcilie nimmt – eine andere Erklärung bietet sich nicht – die Gestalt der nervenfieberkranken, noch am gleichen Abend sterbenden Schwester Antonia an, die das italienische Oratorium dirigieren sollte, und rettet so Dom und Fronleichnamsgottesdienst vor der Zerstörung durch eingeschlichene Bilderstürmer. Die magische Behexung der vier Rädelsführer, die diese außer Stand setzt, das Zeichen zum Sturm zu geben, besorgt das Erklingen der von geigenden Nonnen vorgetragenen Komposition, geeignet,

ihre Seelen, wie auf Schwingen, durch alle Himmel des Wohlklangs zu führen.[37]

Die vier Brüder knien nieder und verfallen lebenslang den Zwangshandlungen eines religiösen Wahns, der sie nahezu vertiert -

So mögen sich Leoparden und Wölfe anhören lassen, wenn sie zur eisigen Winterzeit das Firmament anbrüllen...[38]

weshalb sie für immer ins Irrenhaus gehören. So liest sich keine fromme Erbauungsgeschichte, die nach landläufiger Bedeutung den Namen *Legende* verdiente, wenn auch die Mutter der vier übel zugerichteten Söhne in den Schoß der katholischen Kirche zurückkehrt. Hier wird eine Horrorstory geboten, die vor der gespenstischen Vernichtungskraft einer Kunst erschauern läßt, von der der Mensch eher gewohnt ist, daß sie ihn streichelt. Es gibt für den Dichter offenbar keine reinen Lichtgottheiten, selbst die lieblichste scheint von der Gefahr nicht frei, ihn je nach Laune in den Abgrund zu stoßen.

Marie von Kleist läßt der Dichter in seinem letzten Lebenssommer wissen, daß er sich künftig mit nichts anderem als mit ihr, der Musik, beschäftigen wolle, sei sie doch die *algebraische Formel aller übrigen Künste*. Schon in frühster Jugend habe er alles Allgemeine, was er über Dichtkunst dachte, auf Töne bezogen.[39] Die Tondichtung, die er in seinem Taufgeschenk an Müllers Tochter in Sprache transponierte, ist von hinreißender Bildschärfe, mit Händen zu fassender Gegenständlichkeit – *der Staub auf dem Estrich*, der *nicht verweht ward*. Die sich jammervoll für die nachforschende Mutter herausschälenden Tatbestände über den Geisteszustand der Söhne, deren sich rituell wiederholendes gespenstisches Zeremoniell, die geheimnisumwitterte Musikpartitur, alles das ist mit beklemmender Eindringlichkeit beschworen und verdichtet, daß diese Novelle in der deutschsprachigen Erzählliteratur nirgend ihresgleichen findet.

[1] HvK SW Bd. 1 S. 34
[2] S. 665
[3] S. 633

[4] S. 640-647
[5] S. 648
[6] S. 668
[7] S. 681
[8] S. 687
[9] S. 690
[10] S. 704
[11] S. 707
[12] S. 709
[13] Bd. 2 Bf. 159
[14] Bf. 213
[15] Sembdner, *Lebensspuren* Nr. 347
[16] Nr. 346
[17] Nr. 459b.
[18] wie 13 Bf. 170
[19] Bf. 172
[20] Bf. 173
[21] S. 172
[22] S. 193
[23] Bf. 168
[24] wie 15 Nr. 475
[25] wie 13 S. 200
[26] S. 254
[27] wie 15 Nr. 406
[28] wie 13 S. 263
[29] S. 268
[30] Sembdner, *Nachruhm* Nr. 657
[31] wie 13 Bf 176
[32] S. 327
[33] wie 15 Nr. 342
[34] wie 13 Bf. 194
[35] Bf. 201
[36] Fontane, Bd. 1 der Wanderungen *Grafschaft Neuruppin*
[37] wie 13, S. 218
[38] S. 223
[39] Bf. 212

»Begreifen muß ichs – und daß ich verlor.«

Über das Marionettentheater

An keiner Schrift Heinrich von Kleists ist innerhalb der letzten hundert Jahre so viel herumgedeutelt, herumgerätselt, so viel behauptet und wieder gegenbehauptet worden wie an der sich über vier Dezembernummern der *Abendblätter* erstreckenden theoretischen Betrachtung *Über das Marionettentheater*. Von ein paar erlesenen Geistern wie Grimm, Hoffmann abgesehen, interessierte sich kaum jemand dafür. Gut hundert Jahre blieb der Beitrag nahezu unbeachtet, bis man die große Entdeckung zu machen glaubte und in dem rätselvollen Text den Geheimnisschlüssel zu Kleists Werk überhaupt verborgen wissen wollte. Wie wenn diese nach dem Muster eines platonischen Dialoges gestaltete Erörterung nicht doch in satirisch kritischer Absicht verfaßt wurde, gezielt auf das seinen Werken verschlossen gebliebene Berliner Theater und dessen allmächtigen Chef, der dem Dichter bis ans Lebensende ein Dorn im Auge blieb? Das Niveau, das jener bestimmte, war auf Kasse machende, billige Unterhaltungsstücke gesunken. Diese Misere öffentlich aufzuspießen, war den Abendblättern amtlich untersagt, also mußte man sich an etwas schadlos halten, das unverfänglich wirkte: das auf dem öffentlichen Markt aufgeschlagene Puppentheater. Und zwar indem man das Spiel dieser steifen Gliedergeschöpfe als beispielhaft gegen das von Berufsmimen und Berufstänzern hervorhob. Denn durch Fäden sachkundig gelenkt, indem sich der *Mechanikus* an dem Schwerpunkt der Marionetten orientierte, dem Sitz ihrer Seele, beschrieben die Figuren eine *Grazie*, wie sie Komödianten auf der Bühne wegen angenommener *Ziererei* abgingen. Diese natürliche Anmut, in der Gliederpuppe eine Konstante, ginge dem Menschen unweigerlich verloren, sobald er vom Baum der Erkenntnis gegessen habe. Der Icherzähler veranschaulicht diese Urerfahrung am Beispiel des griechischen Dornenausziehers, dessen unschuldiger Liebreiz unweigerlich verloren ginge, sobald er sich mit einem Blick in den Spiegel seiner schönen Erscheinung bewußt würde.

Iffland mag sich, sofern ihm der Zeitungstext unter die Augen gekommen ist, geärgert haben, denn auf wen der Makel *Ziererei* gemünzt war, konnte er sich zusammenreimen. Kleist hatte die Erfahrung bei sich selbst oft genug gemacht und in Briefen weidlich darüber geklagt, daß genialste Eingebungen zerstoben, ihre Unmittelbarkeit total verloren, sobald urteilender, berechnender, planender Verstand hinzutrat.

Da Königin Luise nicht mehr am Leben war, widmete Kleist sein letztes Drama der Gemahlin Prinz Wilhelms, auf dessen Antwort er noch immer wartete. Prinzessin Amalie Maria Anna war die Tochter des Landgrafen von Hessen-Homburg. Etwas Falscheres hätte Kleist kaum in den Sinn kommen können; denn einen schneidigen Vorfahren auf der Bühne als Jammerlappen vorgeführt zu bekommen, konnte die Widmungsempfängerin nur verstimmen. Vergebens, daß Marie von Kleist in einem Flehbrief zugunsten ihres Verwandten auf den Gatten einwirkt, die Prinzessin, möchte das Stück nur ja zu Ende lesen, dann würde sie an ihrer Lektüre Befriedigung finden. Friedrich Wilhelm III. begreift das Schauspiel von Fehrbellin als eine Provokation. Als es sich zehn Jahre nach des Dichters Tod auf deutschen Bühnen durchzusetzen beginnt, gibt es 1828 – Iffland war gestorben – endlich eine erste Aufführung in Berlin mit dem Resultat, daß es nach der zweiten Wiederholung vom König verboten wurde. Erst nach dessen Tod begann das preußische Herrscherhaus sich wegen der guten Figur, die der illustre Ahnherr als weiser Souverän darin machte, von Kleists Vaterlandsstück geschmeichelt zu fühlen. Der letzte deutsche Kaiser bemerkte zu Kleists Vaterlandsdrama: *Das ist ein Lieblingsstück von mir.* Man solle es nur bald geben. Aber auch er kommt über die *fatale Feigheitsszene* nicht hinweg. Wilhelms Rezept: Szene streichen![1]

Marie von Kleist

In diesen letzten Wochen, die dem Dichter noch verbleiben, steht ihm wie keine zweite Frau Marie von Kleist zur Seite. Sie hält sich nicht immer in der Hauptstadt auf. Ihr Mann zu Potsdam in Garnison, hält sie sich dort oder bei Verwandten auf dem Lande auf. Dem zurückgelassenen Freund kommt das Leben ohne Marie *öde und – traurig* vor.[2] Trifft von ihrer Hand endlich eine Nachricht ein, hellt sich gleich der Horizont auf: *Der Himmel lohne Ihnen diesen Brief, der mir, seit Ihrer Abreise, wieder den ersten frohen Lebensaugenblick geschenkt hat.*[3]

Sie legt sich, wo sie kann, für den Schützling ins Mittel. Den Prinzen Wilhelm liegt sie um eine kleine Pension in den Ohren. Die Königin habe sie dem Dichter bis zu ihrem Tod gewährt, leider stehe sein Name nicht auf der Liste der Pensionsempfänger. Sie fleht den Prinzen an: *Ohne irgendeine Unterstützung durch Eure Königl. Hoheit weiß ich wahrhaftig nicht, was aus ihm werden soll.* Mitleid, sei das richtige Wort. Aus Mitleid müsse sich der Prinz seiner erbarmen. Sie schlägt ihm sogar vor, sich die Unterstützung notfalls mit dem Prinzenbruder Heinrich zu teilen: 100 Rth. er, 100 Rth. Heinrich. Damit wäre dem Ärmsten schon geholfen. Sie pocht auf das literarische Schaffen, das unter so elenden Bedingungen nicht gedeihen könne: *Die Armut, in der er sich befindet, verhindert, daß er in seinen Werken Vollendung erreicht. Geschrieben am 3. September 1811.*[4]

Für den König in den Kampf ?

Am 9. September geht ein Brief von Marie an den König selbst. Sie kann sich dafür verbürgen, daß es keinen biedereren, echteren, preußischeren Untertan gebe als ihren Freund. Der König möge doch zurückliegende Jugendabenteuer (St. Omer), eventuelle dichterische Schrullen (sie mochte an das geknickte Heldenherz denken) vergessen. All das habe Kleists patriotischen Sinn ja nur gehoben und vermehrt. Der König möchte doch dessen innigsten Wunsch erfüllen – ein entsprechendes Gesuch Kleists hatte sie ihren Zeilen beigefügt, den Vierunddreißigjährigen mit der Gage eines Leutnants in die Armee aufzunehmen, einen Mann, der nichts anderes mehr wolle, als für seinen König kämpfen und sterben. Seit langem schon habe sich der Freund mit Kriegstaktiken beschäftigt, Strategien dazu entworfen. Das entsprach den Tatsachen. Kleist hatte mit entsprechend ausgearbeiteten Plänen sogar bei General Gneisenau vorgesprochen, und zwar auf Maries Rat.

Der König richtet schon zwei Tage drauf, am 11. September, an Kleist ein gnädiges Schreiben, in dem er sein Wohlgefallen über dessen Anerbieten ausdrückte. Er werde ihn rufen, sobald die Lage es erfordere. Kleist wendet sich nun wieder an den Staatskanzler, ihn um Vorschuß von 20 Louisdors für eine Leutnantsausstattung bittet. Als Antwort ausbleibt, reist er nach Frankfurt, um sich das Geld von Ulrike vorstrecken zu lassen. Die Schwester entsetzt sich über den heruntergekommenen Anblick des Bruders. Sie rückt das Geld zwar heraus, läßt es aber an Marie von Kleist gehen, um eine zweckmäßige Verwendung der Summe sicherzustellen.

Wieder Richtung Berlin sucht er in Friedersdorf Ludwig von der Marwitz auf.

Lagebesprechung mit dem Gastgeber: Wann wird der neue Krieg ausbrechen? Welche Rolle wird der König spielen? Wie wird der König vorgehen? Marwitz: *Ein Korps des Königs kömmt gar nicht zusammen.*[5]

Doch schon im Oktober wird sich herausstellen, daß Friedrich Wilhelm den Leutnant von Kleist gar nicht benötigen wird. Der König von Preußen hat sich mit dem Machthaber arrangiert. Kleist an Marie: *Es ist mir ganz stumpf und dumpf vor der Seele, und es ist auch nicht ein einziger Lichtpunkt in der Zukunft, auf den ich mit einiger Freudigkeit und Hoffnung hinaussähe.*

Auch Gneisenau weiß mit Kleist nichts anzufangen. Das kommt einem neuerlichen Tiefschlag gleich: *Wie glücklich würde mich dies, in der Stimmung, in der ich jetzt bin, gemacht haben! Denn es ist eine Lust, bei einem tüchtigen Manne zu sein.*[6]

Auftakt zum Abschied von dieser Welt

Spätesten bei der Taufe von Müllers Tochter Cäcilie, November 1810, muß Kleist Henriette Vogel kennengelernt haben, gehörte doch auch sie zu den Paten. Ohne sonstige nähere Bekanntschaft – wer will schon Freund eines ewigen Verlierers bleiben? – schien das Haus des Rechnungsführers Vogel die einzige Zuflucht geblieben zu sein, in die der vereinsamte Schriftsteller aus- und eingehen konnte. Der Wunsch nach einem Partner, der bereit wäre, mit ihm gemeinsam zu sterben, hat ihn lebenslang wie sein Schatten begleitet, was nicht zu dem Irrtum führen sollte, Kleist habe nicht wie andere Menschen am Leben gehangen. Doch wie jemand gewohnheitsmäßig in die

Krankheit flüchtet, Angstzustände bekommt, unter Schlaflosigkeit leidet, wenn die Kette aufeinander folgender Mißerfolge, Reinfälle, demütiger Bettelgänge nicht mehr abreißt, so neigte Kleist, möglicherweise erbbedingt, in Krisenzeiten zu dem Verlangen, sein Leben wegzuwerfen. Es wollte ihm ja nichts gelingen. Ein Vaterlandsstück, mit Liebe gestaltet, verschnupft diejenigen, die es ehren sollte. Er gründet einen neuen Zeitungstyp, der Furore macht. Man gräbt ihm das Wasser ab. Der Erlös aller Plackereien Schulden, Schulden. Wie großartig ihm eine Erzählung nach der anderen auch gelingt, beim Verleger muß er drucksen und feilschen. Sieben vollendete Schauspiele hat er vorzuweisen – die Theaterdirektion ignoriert sie. Niemand bestreitet sein überragendes Talent, selbst Goethe nicht. Doch wer weiß mit ihm etwas anzufangen? Er scheint zur Unzeit in die Welt gekommen, sie braucht ihn nicht. Wie der Brotkünstler Michael Kramer in dem gleichnamigen Hauptmann-Drama vor der Leiche des in den Tod geflüchteten genialen Sohnes wußte die Welt des Geistes den Schatz dieses einzigartigen Genies nicht zu heben. Pläne zu einer Tragödie über die Zerstörung Jerusalems unter Kaiser Titus wollten in ihm Gestalt annehmen, ein zweibändiger Roman wartete auf seinen Abschluß, der sollte das Schicksal eines der Schönheit einer Manon Lescaut verfallenen Menschen beschwören... Der Verfasser übergibt alles den Flammen, weil er an die Welt, für die er geschrieben hatte, nicht mehr glaubte.

Nun hat er die lang ersehnte Gefährtin gefunden, die des Lebens so überdrüssig ist wie er selbst. Sie malt sich ein paradiesisches Jenseits aus, wo alle Widersprüche sich auflösen, die Verstorbenen unbeschränkte Seligkeit genießen. Verstiegenen Ideen war Kleist schon immer zugänglich. Er tat sich zeitlebens schwer mit dem Dasein, mit der Sinnfindung, mit sich selbst. Dennoch sollten alle diese Gesichtspunkte nicht darüber hinwegtäuschen, daß es am Ende die Zeitgenossen waren, die Heinrich von Kleist den Entschluß zu seinem verzweifelten Schritt immer leichter gemacht haben. Allen voran Napoleon, der ihm das Vaterland zertrat. Mit Deutschlands Schicksal identifizierte sich der Dichter wie kein anderer. Aber auch der eigene König, der ihn wie ein Sträfling darben ließ, statt sein Dichtertum mit einer auskömmlichen Pension zu fördern. Verleger und Theaterleiter, die nur akzeptierten, was kurzfristig Geld einbrachte, ohne Ansehen der Qualität, für die das Publikum erst noch reif werden mußte.

Den letzten Todesstoß versetzte ihm die eigene Familie, und zwar bei seinem letzten Besuch in Frankfurt, über den er Marie zehn Tage vor seinem Selbstmord berichtet. Der Eingetroffene sitzt zwischen den Schwestern an der Mittagstafel. Eine ältere, nicht zur Besserung des Klimas beitragende Verwandte tritt hinzu. Nichts hat sich Kleist all die Jahre sehnlicher gewünscht, als den Seinen durch herausragende Leistungen einmal Freude und Ehre zu machen. Statt dessen vereinigen sich die Tischgenossinnen, um allen aufgestauten Unmut über den Bruder auszugießen: *Der Gedanke, das Verdienst, das ich doch zuletzt, es sei nun groß oder klein, habe, gar nicht anerkannt zu sehn, und mich von ihnen als ein ganz nichtsnutziges Glied der menschlichen Gesellschaft, das keiner Teilnahme mehr wert sei, betrachtet zu sehn, ist mir überaus schmerzhaft.* Er schließt den Bericht mit dem Todeswunsch: *ich schwöre Dir, es ist mir ganz unmöglich, länger zu leben.*[7]

Das Äußerste, das Menschenkräfte leisten,
Hab ich getan – Unmögliches versucht –
Mein Alles hab ich auf den Wurf gesetzt;
Der Würfel, der entscheidet, liegt, er liegt:
Begreifen muß ich's – und daß ich verlor.
Penthesilea

Leben ohne den Bruder

Ulrike ist auf Reisen. Sie hat Pommern und die Heimatstadt verlassen, ist wieder unterwegs in die Lausitz zu den Verwandten Schönfeldt nahe Cottbus. Sie macht Station in einem Gasthof. Da vernimmt sie, wie nebenan gesprochen wird. Der Name Kleist fällt, Leutnant von Kleist, Selbstmord, Berlin... Ulrike ahnt Entsetzliches, stürzt zu den Plaudernden und erfährt – die Wahrheit. Sie fällt in Ohnmacht. Auf dem Schönfeldtschen Familiengut Gulben händigt man ihr den letzten Brief des Bruders aus, verfaßt kurz vor seiner Selbsterschießung.

Ulrike wird alt, entwickelt sich zur begehrten Erbtante, zur angesehenen Frankfurter Bürgerin. Über den Bruder schweigt sie oder sie findet über ihn kein Ende. Briefe von ihm hält sie ängstlich verschlossen, will sie vernichten, streicht und bessert darin herum. Eduard von Bülow, Kleists erster Biograf, Ludwig Tieck, der führende Kopf der Jenaer Romantiker, der Kleists Werke sammelt, die einzige noch existierende Abschrift des *Prinzen von Homburg* rettet und 1826 eine erste Ausgabe realisiert, haben es schwer mit ihr. Sie reist viel herum, nimmt dazu zwei Nichten mit, sucht mit ihnen in der Schweiz, in Norditalien alle Stätten auf, wo der Bruder gelebt hat. Je älter sie wird, je wunderlicher erscheint sie den Frankfurtern. Sie führt endlose Selbstgespräche, in denen sie ihr Leben rekapituliert.

Sie wird trotz allem Dank, den ihr der Bruder in seinen letzten Zeilen gezollt hat, kaum darüber hinweggekommen sein, daß sie sich am Schluß mit ihm entzweit hatte, es zuließ, daß man ihn auf dem letzten Wiedersehen als Versager abkanzelte, wodurch man ihn in die Verzweiflung trieb. Es gehört zu Ulrikes Tragik, daß sie, keineswegs unbelesen, keine Ahnung von dem literarischen Format des Bruders hatte, offensichtlich auch keinen Zugang zu seinen Werken fand, sonst wäre ihr, uneigennützig wie sie von Natur war, kein Opfer für ihn zu hoch gewesen. Ihrem Leben hätte das einen hohen Sinn verschafft.

Auf e i n e n deutschen Dichter durfte man in ihrer Gegenwart nicht zu sprechen kommen: auf Goethe. Dieser hätte dem Bruder helfen können, habe ihm aber jede Anerkennung versagt. In Nizza wird sie in Bibliotheken auf Werke ihres Bruders stoßen. Sie sind ins Französische übersetzt. Sogar eine Biographie in französischer Sprache hält sie in den Händen, voller Unrichtigkeiten, nicht zuletzt hinsichtlich ihrer eigenen Person. Sie stirbt am 5. Februar 1849 vierundsiebzigjährig in geistiger Demenz.

1 Sembdner *Nachruhm* Nr. 584
2 HvK SW Bd. 2 Bf. 210
3 Bf. 215
4 Sembdner *Lebensspuren* Nr. 506
5 wie 2 Bf. 217
6 wie 3
7 Bf. 222

Bibliographie

Heinrich von Kleist, Sämtliche Werke und Briefe in 2 Bänden, Hrsg. Helmut Sembdner, München 2008 2.Aufl. (HvK SW Bd.1/2)

Heinrich von Kleist, Sämtliche Werke, Brandenburger Ausgabe Berlin 1988-91,15 Bde.

Heinrich von Kleist, Sämtliche Werke in 5 Bänden, hrg. Erich Schmidt, Leipzig 1904/05

Heinrich von Kleist, *Berliner Abendblätter. Vom 1.Oktober 1810 bis zum 30.März 1811*, Darmstadt *1970*

Ewald Christian von Kleist, Sämtliche Werke, Stuttgart 1988

v.Aster, Ernst, *Geschichte der Philosophie*, Stuttgart 1963

Baumgart, Peter, *Die preußische Armee z.Zt. Heinrich von Kleists*, Kleist-Jahrbuch (KJB), Berlin 1983

Baxa, Jakob, *Adam Müller in Dresden*, Jahrbuch d. Kleistgesellschaft (JKG), Berlin 1927/28

Bisky, Jens, *Kleist. Eine Biographie*, Berlin 2007

Birkenhauer, Klaus, *Kleist*, Tübingen 1977

Blöcker, Günter, *Heinrich von Kleist oder das absolute Ich*, Berlin 1960

Brender, Irmela, *Christoph Martin Wieland*, Monographie, Hamburg 2003

Breuer, Ingo, Kleist-Handbuch, Stuttgart 2009

v.Bülow, Eduard, *Kleists Leben und Briefe*, Berlin 1848

Deetje, Werner, *Luise Wieland und Heinrich von Kleist*, JKG 1925/26

Echtermeyer/von Wiese, *Deutsche Gedichte*, Düsseldorf 1956

Fontane, Theodor, *Kriegsgefangen*, München 1980

Fontane, Theodor, *Schach von Wutenow*, München 1981

Fontane, Theodor, Wanderungen durch die Mark Brandenburg, Bd.1 *Grafschaft Ruppin*, München 1988

Fontane, Wanderungen ... Bd. 5 *Fünf Schlösser,* München 1971

Fontane, Theodor, Wanderungen... Bd.2 *Das Oderland*, München 1984

Fontane, Theodor, Briefe, 4 Bde., München 1980,

Fricke, Gerhard, *Gefühl und Schicksal bei Heinrich von Kleist*, Darmstadt 1963

Friedell, Egon, *Kulturgeschichte der Neuzeit*, München 1931

Friedenthal, Richard, *Goethe – sein Leben und seine Zeit*, München 1963

Fuesers, Axel, und Graf Finck von Finckenstein, Albrecht, *Napoleons Marschall Soult und Louise Berg*, Göttingen 2005

Genealogisches Handbuch, *von Kleist,* Bd.91, Limburg 1987

v.Gersdorff, Bernhard, *Ernst von Pfuel*, Berlin 1981
v.Gersdorff, Dagmar, *Königin Luise und Friedrich Wilhelm III.*, Berlin 1996
Goethe, Catharina Elisabeth, *Briefe an ihren Sohn,* Stuttgart 1971
Grathoff, Dirk, *Kleists Geheimnisse*, Opladen 1993
Günzel, Klaus, *Kleist. Ein Lebensbild in Briefen und zeitgenössischen Berichten*, Berlin 1984
Häker, Horst *Kleist auf Rügen*, Beiträge zur Kleist-Forschung (BKF), Frankfurt/Oder 2000
Häker, Horst, *Kleists Berliner Aufenthalte*, Berlin 1989
Häker, Horst, *Überwiegend Kleist.* Vorträge, Aufsätze, Heilbronn 2003
Hamacher, Bernd, *Erläuterungen und Dokumente Michael Kohlhaas*, Stuttgart 2007
Hansen, Uffe, *Schlüssel zum Rätsel der Würzburger Reise*, Jahrbuch Deutsche Schillergesellschaft 41, Marbach 1997
Hoffmann, Paul, *Kleist in Paris*, Berlin 1924
Hoffmann, Paul, *Ulrike von Kleist und ihre Brüder*, Euphorion 10 (1903)
Hohoff, Curt, Kleist. Monographie, Hamburg 1958
Kastinger Riley, Helene M., *Achim von Arnim.* Monographie, Hamburg 1979
Koopmann, Helmut, *Schiller und Kleist*, Aurora 50 (1990)
Kraft, Herbert, *Kleist, Leben und Werk,* Münster 2007
Kreutzer, Hans Jochen *Über die Geschichte der Kleist-Handschiften*, KJB Berlin 1981
Loch, Rudolf, *Kleist.* Biographie, Göttingen 2003
Malinowski, Stephan, *Vom König zum Führer*, Berlin 2003
Mann, Otto, *Geschichte des deutschen Dramas*, Stuttgart 1963
Mann, Thomas, *Altes und Neues.* Prosa, Essays, Frankfurt 1953
Martini, Fritz, *Deutsche Literaturgeschichte*, Stuttgart 1961
v.Massenbach, Christian, *Historische Denkwürdigkeiten*, Amsterdam 1979
Miller, Norbert, *Literarisches Leben in Berlin*, KJB, Stuttgart/Weimar 2001
Molière, *Amphitryon.* Komödie in drei Akten, Stuttgart 2003
Molière, Oeuvres complètes III, Paris 1965
Müller-Solget, *Heinrich von Kleist*, Stuttgart 2002
Ohff, Heinz, *Preußens Könige*, München 2001
v.Preußen, Friedrich Wilhelm Prinz, *Preußens Könige*, Gütersloh 1971
Reiners, Ludwig, *Der ewige Brunnen*, München 1955
Reske, Hermann, *Kleist in Thun*, Bern 1972

Rousseau, Jean Jacques, *Träumereien*, Stuttgart 2007

Rousseau, Jean Jacques, *Ungleichheit*, Stuttgart 2008

Schede, Hans-Georg, *Heinrich von Kleist.* Monographie, Hamburg 2008

Scheurig, Bodo, *Ewald von Kleist-Schmenzin. Konservativer gegen Hitler*, Berlin 1994

Schiller, Friedrich, Gesammelte Werke in 5 Bänden, München 2004

Schiller, Friedrich, Briefe in 2 Bdn., Frankfurt/Main 2002

Schrader, Hans-Jürgen, *Unsägliche Liebesbriefe*, KJB, Berlin 1939

Schulz, Gerhard, *Kleist. Eine Biographie*, München 2007

Sieber, Eberhard, *Grüne Gläser*, BKF, Frankfurt/Oder 2000

Siebert, Eberhard, *Heinrich von Kleist. Eine Bildbiographie*, Heilbronn 2009

Sembdner, Helmut, Heinrich von Kleist *Lebensspuren*, München 1996

Sembdner, Helmut, Heinrich von Kleist *Nachruhm*, München 1997

Sembdner, Helmut, *In Sachen Kleist*, München 1982

Stöcklein, Paul, *Joseph von Eichendorff*. Monographie, Hamburg 1963

Talheim, Hans Günther, *Lebensplan*, Beiträge zur Kleist-Forschung (BKF), Frankfurt/Oder 1999

Tanzer, Anke, *Franz Alexander von Kleist*, Oldenburg 1998

Traeger, Jörg, *Augenlider weggeschnitten*, Kleist-Jahrbuch (KJB), Berlin 1980

Werhahn, Christian Friedrich, *Erinnerungen des Feldjägers W. u. des Kronprinzen Friedrich Wilhelm*, D. Radtke, Hildesheim 2008

Weigel, Alexander, *Marionettentheater*, Beiträge zur Kleist-Forschung (BKF), Frankfurt/Oder 2000

Weigel, Alexander, *Warte 10 Jahre!*, BKF, Frankfurt/Oder 2001

Weigel, Sigrid, Ulrike von Kleist, in Luise F. Pusch, *Schwestern berühmter Männer*, Frankfurt/Main 1985

Weiss, Hermann, *Kleists Freund Ludwig von Brockes*, BKF, Frankfurt/Oder 1996

Weiss, Hermann, *Heinrich von Kleists Dresdener Jahre*, Euphorion 1995

Wieland, Christoph Martin, *Geschichte des Agathon*, Stuttgart 2008

v.Wiese, Benno, *Die deutsche Novelle von Goethe bis Kafka*, 2 Bde., Düsseldorf 1956-62

Wolf, Gerhard, *Ihn foltert Schwermut, weil er lebt* – Ewald Christian von Kleist, Märkischer Dichtergarten, Berlin 1982

Zolling, Theophil, *Heinrich von Kleist in der Schweiz*, Stuttgart 1882

Zweig, Stefan, *Baumeister der Welt*, Frankfurt/Main 1965

Nachwort

Zitate aus Briefen und Zeitzeugenberichten wurden der Rechtschreibung und Zeichensetzung unterlegt, die das gesamte Buch befolgt. Ausnahmen gelten aus Authentizitätsgründen vor allem für Stellen aus Kleists eigenen Werken. Fußnoten verweisen auf die Seite, auf der die betreffenden Texte beginnen, oder auf die Nummer des Briefes bzw. auf die Nummer des jeweiligen Zeitzeugnisses.

Hinsichtlich der Belege gilt der Dank des Verfassers besonders dem Kleistforscher **Helmut Sembdner**, der unter dem Titel *Lebensspuren* die Dokumente und Berichte von Zeitgenossen sammelte und herausgab sowie in einem zweiten Band *Nachruhm* die Dokumente zur Wirkungsgeschichte zusammentrug und gleichfalls veröffentlichte. Was Leben und Persönlichkeit Ulrike von Kleists betrifft, konnte sich der Autor auf die Darstellung von Sigrid Weigel stützen. Hinsichtlich der Stellungnahme zu den verschiedenen Werken, aber auch zu der Persönlichkeit des Dichters, dessen Lebensführung und Lebensproblematik erlaubt sich der Autor einen eigenen Zugriff, dies nicht aus eitler Besserwisserei, sondern eher als Ermunterung für den Leser gemeint, der sich nicht scheuen sollte, seinen eigenen Weg zu Kleist zu finden, statt sich den Zugang durch komplizierte, verwissenschaftlichte Theorien gleich verbauen zu lassen.

Am Anfang einer guten Lebensdarstellung muss die Liebe stehen, nicht das Wissen. Die Liebe zum Gegenstand muss der Motor sein, das Wissen ist nur der Sprit. Zuviel davon lässt ihn ersaufen. Der Leser merkt das, wenn er vor der Flut von Namen, Titeln, Anspielungen, angerissenen Geschichtsfakten, terminologischen Schlagwörtern nicht mehr geradeaus schauen kann. Erreicht es die vorliegende Biographie, im Leser inneren Anteil für den Dichter zu wekken, obendrein Neugier für dessen Werk sowie eine gute Portion Lesegenuß, so hat das Buch den Zweck, zu dem es geschrieben wurde, erfüllt.

Register

G

H

L

M

N

P

W

Z